中國語言文字研究輯刊

十八編

許學仁 主編

第 **6** 冊

江有誥《諧聲表》研究

王思齊 著

花木蘭文化事業有限公司

國家圖書館出版品預行編目資料

江有誥《諧聲表》研究／王思齊 著 ── 初版 ── 新北市：花木
蘭文化事業有限公司，2020〔民 109〕
目 4+308 面；21×29.7 公分
（中國語言文字研究輯刊 十八編；第 6 冊）
ISBN 978-986-518-022-5（精裝）
1. 漢語 2. 聲韻 3. 研究考訂
802.08   109000453

ISBN-978-986-518-022-5

9 789865 180225

中國語言文字研究輯刊
十八編　　第六冊　　　　ISBN：978-986-518-022-5

江有誥《諧聲表》研究

作　　者　王思齊
主　　編　許學仁
總　編　輯　杜潔祥
副總編輯　楊嘉樂
編　　輯　許郁翎、張雅淋　美術編輯　陳逸婷
出　　版　花木蘭文化事業有限公司
發　行　人　高小娟
聯絡地址　235 新北市中和區中安街七二號十三樓
　　　　　電話：02-2923-1455／傳真：02-2923-1452
網　　址　http://www.huamulan.tw 信箱 hml810518@gmail.com
印　　刷　普羅文化出版廣告事業
初　　版　2020 年 3 月
全書字數　243216 字
定　　價　十八編 8 冊（精裝）台幣 25,000 元

江有誥《諧聲表》研究

王思齊 著

作者簡介

王思齊，1987 年生，遼寧瀋陽人。本科畢業於吉林大學匡亞明班，獲文學、史學雙學位，碩士畢業於吉林大學漢語言文字學專業，獲文學碩士學位，2017 年博士畢業於台灣政治大學中文所，獲文學博士學位。2017 年起，任教於廣東外語外貿大學中國語言文化學院。研究方向：聲韻學。

提　要

　　詩韻（一般指《詩經》韻腳）與諧聲是上古音研究中的兩大支柱，是漢語內部的系統材料。就此而言，在上古音研究中，其重要性遠遠高過通假異文、聲訓、讀若、又音等等其他材料。其中，諧聲因其同時反映聲韻調各方面的信息而尤爲關鍵，自清代至今備受重視。清儒如段玉裁等人大量製作「諧聲表」，利用「諧聲表」討論古韻。現代學者如高本漢等人提出「諧聲原則」，發掘諧聲在聲母研究方面的重要價值。利用諧聲討論上古音，前賢時修均有不同程度的重要發現。

　　「諧聲表」提綱挈領、以簡御繁，用諧聲聲符串聯起上古韻部。清儒中，江有誥分部精審，其《諧聲表》製作最爲精良。

　　本文以江有誥《諧聲表》爲研究對象，探討了江氏諧聲研究的內容、成就及貢獻。通過判斷聲符歸部、討論注音形式、分析諧聲現象，探討「諧聲表」的演變源流、觀察上古的韻部和聲調。

　　本文研究的主要創新點和價值在於以下幾個方面：

　　一、補前人之缺，全面探討江有誥《諧聲表》

　　江氏的古音研究備受推崇，但關注詩韻者多，討論諧聲者少。即使有所涉及，也多爲局部討論或宏觀論述。

　　我們首次全面、系統、深入地檢討江有誥《諧聲表》，討論其中的諧聲現象、反切注音、聲符歸部等等。我們深入分析《諧聲表》的全部注音材料，論述其性質；探索江有誥《諧聲表》所見之諧聲現象，印證前人的觀點，藉此確定其價值；判斷聲符歸部正誤，明確江有誥失誤之處及原因，全面補充、訂正其《諧聲表》。

　　本論文是關於江有誥《諧聲表》的系統研究，對於學界利用江氏《諧聲表》討論諧聲現象、進而探討上古音系等相關工作皆有所助益。

　　二、提出新的觀察角度，從音韻史的視角討論江有誥的諧聲研究成就。

　　前人討論諧聲，但是多從聲符歸部的正誤入手。目的在於確定聲符歸部，鮮少涉及歸部差異的背後，諸家不同的緣由與考量。

　　而我們選擇了「諧聲表」製作的角度，把江有誥《諧聲表》放到清儒「諧聲表」的演進序列之中，以文本內部研究爲起點，將其置於諧聲研究史的角度之下觀察。我們比較段玉裁、王力、周祖謨、董同龢等人的《諧聲表》，分析歸部原則、實質差別、材料取捨、字形認識等多項差異，討論《諧聲表》製作的傳承與演變，判斷江氏《諧聲表》在諧聲研究史上的成就、價值及地位。

　　溯往而知來，本論文對於檢討諧聲研究方法的理論與應用具有補充和參考意義。

致　謝

　　2013 年的秋天，我負笈南下，求學台灣。為求知而來，卻帶著更多的疑問離開。探索之樂趣、聲韻學之迷人，研究之艱辛，三年多的時間多有體悟。再不捨，也只能結束這一階段了。路在腳下，行者仍需要前進。

　　感謝竺師。在 2015 年的漫長而炎熱的夏天，我困在寢室中，擔心能否順利寫出論文。是老師的溫和撫平了我無處不在、時不時爆發的焦慮。在論文寫作過程中，竺師無條件的信任、鼓勵和肯定常常讓我受寵若驚，自卑心和忐忑蕩然無蹤。

　　感謝我的家人。他們堅定地支持我，相信我，給予我物質上的極大幫助。

　　感謝我的同窗好友們。他們陪我走過他鄉的寂寞和研究的艱難。他們給我擁抱，接納我的哭泣，向我困境中的我施以援手。這真誠實在令人感恩。

　　感謝一路走來的我自己。曾經那麼的懦弱、膽怯、惶恐不安，那麼的追求完美卻平庸至極。雖然仍然眼高手低，還好我有成長，即使時間漫長，且還未成功。

　　爬一座山的時候，常常忍不住會想：山頂在哪裡？還有多久能到？我走的路是正確的嗎？可是往往沒有人知道答案。我只能一步一步地走下去，一步接著一步，即使再遠，終有一天總會到達。因為，山就在那裡，就在腳下。

2016 年 12 月 31 日

於指南山下

目次

表　次

第一章　緒　論

本章主要論述選題意義、當前研究現狀以及本論文的著眼點、主要研究方法、江有誥生平介紹、形聲字與上古音研究的相關情況。

第一節　選題意義

江有誥是有清一代重要的古音學家之一。他的古韻研究後出轉精，分古韻為廿一部，因其分部精審，頗受重視。江有誥的《音學十書》集清儒古韻學之大成，歷來關注者眾多。但是不能否認的是，前人的焦點多集中在其詩韻研究上，對江氏的諧聲研究關注甚少。周祖謨先生曾指出：

> 《諧聲表》是仿照段玉裁的《古十七部諧聲表》而作，這對於掌握古韻各部的字類功用極大。要了解某一部都包括哪些偏旁的字，或某一字歸屬於某一部，一看《諧聲表》的聲母偏旁即可迎刃而解。江氏的《諧聲表》更於每一聲旁下注出讀音，或用反切，或用直音，此種作法因承陳第、顧炎武的著作而來，也代表他對古韻部讀音的推測，值得我們注意。[註1]

「諧聲表」的製作始自段玉裁，是清儒利用諧聲表現古韻分部的重要材料。段氏之後，清代古音學家認識到諧聲材料在古韻研究中的重要性，開始大量製作《諧聲表》。重要者如孔廣森《詩聲類》、江有誥《諧聲表》、嚴可均《說

[註1] 清・江有誥《音學十書・前言》，北京：中華書局，1993年，頁3。

文聲類》、張成孫《說文諧聲譜》、姚文田《古音諧》、《說文聲系》、劉逢祿《詩聲衍表》、江沅《說文解字音均表》、王念孫《說文諧聲譜》、丁履恒《形聲類編》、苗夔《說文聲讀表》、朱駿聲《說文通訓定聲》等等，數量眾多，成就也不一而足，各有特色。但亦由此可知清儒的古韻研究中，諧聲研究甚為重要。及至現代，古音學家（如王力、董同龢、周祖謨等人）也往往在前人基礎上製作「諧聲表」，利用形聲字探究上古韻母。江有誥《諧聲表》承前啟後，對後世「諧聲表」影響甚多。而近人相關著作多討論諧聲研究源流，罕見從學術史的角度對江有誥《諧聲表》進行文本層面的內部分析。

另外，江有誥的古韻學功力精深，《諧聲表》製作精良，較之段氏《古十七部諧聲表》更為精確地反映了豐富的語音現象。因而，在前人研究基礎上，藉助現代古文字學的研究成果，檢核江氏《諧聲表》的聲符歸部刻不容緩。竺家寧師在《聲韻學》一書中曾指出：

> 「諧聲表」的編製雖始於段氏，但那是依十七部設的，早已過時，而且有些聲符不一定歸得妥當，例如他在《說文》注中，「焦、譙」都註明屬第二部（宵部），在諧聲表中卻把「焦」聲歸入第三部（幽部），在《詩經韻分十七部表》中也以「譙」歸第三部。因此江有誥的「諧聲表」對研究古韻學的人來說，也很有參考價值。〔註2〕

因此，我們認為，全面系統探討江有誥《諧聲表》具有學術史方面的重要意義。

漢語上古音的研究中，諧聲研究是不可缺少的一環。詩韻僅能提供上古韻母的相關信息。上古聲母研究中的重要材料莫過於經籍異文和形聲字，而諧聲材料數量眾多、且可總結出一定的規律，較經籍異文更為關鍵。形聲字蘊涵了大量涉及聲母和韻部的諧聲現象。在中古音系統的基礎上，利用現代語言學理論解釋這些現象，便於我們構擬上古漢語的音韻系統。鄭張尚芳先生也有過類似觀點：

> 中古《切韻》音系與上古韻部、諧聲系統間的語音分合所表現的對應關係，這種對應關係是推定上古音類的主要根據（尤其在韻類分等開合方面）。……由於語音的演變非常有規律，《切韻》系

〔註2〕竺家寧師《聲韻學》，臺北：五南圖書公司，1991年，頁501。

又是漢語史上已被確認爲文學語言（書音）的音韻系統，並且已有
比較可信的擬音，可以通過《切韻》系統與上古諧聲系列及韻部的
比較研究其分合變化關係，從而推定上古的聲母、韻母系統。〔註3〕

前輩學者如李方桂、董同龢等人對形聲字也極爲重視，認爲諧聲研究是上
古音研究中的重要方法之一，他們利用諧聲研究得出了不少重要的結論。李方
桂先生曾說：

使我們可以得到上古聲母的消息的材料，最重要的是諧聲字的
研究。〔註4〕

我們認爲，「諧聲表」是整合諧聲聲符的系統性材料，利用「諧聲表」是討
論諧聲現象的最直接、便捷的途徑。因此，檢討並修訂江有誥《諧聲表》，對於
學界利用其討論漢語上古音意義重大，具備漢語語音史研究方面的重要意義。

我們認爲，全方位討論江有誥《諧聲表》的聲符歸部、注音反切，挖掘其
中的諧聲現象，探討江氏《諧聲表》源流演變，可以補充漢語史、漢語音韻學
史等相關方面的研究。

第二節　研究現狀

關於江有誥的古音成就或涉及到江氏《諧聲表》的相關研究並不少見，下
文分別擇要檢討其主要內容、成果與局限。

以江有誥及其古音成果爲主要研究對象的學位論文有裴銀漢《江有誥古
音學探微》（1997 年國立政治大學碩士論文）、陳瑤玲《江有誥音學研究》（1999
年中國文化大學博士論文）、崔在秀《江有誥《唐韻四聲正》研究》（2002 年
南京大學博士論文）、喬秋穎《江有誥《入聲表》研究》（2003 年南京大學博
士論文）、曹強《江有誥《詩經韻讀》研究》（2013 年陝西師範大學博士論文）
等等。

裴銀漢（1997）概述江有誥的生平、治學背景、古韻及古聲調理論，並對
《音學十書》中存世的數種文獻有簡略的介紹，是第一本專門研究江氏音學的
學位論文。他對江氏生平及其學術背景的論述可資參考，但對其音學理論只是

〔註3〕鄭張尚芳《上古音系》，上海：上海教育出版社，2013 年，頁 4。

〔註4〕李方桂《上古音研究》，北京：商務印書館，2001 年，頁 10。

簡略帶過，並沒有深入探索。

　　陳瑤玲（1999）對江有誥的古音學成就進行了全面系統的分析，除生平、著述、交遊、師承這些背景資料外，還從古韻學淵源、古音研究的理論與方法、古韻論、古聲調論、等韻學等幾個角度深入挖掘。在討論江有誥的古韻理論時，陳氏以一節的篇幅介紹了江有誥的《諧聲表》。她選擇了其中大概 79 個聲符研究歸部問題。陳氏以段玉裁《古十七部諧聲表》爲主要比較對象，也參考了其他古音學家的意見，在每個聲符下提出字形、詩韻、通假等證據。她指出江有誥諧聲聲符歸部的若干原則、特點（如歸部以古韻文爲主，反映聲符的周秦音讀、補苴段氏《十七部諧聲表》缺漏等等）及歸部缺失（如只列聲首無法呈現聲符音讀的流變、材料去取有主觀之嫌、據今音求古音有時而窮、據大徐本《說文》釋形疏於文字之學或有瑕疵等等）。對於《諧聲表》中的反切注音，陳氏並無相關論述，僅針對江氏《詩經韻讀》等韻讀材料討論了韻字注音的問題。

　　我們認爲，陳瑤玲（1999）關注到了江有誥《諧聲表》對於探索江氏古韻理論的重要性，對它的原則特點也有一定的認識。但是不能否認的是，限於篇幅並沒有對《諧聲表》進行全面系統的整理。僅在部分韻字討論的過程中比較了段玉裁《古十七部諧聲表》，並沒有將江氏的《諧聲表》與其他古音學者的「諧聲表」進行全方位的比較。沒有共時和歷時的比較，就無從得知江有誥《諧聲表》與其他諸家「諧聲表」在製表體例、原則、收字、歸部等諸多方面的差異，也無法判斷江氏《諧聲表》的淵源、演變、影響及江氏在古音諧聲研究史上的地位。另外，江有誥《諧聲表》中蘊涵了豐富的語音現象（如不同韻尾間的對轉等等）。江氏《諧聲表》的韻字注音共 1139 條，這些注音與《詩經韻讀》等材料的注音資料同樣反映了江氏的古音認識，而這些問題陳瑤玲（1999）並沒有論及。此類材料棄而不論是非常可惜的。因此，我們認爲，前人研究是很有意義的，但並非系統全面，對具體問題的討論尚不完整，還有很多工作需要完成。

　　喬秋穎（2003）全方位地研究了江有誥的《入聲表》。喬秋穎（2005、2007）認爲，江有誥《入聲表》體現了其極深的審音之功，他的入聲分配擺脫了中古韻的影響，從諧聲和詩韻材料出發，在規範上古韻表製作、明確韻部構成、有助於古音擬測等幾個方面創獲頗多，對後代的古音學影響甚遠。同時也存

在選字不當，未形成陰陽入相配的體系等諸多方面的缺陷。同時，她剖析了江有誥《入聲表・凡例》在研究上古入聲及分析平入關係時使用的方法，認為江氏繼承了顧氏、段氏的研究方法，在比較他們對入聲的看法和處理的得失之基礎上，用考據的方法離析中古入聲韻，以等韻的觀念處理古音中的平入關係。

曹強（2013）對江有誥《詩經韻讀》、段玉裁《詩經韻分十七部表》、王念孫《古韻譜》、王力《詩經韻讀》等韻讀材料進行窮盡式的比較，探討江氏《詩經韻讀》用韻得失，總結其古音成就與不足，考察江氏《詩經韻讀》注音材料的性質內容、評價其貢獻，全面分析江氏《詩經韻讀》的分部情況和古韻分部的原則依據，並就時人對江氏古音學的批評提出質疑。他的主要觀點是江氏的《詩經韻讀》首次以韻讀而不是韻譜的形式系統展示詩經用韻情況，江氏處理《詩經》用韻體例、合韻處理上有得有失，但訂正了段玉裁、王念孫等前人用韻的謬誤。

另外，與本論題相關的研究成果中，值得一提的是陳復華、何九盈《古韻通曉》（1987 年，中國社會科學出版社）及董國華《漢字諧聲與古音研究史論》（2014 年，福建師範大學博士論文）。

陳復華、何九盈（1987）以表格的形式比較諸家各部諧聲聲符歸部異同，並製成《古韻三十部歸字總表》，使聲符與漢字的古音地位一目了然、便於查考。所徵引的古音學者包括段玉裁、孔廣森、嚴可均、朱駿聲、江有誥、王力、周祖謨等。另外，他們還挑選了其中 171 個聲首、15 個散字，簡單討論有爭議聲符的歸部問題，並指出歸字分歧的原因所在。作者認為，其中存在諧聲（聲首標準不同、同聲異部、同字異聲）、詩韻、聲調、等呼、異讀等多方面原因。但是，作者的著眼點在於排列各家諧聲表，比較、判斷具體聲符的歸部正誤，而不是分析分歧背後的原因，他們指出諸家分歧的幾個因素，但沒有具體指出古音學者各自的歸部原則、不同取捨標準及其對分部造成的影響。陳復華、何九盈（1987）曾論及其做法和主要觀點：

> 第一種情況是聲首標準不同。有的人只列《說文》中最初聲符，有的人聲符標準就要寬一些。如先兟替，段玉裁分為三個聲首，朱江都歸併為一個聲首（先）……第三種情況是同字異聲。所謂同字異聲是指同一個字諸家對其從某得聲或不從某得聲看法不同。這

樣，本字的歸部自然就成問題了。如「音」，主張從「否」得聲的就
歸之部，主張從「豆」得聲的就歸侯部，「㠯」字認爲從「止」得聲
的就歸之部，認爲不從「止」得聲是會意字的，就歸之部或歌部。
〔註5〕

凡此種種，均提示了我們討論古音學者「諧聲表」異同的角度，但是未
就具體問題深入分析。以段玉裁《古十七部諧聲表》爲例，我們檢視段氏與
江氏的「諧聲表」，認爲除體例、分部、入聲措置之外，二者的收字標準、對
諧聲的認識（如對省聲亦聲、象形會意字的形聲或體、古文或體、諧聲字來
源）、諧聲聲符的實質歸部、材料取捨等均存在差異。如在押韻和諧聲材料矛
盾時，段氏多根據諧聲聲符中古的讀音推斷歸部，甚少離析韻部，江氏則以
韻文爲準，如「胤」、「㠯」「麗」、「危」、「此」、「執」的歸部不同原因即在此。
另外，參考段玉裁《說文解字注》可知，如果遇到一韻上古跨多部的情況，
段氏善用通假等材料作爲旁證推斷其歸部，如「刊」、「免」、「豸」、「宀」等
字。這些前輩學者鮮有論及，只有在深入具體的研究文本基礎上才能得以實
現。另外，我們認爲，還需要在比較的基礎上對諸家「諧聲表」的成就提出
評價，這一點也是前人沒有涉及的。

董國華（2014）將關注點集中在諧聲研究與古音發展的關係上，從學術
史的角度入手，檢討宋明至清代的學者（如吳棫、楊慎、陳第、顧炎武等）
的諧聲研究及古音成果，梳理學術演進的歷程，評介歷代學者的古音思想和
他們利用諧聲材料研究古音的成果理論、方法與得失。遺憾的是，在涉及江
有誥的部分僅探討了其著作生平、古韻分部、入聲分配等成就，對其諧聲研
究的分析局限在附錄之類的外部分析，而缺少文本本身的分析，僅僅比對了
江有誥與段玉裁的祭部、叶部、緝部三部諧聲聲符的不同。值得肯定的是作
者選擇了漢字諧聲與古音研究這一角度研究江氏古音。

其他探討江有誥在古音學上成就的書籍、論文包括：王力《清代古音學》
（2013）、何九盈《中國古代語言學史》（1995）、崔彥〈江有誥的古韻研究及其
影響〉（2011）、喬秋穎〈江有誥、王念孫關於至部的討論及對脂微分部的作用〉
（2006）、喬秋穎〈試論江有誥「緝」「葉」兩部的獨立及其意義〉（2006）、白

〔註5〕陳復華、何九盈《古韻通曉》，北京：中國社會科學出版社，1987 年，頁 327～328。

俊騫〈江有誥古音學述評〉（2010）、楊宇楓〈江有誥〈老子韻讀〉辯正〉、王懷中〈江有誥古韻二十一部得失談〉（2003）、彭靜〈江有誥《諧聲表》中的「古某某切」和「改某某切」〉（2007）等等。

這些研究多從宏觀角度入手，討論江氏古韻分部的成就同重要性，專門研究江有誥《諧聲表》，就《諧聲表》分析江氏古韻成就的幾乎沒有。僅有彭靜（2007）以之部爲例，討論江有誥《諧聲表》中的「古某某切」和「改某某切」這兩種改音形式，認爲前者是唐韻切下字與改讀後的字中古韻母主元音讀音相差很遠、且上古不同部，即使同部也和江氏的古本音等呼不同；後者唐韻切下字與改讀的字中古韻母主元音讀音相同或相近。我們通過分析江氏《諧聲表》的全部反切注音，認爲彭靜（2007）的結論有可商榷之處，江氏的注音反切源自《說文》徐鉉反切，以段氏的古本音爲正音，且注音過程中受到清代歙縣方音的影響（詳見第三章第一節）。

綜上所述，我們認爲，前人的研究焦點主要集中在江有誥的古韻分部及其古音研究地位上。同時存在諸多缺陷，如重視詩韻研究而忽視諧聲研究，宏觀概述性較多，分析其著作的序跋、凡例、附錄等外部研究較多，關於具體文本的內部討論較少。江有誥的著作如《詩經韻讀》、《入聲表》等等皆經過全面的檢討，但目前學界尚無關於江有誥《諧聲表》的系統整理。

我們認爲，只有深入探索江有誥《諧聲表》，才能對江有誥的古音理論、江氏《諧聲表》的歷史地位給予客觀而中肯的評價，釐清江有誥的諧聲研究在學術史上的地位。因此，本文選擇江氏《諧聲表》作爲主要研究對象。另外，江氏《諧聲表》以古韻廿一部爲基礎，是清儒古韻研究的總結，但學界尚無就其《諧聲表》討論古音現象的相關研究。因此，我們在檢討江有誥《諧聲表》、判斷聲符正誤的基礎上，系統分析其語音現象。同時比較段玉裁、王力、周祖謨、董同龢等人的《諧聲表》，分析歸部原則、實質差別、材料取捨、字形認識等多項差異，補充出土文獻的通假材料判斷聲符歸部，討論《諧聲表》製作的傳承與演變，判斷江氏《諧聲表》在諧聲研究史上的地位。另外將注意力集中在前人未關注的反切注音上，首次深入分析《諧聲表》的全部注音材料，判斷其性質。長久以來，學界對江有誥的詩韻研究關注較多，對其諧聲成果關注甚少。我們力圖全方位檢討江有誥的《諧聲表》，補充學界在這一方面研究的不足，爲後人的相關研究拋磚引玉。

第三節　研究方法

本文的研究方法以比較法、歷史文獻參證法、諧聲分析法爲主，下面分別舉例說明。

一、利用「比較法」討論反切及聲符異同

比較法是本文最重要的方法之一。我們在討論諸家《諧聲表》異同及江有誥《諧聲表》反切注音時即應用此法。經過共時和歷時的比較，我們能更好地看出江氏《諧聲表》的製作原則、對古韻學的思考與傳承演變。例如我們比較江有誥與董同龢二人的《諧聲表》，發現他們的體例無別，董氏分部二十二，較江氏多微部，江氏魚歌支的順序變爲魚佳歌，聲符均以《說文》中最初的聲符爲主，不列其後輾轉滋生的諧聲偏旁，江氏所列重文異體字少有更動，刪去江氏所列注音，諧聲偏旁依舊按照平上去入的順序排列等等相同之處。二人最大的不同即在脂微部聲符的歸部上。比較這兩部，可以發現董氏存在修正重文古文、增加歸部不同的孳生聲符、據王氏補充失收聲符、聲符標準不同、部分聲符改爲兩部兼收等等與江氏不同的做法。

在討論江有誥《諧聲表》反切注音時，因江氏在附錄中言及取《唐韻》反切注於其下，因此我們以《廣韻》、《說文》徐鉉的反切爲參照系，通過比較音類的分合考察江氏的古音。耿振生先生論及此方法是曾指出：

> 對以上這類情況，所用的方法是把研究對象同某種參照系統進行對比，從注音用字的類別異同，來分析語音特點。……研究中古時期的音注是把《切韻》音系作爲參考系統。〔註6〕

此種方法也稱「音注類比法」，對於音注古書的反切注音，由於數量有限往往無法使用反切系聯時，則利用音注類比法。因《說文》徐鉉反切注於每字之下，亦不需要考慮語義對應的問題。

二、利用「歷史文獻參證法」分析聲符歸部

歷史文獻參證法亦爲本文重要的研究方法。古書中的序文、附錄等與正文同爲內部材料，通常蘊涵了作者的撰述目的、學術觀點、背景資料、語音知識

〔註6〕耿振生《20世紀漢語音韻學方法論》，北京：北京大學出版社，2004年，頁48。

等等大量資料，是探索語音現象的重要線索。例如江有誥在《音學十書・凡例》提到他在段氏基礎上對於入聲在各部的重新分配：

> 蓋眞至廢十三部當析爲四。入聲自質至薛十三部，並職德二部，昔錫二部之半，亦當析爲四，以配之標準。於去聲自眞至廢十三部則合爲一，入聲自質至德十七部，則析爲四，故不能配合耳。愚於《韻譜》一依經文詮錄，不分四聲，庶見古韻廬山眞面目也。……今細考之屋沃之半，尤幽及宵通尤之入也。燭與屋覺之半，侯虞相通之入也。……蓋有開口無合口者，尤幽有合口無開口者。魚模侯以開口，近幽，故次尤幽，其合口入於虞，故次魚模，而入聲遂誤合於一。然必魚幽之外，別有其音，今則不可知矣〔註7〕。

江有誥對於入聲在上古各部的重新分配是他重要的古音貢獻之一，《音學十書》卷前的相關說明爲我們探索《諧聲表》在這方面的貢獻提供了很好的線索。

歷史文獻參證法還包括利用詩韻、通假等材料判斷諧聲聲符的歸部。二十世紀新發現的出土文獻中存在大量通假異文現象，借助現代古文字的研究成果和其中的異文通假材料，可以更好的幫助我們確定聲符歸部。例如「冀」聲，中古屬至韻。冀，《說文》：「从北，異聲。」不確，甲骨文象一人戴物而舞，有所祈求之形。出土文獻中，「冀」與「幾」通假。江有誥、王力入脂部，董同龢入微部。我們綜合詩韻、諧聲和出土文獻的通假材料，認爲「冀」爲微部字。

三、利用「諧聲分析法」探索諧聲現象

諧聲分析法，又稱「諧聲聲符推演法」。耿振生先生曾論及此方法：

> 「諧聲聲符推演法」是利用漢字字形構造規律研究古音的一種方法。……諧聲推演法就是參照《切韻》音系去分析各個諧聲系列的讀音關係，總結出一定的規律，再根據規律去解決古音研究中的問題。〔註8〕

〔註7〕清・江有誥《音學十書・凡例》，《音韻學叢書》14冊，台北：廣文書局，1987年。

〔註8〕耿振生《20世紀漢語音韻學方法論》，北京：北京大學出版社，2004年，頁59。

　　清代顧炎武開始以諧聲研究作為古音分部的輔助手段，至段玉裁提出「同諧聲者必同部」的原則，確立了以諧聲聲符分部，以詩韻字列例的方法。從求叶韻字的音讀到求諧聲字的音讀，諧聲分析法逐漸成為古音研究中的重要方法。我們在江有誥的《諧聲表》研究中也多用此法。關於此方法的適用範圍及原因前人曾論述過：

　　　　本方法主要用在上古音研究中，一者因為上古時代沒有音韻著作，可用的成系統材料只有詩文押韻和諧聲字；二者是因為上古音距離造字時代較近，早期形成的諧聲字更能反映古音面貌……為了可靠，研究上古音所用的諧聲字大抵以兩漢以前出現的文字為主要對象，包括《說文解字》的小篆和出土的甲骨文、金文、竹簡文字等。〔註9〕

　　除此之外的研究方法還有「叶韻參證法」、「內部分析法」、「統計法」、「審音法」、「韻類對轉相配推證法」等等。因這些不是主要的研究方法，不一一列舉。

第四節　江有誥生平及《諧聲表》的體例與版本

　　江有誥（？～1851 年），字晉三，號古愚，安徽歙縣人，著有古音學著作《音學十書》。其大致生平周祖謨先生曾有過論述：

　　　　其生年不詳。其卒年，王國維據戴沐恩《隸書糾繆跋》定為咸豐元年辛亥，即公元一八五一年。據葛其仁所作《江晉三先生傳》，江氏平生沒有從事科舉業，僅在郡城授徒著書而已。清代古韻學家自顧炎武著《音學五書》開端，其後江永著《古韻標準》，段玉裁著《六書音韻表》，孔廣森著《詩聲類》迭有建樹，而以段氏《六書音韻表》影響最大。江有誥書晚出，成就最多。〔註10〕

　　江有誥一生困居鄉里，補官學子弟，以授徒為生，未曾出仕，因而生平資料甚少，《清史稿》、《清儒學案》、《歙縣志》等資料敘及江氏，皆依據《音學十書》卷首葛其仁所作〈江晉三先生傳〉及其後王國維批語，並無補充。日人神

〔註9〕耿振生《20世紀漢語音韻學方法論》，北京：北京大學出版社，2004 年，頁61。
〔註10〕清・江有誥《音學十書・前言》，北京：中華書局，頁 1。

田喜一郎《江晉三先生年譜》推測其爲 1773 年生人。雖有學者如何九盈（1995）認可，但我們認爲其中多推測之語，江氏生年暫定爲不詳。

與江永、戴震、段玉裁、孔廣森、王念孫等其他清代古音學家不同，江有誥並非師自大家。他自敘「見顧氏之《音學五書》，江氏之《古韻標準》、《四聲切韻表》，嘆其言之信而有徵，謂講音學者當從此入矣」〔註11〕，又觀段玉裁之《六書音均表》，因而遍考先秦兩漢典籍，檢視《說文》偏旁，提出古音廿一部之說，與段玉裁、戴震、孔廣森等人不謀而合。

江有誥雖無師承，卻與段玉裁、王念孫等古音學者往來通信。他　度拜謁段氏，以弟子自稱，其學術亦受段氏影響爲多。《音學十書》卷前附有江有誥與段玉裁等人的書信往來，由此可見其交游及主要學術觀點。同時，也可參看裴銀漢（1996）、陳瑤玲（1999）所列年表，此不贅述。

江有誥的古音成果集中在《音學十書》之中，然而江氏晚年家中遭遇火災，書稿被毀，僅部分存世。據江有誥〈寄段茂堂先生原書〉自述所著書有《詩經韻讀》、《群經韻讀》、《楚辭韻讀》、《先秦韻讀》、《古韻譜》、《諧聲表》、《入聲表》（附《古音總論》、《等韻叢說》、《說文質疑》、《繫傳訂訛》、《音學辨訛》）、《說文彙聲》、《漢魏韻讀》、《唐韻再正》等十部。據《音韻學叢書》本《江氏音學十書·總目》則有《詩經韻讀》、《群經韻讀》、《楚辭韻讀》（附宋賦）、《先秦韻讀》、《漢魏韻讀》、《二十一部韻譜》（附〈通韻譜合韻譜借韻譜〉）、《諧聲表》、《入聲表》、《四聲韻譜》、《唐韻四聲正》（附《說文彙聲》、《說文質疑》、《繫傳訂訛》、《音學辨訛》）等十部。

而目前所見僅有《詩經韻讀》、《群經韻讀》、《楚辭韻讀》（附宋賦）、《先秦韻讀》、《諧聲表》、《入聲表》、《唐韻四聲正》、《等韻叢說》。

《音韻學叢書》版本的《音學十書》卷前附有〈江氏音學序〉（段玉裁）、〈寄段茂堂先生原書〉（江有誥）、〈答江晉三論韻〉（段玉裁）、〈王石臞先生來書〉（王念孫）、〈復王石臞先生書〉（江有誥）、〈江晉三先生傳〉（葛其仁撰，後有王國維考證）、〈王伯申先生來書〉（王引之）、〈古韻廿一部總目〉（江有誥）、〈古韻凡例〉（江有誥）、〈古韻總論〉（江有誥）等。所收書有《詩經韻讀》、《群經

〔註11〕　清·江有誥《音學十書·寄段茂堂先生原書》，《音韻學叢書》14 冊，台北：廣文書局，1987 年。

韻讀》、《楚辭韻讀》（附宋賦）、《先秦韻讀》、《諧聲表》、《入聲表》、《唐韻四聲正》、《等韻叢說》，其餘已佚。

　　江有誥《詩經韻讀》抄錄《詩經》原文，圈出韻腳，於每韻結束之處標註韻部，個別韻字有所从聲符、叶音、聲調或通韻合韻借韻等相關說明，是研究江有誥古韻學的主要依據。

　　《群經韻讀》收錄《易經》、《書經》、《儀禮》、《考工記》、《禮記》、《左傳》、《論語》、《孟子》、《爾雅》等先秦典籍。除《易經》抄錄原文之外，其餘皆摘錄韻文，圈出韻腳，體例與《詩經韻讀》類似。不同之處在於後附《群經韻讀古音總釋》，羅列每部韻字，為方便初學並注直音或反切。

　　《楚辭韻讀》（附宋賦）收錄〈離騷〉、〈九歌〉、〈天問〉、〈九章〉、〈遠遊〉、〈漁父〉、〈卜居〉等先秦典籍。《先秦韻讀》收錄《國語》、《老子》、《管子》、《孫武子》、《晏子春秋》、《家語》、《莊子》、《列子》等等。《楚辭韻讀》、《先秦韻讀》收錄原文，後附《楚辭韻讀古音總釋》、《先秦韻讀古音總釋》，體例與《群經韻讀》一致。所附《宋賦韻讀》選自《文選》《古文苑》，除個別段落外仍照錄原文，但未作〈宋賦韻讀古音總釋〉。

　　江有誥全面整理先秦韻文，古韻廿一部言之有據。《詩經韻讀》、《群經韻讀》、《楚辭韻讀》、《先秦韻讀》同為檢討其古韻理論、古音思想的重要材料。

　　《諧聲表》以《說文》為藍本，用廿一部古音系統歸納諧聲偏旁。每部按中古聲調排列，每字下注反切直音或篆文隸定的相關說明。反切注音以方便初學者為目標，選自《說文》徐鉉反切，並以廿一部系統為參照加以修改，用「某某切，古某某切」表示古異今同之音，用「某某切，改某某切」表示古同今異之音，聲符歸部以先秦兩漢韻文、《說文》形聲及《說文》徐鉉反切為依據。江氏《諧聲表》仿照段氏《古十七部諧聲表》體例而作，但與段氏不同，江氏僅列最初聲符，且對諧聲偏旁的認定嚴格遵照《說文》的分析。另外，在分部數量、入聲的措置、收字的標準、材料取捨、具體韻字歸部等方面，江氏《諧聲表》也與段氏不同。江有誥《諧聲表》以諧聲聲符為樞紐構建起漢字古韻系統，是認識江氏古音的核心材料。他全面利用諧聲材料研究古音，在諧聲研究史上有重要地位，同時對後世《諧聲表》製作的原則、內容產生了不可忽視的影響。

　　《入聲表》集中了江氏對入聲問題的討論。首列〈凡例〉，次以宋元韻圖

的形式列陰入聲字。以韻部爲單位，一部一圖，橫列聲母，豎列中古的開合等第及韻，亦爲討論江氏古韻學的參考。

　　《唐韻四聲正》卷首附〈再寄王石臞先生書〉（江有誥）、〈王石臞先生復書〉（王念孫）、〈祁門縣錢老師來書〉（錢師康）等，收字 291〔註 12〕，以中古二百零六韻的順序列字，主要內容爲考訂古音聲調的變化，是考察江有誥聲調思想的依據。

　　《等韻叢說》主要爲江氏對字母等韻的認識，包含〈釋神珙五音圖〉、〈辨七音十類粗細〉、〈辨字母訛讀〉、〈辨字母清濁與發送收〉等，亦蘊涵不少江氏對歙縣方音的認識。

　　長久以來，江有誥爲古音學者推崇，源於其分韻廿一（之幽宵侯魚歌支脂祭元文眞耕陽東中蒸侵談葉緝），較顧、江、戴、段、孔、王等皆有所推進，集諸家大成。他的重要發明是獨立祭部、葉部、緝部、冬部，與前人暗合，同時調整入聲分配，部分「屋燭覺韻」字段氏入幽部，江氏改入侯部，並以部分「沃覺藥鐸錫韻」字入宵部。他利用韻部之間「合韻」關係爲依據判斷韻部次序，較段、戴、王更爲合理。這些成就不僅見於《詩經韻讀》等韻文材料，諧聲材料如《諧聲表》亦有所體現。

　　陈瑤玲（1999）統計江氏音學著作，有嘉慶甲戌至道光辛卯原刊本、咸豐壬子年重刊本、丁顯《韻學叢書》本、《廣倉學宭叢書》本、《音韻學叢書》本等五個版本。除丁顯《韻學叢書》本外，皆收錄江有誥《諧聲表》。其中，《音韻學叢書本》最爲通行，1977 年台北廣文書局、1993 年北京中華書局均據此版本影印。因此，我們選擇《音韻學叢書》本《諧聲表》爲主要研究對象。周祖謨《江氏音學十書·前言》有校勘九條，涉及書信往來、〈古韻凡例〉、《入聲表》、《等韻叢說》等，無關於《諧聲表》者。我們在論文正文隨文註明《諧聲表》相關的校勘事宜，不單獨指出。

第五節　諧聲字與上古音研究

　　詩韻與諧聲是上古音研究中的兩大重要支柱，是難得的成系統的材料。就這一點而言，在上古音研究中，兩者的重要性遠遠高過通假異文、聲訓、

〔註 12〕據陳瑤玲《江有誥古音學研究》，臺北：中國文化大學博士論文，1999 年。

讀若、又音、對音等等其他材料。長久以來，古音學家往往對於詩韻研究更加重視，原因在於《詩經》韻腳更爲明顯地提供了古音信息。顧炎武《音學五書》最早開始利用《詩經》，客觀系統地歸納韻腳，得出古韻十部。其後，江永、戴震、段玉裁、江有誥、王念孫等人逐步發掘《詩經》韻例，改進古韻分部，利用詩韻探索古音的方法逐漸成熟完善。

　　而最早發現諧聲材料在上古音研究中的價值，並全面實踐這一主張的當推段玉裁。段氏提出「一聲可諧萬字，萬字而必同部，同聲必同部」〔註 13〕的主張，並製作《古十七部諧聲表》，以諧聲聲符勾連上古形聲字，用詩韻和通假作爲檢驗的旁證。段氏以前的古音學家也注意到了形聲字與古音之間的密切關係。吳棫《韻補》、陳第《毛詩古音考》、顧炎武《唐韻正》，均據諧聲聲符參證。但是只有段玉裁拋開詩韻，利用大量的形聲字資料構建古音，眞正開創了系統研究上古音的先河。張世祿先生曾對此評價：

　　　　江氏以前，對於古音的考證，總以古書上的韻語爲主要材料，偶然間採了一些形聲偏旁的關係來作分部標準的輔助；到了段玉裁，才完全從《說文解字》裏考求古音，依形聲系統來分韻，而只以古書上押韻的字列例；也可以說從前只是論古代詩歌韻語中的少數字音，到了段氏引用這種方法，才可以研究周、漢時代全部的音讀系統了。〔註14〕

　　據諧聲偏旁掌握古韻系統，王力先生評價爲「以簡御繁的方法」〔註 15〕。因而自段氏始，《說文》形聲字逐漸走入清儒的研究視野。江有誥獨立葉部、緝部，孔廣森區別東多兩部，王念孫區別段氏的眞質、調整侯部入聲，皆本之諧聲。王力先生受南北朝詩人用韻的啓發提出脂微分部，以詩韻和韻例爲主要證據劃分兩部。董同龢先生利用諧聲字補正王力先生的結論，他分別考察了齊韻、脂皆韻開口、脂韻合口、皆韻合口字的諧聲狀況，認爲脂皆是上古脂微兩部的雜居之地，齊與微灰咍界限分明。由此可知現代的漢語音韻學研究中，諧聲研究對於古韻分部仍有重要作用。關於諧聲字的作用，耿振生

〔註13〕清・段玉裁《六書音韻表・今韻古分十七部表・古諧聲說》，《音韻學叢書》12 冊，台北：廣文書局，1987 年。

〔註14〕張世祿《中國音韻學史》，臺北：商務印書館，1965 年，頁 270。

〔註15〕王力《詩經韻讀・楚辭韻讀》，北京：中國人民出版社，2012 年，頁 19。

先生認爲：

> 在上古韻母的研究中，諧聲字主要用處是幫助分部，其次是韻
> 部關係的遠近，後者是擬測音值的重要依據。〔註16〕

相較於段玉裁利用諧聲研究古韻，高本漢第一個認識到形聲字對於上古聲母的重要性。高本漢曾指出：

> 我們用以擬測西周語音的材料主要有兩種：一是《詩經》和其
> 他上古典籍的韻腳，二是同音借字，不論是不加形旁的（假借），還
> 是在漢代加上形旁的（諧聲）。在考察上古聲母時，我們顯然被限制
> 在後一種材料裡，但根據這種材料，我們仍能得出一些極爲重要的
> 結論，同時顯示某些韻尾的情況。〔註17〕

詩韻僅能提示古韻分部，而形聲字不僅蘊涵古韻擬測的信息，更是古聲母研究唯一的系統性材料。相較於漢藏語等外部材料，形聲字作爲漢語的內部材料，更直接可信。因此，形聲字研究具有重要的現代意義。對於漢藏語比較等方法，李方桂先生認爲：

> （漢語與別的漢藏語系語言比較）可是這種工作一直到現在還
> 只是初步的，還沒有十分肯定的結論。我們現在可以應用的也不過
> 少數比較可靠的例子拿來作上古音系的印證而已，還沒有作到成系
> 統的擬測漢藏語系的原始語音系統。〔註18〕

董同龢先生曾經指出形聲字作爲古聲母研究材料的優勢：

> 諧聲字可以用爲研究古聲母的主要材料，因爲：（1）數量多，
> 佔所有古代文字的十之八九，足爲全盤性的觀察之用。前人引用的
> 假借、異文、讀如，相形之下，就只有補充的價值了。（2）容易彙
> 集，而且本身問題極少，不像假借字的可靠性往往發生問題，也不
> 像讀如等時代有時不易確定。（3）就聲母的觀點整理諧聲字，也可
> 以發現若干條例，顯示哪些字常常諧聲，哪些字很少或根本不諧

〔註16〕耿振生《20世紀漢語音韻學方法論》，北京：北京大學出版社，2004年，頁93。

〔註17〕（瑞典）高本漢著、聶鴻音譯《中上古漢語音韻綱要》，濟南：齊魯書社，1987年，頁91。

〔註18〕李方桂《上古音研究》，北京：商務印書館，2001年，頁5。

聲，和我們就韻母的立場整理古代韻語與諧聲一樣。〔註19〕

在高本漢之前的清儒聲母研究中，假借異文多被當做主要材料，諧聲字並未受到重視。就方法論而言，錢大昕「古無舌上音」、夏燮「照系三等字古讀舌頭音」、「照系二等字古讀齒頭音」基本以假借異文為據，至章太炎「娘日歸泥說」以諧聲為主，經歷了「一個以異文為主向以諧聲為主的轉移過程」〔註20〕。同時，我們必須認識到，清儒的古聲母研究即使涉及到了形聲字，也是僅僅對局部比較明顯的古音現象的認識，並未試圖建立古聲母體系。他們沒有利用形聲字研究古聲母的意識，對於聲母的演變、分合條件及具體音值也沒有相關研究。馮蒸（1998）同樣認為清儒的七條聲母成果存在證明方法有問題（同樣的材料可以證明古無重唇）、沒有提出條件解釋後代音變、日母匣母來源說明不確切等等諸多缺陷。

高本漢的研究不但給予我們方法論上的更新，而且他歸納諧聲現象、完善諧聲理論、以諧聲字作為主要研究材料提出諧聲原則，利用現代語言學理論構建上古聲母系統。在段玉裁看來，同諧聲者必同部，但是同韻部者的聲母狀況並沒有說明。高本漢在《中日漢字分析字典》（1923，趙元任譯序論「諧聲的原則」為《高本漢的諧聲說》）指出數條諧聲原則：大部分諧聲字的主諧字與被諧字的聲母是相同或相近的；如果聲母不同，大多是發音部位相同；諧聲字應該聲母、韻腹、韻尾皆相近；構擬不送氣的濁音聲母以填補中古聲母系統的空缺；提出一系列來母與舌根音接觸的複輔音；針對舌尖音聲母提出十條原則：

1、舌尖前塞音端透定可以自由互諧；2、舌尖前塞擦音精清從與擦音心邪可以自由互諧；3、舌尖後塞擦音照穿牀二等與擦音審二等可以任意互諧；4、舌面前塞音知徹澄可以自由互諧；5、舌尖前塞音端透定不與舌尖前塞擦音和擦音精清從心邪互諧，例外較少；6、舌尖前塞擦音和擦音精清從心與舌尖後塞擦音擦音照穿牀審二等可自由互諧；7、舌面前塞擦音照穿牀三等與擦音禪可自由互諧；8、舌面前擦音審三不與舌面前塞擦音和舌面前濁擦音互諧；9、舌尖前

〔註19〕董同龢《中國語音史》，臺北：中國文化出版事業社，1954年，頁168。

〔註20〕李葆嘉《清代古聲紐學》，上海世紀出版股份有限公司，上海古籍出版社，2012年，頁338。

塞擦音和擦音精清從心邪以及舌尖後塞擦音和擦音照穿牀審二等兩
方面均不與舌面前塞擦音和擦音照穿牀三等互諧；10、舌尖前塞音
端透定不但與舌面前塞音知徹澄自由互諧，且可與舌面前塞擦音及
濁擦音照穿牀禪三等自由互諧，但不與清塞音審三互諧。〔註21〕

材料的擴展推進上古聲母研究的進步。高本漢的上古音系統以諧聲字爲
主要研究材料，在中古聲母系統上構建上古單聲母系統。他由各部位聲母間
的接觸推斷各聲母之間的關係，從而加以構擬。由此而發現例外諧聲，進而
構擬上古複聲母。耿振生先生曾指出高本漢研究的優勢〔註22〕：第一、音類的
研究和音值的研究結合在一起。第二、既能合併，也能離析。第三、把複輔
音的研究列爲重要的語音課題。第四、有大局觀和系統觀，能夠區別一般與
個別，眼光放在有規律的成系列的諧聲關係上，沒有糾纏個別的細節。這個
評價是非常中肯的。

董同龢先生繼承完善高本漢的諧聲研究，提出自己的諧聲原則：

> 職是之故，我們推求古代聲母，也就可以應用研究古代韻母的
> 方法，即：（1）凡是常常諧聲的字，聲母必屬於一個可以諧聲的總
> 類；而不諧聲的，或僅偶爾諧聲的，必屬於为一類。（2）和韻母的
> 類相同，大多數的聲母的類自然不會只包含一個聲母，但是各類之
> 內，各個聲母也必有某種程度的相同，才會常常諧聲。例如「悔」
> 「晦」等從「每」得聲，他們的聲母，在上古決不會和在中古一樣，
> 一個是 x-，而一個是 m-。（3）每一大類中究竟包含多少聲母，仍然
> 要從他們變入中古的結果去追溯。如果有線索足以說明若干中古聲
> 母是因韻母或聲調的關係才分開的，那就可以假定他們在上古原屬
> 一體；否則，在中古有分別的，只好暫時假定他們在上古已經不同
> 了。（4）擬測每個聲母的音值，一方面要合乎諧聲、假借、異文的
> 要求，一方面還要適宜於解釋他是如何的變作中古某音。〔註23〕

〔註21〕趙元任《趙元任語言學論文集・高本漢的諧聲說》，商務印書館，2002 年，頁 218
～219。

〔註22〕耿振生《20 世紀漢語音韻學方法論》，北京：北京大學出版社，2004 年，頁 97～98。

〔註23〕董同龢《中國語音史》，臺北：中國文化出版事業社，1954 年，頁 168。

　　董同龢與高本漢的諧聲原則皆為基於諧聲現象的歸納總結，實質一致，堅持互諧的聲母發音方法相同（塞音互諧，塞擦音及擦音互諧），發音部位相同或相近。李方桂與高本漢的不同在於他假定為同部位的塞音互諧，塞擦音與擦音互諧，相鄰部位不能互諧。在此基礎上，尋找語音分化的條件。李方桂先生的諧聲原則如下：

　　　　（一）上古發音部位相同的塞音可以互諧。（a）舌根塞音可以互諧，也有與喉音（影及曉）互諧的例子，不常與鼻音（疑）諧。（b）舌尖塞音互諧，不常跟鼻音（明）相諧。（c）唇塞音互諧，不常跟鼻音（明）相諧。（二）上古的舌尖塞擦音或擦音互諧，不跟舌尖塞音相諧。〔註24〕

　　我們認為，除了諧聲原則稍有不同之外，他們利用形聲字構擬上古音的方法是類似的，即填補空格以求語音系統的平衡、構擬成套聲母解釋新發現的規則諧聲現象、完善分化條件詮釋聲母演變。

　　高本漢為上古聲母系統構擬了一系列濁不送氣塞音或塞擦音，來解釋喻四與邪母定母及舌根音的互諧、喻三與匣母的互諧、禪母與舌尖塞音的互諧。董同龢構擬了一套舌根前塞音塞擦音，來解釋章組字與舌根音的互諧。李方桂先生補充董同龢的觀點，構擬了四種清鼻音以及一套圓唇舌根聲母，來解釋曉母與明母疑母的互諧、泥娘日母與舌尖塞音的互諧、書母與日母及開合分別諧聲的現象。諸家的分歧多集中在某種諧聲是否是典型的規則諧聲，是否需要用複聲母或重新構擬來解釋等等問題上。儘管有些現象並非規則諧聲，如開合是否分別諧聲仍然存在爭議，但是從中我們可以看出他們的語音系統性觀念。

　　前輩學者藉助音變理論，努力尋找分化條件詮釋聲母演變，主要體現在舌尖塞音塞擦音及匣喻群聲母的構擬上。高本漢和董同龢認為發音部位相同可以互諧，因此分別端知組與章組，精莊組合併，但是端知章、精莊的分化條件並不明確。李方桂先生假定互諧者皆為同一發音部位，以介音[-r]、[-j]為分化條件，分別合併端知章組和精莊組。逐漸明確的分化條件使諧聲條例和研究方法更令人信服。高本漢以群匣為一，董同龢以匣喻為一，儘管群匣喻皆與塞音互諧，但是找不到分化條件就無法明確他們的分合。李方桂利用[-i]、[-j]和圓唇

─────────────

〔註24〕李方桂《上古音研究》，北京：商務印書館，2001年，頁10。

舌根聲母爲分化條件，合併喻群匣三母，使系統更爲簡潔清晰。

　　梳理諧聲條例，檢討各家諧聲研究可以逐步明確諧聲現象中的規則與例外。排除可以用諧聲規則解釋的普遍諧聲和無法用音理解釋的例外諧聲，更值得關注的是複聲母現象。李方桂先生認爲：

> 其他例外的諧聲字也許得別尋途徑去解釋，最可利用的便是複
>
> 聲母的存在。〔註25〕

　　前輩學者有意識地利用諧聲資料研究複聲母，系統構擬提出複聲母的類型及演變模式，做出了人量有益的嘗試。重要者如高本漢（1923）構擬[kl-]式複聲母，陸志韋（1940）構擬鼻音加塞音的複聲母，董同龢（1944）構擬了一些帶[l-]的複聲母和其他不帶[l-]的複聲母，李方桂（1971、1976）構擬了一系列清鼻音、清邊音和帶[s-]的複聲母，嚴學宭（1981）構擬了帶[p-]、[t-]、[k-]、[l-]、[s-]和帶鼻音的多種複聲母。竺家寧師（1981）提出帶舌尖邊音（或閃音 r）的複聲母、帶舌尖清擦音[s-]的複聲母、帶喉塞音[l-]和帶舌尖塞音[t-]、[d-]的複聲母，並指出多條系統演變規則。

　　利用諧聲研究上古音自宋代開始，從無意識的零散發掘現象到有意識的構建古音系統，從關注韻母到聲母再到複聲母，從含混的同諧聲者必同部到明確的諧聲條例，諧聲研究在現代語言學理論的影響下逐漸走上了科學的道路。20 世紀初，高本漢才開始科學系統地利用諧聲研究上古聲母，我們相信隨著對諧聲現象的深入挖掘，上古聲母系統的構擬將會逐漸完善，諧聲研究在上古音研究中的方法論意義將會得到更多重視。

〔註25〕李方桂《上古音研究》，北京：商務印書館，2001 年，10 頁。

第二章 「諧聲表」的製作 [註1]

本章以「諧聲表」的製作爲主題，分別從源流、價值、應用等幾個方面著手，討論清代至今「諧聲表」的演進情況。

第一節 「諧聲表」的源流

諧聲字作爲研究上古讀音的工具，其重要性早在南宋就已備受關注。隨著學者對古韻分部的不斷深入和對形聲字的進一步探索，至清代中後期逐漸產生相對成熟的「諧聲表」。

本節即以「諧聲表」的源流爲討論中心，第一部分概述「諧聲表」產生之前的諧聲研究、表列各家「諧聲表」的大概內容、指出清儒「諧聲表」的演進趨勢，第二部分詳述清代若干重要「諧聲表」的特點與類型。

一、「諧聲表」的產生與演進

「諧聲表」大量產生於清代。進入現代之後，也有部分學者總結清儒成就製成「諧聲表」。古音學家將《說文》聲符按韻部歸納起來，每部除諧聲聲符外，也有將諧聲字納入聲符之下的，或稱爲「諧聲譜」。一般認爲，「諧聲表」是指：

> 將諧聲字的聲符依古韻部分部排列的表格。 [註2]

〔註1〕該部份已另外修改爲單篇發表於《古籍整理研究學刊》2017 年第 6 期。

〔註2〕陳新雄、竺家寧師、姚榮松、羅肇錦《語言學詞典》，台北：三民書局，1989 年，

　　「諧聲表」是清儒研究形聲字的總結，與標註韻腳的《詩經》或《群經》「韻讀」一樣，同屬清儒探究古韻的工具。

　　清代之前，就有相關學者利用諧聲探索漢字古音。至清代，「諧聲表」蜂擁而出，系統利用形聲字討論古韻漸成風氣。

　　利用《說文》諧聲聲符討論古音分部、觀察字形與古音之關係，始於南宋吳棫《韻補》。除此之外，宋明時期還有楊慎《古音餘》、《古音附錄》、陳第《毛詩古音考》等類似著作。《韻補》以二百零六韻爲序收字，爲諸字注釋古音，多依據先秦韻文，間有利用諧聲材料辨別古音情況。例如，吳棫曰：

　　　　闋，睽桂切，止也，《說文》以癸得聲。〔註3〕

　　當然，諧聲並非吳棫證明古音的主體材料。除此之外，陳第《毛詩古音考》也有過類似做法。至於清初，顧炎武《唐韻正》離析廣韻，分古韻十部。顧氏以詩韻爲主要依據考察古音，以諧聲爲輔助，書內大量出現「凡從某者皆入此韻」之類的論述。其以詩韻爲據，參考諧聲，把諧聲聲符系統性地劃入各韻部。雖然形聲字並非作爲分部的主要材料，但是相對於前人以諧聲考求字音的嘗試，顧炎武完成了諧聲研究史上方法與目的的轉變。時人這樣評價顧氏的做法：

　　　　而顧炎武較之前人最大的進步之處，是能夠系統的說明某一類
　　　　諧聲偏旁的古音歸屬，進而對同屬這一類諧聲偏旁的被諧字進行分
　　　　韻歸部。〔註4〕

　　從考求單個字音過渡到系統劃分韻部，這一時期「諧聲表」尚未產生，處於萌芽階段。形聲字的價值逐漸顯現，而諧聲研究的目的及方法尚未明確。

　　清代中期以後，「諧聲表」開始大量產生。製作「諧聲表」或「諧聲譜」，以諧聲爲主要材料劃分韻部、探索古韻，漸成風氣。其中，影響最大者當推段玉裁《古十七部諧聲表》。段氏較早地發現形聲字在系統劃分上古韻部之中的作用，不僅製成「諧聲表」，還在《今韻古分十七部表・古諧聲說》、《今韻古分十七部表・古諧聲偏旁分部合韻說》等中提出了一系列諧聲研究的原則

頁 274。

〔註3〕宋・吳棫《韻補》，《音韻學叢書》9 冊，台北：廣文書局，1987 年。

〔註4〕董國華《漢字諧聲與古音研究史論》，福建師範大學博士論文，2014 年，頁 53。

和方法，將諧聲研究上升到理論高度。他認爲：

> 一聲可諧萬字，萬字而必同部，同聲必同部，明乎此而部分、
> 音變、平入之相配，四聲之今古不同皆可得矣。〔註5〕

因此，段氏的古韻分部及其「諧聲表」製作體例皆成爲一時之準則，影響甚遠。這一階段屬於「諧聲表」大量產生的繁盛時期，除段玉裁之外，尚有江有誥、嚴可均、朱駿聲、王念孫等人。這一時期，利用諧聲研究古韻的方法和目的漸次成熟，隨著古韻分部相對明晰，學者對《說文》諧聲的認識及其與詩韻的關係認識更爲深刻。「諧聲表」的製作達到數量與質量的高峰期。

高本漢的古音構擬開創了現代漢語音韻學的新時期。在利用諧聲材料方面，他發現了形聲字在顯示上古聲母方面的功用。清儒如錢大昕、章炳麟等人曾經有過利用諧聲聲符考訂上古單個聲母或系統研究上古聲母的嘗試。高本漢則確定了這一方法的目的、原則與材料。高本漢《中日分析字典》之後，尚有董同龢、李方桂、陸志韋、嚴學宭、竺家寧師等多位學者有意識的系統利用諧聲討論上古單聲母系統及複聲母，並提出多種複聲母的類型。我們認爲，「諧聲表」本爲劃分古韻而制，至清末臻於高峰。就考古派而言，古韻至二十二部已分無可分，「諧聲表」在古韻研究方面的功能業已完成。高本漢的諧聲研究開啓了韻調至聲母的轉向。雖然「諧聲表」非以聲類聚，但爲我們系統探究上古聲母提供了初始材料，是探索古聲母的捷徑，或可稱爲「諧聲表」之餘韻。

下文羅列清代中後期諸家「諧聲表」之大概內容，並藉此討論「諧聲表」製作的變化與趨向。清代除了有借《說文》諧聲討論古音的「諧聲表」系列著述，尚有部分《說文》音注的著作，如宋保《諧聲補逸》等。又如鄧廷楨《說文解字雙聲疊韻譜》、劉熙載《說文雙聲疊韻》討論音和類隔反切。或補充《說文》注音，或收集雙聲疊韻。這些均非以古韻爲準串聯聲符，亦無古音體系，僅爲《說文》注音而作，因此不納入討論範圍。

我們下面即參考〈審定《說文解字》聲系、音讀之著述〉（2010）、《漢字諧聲與古音研究史論》（2014）等學術史類著作，以時間順序表列這些著作的名稱、作者、著述時間及大致內容。

〔註5〕清・段玉裁《六書音韻表・古諧聲說》，《音韻學叢書》12 冊，台北：廣文書局，1987 年。

表1：清代以降「諧聲表」相關著作

著　作	作　者	時　間	內容、體例及其他
《音韻原流·倉沮元韻》	潘咸	1648～1661	共三十六卷，另有〈詩騷通韻〉等，分古韻十八部，以零聲母字為部目，轄三萬餘字，每部列諧聲偏旁、所轄諧聲字及詩韻作證。
《古音表考正》	萬光泰	1748	分古韻十九部，「按照《說文》諧聲類聚，在充分考慮古音系統性的前提下離析歸併，以古韻部居的情況為標準，將《詩經》韻腳字類聚作成韻譜。」〔註6〕
《古十七部諧聲表》	段玉裁	1775	分古韻十七部，因其《說文》學及古音學成就而備受重視，以「同諧聲者必同部」為標準而歸部
《詩聲類》	孔廣森	1787前？	十二卷，分韻十八部，以對應的陰聲陽聲順序排列，每部列所轄唐韻、聲符、諧聲字，後註詩韻。
《說文聲類》	嚴可均	1802	韻分十六部，以陰陽對轉關係分類，分上下篇，每聲符下列諧聲字。
《漢學諧聲》	戚學標	1803	共二十四卷，「凡形聲字聲符，均以《說文》說解為準。……意在證明《說文》的古音，辨正徐鉉、徐鍇及孫愐《唐韻》音切之誤。」〔註7〕
《說文聲系》	姚文田	1804	分二十六部，共 11172 字，以諧聲偏旁為韻目，羅列各部聲符及次級聲符。
《說文聲讀表》	苗夔	1807	以顧炎武十部為準，韻分七部，共七卷，受姚文田、嚴可均等人影響。
《六書韻徵》	安吉	1812	共十六卷，按宮商角徵羽分類，分十六部，收聲符 1200 餘個。
《說文諧聲孳生述》	陳立	1825	共三卷，分部受顧江戴孔段等人影響，分十九部，以諧聲字列於《說文》聲符之下。
《說文諧聲譜》	王念孫	1832前？	原書散佚，今所據為王國維補訂。分部二十一，陰入一部，每聲符下列諧聲字，先列陽聲，再列陰聲。
《說文通訓定聲》	朱駿聲	1833	共十八卷，分古韻十八部，先以諧聲聲符分隸各部，次為各部諧聲字註解，說明本義、假借引申義，為同源詞研究之參考。

〔註6〕董國華《漢字諧聲與古音研究史論》，福建師範大學博士論文，2014年，頁80。

〔註7〕陳燕、張云艷、王曉楠〈審定《說文解字》聲系、音讀之著述〉，《說文學研究》第五輯，2010年，頁382。

《說文解字音均表》	江沅	1835	以段玉裁《古十七部諧聲表》爲基礎，將《說文》諧聲字分隸各部聲符之下，共十八卷。
《說文諧聲譜》	張惠言、張成孫	1836	韻分二十部，受段氏影響，共五十卷，以詩韻先出字爲部目，除《說文諧聲譜》外尚有部目、論五首、系聯繩引表等。
《廿一部諧聲表》	江有誥	1851前？	韻分二十一，分部精審，共收聲符1139，體例受段氏影響較大。
《說文聲表》	陳澧	1853	共十七卷，採段氏古韻十七部，以聲符統合《說文》形聲字，並提出「因聲明義」。
《形聲類篇》	丁履恒	1891	分古韻十九部，入聲未獨立，揭出若干古韻通合條例。
《聲譜》	時庸力	1892	分部二十二，以王念孫爲基礎，參考段玉裁、嚴可均等人，收字以《說文》爲準
《中國語音史·諧聲表》	董同龢	1944	在高本漢基礎上，利用諧聲和詩韻構擬上古音值，分古韻22部，構擬36個單聲母及若干複聲母，提出四條諧聲原則。
《漢語音韻·諧聲表》、《詩經韻讀·諧聲表》	王力	1963 1980	王力利用諧聲探索上古韻部，其理論與方法大多見於《漢語語音史》、《漢語音韻》等相關著作。分古韻二十九部，去入一部。
《詩經古韻部諧聲聲旁表》、《詩經韻字表》	周祖謨	1993 1966	分古韻三十一部，入聲獨立，收1243個聲符，吸收段玉裁、江有誥、嚴可均、王念孫等人諧聲研究成果。

觀察上表，我們認爲，清代中後期的「諧聲表」製作大致存在如下的共性或趨勢：

1、古韻分部漸細，漸成共識，「諧聲表」的價值也隨之提高。

「諧聲表」製作初期，學者分部有優有劣，各執己說。例如萬光泰區分韻部如支脂之、眞文、祭部等，時間雖早，可惜知者甚少。段玉裁分古韻十七部，與萬光泰相同而影響更大。之後的嚴可均未從段說，以眞文不分，同時多侵合併，談合合併。又如姚文田以緝合爲一部，月物一部。苗夔的分部只合不分，更加倒退。

至朱駿聲、張惠言等人，學者們逐漸認識到陰陽入聲的通轉關係，吸收前人各家所長，分部逐漸確定。張成孫以段玉裁爲參照，較之多了多祭緝部，朱駿聲亦較段氏多祭部，江有誥、王念孫均分部二十一，入聲亦劃分精細，僅在質部和多部的分合上存在細微分歧。至現代則以二十二部（考古派）或二十九部（審音派）爲準，古韻分部差別不大。

2、「諧聲表」體例差別不大。

各家均以古韻部為綱，每部前列出所轄中古各韻，次列聲符，後列諧聲字，最後小字列詩韻或《說文》註解，說解字形、詞義或古音。各家除分部差別及是否獨立入聲之外，韻部的排列順序、韻目名稱、是否收錄諧聲字、小字註解的內容也都存在一定的差別。後期「諧聲表」的製作體例受段玉裁影響較大。段玉裁之前的潘咸、萬光泰雖製有「諧聲表」，但是影響甚小，真正成熟的「諧聲表」始於段玉裁。又因為段氏分部精良，其表影響甚遠。嚴可均、江沅、時庸力、陳澧、張惠言、朱駿聲、江有誥、王力、周祖謨的「諧聲表」前均指出參考過段氏《古十七部諧聲表》這一點。

二、清儒以降「諧聲表」的特點與類型

自清中期至現代，「諧聲表」層出不窮，然而由於作者的古音水平不一，其重要性也各不相同。為研究便利，我們擇其中重要者論述「諧聲表」的總體特點與類型。我們選擇製作目的、原則、體例、分部、對字形詩韻通假和中古音的認識、對諧聲聲符的判斷等幾個角度討論。

我們認為，清儒至今，「諧聲表」中相對重要的有數家：段玉裁《古十七部諧聲表》、孔廣森《詩聲類》、嚴可均《說文聲類》、江有誥《諧聲表》、朱駿聲《說文通訓定聲》、王念孫《說文諧聲譜》、董同龢《漢語音韻學·諧聲表》、王力《詩經韻讀·諧聲表》、周祖謨《詩經古韻部諧聲聲旁表》。此數家「諧聲表」體例嚴密，分部精審，影響較大，因此以之為例。

1、段玉裁《古十七部諧聲表》

段玉裁收聲符 1521 個，分部十七，以數字命名韻部，區分真文、支脂之、幽侯是為其創見，晚年接受意見區分東冬。陰聲入聲歸入一部。段氏《諧聲表》以《詩經》韻字及其諧聲聲符為主。在詩韻和諧聲歸部矛盾時，段氏更偏重以諧聲為依據歸部（詳見第五章第一節）。對於《說文》中的古文籀文等異體字，段氏兼收諧聲字的古文和篆文。在字形認識方面，段氏雖多有不足，但較其他清儒，分析字形的成就最大。

2、孔廣森《詩聲類》

分古韻十八部，分別為「原丁辰陽東冬侵蒸談歌支脂魚侯幽宵之合」。東冬

分立，眞文未分，脂微祭未分，緝合未分。先列陽聲九部，後列對應的陰聲九部，入聲未獨立。每部首列出所轄《廣韻》韻目，次列各部全部的聲符，共計770 個。每部後有類似論述如「其偏旁見詩者有从某者某某類，凡此類諧聲而唐韻誤在他部之字，並當改入，唯與某某部可以互收。」聲符後列對應的諧聲字。收字以詩韻爲主，諧聲字後的小字標明詩韻來源及《說文》相關註解。因以詩韻字爲主，所以僅列出諧聲字的聲符，不列最初聲符。如歌部收「化」，詩韻字爲「吪」「訛」，「化」以「七」爲聲符，未列「七」。收字以篆文爲主，鮮少籀文古文等異體字。

3、嚴可均《說文聲類》

自敘參考吳、鄭、陳、顧、江、段、孔等人之研究，分古韻十六部「之支脂歌魚侯幽宵蒸耕眞元陽東侵談」，又以陰陽對轉分爲兩類。眞文不分，冬侵不分，談合不分，脂微祭不分，陰入一部。每部前列中古所轄韻，次列聲符，每一聲系以○隔開，聲符及個別諧聲字下有註解，內容一般爲註明此字出處，說解字形，指明聲符及古音等。據小字註解，部分諧聲字出自《韻會》、《類篇》、《一切經音義》等。部分非出自《說文》的字以口標出，每部後統計字數，收錄古文籀文等異體字較他人爲多。

4、江有誥《諧聲表》

江有誥《諧聲表》收聲符 1139 個，分二十一部，「之幽宵侯魚歌支脂祭元文眞耕陽東冬蒸侵談葉緝」。每部先列所轄中古韻，次列各部聲符。江氏僅收最初聲符，分析字形基本依照《說文》，每聲符下注反切，以《說文》徐鉉反切爲主加以更改，另有部分篆文隸定等相關註解。收字時，兼收籀文和古文，在詩韻與諧聲矛盾時，江氏審音不限於單一材料，而是綜合考慮，以韻部遠近爲依據，使韻文和諧聲現象更爲統一。

5、朱駿聲《說文通訓定聲》

分古韻十八部，以《易》卦命名，分別爲「豐升臨謙頤孚小需豫隨解履泰乾屯坤鼎壯（東蒸侵談之幽宵侯魚歌支脂祭元文眞耕陽）」，較段玉裁多出祭部。每部先列聲符，以口圈出，聲符後列諧聲字，諧聲字下以小字列出異體字形，後統計聲符及諧聲字的字數。簡表之後爲正文，爲諧聲字註解，分爲「古韻」、

「假借」「聲訓」、「轉音」、「轉注」等。徵引大量經典說明本義、假借引申義，所引資料包括《釋名》、《白虎通義》、《呂氏春秋》、《爾雅》、《孟子》、《墨子》、《廣雅》等。

6、王念孫《說文諧聲譜》

分古韻二十一部，爲「東蒸侵談陽耕眞諄元歌支至脂祭盍緝之魚侯幽宵」。東冬未分，緝合未分。原書已佚，王國維有《補高郵王氏說文諧聲譜》，我們的討論暫以之爲據。其中「至第十二」、「祭第十四」下注「原表」，爲王念孫原譜。每韻部下列諧聲聲符，每聲符後列諧聲字，以《說文》所析字形爲據，列出最初聲符、次級聲符以及分別的諧聲字，如祭部「大」聲下另列聲符「夳」、「達」。

7、董同龢《漢語音韻學·諧聲表》

董氏《諧聲表》與江氏《諧聲表》的體例相同，收 1137 個聲符。分部二十二，「之幽宵侯魚支歌脂微祭眞文元耕陽東冬蒸談葉侵緝」，較江有誥多微部。聲符均以《說文》中最初的聲符爲主，不列其後輾轉滋生的諧聲偏旁。諧聲偏旁按照平上去入的順序排列。以篆文爲主，少列籀文古文等異體字，無小字註解。

8、王力《詩經韻讀·諧聲表》

王力收聲符 1401 個，分部三十「之職蒸幽覺冬宵藥侯屋東魚鐸陽支錫耕脂質眞微物文歌月元緝侵盍談」，入聲獨立。區分脂微部，合併冬侵部。收字以詩韻字的聲符爲主，含部分詩韻中出現的諧聲字。檢討《說文》對字形的分析，如「南」，《說文》以之從「𢆉」聲。甲金文象樂器之形，非形聲字，王氏侵部收「南」無誤。同時，王氏收篆文不收古文，在韻文和諧聲字材料矛盾的時候，王氏傾向將韻文視爲合韻，根據其中古讀音歸部。

9、周祖謨《詩經古韻部諧聲聲旁表》

周氏入聲獨立，共三十一部「之職幽覺宵藥侯屋魚鐸歌支錫脂質微物祭月緝盍談侵蒸冬東陽耕眞文元」，收聲符 1243 個。以《詩經》韻字及其聲符爲主，一般不會追究至最初聲符。個別聲符後括號中的字爲詩經韻字或其他先秦典籍常用字，如「古」（「固」、「苦」、「胡」、「辜」）。不收古文籀文，收篆文等常用字體。依據古文字材料檢討《說文》對字形的分析，如「爾」、「丿」、

「弟」、「曳」、「晶」（詳見第五章第三節），詩韻和諧聲衝突的時候，周氏綜合考量，看不出特別傾向。

考察以上諸家「諧聲表」的體例及內容，我們認為，「諧聲表」體例差別不大，就內容而言，可以分為兩類：以《詩經》韻腳為主的「諧聲表」與以《說文》聲符為主的「諧聲表」。

1、以《詩經》韻腳為主的「諧聲表」

前者收字一般以《詩經》等先秦韻文的韻腳字為主要來源，每部列詩韻常見字及其聲符，鮮少收錄韻文之外的聲符或字。

所列聲符一般為詩韻字的聲符，如果為次級聲符也不會追究至最初聲符。甚少收錄古文籀文等異體字，收字以篆文等常見字為主。因以詩韻字為主，無需深入分析字形，受《說文》析字之誤影響不大。

2、以《說文》聲符為主的「諧聲表」

後者以《說文》聲符為主（個別如嚴可均收字不拘於《說文》），每部僅列聲符，聲符後或不列諧聲字，或列出《說文》所示全部諧聲字。

一般依據《說文》列出最初聲符，如果其後收諧聲字一般也會列出次級聲符，且分析字形基本以《說文》為主。製表收字求全，收錄了《說文》中的許多非諧聲字，以其中古讀音為據，參照每部所收中古各韻的大致規律歸部。同時存在改會意為形聲兼會意的傾向。大多收錄古文籀文等異體字。因概以《說文》為據，各別聲符的歸部受《說文》析字之誤影響，需結合古文字材料判斷字形，結合詩韻和諧聲重新歸部。

兩類「諧聲表」大多陰入一部，分部在十六至二十二部之間，在段玉裁古十七部的基礎上增減。韻部順序和收字數量與這兩類的差別並無直接聯繫。另外，「諧聲表」的註解基本以《說文》為主，一般為說明讀音及聲符。朱駿聲《說文通訓定聲》的註解數量最大，在一眾「諧聲表」中比較特殊，已經超出辨明古音的範疇了，是清儒探究同源詞的努力和嘗試。

我們認為，前者以段玉裁、孔廣森、王力、周祖謨為主，較典型者為段玉裁《古十七部諧聲表》，後者以嚴可均、朱駿聲、江有誥、王念孫、董同龢為主，較典型者為江有誥《諧聲表》。其特點與類型如上所述。

第二節　「諧聲表」與古音研究之關係

清儒研究古音以古韻為主，韻部分二十一，已臻其極。王力、董同龢在清儒基礎上，利用諧聲劃分脂微兩部，古韻分部至此完成。清儒利用「諧聲表」主要在古韻部和聲調兩方面，下面我們即從這兩個方面討論「諧聲表」在古音研究中的功能。

一、「諧聲表」與古韻部研究之關係

清代的古韻研究是以東冬、真文元、幽宵、支脂之微祭、緝合等幾個鄰近韻部的劃分為節點的。清儒區分鄰近韻部的主要依據包括《詩經》韻腳及韻例、諧聲、韻部通轉遠近關係、陰陽入對應關係等等。脂（微）祭部的劃分與界限是其中的焦點之一。從清代到近現代，古音學家對這幾個韻部的研究持續推進，逐步細化。我們即以脂微祭部的劃分為例探討「諧聲表」與古韻部研究之間的關係。

顧炎武的古韻十部中，支脂之微祭等部混成一團。江永獨立入聲韻部，區分質部、月部、錫部職部，分別對應真部、元部、之部，實際上已經由入聲發現了這幾個韻部之間的區隔。其後的段玉裁支脂之三分，同時認識到質月有別，如《齊風·東方之日》：「日室即」韻質部、「月闥發」韻月部，《小雅·都人士》：「撮發說」韻月部、「實吉潔」韻質部。因此將質部歸入真部，與脂部區別。

段玉裁《古十七部諧聲表》十二真部之中相當於質部的諧聲聲符為：「八甶穴匹必宓瑟盍替實吉壹頡質七疐卩即節日疾桼漆至室畢一乙血徹逸印抑失別」。這些聲符一般與入聲點、質、櫛、屑韻的字諧聲。例如「佖駜鉍秘泌祕閟覕飶怭眫毖瑟」等字從「必」得聲，中古皆屬質、至、震、職、屑、點、屋、櫛韻，不與微部（迄、術、物等韻）、祭部（曷、鎋、薛、月、末等韻）諧聲。

《詩經》韻例在區別支脂之（段玉裁）、東冬（孔廣森）之中發揮了關鍵的作用。但是脂微祭部在《詩經》押韻中犬牙交錯，難以劃分，因而段氏的脂部陰聲與微部陰入聲、祭部去入聲並未析分。儘管王力指出《詩經》中存在長篇用韻脂微不雜的現象，但是不能否認的是，《詩經》中脂微混押的比例較其他鄰近韻部相混的為多。王力以段玉裁《六書音韻表》為例討論脂微部

在詩韻中的情況。他認爲：

> 以上共一百一十個例子……可認爲脂微合韻者二十六個，不及全數四分之一。若更以段氏《群經韻分十七部表》爲證……可認爲脂微合韻者僅七個，約占全數五分之一。[註8]

後戴震首次獨立祭部，江有誥與之相同。王念孫除獨立祭部外，從脂部分出去入聲，成立質部（至部）。江有誥與王念孫在至部的問題上分歧很大，原因仍在於質術月三者在《詩經》押韻中混用較多。祭部開口度最大，與脂微部差別最明顯。二人對祭部的獨立態度一致。江有誥《諧聲表》與王念孫《說文諧聲譜》的祭部所收聲符如下表所示。

表 2：江有誥《諧聲表》與王念孫《說文諧聲譜》的祭部

	祭　　部
江有誥	祭衛贅毳屮制裔執世与厕彗叀拜介大太匃帶貝會兌巜最外薑吷又半砅筮竄夬叡摯泰戌肖月伐欮乚曼屮剌截歺末夺犮乡桀折舌絕叕歨屮耴丿乞址臬乒吉威絲幽叔杀金奪徹設朮劣別叚孑市
王念孫	祭世砅曳制執屮筮歲贅衛毳祟竄貝匃帶大蓋兌外最會半介拜夬薑又吷夺市月書医厥伐罰戌粵乒歺剌末犮登奪肖蔑杀臬截辥幽桀屮舌折子絕叕劣威刷別户

祭部聲符所諧的諧聲字一般爲「祭泰夬廢月曷末鎋薛韻」（以及黠至怪霽屑韻部分字）。江有誥與王念孫所分的祭部範圍相近。例如舌聲，「話苦趏話鴰骺刮栝秳佸頢髺活聒括姡銛闊」等字從「舌」得聲，中古皆屬黠、鎋、夬、末韻。

此後，王力受到章炳麟「獨立隊部」以及南北朝詩韻的啓發，提出脂部爲《廣韻》的齊韻字以及脂皆的開口，微部爲《廣韻》的微灰咍韻字及脂皆的合口。而董氏用諧聲字和重紐現象驗證了王力的結論，他以齊韻字和微灰咍韻字的諧聲現象爲標準檢驗脂皆韻開合口，補充王力的結論。董同龢指出脂皆韻開口有諧微灰咍韻的微部字，脂皆韻合口亦有諧齊韻的脂部字。因此，他認爲：

> 我們不能說脂皆的開口字全屬脂部而合口字全屬微部。事實上

〔註8〕王力《王力文集·第十七卷·上古韻母系統研究》，濟南：山東教育出版社，1986年，頁187。

脂皆兩韻的確是上古脂微兩部的雜居之地，他們的開口音與合口音
之中同時兼有脂微兩部之字。〔註9〕

董同龢《中國語音史‧諧聲表》的脂微部以江有誥的脂部為基礎。脂部
（我們以分號區隔四聲）包括：「妻皆厶禾夷齊眉尸夔卜伊屖；几豸犀氐黹比
米尒豊死朼美水矢兒履癸夂豕匕；示閉二戾利希棄四惠計医繼自𦥑寠至夔
季；悉八必實吉戠質七卪日栗桼冖㣈畢一血逸抑丿失頁劓」。微部包括：「飛
𣬉衣褱綏非枚𢾷口幾隹累希威回衰肥乖開；鬼畾尾虫罪委毇火卉；與貴气（乞）
旡胃未位退隶祟凷尉對頪內字器配冀耒叞絫畏；卒率术出兀弗夒𡿺勿由厶乙
乀骨帥鬱」。

上述脂微部字當中，齊微灰咍韻的字歸部明確，脂皆韻個別聲符的歸部爭
議較大，需要藉助同源詞、通假字等其他材料綜合考量。董同龢的說法亦非確
論。在此之後，梅祖麟（2005）、龍宇純（2006）、郭錫良（2007）、鄭張尚芳（2008）
或重新劃定脂微部界限，或討論單獨一字的歸部問題。我們在第五章也利用大
量篇幅討論了一些有爭議的脂微祭部字歸部問題。

由上述論述可知「諧聲表」在脂微部的劃分中發揮的重要作用，但是個別
聲符及諧聲字的歸屬仍有諸多討論空間。

二、「諧聲表」與聲調研究之關係

清儒關於上古聲調的討論不多。對於「古有無四聲」以及古聲調之間的
關係，江永、段玉裁、江有誥等人皆有過相關論述。江永認為古「四聲一貫」，
段玉裁則指出古四聲與今不同，部分字的聲調古今有異，古去入一類。他認
為：

> 考周秦漢初之文，有平上入而無去。……有古平而今仄者，有
> 古上入而今去者，細意搜尋，隨在可得其條理。……古平上為一類，
> 去入為一類，上與平一也，去與入一也。上聲備於三百篇，去聲備
> 於魏晉。〔註10〕

〔註 9〕董同龢《上古音韻表稿》，台北：台聯國風出版社，頁 69。

〔註10〕清‧段玉裁《六書音均表‧古四聲說》，《音韻學叢書》12 冊，台北：廣文書局，
　　　　1987 年。

江有誥先從江永之說，認爲「古無四聲確不可易矣」﹝註11﹞，然而《諧聲表》的做法又自亂其例，每部所列聲符均按照中古四聲順序排列，以古今聲調一致。

古有四聲，且古四聲與今不同。清儒利用「諧聲表」區分韻部，卻甚少有利用「諧聲表」討論聲調的嘗試。因此，我們以江有誥《諧聲表》爲例，在清人基礎上補充說明清儒「諧聲表」在古聲調研究方面的應用。

就段氏之說而言，王力補充了 281 個詩韻字爲例證明去入一類﹝註12﹞。但是我們認爲，就諧聲現象而言，去入雖近，卻並非一類。

我們統計江有誥《諧聲表》異調諧聲的字數（詳見第四章第七節），認爲[-g]尾陰聲韻平上互諧占比 7.14%，平去互諧佔比 3.23%，上去互諧占比2.21%。[-g]尾陰聲韻平上去聲遠近關係一致，平上比上去更近，但無論從數量還是比例都無法把平上歸爲一類。[-d]尾陰聲韻平上去遠近關係一致，與[-g]尾現象相同，平上聲非如去入聲結合緊密，平上接近但同樣不能歸爲一類。[-g]尾入聲韻平入與上入諧聲比例相同，皆爲 0.68%，去入互諧占比 4.42%，去入更爲接近。[-g]尾入聲韻自諧數量高於去入互諧，[-d]尾入聲韻則相反，去入諧聲 30 個，占比 5.1%。相比[-g]尾陰聲韻，[-d]尾陰聲韻去入關係更密切。從三個（以上）聲調的諧聲情況看來，平上去諧聲占比 72.13%，更加證明平上去聲與入聲有實質的區別。

綜合陰聲韻與陽聲韻部的異調諧聲表現，我們認爲，除入聲外，平上去之間沒有特別接近。入聲與去聲關係略近，其次爲上聲，最遠爲平聲。平上去一類，入聲一類。

就江有誥的《諧聲表》來看古聲調的形態，段氏所說的平上一類並不成立。去入一類或指去入關係密切，調值相同，但實質上諧聲現象顯示去入聲的密切程度尚不足以合並爲一類。

﹝註11﹞ 清・江有誥《音學十書・凡例》，《音韻學叢書》14 冊，台北：廣文書局，1987 年。

﹝註12﹞ 王力《王力文集・第十七卷・古無去聲例證》，濟南：山東教育出版社，1989 年，頁 340。

第三章　江有誥《諧聲表》反切注音與篆文隸定研究

　　江有誥《諧聲表》以諧聲聲符爲主，也隨文標註反切注音、篆文等註解。這些資料前人的研究往往忽略，下面我們分兩節分別討論江有誥《諧聲表》中反切注音與篆文隸定的內容及價值。

第一節　江有誥《諧聲表》的反切

　　明清已降，古音學家如陳第逐漸確立了「時有古今，地有南北，字有更革，音有轉移」的觀念，改變了早期學者以「協句」、「叶音」、「取韻」等種種方式更動《毛詩》韻腳，隨文改讀的混亂局面。自顧炎武始，在陳第一字一音的觀念基礎上，清代古音學家開始系統歸納古音韻部。戴震、段玉裁、孔廣森、江有誥在分部的同時，亦隨韻文零星標出「叶某」、「直音某」等注語，探究上古讀音。但是有清一代，在《諧聲表》中，大量使用反切標明古音歸部的做法並不常見。

　　江有誥《諧聲表》中每個聲符皆有反切注音，共一千一百三十九條。他採用陳第等人的叶音方法，以大量的反切（個別直音）標註古音讀法，力圖恢復古音原貌。周祖謨先生指出：

　　　　江氏的《諧聲表》更於每一聲旁下注出讀音，或用反切，或用

直音，此種作法因承陳第、顧炎武的著作而來，也代表他對古韻部讀音的推測，值得我們注意。〔註1〕

與朱熹等人的早期叶音不同，他認為古人一字一音，不能隨文轉讀：

> 顧氏謂古人一字止有一音（四聲互用不在此例）。嘉定錢氏譏其固滯，然兩漢魏晉固有一字數音者，若三代之文，則無此也。至通韻合韻則不得不遷就其音，故以叶別之，然亦不過百中一二而已。〔註2〕

同時，江氏注音也有方便初學者的考慮：

> 陳氏《毛詩古音考》率用直音於無可音之字，多借相近者音之，慎齋譏其謬矣。故《古韻標準》悉用切音，然初學或有不知翻切者。則猶不得門而入也。愚故仍用直音，無的當可音之字，乃以切代之。庶可便於初學亦不致見誚於通人。〔註3〕

誠如周祖謨先生所言，我們認為這些材料反映了江有誥對古音的認識，因此值得全面系統地考察研究。

我們全面考察江有誥《諧聲表》中的反切材料，比較《廣韻》、《說文》徐鉉反切，分析江氏的反切來源、注音體例、對古聲母的認識。

一、江有誥《諧聲表》的反切來源

江有誥非常重視《說文》。江氏製《諧聲表》，除了把部分會意字改為形聲兼會意之外，諧聲聲符的判定一律以《說文》為準。江有誥認為：

> 段氏表無音切，茲為初學計，取《唐韻》切音錄於其下。〔註4〕

江有誥自敘以《唐韻》反切為依據。清人認為，《說文》徐鉉反切即採自孫愐《唐韻》的反切。然而，經部分學者考訂，《說文》徐鉉反切當另有所本，與孫愐《唐韻》反切不同（董同龢 1954、徐朝東 2010、蔡夢麒 2011）。我們

〔註1〕 清‧江有誥《音學十書‧前言》，北京：中華書局，1993 年，頁 4。

〔註2〕 清‧江有誥《音學十書‧凡例》，《音韻學叢書》14 冊，台北：廣文書局，1987 年。

〔註3〕 清‧江有誥《音學十書‧凡例》，《音韻學叢書》14 冊，台北：廣文書局，1987 年。

〔註4〕 清‧江有誥《音學十書‧諧聲表》，《音韻學叢書》16 冊，台北：廣文書局，1987年。

認爲，江有誥所指《唐韻》反切應爲《說文》徐鉉反切。因此，我們在比較《廣韻》反切的基礎上，同時也比較《說文》徐鉉的反切，暫未參考《集韻》反切。

（一）江有誥《諧聲表》的反切與《廣韻》、《說文》徐鉉反切之關係

比較江有誥《諧聲表》反切注音與《廣韻》反切、《說文》徐鉉反切，我們發現如下規律：

1、《廣韻》與《說文》徐鉉反切一致，則《諧聲表》直接引用

被切字的《廣韻》反切與《說文》徐鉉反切一致，且反切下字與被切字均符合江氏的古音歸部時，江氏一律直接引用不加更改，例如：

（之部）北：博墨切；直：除力切；采：倉宰切；宰：作亥切；

（幽部）求：巨鳩切；舟：職流切；流：力求切；

（脂部）犀：先稽切；鬼：居偉切；實：神質切；吉：居質切；日：人質切；栗：力質切；

（祭部）〈〈：古外切；欮：居月切；末：莫撥切；桀：渠列切；屮：丑列切；

（元部）山：所閒切；戔：昨干切；元：愚袁切；閑：戶閒切；廛：直連切；丹：都寒切；㮀：附袁切岩：多官切；丸：胡官切；虔：渠焉切；

（文部）昏：呼昆切；昆：古渾切；文：無分切；熏：許云切；本：布忖切；棍：古本切；本：布忖切；

（眞部）印：於刃切；疢：丑刃切；廴：余忍切；臣：植鄰切；民：彌鄰切；因：於眞切；

（東部）公：古紅切；紅：戶公切；叢：徂紅切；从：疾容切；

（冬部）宋：蘇統切；統：他綜切；

（蒸部）鷹：於陵切；陵：力膺切；興：虛陵切；夌：力膺切；

（談部）籤：子廉切；

（葉部）枼：與涉切；聶：尼輒切；甲：古狎切；

（緝部）立：力入切；邑：於汲切；集：秦入切；十：是執切；習：似入切。

2、《廣韻》與《說文》徐鉉反切用字不同，則《諧聲表》引《說文》徐鉉反切

被切字的《廣韻》反切與《說文》徐鉉反切實質讀音一致，只是反切用字

不同，且反切下字與被切字均符合江氏的古音歸部時，江氏亦一律直接採《說文》徐鉉反切：

（之部）酋：字秋切（《廣韻》自秋切、《說文》徐鉉字秋切）；

（幽部）帚：支手切（《廣韻》之九切、《說文》徐鉉支手切）；

（脂部）口：羽非切（《廣韻》雨非切、《說文》徐鉉羽非切）；豨：陟几切（《廣韻》豬几切、《說文》徐鉉陟几切）；胃：于貴切（《廣韻》于貴切、《說文》徐鉉云貴切）；

（元部）爰：羽元切（《廣韻》雨元切、《說文》徐鉉羽元切）；奐：呼貫切（《廣韻》火貫切、《說文》徐鉉呼貫切）；次：敘連切（《廣韻》夕連切、《說文》徐鉉敘連切）；（文部）多：之忍切（《廣韻》章忍切、《說文》徐鉉之忍切）；

（侵部）今：居音切（《廣韻》居吟切、《說文》徐鉉居音切）；琴：巨今切（《廣韻》巨金切、《說文》徐鉉巨今切）；音：於今切（《廣韻》於金切、《說文》徐鉉於今切）；

（緝部）入：人汁切（《廣韻》人執切、《說文》徐鉉人汁切）；廿：人汁切（《廣韻》人執切、《說文》徐鉉人汁切）。

3、《諧聲表》以《說文》徐鉉反切為《廣韻》未收字注音

當被切字《廣韻》未收，《說文》徐鉉反切的反切下字與被切字均符合江氏的古音歸部時，江氏一律直接採《說文》徐鉉的反切：

（之部）甾：側詞切（《廣韻》無、《說文》徐鉉側詞切）；

（幽部）憂：於求切（《廣韻》無、《說文》徐鉉於求切）；

（祭部）萬：私列切（《廣韻》無、《說文》徐鉉私列切）；

（元部）晏：烏諫切（《廣韻》無、《說文》徐鉉烏諫切）；乁：弋支切（《廣韻》無、《說文》徐鉉弋支切）；

（文部）睿：私閏切（《廣韻》無、《說文》徐鉉私閏切）；殣：思渾切（《廣韻》無、《說文》徐鉉思魂切，「魂」「渾」同音）；

（眞部）朮：匹刃切（《廣韻》無、《說文》徐鉉匹刃切）；

（葉部）耴：陟葉切（《廣韻》無、《說文》徐鉉陟葉切）。

4、《諧聲表》參考《廣韻》反切為《說文》未收的聲符注音

個別被切字《說文》不作為部首，只作為聲符在諧聲字中出現，亦無單獨

注音。若《廣韻》收錄，且反切下字與被切字均符合江氏的古音歸部時，江氏一律直接採《廣韻》的反切注音，若《廣韻》未收，或《廣韻》反切不符合江氏的古音歸部，則以《廣韻》反切爲主改成符合江氏古音歸部的反切或直接給出反切（反切下字屬同部的古本音）：

（之部）畐：芳逼切（「富菖逼副楅」等从「畐」得聲，《廣韻》芳逼切／房六切、《說文》徐鉉芳逼切／房六切）；

（脂部）希：香衣切（「係絺」等从「希」得聲，《廣韻》香衣切、《說文》徐鉉無）；

（祭部）威：許劣切（「滅」从「威」得聲，《廣韻》許劣切、《說文》徐鉉許劣切）；

（元部）丱：古患切（「鮝」从「丱」得聲，《廣韻》古患切、《說文》徐鉉無）；屬：七然切（躔僊遷从屬得聲，《廣韻》無、《說文》徐鉉無，遷《廣韻》七然切）；

（冬部）贈：撫鳳切，改撫仲切（《廣韻》撫鳳切、《說文》徐鉉撫鳳切）；

（蒸部）朋：蒲崩切（「堋弸輣倗崩淜掤」等从「朋」得聲，《廣韻》步崩切[註5]、《說文》徐鉉步崩切）。

5、《廣韻》與《說文》徐鉉反切不同，《諧聲表》則側重《廣韻》反切

個別聲符的《廣韻》反切與《說文》徐鉉的反切注音不同，且《廣韻》反切符合江氏的古音歸部，則江氏直接採《廣韻》的反切來注音：

（幽部）竹：張六切（《廣韻》張六切、《說文》徐鉉陟玉切）；

（脂部）衰：所追切（《廣韻》所追切／楚危切／山垂切／倉回切、《說文》徐鉉穌禾切）；位：于愧切（《廣韻》于愧切、《說文》徐鉉于備切）；履：力几切（《廣韻》力几切、《說文》徐鉉良止切））；

（祭部）匃：古太切（《廣韻》古太切、《說文》徐鉉古代切）；

（元部）崔：胡官切（《廣韻》胡官切、《說文》徐鉉職追切）；

個別聲符《廣韻》《說文》收錄，但被切字的《廣韻》反切與《說文》徐鉉注音均不合江氏古音歸部的，直接給出江氏的反切：

引：余矧切（《廣韻》余忍切／餘刃切、《說文》徐鉉余忍切，「忍」「矧」

〔註5〕步崩切、蒲崩切讀音一致。

皆爲軫韻字，「引」爲眞部字，改文部「忍」爲眞部字「矧」。）。

另外，江氏《諧聲表》除個別聲符外，幾乎沒有多音字或兩部兼收的情況。江氏《諧聲表》中「令」、「命」兩聲符是眞耕兩部兼收的，命：眉病切眉閏切（眞部注音）；眉病切改眉正切（耕部注音）。「命」的耕部注音無誤。眞部注音中，「閏」爲文部字，非眞部字，以之爲反切下字不妥，且原注音失「古」字。

令：力人切（眞部）；力正切（耕部）。注音符合眞耕兩部兼收的情況。

毒：烏代切又遏在切（《廣韻》烏開切／烏改切、《說文》徐鉉遏在切）。兩切均爲影母之部字，江氏《諧聲表》毒亦入之部，「又」當爲「古」之誤。

（二）江有誥《諧聲表》的反切無一字多音

除此之外，江氏《諧聲表》的聲符皆爲一字一音。遍檢《廣韻》、《集韻》等韻書，一字多音的現象比比皆是。面對《廣韻》、《說文》徐鉉反切一字多音的情況，江氏的處理方法是：

1、《廣韻》多個反切聲母不同，則《諧聲表》採與《說文》徐鉉相同的反切

如被切字在《廣韻》中存在聲母不同的多個反切，而《說文》徐鉉只有一個反切，則選擇與《說文》徐鉉注音一致且符合江氏古音歸部的反切：

（之部）夏：初力切（《廣韻》子力切／初力切、《說文》徐鉉初力切）；

（魚部）夫：甫無切（《廣韻》防無切／甫無切、《說文》徐鉉甫無切）；

（祭部）㡀：毗祭切（《廣韻》毗祭切／匹世切、《說文》徐鉉毗祭切）；會：黃外切（《廣韻》古外切／黃外切、《說文》徐鉉黃外切）；徹：丑列切（《廣韻》直列切／丑列切、《說文》徐鉉丑列切）；

（陽部）方：府良切（《廣韻》符方切／府良切、《說文》徐鉉府良切）；

（蒸部）曾：昨棱切（《廣韻》昨棱切／作滕切、《說文》徐鉉昨稜切）；

（緝部）咠：七入切（《廣韻》七入切／子入切、《說文》徐鉉七入切）。

2、《廣韻》多個反切韻調不同，則《諧聲表》採與《說文》徐鉉相同的反切

如被切字在《廣韻》中存在韻母或聲調不同的多個反切，而《說文》徐鉉只有一個反切，則選擇與《說文》徐鉉注音一致且符合江氏古音歸部的反切：

（幽部）守：書九切（《廣韻》書九切／書救切、《說文》徐鉉書九切）；

（宵部）夭：於兆切（《廣韻》於喬切／乙矯切／於兆切、《說文》徐鉉於兆切）；勞：魯刀切（《廣韻》魯刀切／郎到切、《說文》徐鉉魯刀切）；巢：鉏交切（《廣韻》鉏交切／士稍切、《說文》徐鉉鉏交切）；

（侯部）婁：洛侯切（《廣韻》力朱切／落侯切、《說文》徐鉉洛侯切）；

（脂部）尉：於胃切（《廣韻》於胃切／紆物切、《說文》徐鉉於胃切）；耒：盧對切（《廣韻》力軌切／盧對切、《說文》徐鉉盧對切）；卒：臧沒切（《廣韻》臧沒切／倉沒切／將聿切、《說文》徐鉉臧沒切）；率：所律切（《廣韻》所類切／所律切、《說文》徐鉉所律切）；帥：所律切（《廣韻》所律切／所類切、《說文》徐鉉所律切）；

（祭部）轊：于穢切（《廣韻》于穢切／詳歲切、《說文》徐鉉于穢切）；

（元部）閒：古閑切（《廣韻》古晏切／古閑切／古莧切、《說文》徐鉉古閑切）；刪：所奸切（《廣韻》所姦切／所晏切、《說文》徐鉉所奸切）；卵：盧管切（《廣韻》盧管切／郎果切、《說文》徐鉉盧管切）；毌：古丸切（《廣韻》古丸切／古玩切、《說文》徐鉉古丸切）；穿：昌緣切（《廣韻》昌緣切／尺絹切、《說文》徐鉉昌緣切）；侃：空旱切（《廣韻》空旱切／苦旰切、《說文》徐鉉空旱切）；

（文部）菫：巨斤切（《廣韻》巨巾切／巨斤切／居隱切、《說文》徐鉉巨斤切）；

（陽部）王：雨方切（《廣韻》雨方切／雨誑切、《說文》徐鉉雨方切）；光：古皇切（《廣韻》古黃切／古曠切、《說文》徐鉉古皇切）；丁：當經切（《廣韻》中莖切／當經切、《說文》徐鉉當經切）；

（東部）封：府容切（《廣韻》府容切／方用切、《說文》徐鉉府容切）；

（冬部）眾：之仲切（《廣韻》職戎切／之仲切、《說文》徐鉉之仲切）；

（談部）占：職廉切（《廣韻》職廉切／章豔切、《說文》徐鉉職廉切）；

（葉部）曄：筠輒切（《廣韻》為立切／筠輒切、《說文》徐鉉筠輒切）。

3、《廣韻》多個反切聲韻調不同，則《諧聲表》採與《說文》徐鉉相同的反切

如被切字在《廣韻》中存在聲韻調皆不一致的多個反切，而《說文》徐鉉只有一個反切，則選擇與《說文》徐鉉一致，且符合江氏古音歸部的反切：

（脂部）幾：居衣切（《廣韻》渠希切／居依切／居豈切／其既切、《說

文》徐鉉居衣切）；㣇：羊至切（《廣韻》羊至切／徒計切、《說文》徐鉉羊至切）；㕯：女滑切（《廣韻》內骨切／如劣切／女滑切、《說文》徐鉉女滑切）；質：之日切（《廣韻》陟利切／之日切、《說文》徐鉉之日切）；𨍭：人質切（《廣韻》人質切／止而切、《說文》徐鉉人質切）；

（祭部）彗：詳歲切（《廣韻》徐醉切／祥歲切／相銳切／于歲切、《說文》徐鉉詳歲切）；

（元部）吅：況袁切（《廣韻》況袁切／私全切／似用切、《說文》徐鉉況袁切）；緐：附袁切（《廣韻》附袁切／薄官切／薄波切、《說文》徐鉉附袁切）；般：北潘切（《廣韻》薄官切／博干切／布還切／北潘切、《說文》徐鉉北潘切）；孨：旨兗切（《廣韻》旨兗切／莊眷切／尼立切、《說文》徐鉉旨兗切）；扇：式戰切（《廣韻》式連切／式戰切、《說文》徐鉉式戰切）；曼：無販切（《廣韻》母官切／無販切、《說文》徐鉉無販切）；

（文部）囷：去倫切（《廣韻》去倫切／渠殞切／昝倫切、《說文》徐鉉去倫切）；

（陽部）亢：古郎切（《廣韻》古郎切／苦浪切、《說文》徐鉉古郎切）。

4、《說文》存在多個反切，則《諧聲表》擇一或直接注音

個別被切字在《說文》中存在多個反切，則從《說文》徐鉉注音中選擇一個符合江氏古音歸部的反切，或直接給出江氏的反切（下字當爲同部的古本音）：

（幽部）髟：必凋切（《廣韻》甫遙切／甫休切／所銜切、《說文》徐鉉必凋切／所銜切）；

（魚部）且：子余切（《廣韻》子魚切／七也切、《說文》徐鉉子余切／千也切）；

（脂部）丿：旁密切（《廣韻》餘制切／普蔑切、《說文》徐鉉旁密切／房密切）；

（文部）豩：伯貧切（《廣韻》無、《說文》徐鉉伯貧切／呼關切）。

經過上文比較分析，我們發現，在符合江氏古音歸部的前提下，江氏《諧聲表》的反切注音確如其在凡例中所言，以《說文》徐鉉反切爲主，個別聲符《說文》徐鉉反切缺失或其注音不合古音歸部，則參考《廣韻》更改。如果《廣韻》、《說文》徐鉉存在多個反切，仍然以《說文》徐鉉的反切注音爲主要依據。

二、江有誥《諧聲表》的反切體例與形式

江有誥遵從戴震、段玉裁等人的說法，以古音多歛，今音多侈，並認爲所注反切的下字必須與被切字同部：

> 切音之下一字，愚悉取諸古音本部，不欲泛出他韻，雖用昔人之音，亦不得不改昔人所用之字，觀者察之。佳與支，皆灰與脂，咍與之，寒刪與元仙，談與鹽，去聲泰夬與祭廢，入聲沒屑與質，曷與薛，德與職，雖相去不遠，而歛侈迥異。戴氏謂古音多歛，今音多侈，茲悉取侈音而歛之，所以復古音也，亦以使人誦讀也。〔註6〕

因此，江氏在《說文》徐鉉、《廣韻》的基礎上，以上古讀音爲依據更改反切。下面，我們分別分析江氏更改反切的體例與形式。

（一）直接引用反切注音

如果《說文》徐鉉或《廣韻》的反切，被切字與反切下字古今同部，則江氏不加更改直接列出。此種形式爲江氏注音的主體，數量最多，因此不一一列舉。除直接反切之外的注音形式均列舉全部例子。

江氏認爲，反切下字必和被切字同部，如前人反切的下字和被切字同部，則直接引用不加更改，亦不特別更改等呼。

（之部）（以下 　等）黑：呼北切；則：子德切，再：作代切；亥：胡改切；（二等）革：古核切；（以下三等）力：林直切；戠：之弋切；喜：虛里切；意：於記切；耳：而止切；史：疏士切；止：諸市切；辭：似茲切；之：止而切；

（幽部）（以下三等）未：式竹切；秀：息救切；牟：莫浮切；蔲：所鳩切；州：職流切；由：以周切；囚：似由切；肘：陟柳切；夙：息逐切；

（宵部）（以下一等）发：土刀切；盜：徒到切；雈：胡沃切；（二等）鬧：奴教切；（以下爲三等）蹻：許嬌切；兆：治小切；表：陂矯切；小：私兆切；焦：即消切；鼂：直遙切；尞：力照切；龠：以灼切；虐：魚約切；（以下四等）幺：於堯切；杳：烏皎切；

（魚部）（以下一等）吳：五乎切；虍：荒烏切；䵈：倉胡切；壺：戶吳切；

（支部）（以下二等）買：莫蟹切；畫：胡卦切；（以下三等）是：承紙切；芈：綿婢切；朿：七賜切；（以下四等）兮：胡雞切；醯：呼雞切；狄：徒歷切

（脂部）（以下一等）𠂤：都回切；內：奴對切；對：都隊切；骨：古忽切；頁：胡結切；（二等）皆：古諧切；（以下三等）厶：息夷切；綏：息遺切；非：甫微切；二：而至切；未：無沸切；自：疾二切；冀：居利切；畏：於胃切；勿：文弗切；悉：息七切；畢：卑吉切；（以下四等）米：莫禮切；計：古詣切；医：於計切；繼：古詣切；

（祭部）（以下一等）最：祖外切；剌：盧達切；歺：五割切；犮：蒲撥切；外：五會切；帢：五葛切；（以下二等）夬：古邁切；犗：古拜切；（以下三等）銳：以芮切；吠：符廢切；乂：魚肺切；𥯤：時制切；月：魚厥切；伐：房越切；絕：情雪切；叕：陟劣切；

（元部）（以下一等）寒：胡安切；羼：郎段切；爨：七亂切；象：通貫切；（以下二等）攀：普班切；豤：五閑切；（以下三等）憲：許建切；弁：皮變切；

（文部）（以下一等）存：祖尊切；門：莫奔切；蚰：古魂切；尊：祖昆切；（以下三等）君：舉云切；巾：居銀切；屯：陟倫切；

（眞部）（以下三等）人：如鄰切；閵：良刃切；信：息晉切；晉：即刃切；辛：息鄰切；身：失人切；

（耕部）（以下三等）盈：以成切；成：是征切；（以下四等）熒：戶扃切；扃：古螢切；

（陽部）（以下三等）易：與章切；章：諸良切；

（東部）（一等）同：徒紅切；（三等）邕：於容切；

（冬部）（以下一等）冬：都宗切；宗：作冬切；彤：徒冬切；農：奴冬切；（以下三等）躬：居戎切；戎：如融切；

（蒸部）（一等）恒：胡登切；（以下三等）熊：羽弓切；冰：筆陵切；陾：如乘切；凭：皮冰切；

（侵部）（以下三等）林：力尋切；心：息林切；

（談部）（以下三等）僉：七廉切；詹：職廉切；（四等）甜：徒兼切；

（葉部）（以下三等）妾：七接切；業：魚怯切；𤲬：良涉切。

（二）以「某某切，古某某切」與「某某切，改某某切」的形式注音

「古」或「改」前爲江氏引用的前人反切，「古」或「改」後爲江氏修改的符合其古音歸部的反切。「某某切，古某某切」共一百二十九條，「某某切，改某某切」共一百一七條，下文一一列出。江氏《諧聲表》對「某某切，古某某切」、「某某切，改某某切」的定義如下：

其古今異讀之字加以「古某某切」，《唐韻》同部而古韻不同部者加以「改某某切」。〔註7〕

即「某某切，古某某切」指上古同部、而中古不同韻者，「某某切，改某某切」指中古同韻、上古不同部者。考察這兩類類材料，我們發現，江有誥的對韻值的理解和分類承自段玉裁的古本音理論。段玉裁的「古本音」理論如下所述：

凡一字而古今異部，以古音爲本音，以今音爲音轉，如尤讀怡、牛讀疑、丘讀欺，必在第一部（之），而不在第三部（幽）者，古本音也。今音在十八尤者，音轉也，舉此可以隅反矣。第一部之韻，音轉入於尤，第三部尤幽韻，音轉入於蕭宵肴豪，第四部侯韻，音轉入於虞。第五部魚虞模韻，音轉入於麻。第六部蒸韻，音轉入於侵，第七部侵鹽韻，音轉入於覃談咸銜嚴凡。第二部至第五部（宵幽侯魚），第六部至第八部（蒸侵談），音轉皆入於東冬鍾。第九部東冬鍾韻，音轉入於陽唐，第十部陽唐韻，音轉入於庚，第十一部庚耕清青韻，音轉入於眞，第十二部眞先韻，音轉入於文欣魂痕，第十三部文欣魂痕韻音轉入於元寒桓刪山仙，第十三部第十四部（文元），音轉皆入於脂微，第十五部脂微齊皆灰韻，音轉入於支佳，第十六部支佳韻音轉入於脂齊歌麻。第十七部歌戈韻音轉亦多入於支佳，此音轉之大較也。〔註8〕

將段氏所舉各部的本音、音轉表列如下：

〔註7〕　清・江有誥《音學十書・諧聲表》，《音韻學叢書》16 冊，台北：廣文書局，1987年。

〔註8〕　清・段玉裁《六書音韻表・古十七部本音說》，《音韻學叢書》12 冊，台北：廣文書局，1987 年。

表3：段玉裁古音的「本音」與「音轉」

韻部	本　音	音　轉	韻部	本　音	音　轉
之部	之	尤	幽部	尤幽	蕭宵肴豪
侯部	侯	虞	魚部	魚虞模	麻
蒸部	蒸	侵	侵部	侵鹽	覃談咸銜嚴凡
東部	東冬鍾	陽唐	陽部	陽唐	庚
耕部	庚耕清青	眞	眞部	眞先	文欣魂痕
文部	文欣魂痕	元寒桓刪山仙	脂部	脂微齊皆灰	支佳
支部	支佳	脂齊歌麻	歌部	歌戈	支佳

我們發現，「某某切，古某某切」包涵三部分內容：

1、不同部的「音轉」改為同部的「古本音」

切下字屬本部的「音轉」之韻，與被切字不同部，一律更改爲本部的「古本音」。如之部的「尤」改爲「之」，幽部的「宵蕭肴豪」改爲「尤侯」（以歙音讀來流攝一三等相同），侯部的「虞」改爲「侯尤」，魚部的「麻」改爲「魚模」，歌部的「支麻」（段氏以「支佳」爲歌部音轉，江氏「麻」半入支，半入歌，「麻」亦當爲音轉）改爲「歌戈」，文部的「仙桓」改爲「魂文」，陽部的「庚」改爲「陽唐」，侵部的「銜凡談」改爲「侵」。

（之部）又：于救切，古于記切；臼：其九切，古其止切；負：房九切，古房止切；郵：于求切，古于其切；丘：去鳩切，古去基切；裘：巨鳩切，古巨基切；牛：語求切，古語其切；（幽部）牢：魯刀切，古魯搜切；曹：昨牢切，古昨矛切；報：博號切，古博瘦切；勹：布交切，古布搜切；夒：奴刀切，古奴搜切；臽：以沼切，古以九切；爪：側狡切，古側叟切；鳥：都了切，古都柳切；孝：呼教切，古呼瘦切；奧：烏到切，古烏瘦切；夲：土刀切，古土搜切；（侯部）毋：武扶切，古武薑切；（魚部）乍：鉏駕切，古鉏故切；牙：五加切，古五孤切；巴：伯加切，古伯孤切；亞：衣駕切，古衣固切；寡：古瓦切，古公五切；（歌部）爲：薳支切，古薳歌切；离：呂支切，古呂歌切；加：古牙切，古公何切；麻：莫遐切，古莫何切；沙：所加切，古所哥切；瓦：五寡切，古五果切；也：羊者切，古羊可切；匕：呼跨切，古呼過切；（文部）員：王權切，古王羣切；萮：莫官切，古莫昆切；川：昌緣切，古昌云切；（陽部）兄：許榮切，古許王切；（侵部）咸：胡監切，古胡森切；凡：浮芝切，古浮音切；彡：所銜切，古所森切；三：穌甘切，古穌厹切。

2、同部的「音轉」改為同部的「古本音」

切下字與被切字同部，但屬本部的「音轉」，一律改為本部的「古本音」。江有誥試圖用「某某切，古某某切」說明每個聲符在上古的讀音。因此，除將「音轉」由他部改讀為本部外，還有將本部的「音轉」改為本部的「古本音」的情況。如之部「尤」改為「之」，幽部的「豪宵肴」改為「尤侯」（歉音尤、侯同），侯部的「虞」改為「尤侯」，魚部的「麻」改為「魚模」，歌部的「支」改為「歌戈」，侵部的「覃」改為「侵」。

（之部）久：舉友切，古舉以切；不：方久切，古方止切；（幽部）討：他好切，古他叟切；早：子浩切，古子叟切；艸：倉老切，古倉叟切；夰：公老切，古公叟切；告：古奧切，古公瘦切；卯：莫飽切，古莫叟切；早：子浩切，古子叟切；好：呼考切，古呼叟切；老：力浩切，古力叟切；阜：博抱切，古博叟切；丂：苦浩切，古苦叟切；棗：子皓切，古子叟切；艸：倉老切，古倉叟切；鹵：徒聊切，古徒流切；冒：莫報切，古莫瘦切；（侯部）取：七庾切，古七掫切；付：方遇切，古方晝切；救：凶遇切，古無晝切；（魚部）卸：司夜切，古司御切；射：濕夜切，古食御切；舍：始夜切，古始御切；雨：呼訝切，古呼悟切；瓜：古華切，古公乎切；叚：古雅切，古公虎切；下：胡雅切，古胡五切；夏：胡雅切，古胡五切；霸：古雅切，古公五切；（歌部）丞：是為切，古是俄切；吹：昌垂切，古昌戈切；午：苦瓦切，古苦我切；（陽部）行：戶庚切，古戶岡切；兵：補明切古補芒切；京：舉卿切，古舉羌切；庚：古行切，古公杭切；彭：蒲庚切，古蒲岡切；亨：普庚切，古普岡切；慶：丘竟切，古丘羊切；羹：古行切，古公杭切；永：于憬切，古于往切；囧：俱永切，古俱往切；丙：兵永切，古兵往切；秉：兵永切，古兵往切；杏：何梗切，古何朗切；誩：渠慶切，古渠向切；竟：居慶切，古居向切；（侵部）男：那含切，古那森切。

3、不同部的非「音轉」改為同部的非「音轉」

切下字與被切字不同部，且不屬於該部的「音轉」，改為本部的非「音轉」。

（之部）服：房六切，古房力切；佩：蒲昧切，古蒲梅切；戒：古拜切，古居力切；某：莫後切，古莫海切；（幽部）孚：芳無切，古芳流切；羑：渠追切，古渠周切；簋：居洧切，古居酉切；采：徐醉切，古徐救切；（宵部）矗：祖合切，古祖沃切；（侯部）芻：叉魚切，古叉蘆切；羑：蒲沃切，古蒲谷切；

（魚部）躼：謨朗切，古謨魯切；（歌部）罹：都校切，古都貨切；罵：居魚切，古居俄切；罷：薄蟹切，古薄可切；丽：郎計切，古郎賀切；（脂部）火：呼果切，古呼委切；（祭部）戌：辛律切，古辛月切；竄：七亂切，古七會切；盍：胡臘切，古胡葛切；（文部）先：蘇前切，古蘇困切；月：於機切，古於欣切；薦：作甸切，古作震切；（眞部）瞞：烏緣切，古烏勻切；佞：乃定切，古乃信切；丙：彌兗切，古彌允切；玄：胡涓切，古胡均切；扁：補丙切，古補懇切；天：他前切，古他人切；田：待年切，古待人切；千：此先切，古此人切；（耕部）开：古賢切，古居形切；（陽部）羹：古行切，古公杭切；竝：蒲迴切，古蒲往切；竟：居慶切，古居向切；（東部）囪：楚江切，古楚工切；雙：所江切，古所工切；尨：莫江切，古莫工切；（蒸部）瞢：木空切，古木朋切；弓：居戎切，古居乘切；关：士戀切，古士孕切；（緝部）夲：尼輒切，古尼入切。

　　觀察各部「某某切，古某某切」數量，我們發現，段氏未列宵部、元部、談部的「古本音」與「音轉」，江氏的宵部「某某切，古某某切」僅一條，元部、談部無。段氏耕部列「音轉」，多部、葉部無「音轉」，多部葉部皆爲江氏分別出的韻部，江氏耕部「某某切，古某某切」僅一條，多部、葉部亦無「音轉」。江氏脂部祭部支部較少「某某切，古某某切」，脂部祭部多用「某某切，改某某切」，用歆音相同的切下字替換。可見，從更改後的切下字及各部注音數量看來，「某某切，古某某切」與段玉裁古本音理論的關係密切。江氏以各部非「音轉」的韻爲古音，謹守段氏對各部「古本音」的界定。

　　「某某切，改某某切」，江有誥定義爲中古一韻而上古分屬兩部者。我們發現，「某某切，改某某切」，更改前的切下字與被切字不同部，更改爲中古同韻、與被切字同部的切下字。如「脂職咍韻」由脂部改爲之部，「尤侯屋韻」由侯部改爲幽部，「豪肴蕭藥韻」由幽部、魚部改爲宵部，「虞韻」由侯部改爲魚部，「歌韻」由魚部改爲歌部，「支麥韻」由歌脂之改爲支部，「灰脂屑韻」由之祭部改爲脂部，「仙先韻」由文部改爲元部，「東韻」由蒸侵部改爲多部，「登韻」由之部改爲蒸部，「談韻」由侵部改爲談部。這一類與上文第 3 類一樣，主要針對切下字轉入他部的各部非「音轉」的韻，不同的是上文第 3 類改後的切下字與改前不同韻，此類改後的切下字與改前同韻。

　　（之部）臺：徒哀切，改徒來切；龜：居追切，改居丕切；来：洛哀切，改洛才切；息：相即切，改相弋切；（幽部）休：許由切，改許求切；牡：莫

厚切，改莫叟切；㲀：莫卜切，改莫縮切；（宵部）勺：之若切，改之龠切；爵：即略切，改即灼切；雀：即略切，改即灼切；㛴：奴皓切，改奴杲切；爻：胡茅切，改胡交切；垚：吾聊切，改吾僚切；（魚部）䀠：九遇切，改九御切；（歌部）些：穌箇切，改酥賀切；（支部）支：章移切，改章斯切；知：陟離切，改陟斯切；卑：賓彌切，改賓知切；斯：息移切，改息支切；卮：章移切，改章斯切；兒：汝移切，改汝支切；規：俱爲切，改俱卑切；夊：楚危切，改楚卑切；瑞：是僞切，改是恚切；戹：於革切，改於冊切；冊：楚革切，改楚戹切；（脂部）枚：謨杯切，改謨回切；回：戶恢切，改戶㿿切；血：呼決切，改呼穴切；水：式軌切，改式委切；隶：徒耐切，改徒對切；器：去冀切，改去利切；美：母鄙切，改母委切；（元部）燕：於甸切，改於見切；耎：而沇切，改而轉切；雋：徂沇切，改徂轉切；（冬部）蟲：直弓切，改直戎切；䁀：撫鳳切改撫仲切；（蒸部）肯：苦等切，改苦倗切；（談部）甘：古三切，改古談切。

另外，一些「某某切，改某某切」的例子並沒有用中古同韻的切下字更改，似乎不合江氏體例。但是比照歙縣方音，我們發現，這些不同韻的切下字在方言中音同或音近，例字下文可見。

江有誥（？～1851）是安徽歙縣人，時代距今不遠。據平田昌司《徽州方言研究》：「徽州方言音系的格局很可能在明初以前已經穩定下來了。」〔註9〕因此，即使該地移民狀況相對複雜，清末至今，語音格局上也不可能發生重大的變化。因此，我們以李行健、陳章太《普通話基礎方言基本詞彙集．歙縣音系》（語文出版社，2006年1月）、孟慶惠《徽州方言》（安徽人民出版社，2005年5月）爲主要參考資料。下表第3列、第6列爲江有誥更改前後反切下字的中古韻，所注擬音爲更改前後反切下字的現代歙縣方音。

表4：切下字不同韻的「某某切，改某某切」

被切字	江氏反切	韻及歙音	被切字	江氏反切	韻及歙音
麥（之）	莫獲切，改莫北切	麥ɛ-德eʔ	圣	苦骨切改，苦北切	沒uʔ-職eʔ
葡	平祕切，改平記切	至i-志i	啚	彼美切，改彼每切	脂e-賄e
毒（幽）	徒沃切，改徒穆切	沃uaʔ-屋ɔ	叟	蘇后切，改蘇抱切	後o-抱ɔ

〔註9〕平田昌司《徽州方言研究》，東京：好文出版社，1998年，頁36。

料（宵）	洛蕭切，改洛朝切	蕭cі-宵cі	了	盧鳥切，改盧小切	篠iɔ-小iɔ
毛	莫袍切，改莫交切	豪ɔ-肴cі	糾	居黝切，改居夭切	黝iɔ-宵iɔ
翟	徒歷切，改徒灼切	歷i-藥ɔʔ	晝（侯）	陟救切，改陟豆切	宥io-候io
角	古岳切，改古祿切	覺ɔʔ-屋u	賣	余六切，改余粟切	屋o-燭y
于（魚）	羽俱切，改羽居切	虞y-魚y	虧（歌）	去爲切，改去譌切	支ue-戈ue
义	初牙切，改初哥切	麻a-歌o	彖	尺氏切，改尺可切	紙ɿ-哿o
果	古火切，改古左切	戈o-哿o	徙	斯氏切，改斯可切	紙ɿ-哿o
叵	普火切，改普可切	戈o-哿o	巫（支）	古懷切，改古鞋切	皆ue-佳a
乜	胡禮切，改胡是切	薺i-紙ɿ	启	康禮切，改康是切	薺i-紙ɿ
叵	余制切，改余易切	祭i-寘i	囟	息進切，改息易切	震iʌŋ-寘i
系	胡計切，改胡易切	薺i-寘i	析	先激切，改先益切	昔iʔ-錫iʔ
鬲	郎激切，改郎益切	昔iʔ-錫iʔ	彳	丑亦切，改丑益切	昔iʔ-錫iʔ
益	伊昔切，改伊擊切	昔iʔ-錫iʔ	妻（脂）	七雞切，改七衣切	齊i-微i
禾	古奚切，改古衣切	齊i-微i	齊	徂雞切，改徂衣切	齊i-微i
卟	古兮切，改古伊切	齊i-脂i	危	虞爲切，改虞佳切	旨ue-尾ue
壘	力軌切，改力鬼切	支ue-尾ue	皋	徂賄切，改徂胣切	止ue-脂ue
弟	即里切，改將几切	旨i-旨i	尒	兒氏切，改兒脂切	紙ɿ-脂i
惠	胡桂切，改胡貴切	薺ue-未ue	八	博拔切，改博點切	末aʔ-點aʔ
冖	莫狄切，改莫必切	錫i-質iʔ	抑	於力切，改於吉切	職i-質iʔ
拜（祭）	博怪切，改博會切	怪ua-泰ue	叡	古代切，改古害切	代ɛ-泰ɛ
摯	脂利切，改脂祭切	至i-祭i	截	昨結切，改昨薛切	屑ieʔ-薛eʔ
臬	五結切，改五薛切	屑ieʔ-薛eʔ	戀（元）	呂員切，改呂專切	眞ue-仙ye
前	昨先切，改昨遷切	先e-仙e	犬	苦泫切，改苦轉切	銑ye-獮ye
見	古甸切，改古戰切	霰ie-線ie	建	居萬切，改居箭切	願ie-線ie
睿	以芮切，改以弁切	祭ue-線e	生（耕）	所庚切，改所耕切	庚ʌŋ-耕ʌŋ
鳴	眉兵切，改眉并切	庚iʌŋ-清iʌŋ	平	皮兵切，改皮并切	庚iʌŋ-清iʌŋ
耿	古杏切，改古幸切	梗iʌŋ-耿iʌŋ	峀	所景切，改所挺切	梗iʌŋ-迴iʌŋ
敬	居慶切，改居定切	映iʌŋ-徑iʌŋ	命	眉病切，改眉正切	映iʌŋ-勁iʌŋ
充（東）	昌終切，改昌容切	東ʌŋ-鍾yʌŋ	嵩	息中切，改息容切	東ʌŋ-鍾yʌŋ
夆（冬）	下江切，古下工切	江a-東uʌŋ	巳（侵）	胡感切，改胡敢切	感ɛ-敢ɛ
臽	戶猯切，改戶敢切	咸ie-敢ɛ	斬	則減切，改則敢切	鎌ɛ-敢ɛ
丙	他念切，改他釅切	㮇e-釅ie	毚	七咸切，改七談切	咸ɛ-談ɛ
弱	土盍切，改土狎切	盍aʔ-狎iaʔ	臿	楚洽切，改楚甲切	洽iaʔ-狎iaʔ
帀	子答切，改子甲切	合aʔ-狎aʔ	喦	徒合切，改徒甲切	合a-狎aʔ
卅	穌眔切，改穌甲切	合aʔ-狎aʔ			

　　由上表而知，例外的「某某切，改某某切」在方言中音同者 42 個，比例
為 56%。我們以介音不同或主元音相近為音近的反切，音近者 15 個，比例為
20%。音近者如「昴」，江有誥注「土盍切，改土狎切」，歙音「盍」韻母讀為
[-aʔ]，「狎」韻母讀為[-iaʔ]，又如「尒」，江有誥注「兒氏切，改兒脂切」，歙
音「氏」韻母讀為[-ŋ]，「脂」韻母讀為[-i]。音同與音近者合為 76%。

　　因此，我們認為，利用方言來解釋這種例外比較合適。儘管更改的反切下
字不同韻，但是以歙縣方音衡量大體相同或相近，仍然符合江有誥所謂「古不
同音今同音」的說法。江氏所指「今音」為歙縣方音。

　　江有誥繼承段玉裁的「古本音」理論。一部中的某些韻古今未變，為此部
的「古本音」。古斂今侈，有些韻過斂或過侈，為本部的「變音」，有些韻讀音
變化更大，為本部的音轉。在段氏看來，只有本音才為正音。由「某某切，古
某某切」與「某某切，改某某切」可以看出，江氏以「本音」、「轉音」為標準
改動反切，與反切下字與被切字是否同部、等呼、開合皆無關。

　　段玉裁關於古音「正」、「變」的觀點如下：

> 　　古音分十七部矣，今韻平五十有七，上五十有五，去六十八，
> 入二十有四，何分析之過多也。曰音有正變也。音之斂侈必適中，
> 過斂而音變矣。過侈而音變矣……大略古音多斂，今音多侈，之變
> 為咍，脂變為皆，支變為佳，歌變為麻，真變為先，侵變為鹽，變
> 之甚者也。其變之微者，亦審音而分析之音。不能無變，變不能無
> 分，明乎古有正無變，知古音之甚諧矣。〔註10〕

表 5：段玉裁的古音「正」、「變」之韻

韻部	正韻	變 韻	韻部	正韻	變 韻	韻部	正韻	變 韻
之部	之咍	肴豪	侯部	尤侯沃燭	屋	魚部	魚	虞模
蒸部	蒸	登	侵部	侵	鹽添	談部	嚴凡	覃談咸銜
東部	冬鍾	東	陽部	陽	唐	耕部	耕清	庚青
真部	真	先	文部	諄文欣	魂痕	元部	元	寒桓刪山仙
脂部	脂微	齊皆灰	支部	支	佳	歌部	歌戈	麻

〔註10〕段玉裁《六書音韻表・古十七部音變說》，《音韻學叢書》12 冊，台北：廣文書局，
　　　　1987 年。

　　段氏於《詩經韻分十七部表》後列出每部之「古本音」，然而並無讀法。江氏用反切爲段氏理論註腳，以「古」爲標誌，將「音轉」之韻一律改讀爲本部之「古本音」。這是江氏在段氏基礎上，爲探究古音讀法而做出的努力。

　　段玉裁的理論認爲，非「古本音」者皆爲古今不同之音，區別在於讀音變化的大小。江氏除了將本部或它部的「音轉」改爲本部「古本音」之外，還將轉入它部的非「音轉」之韻（即個別轉入它部的「本音」、「變音」之韻）改爲與被切字同部之字。如果改後的切下字與改前讀音差別大，則用「古」標識，如果改後的切下字與改前中古同韻，或以歙縣方音讀來音同或音近，則用「改」標識，但不考慮改後是否一定爲「古本音」。也就是說，江氏認爲，「本音」、「變音」（即非「音轉」之韻）皆爲古音。這與前文所見江氏對古音讀法的認識一致，也是與段氏古音理論略顯不同的地方。

（三）用「讀若某」、「古音某」、「某平（上去入）聲」等形式注音

　　個別被切字江氏除利用反切注音外，還標註讀「讀若某」、「古音某」、「某平（上去入）聲」、「同上」或「切同」等形式，這種形式的注音共六十七條，以括號標註所從的上一個聲符的反切，下面一一列出。

　　（之部）伏：同上（房六切，古房力切）；矢：切同（阻力切）；婦：同上（房九切，古房止切）；母：同上（莫後切，古莫海切）；

　　（宵部）窅：切同（烏皎切）；晶：切同（烏皎切）；

　　（侯部）朱：章俱切，燭平聲；區：豈俱切，曲平聲；几：市朱切，蜀平聲；需：相俞切，粟平聲；俞：欲平聲；臾：羊朱切，欲平聲；丶：知庾切，燭上聲；乳：而主切，辱上聲；瓜：以主切，欲上聲；後：切同（胡口切）；禺：牛具切，玉去聲；壴：中句切，斸去聲；具：其遇切，曲去聲；戍：傷遇切，束去聲；霝：之戍切，燭去聲；

　　（魚部）各：古洛切，古孤入聲；亦：羊益切，古余入聲；夕：詳易切，古徐入聲；石：常隻切，古蜍入聲；舃：七雀切，古疽入聲；隻：之石切，古諸入聲；若：而灼切，古如入聲；屰：魚戟切，古魚入聲；睪：羊益切，古余入聲；谷：其虐切，古渠入聲；郭：古博切，古孤入聲；戟：紀逆切，古居入聲；乇：陟格切，古豬入聲；昔：思積切，古胥入聲；霍：呼各切，古呼入聲；炙：之石切，古諸入聲；白：旁陌切，古蒲入聲；尺：昌石切，

古杵入聲；赫：呼格切，古呼入聲；㱁：呼各切，古呼入聲；㞦：起戟切，古墟入聲；霏：匹各切，古鋪入聲；辶：丑略切，古樗入聲；蒦：乙虢切，古烏入聲；屫：九縛切，古居入聲；索：桑各切，古蘇入聲；屼：几劇切，古居入聲；虢：古伯切，古孤入聲；鼓：切同（公戶切）；股：切同（公戶切）；龟：同上（丑略切，古樗入聲）；

（歌部）惢：切同（蘇可切）；戲：香義切，古音呵；

（支部）林：同上（匹卦切）；

（脂部）𦥑〔註11〕：同上（疾二切）；

（祭部）乓：古音厥；莳：讀若末；乚：同上（居月切）；耴：同上（丑列切）；

（元部）西：先稽切，古音仙；

（文部）乚：切同（於謹切）；名：切同（眉兵切，改眉并切）；昆：切同（古魂切）；

（蒸部）承：切同；乃：奴亥切，古音仍。

「某平（上去入）聲」的形式多集中在侯部魚部，「讀若」、「古音某」、「同上」或「切同」則各部皆有。

（四）江有誥《諧聲表》遺漏「古」的錯誤注音

根據上文對江氏注音體例的分析及其古音歸部的認識，我們認為江氏的反切注音有一些遺漏「古」字，下面一一指出：

（之部）牧：莫六切莫力切（「六」為幽部入聲，「力」為之部入聲，江氏失「古」字，當為莫六切，古莫力切）；

（魚部）馬：莫下切莫戶切（「下」為開二馬上，「戶」為合一姥上，皆為魚部字，江氏失「古」字，當為莫下切，古莫戶切）；

（真部）奠：堂練切堂信切（「練」屬霰韻，元部字，「信」屬真部字，江氏失「古」字，當為堂練切，古堂信切）；尹：余準切余愍切（「準」屬文部，「愍」屬真部，江氏失「古」字，當為余準切，古余愍切）；命：眉病切眉閏切（「閏」為文部字，非真部字，以之為反切下字不妥，且江氏失「古」字，當為眉病切，古眉閏切）；

〔註11〕《說文》以「替」從此得聲，有誤。

（陽部）皿：眉永切古往切（「永」為合三梗上，「往」為合三養上，皆為陽部字，皿江氏一收，入陽部，江氏失「眉」字，當為眉永切，古眉往切）。

（五）江有誥《諧聲表》注音自失體例的現象

我們發現，江有誥《諧聲表》的注音存在自失體例的現象。個別聲符反切下字與被切字不同部，江氏直接替換為同韻或音近的上古同部字。另外，根據江氏以同部非古本音字注音的體例，我們發現一些反切的下字與被切字並不同部，這些聲符的注音按照江氏注音的體例原則應該為「某某切，改某某切」，下面一一指出。

（宵部）刀：都勞切（《說文》徐鉉都牢切，「勞」、「牢」中古同音，上古分屬幽、宵部，對照歙縣方音，「勞」、「牢」同讀為[-ɔ]）；暴：薄到切（《說文》徐鉉薄報切，「到」、「報」中古同屬號韻，上古分屬宵、幽部，對照歙縣方音，「到」、「報」韻母同讀為[-ɔ]）；卓：竹角切（「角」屬侯部入聲，對照歙縣方音，「卓」、「角」韻母同讀為[-ɔʔ]）；丵：士角切（與「卓」同理）；

（脂部）豊：盧弟切（《說文》徐鉉盧啓切，「啓」、「弟」中古同屬薺韻，上古分屬支、脂部，對照歙縣方音，「啓」、「弟」韻母同讀為[-i]）；夊：陟几切（《說文》徐鉉陟侈切，「侈」、「几」中古分屬紙、旨韻，上古分屬歌、脂部）；配：蒲妹切（《說文》徐鉉滂佩切，「佩」、「妹」中古同屬隊韻，上古分屬脂、微部，對照歙縣方音，「佩」、「妹」韻母同讀為[-ɛ]）；欮：苦壞切（《說文》徐鉉苦怪切，「怪」、「壞」中古同屬怪韻，上古分屬之、微部，對照歙縣方音，「怪」、「壞」韻母同讀為[-ua]）；

（眞部）粦：良刃切（「刃」屬震韻文部字，對照歙縣方音，「粦」、「刃」同讀為[-iʌŋ]）；勻：羊倫切（「倫」屬諄韻文部字，對照歙縣方音，「勻」讀為[-yʌŋ]，「倫」讀為[-ʌŋ]）；旬：詳遵切（「遵」屬諄韻，文部字，對照歙縣方音，「遵」、「旬」同讀為[-ʌŋ]）；

（文部）辰：植鄰切（「鄰」為眞部字，對照歙縣方音，「鄰」、「辰」同讀為[-iʌŋ]）；胤：羊晉切（「晉」屬震韻，眞部字，對照歙縣方音，「胤」、「晉」同讀為[-iʌŋ]）；

（元部）肩：古然切（《說文》徐鉉古賢切，「賢」、「然」中古分屬先、仙韻，上古分屬眞、元部，對照歙縣方音，「賢」、「然」同讀為[-ie]）；柬：古

旱切（《說文》徐鉉古限切，「限」、「旱」中古分屬產、旱韻，歙音同讀爲[-ɛ]，上古分屬文、元部）；

（東部）豐：敷戎切（「戎」屬東韻，多部字，對照歙縣方音，「戎」讀爲[-yʌŋ]，「豐」讀爲[-ʌŋ]）；丰：敷戎切（同「豐」聲）。

由以上分析看來，受自身的方言影響，江有誥的注音仍存在一些疏漏，歙縣方音相同而上古不同部的字常常混淆。其中，眞文部和東冬部混淆較多。

王力先生在《清代古音學‧江有誥的古音學》這樣評價江氏在《詩經韻讀》中的注音：

> 江氏以爲每一個古韻部只有一個等呼，而這個等呼要與韻目的等呼相一致。……於是造成一種怪現象，不必注音的字都注起音來了。……這種改讀，不但是不必要的，而且是錯誤的。說它是不必要的，是因爲不改讀也自然和諧。例如《唐風‧葛生》：「葛枕粲兮，錦衾爛兮。予美亡此，誰與獨旦？」「粲爛旦」叶韻，自然和諧，何必改讀「粲」爲才見反，「爛」音練，「旦」爲丁見反？說它是錯誤的，是因爲古斂今侈之說不能成立。上古也該和中古一樣，每韻有兩呼四等，不可能只有三等，沒有一二四等。〔註12〕

我們認爲，王力先生的論斷待商榷。根據我們對江有誥《諧聲表》全部反切的考察，江氏注音雖源於《說文》徐鉉及《廣韻》反切，但是並沒有因循前人。他採取「直接注音」、「某某切，古某某切」、「某某切，改某某切」、「讀若」、「古音某」、「某平（上去入）聲」、「同上」或「切同」等形式改革前人反切。其中，「直接注音」、「某某切，古某某切」、「某某切，改某某切」的體例蘊涵了江氏對古音音值的認識。江氏注音一方面是出於方便後學的實際需要，另一方面也是服務於他的古音歸部，試圖說明語音的變化與實際讀音。從所注音切看來，並非一部一等一呼，他將「音轉」改爲「古本音」，轉入他部的非「音轉」改爲本部的非「音轉」韻，即以每部非「音轉」的韻爲古之正音，被切字與反切下字必須同部。這與前人隨文改注的叶音有本質區別。他繼承段玉裁的「古本音」理論，但是較段氏理論也有部分改進，「某某

〔註12〕王力《王力文集‧第十二卷‧清代古音學‧第九章　江有誥的古音學》，濟南：山東教育出版社，1992 年，頁 576～577。

切，改某某切」即爲其發明。

遺憾的是在注音過程中，江有誥並沒有徹底貫徹他的主張。江有誥在判斷古不同今同的反切時受方音影響，以歙縣鄉音爲「今音」，將不合被切字韻部的反切下字改爲中古不同韻、歙音相同的反切下字。另外，部分應當利用「某某切，改某某切」形式的音切江氏直接注音，還有一些注音不合他的古音歸部，卻受歙音影響誤用他部的反切下字。這些我們在前面已經一一指出。

與其他清代的古韻學者一樣，江有誥試圖利用漢字表示古音的讀法，在正音變音的假設內打轉。他不懂得語音的條件演變，自然也無法說清韻部之間的差異與演化。這是時代所限，也是我們無法苛責前人的。他們爲辨明古音音值而做出的努力仍然值得我們尊重。

三、江有誥誤以三十六字母爲上古聲母

前面論述了江有誥的注音體例，同時也討論了他關於古韻讀音的認識。江有誥的音切也反映了他對於古聲母的看法。在江氏看來，古音有變，而古聲母無變：

> 字母之學雖出於後世，然實天地自然之理，今音雖與古異，而母則不異，索《中庸》作素，而索素同心母，曷《孟子》作害，而曷害同匣母，州《穀梁》作祝，而州祝同照母，亳《公羊》作蒲，而亳蒲同滂母，姬魯人作居，而姬居同見母，登齊人作得，而登得同端母，昧《左傳》作沒，而昧沒同明母，戲《大學》音呼，而戲呼同曉母，故注古音者，必從字母轉紐，乃確不可易。〔註13〕

江氏以三十六字母爲古聲母原貌，因此忽略了材料中古今聲母不同的現象。他認爲：

> 吳氏《韻補》、顧氏《詩本音》從本音轉紐爲多，亦間有不用本音者，如角字，因秦有角里先生，而遂音祿；羹字因楚有不羹城，而遂音郎。以一隅之方音改易本音，實爲未妥，茲所注之音悉從字母轉紐，惟舌上與輕唇正齒無字可音，間用古類隔切。〔註14〕

〔註13〕清・江有誥《音學十書・凡例》，《音韻學叢書》14 冊，台北：廣文書局，1987 年。
〔註14〕清・江有誥《音學十書・凡例》，《音韻學叢書》14 冊，台北：廣文書局，1987 年。

比較《說文》徐鉉、《廣韻》反切與江有誥注音的反切，我們發現，江氏僅僅更改了部分古類隔切，且直接更改，並無特別註明，如：

（奉母改爲並母）便：毗連切（《廣韻》、《說文》徐鉉房連切）；頻：皮眞切（《廣韻》、《說文》徐鉉符眞切）；

（微母改爲明母）免：莫辨切（《廣韻》亡辨切）；羋：米延切（《說文》徐鉉武延切）；苗：彌燋切（《說文》徐鉉武瀌切）；眉：美悲切（《廣韻》大徐武悲切）；緜：米延切（《廣韻》大徐武延切）；

（非母改爲幫母）彪：彼周切（《說文》徐鉉甫州切）；森：彼遙切（《說文》徐鉉甫遙切）。

江氏更改前人音切大多集中在韻部上，聲母部分僅修改了脣音的類隔切。據陳瑤玲《江有誥音學研究》，舌齒音部分的類隔切當指《詩經韻讀》所注音切。與江有誥同時期的錢大昕已經提出「古無輕脣音」、「古無舌上音」，而江氏仍以二十六字以爲古聲紐。與大多數清儒一樣，江有誥在古韻學上的創見明顯高於他在古聲紐問題上的認識。

第一節　江有誥《諧聲表》的篆文隸定

江有誥《諧聲表》除反切注音外亦存在不少與篆文隸定相關的註解，共三百九十四條。這些材料反映了江氏對諧聲字字形及聲符的認識，卻鮮少有人關注。他不僅以反切標明讀音，還以隸作等標註字形。此節我們以這部分材料爲研究對象，探討其價值。他提出：

> 《說文》雖主訓形，然古人聲從形生，不遵《說文》點畫，無由知得聲之本，如泰從大聲，而隸作泰，萅從屯聲，而隸作春，卯音卿，而借爲寅卯之卯，草爲染皁字，而借爲草木之草，諸如此類，不可悉數。但今人通音學已罕，再作《說文》字體，愈令人難讀。故不得不從隸書。惟《諧聲表》一卷，既專就《說文》論音，則不得不遵《說文》點畫矣。〔註15〕

這些註解包涵兩部分內容：說明字形，如「隸作某」、「俗作某」、「篆作某」、「亦作某」、「籀文某」、「古文某」、「同某」或「某同」、「與某異」等；說明聲

〔註15〕清・江有誥《音學十書・凡例》，《音韻學叢書》14冊，台北：廣文書局，1987年。

符，如「某从此」,「《說文》無字有其聲」等。下面分類討論，並以括號討論有誤的部分或補充。

1、以「隸作某」的形式標註字形

「隸作」前爲《說文》小篆，「隸作」後爲江氏隸定的字形。江有誥《諧聲表》以隸定小篆爲正體，但因字形變化，爲方便初學者，多以此種形式註解，數量最多，共一百八十一條，每部皆有，但並非每字皆注「隸作某」。檢核全部隸定資料，除「㚡」之外，都是正確的。下面分部舉例：

（之部）恖：隸作思；㞢：隸作之；㐀：隸作丘；㕜：隸作史；㷵：隸作黑；㽞：隸作畜；㦸：隸作戒；

（幽部）𣍘：隸作曹；丣：隸作卯；変：隸作叟；𩠐：隸作首；𠂤：隸作阜；報：隸作報；夏：隸作复；𡹲：隸作毒；𠩺：隸作夙；鬻：隸作粥；

（宵部）㶾：隸作票；敫：隸作敖；雧：隸作焦；𠦝：隸作朝；𣋡：隸作暴；𠦝：隸作卓；

（侯部）俞：隸作俞；㚅：隸作句；豈：隸作壴；𡘙：隸作奏；畫：隸作晝；㮚：隸作粟；

（魚部）𣞤：隸作無；㐅：隸作五；㬜：隸作普；𦃃：隸作素；庶：隸作庶；𠂆：隸作乍；亦：隸作亦；𩫏：隸作郭；𠦪：隸作戟；靃：隸作霍；烾：隸作赤；辵：隸作辶；索：隸作索；

（歌部）那：隸作那；坐：隸作坐；

（支部）脊：隸作脊；

（脂部）亝：隸作齊；屖：隸作尾；歺：隸作死；𠦃：隸作卉；旡：隸作旡；胃：隸作胃；尉：隸作尉；㮚：隸作栗；𠨍：隸作抑；

（祭部）贅：隸作贅；埶：隸作執；𢷎：隸作拜；𧆞：隸作蠆；筮：隸作筮；𢫦：隸作摯；㓾：隸作別；

（元部）鷬：隸作難；官：隸作官；亘：隸作亘；𠧧：隸作西；䙴：隸作䙴；𦃃：隸作繁；𡫳：隸作寒；㑺：隸作便；歬：隸作前；𠨍：隸作面；𥜽：隸作萬；

（文部）𪋻：隸作麈；豚：篆作豚；萅：隸作春；𠣍：隸作軍；熏：隸作熏；𡭉：隸作尊；𤰞：隸作糞；

（眞部）寅：隸作寅；粦：隸作粦；晉：隸作晉；

（耕部）夆：隸作幸；

（陽部）兤：隸作光；亅：篆作上；

（東部）冡：隸作冢（江氏有誤，非「冢」，當爲「冢」）；収：隸作廾；逡：
隸作送；

（冬部）戜：隸作戎；農：隸作農；

（蒸部）蕾：隸作蕾；雁：隸作鷹；恆：隸作恒；桼：隸作乘；熊：隸作
熊；丞：隸作丞；肎：隸作肯；

（侵部）珡：隸作琴；

（談部）马：隸作卪；冄：隸作冉；

（葉部）瀘：隸作法；乏：隸作乏；

（緝部）雧：隸作集。

2、以「俗作某」、「篆作某」、「亦作某」的形式標註字形

共八條。此類注解基本以《說文》爲主，說明聲符的常用字體，皆分析無
誤。《說文》所列或體頗多，但江氏僅僅選取這八條出來，下面一一列舉分析：

（之部）巳：俗作巳；

（魚部）丅：篆作下；処：亦作處；躲：亦作射；

（脂部）晶：亦作厽；气：又作乞（《說文》無此注，僅收「气」，「气」、
「乞」本爲一字，江氏注無誤）；

（祭部）書：亦作轊；

（元部）肩：俗作肩；屮：亦作艸（《說文》無此注，「屮」、「艸」本爲一
字，江氏注無誤）。

3、以「籀文某」、「古文某」的形式標註古體字形

共二十五條。此類注解基本以《說文》爲主，因其籀文古文亦爲常見字，
因此加以說明。除「采」之外皆分析無誤，下面一一列舉分析：

（之部）其：籀文箕；囮：籀文囿；

（幽部）采：古文孚；丣：古文酉；佴：古文夙；叉：古文爪；柔：古文
保；百：古文晳；

（歌部）丽：古文麗；

（脂部）伊：古文作；臱：古文作咒：古文作咒；秈：古文利；絫：籀文
魅；

（祭部）剡：籀文銳；太：古文泰；繼：古文絕；

（元部）㬎：古文顯；釆：古文辨（「釆」，古文「釆」。江氏注誤）㵣：古文漢；睿：古文叡；

（文部）雲：古文作云；㬎：古文昏；

（眞部）畐：古文申；

（陽部）明：古文朙；

（冬部）夂：古文終。

4、以「與某異」的形式區別易混字形

共八條。此類是江氏爲區分形近字而注，一一檢核無誤，列舉如下：

（之部）苟：與苟且之苟異；

（宵部）㠯：與皀異；

（魚部）叚：與段異；

（支部）芉：與芊異；

（祭部）市：與市異；

（元部）㳄：與次異；

（陽部）匸：與匚異；

（談部）夾：與夾異。

5、以「同某」或「某同」的形式標註常見異體字形

共五條。此類是江氏據《說文》讀若、或體等資料所注，目的在於註明聲符的常見異體字。下面一一列舉分析：

（之部）珷：同服；貌：同貌；

（脂部）累：同纍；术：秫同；

（葉部）曄：曅同。

6、以「某从此」的形式標註聲符

共三十六條。江氏此類以《說文》爲據，爲說明諧聲字所從聲符而注，除「汓夲、尋瞿豖夐𦥑辛从羊」之外皆無誤，下面一一列舉分析：

（之部）㠯：敏從此；

（幽部）汓：游從此（據金文字形，「游」從「斿」聲）；夲：皋從此（《說文》無「皋」從「夲」聲之說，亦無古文字材料證明，暫不取江氏之說）；釆：

褱從此；穮：烸從此；

（侯部）几：殳從此；丶：主從此（甲金文主為象形字，非形聲字）；𢉉：厚從此（厚為會意字，非從「𢉉」聲）；

（魚部）殳：殺股從此；㞋：莽從此；𤊽：霸從此；

（歌部）瞿：𦇚羅字疑從此（「𦇚羅」從「瞿」聲《說文》未收）；七：化從此；

（脂部）口：韋從此；豕：㣇從此（金文「㣇」為會意字，非形聲字）；希：篆文𦘒從此；𣲲：沒從此（《說文》「沒」從水從𣲲，江氏以為形聲字）；卤：䜌從此；戔：戩從此；臼：替從此（據古文字字形，「替」非從「臼」聲）；

（祭部）歺：列從此（據古文字字形，「列」當從「歺」聲）；癶：發從此；萬：蠆從此；

（元部）辛：言從此（甲金文「言」為會意字，非形聲字）；珡：展從此；𡴎：報從此；弜：彂從此；㯰：散從此；

（文部）𠦝：惇諄等從此；

（陽部）㞷：往匡狂字從此；誩：競從此；从：兩從此（「兩」金文為象形字，非形聲字）；

（侵部）羊：南從此（甲金文為象形字，非形聲字）；

（緝部）及：急從此；㚔：執從此；龖：襲從此。

7、以「《說文》無字有其聲」的形式指出《說文》未收的聲符

共六條。這些聲符《說文》未收，但存在以之為聲符的諧聲字。據上一節分析，還有「畐希威屮朋」等聲符亦如此，而這些聲符並未以「《說文》無字有其聲」的形式標出。下面就此類材料一一分析：

（幽部）劉：《說文》無字有其聲（《說文》未收「劉」聲，以「鐂瀏」從「劉」得聲，徐鍇注以「鎦」為「劉」）；由：《說文》無字有其聲（《說文》未收「由」聲，以「苗迪紬柚」等從「由」得聲）；

（脂部）尗：《說文》無字有其聲（《說文》未收「尗」聲，以「菽」從「尗」得聲）；杀：《說文》無字有其聲（《說文》未收「杀」聲，以「殺」從「杀」得聲）；

（元部）免：《說文》無字有其聲（《說文》未收「免」聲，以「鞔晚挽浼鮸」等從「免」得聲）；

（陽部）爿：《說文》無字有其聲（《說文》未收「爿」聲，以「狀戕牆」等從「爿」得聲）。

8、以其他形式說明聲符或字形

另外，還有其他形式的有關聲符或字形的說明二條：

（幽部）昱：《說文》誤作立聲；

（祭部）欥：本作厥（此條江氏據《說文》或體）。

9、複合型

以上各種類型也可以組合出現，是為複合型，此類共二十六條，下面一一列舉分析：

（之部）甾：隸作畄，與中從土（即屮）異；悳：古文惪，德從此；

（幽部）鴌：古文疇，鬮壽從此；臼：與臼異，舅袞學字當从此；

（宵部）垗：古文兆，隸作兆；表：古文作襮，隸作表；

（魚部）㫃：古文作㫃，隸作旅；莫：隸作莫，俗作暮；

（脂部）㣻：隸作希，《說文》無字有其聲；兟：籀作兟，隸作癸；臾：古文賮，貴從此（「臾」為「貴」之初文，與須臾的「臾」非一字）；㣃：隸作退，又作退；

（元部）奐：篆作奐，籀作卑，隸作弁；算：亦作筭，隸作算；灥：篆作原，隸作原；

（陽部）允：隸作尪，俗作尩；灮：古文光，黃從此（金文為象形字，非形聲）；皀：古文香，卿鄉從此；叕：隸作㽞，囊襄字從此；亯：篆作亯，隸作亨，俗作烹；

（耕部）仝：隸作壬，與壬異；

（蒸部）弅：隸作关，《說文》無字有其聲（《說文》未收「弅」聲，以「朕栚」等從「弅」得聲）；仌：隸作冰，省作冫；

（侵部）侌：古文霒，今作陰；

（談部）叡：籀作殷，隸作敢；

（葉部）辵：隸作辵，與辵異。

江有誥《諧聲表》一律以聲符的小篆字形為正體，而篆隸字形不同，今人往往不能準確判斷隸定後的字形及其聲符，因此江氏才加以小字註解。他

以「隸作」、「俗作」、「篆作」等形式註解字形及其諧聲字，這些資料往往取材《說文》，除個別聲符有誤外，大部分是正確的。

另一方面，我們認爲江氏拘泥於《說文》，除了將部分會意字改爲形聲兼會意之外，如「皐」，《說文》：「从夲，从白。」江氏以爲从「夲」聲，改會意兼形聲，收「夲」聲。其餘一律採用《說文》對字形的分析及對聲符的判斷。又如，部分諧聲字的聲符經段氏等人判斷，《說文》的分析有誤，如「南」，《說文》从「羊」聲。甲金文象樂器之形，非形聲字，江氏收「羊」。或諧聲字常用，聲符不常見，如「散」从「㪔」聲。因此，無注則不利讀者翻查。周祖謨先生的《詩經古韻部諧聲聲旁表》也有類似的注諧聲字的註解，如「隶」（肆）、「囗」（韋圍）、「乇」（韌契害㤅）。但是由於他沒有以篆文字形爲正體，且據古文字等資料重新判斷聲符及其諧聲字，僅以括號的形式備註該，因此相較於江氏，更系統清晰。

周祖謨先生的《詩經古韻部諧聲聲旁表》與王力先生的《諧聲表》均無有關籀文、古文的註解，若籀文、古文不常見，則省略，若常見則以常見的籀文、古文爲正體、省略不常見的篆體。如江氏收「秒」，王氏收「利」，江氏收「劇」，王氏收「銳」。

江氏《諧聲表》注「《說文》無字有其聲」以及辨別相近或相同字形的註解，其他諸家「諧聲表」少見，是比較特別的一點。諸家「諧聲表」的註解中，王氏多注一字多收，兼注個別聲符的諧聲字。如「納」、「軜」入緝部，「內」入物部，「肭」入侯部，「夭」入宵部。周氏的《詩經古韻部諧聲聲旁表》則以括號註解聲符所從的諧聲字，以腳注說明一字多收及古音歸部理由。

我們認爲，江有誥《諧聲表》的篆文隸定註解是由於江氏泥於《說文》而產生的。若江氏以隸定之後的常見字爲正體，結合多方面材料靈活判斷《說文》聲符，則這部分註解有一些是可以省略的。江氏《諧聲表》沒有一字多收的情況（除「命」、「令」外），因此，參考周祖謨《詩經古韻部諧聲聲旁表》註解的體例，當在部分聲符後注明常見的諧聲字，增加查考便利，這樣也利於我們把握江氏對字形的認識。

第四章　江有誥《諧聲表》諧聲分部研究

本章以江有誥《諧聲表》文本本身為研究對象，檢討江氏的諧聲研究。首先簡單介紹江有誥的古韻分部理論與成就。其次通過比較《詩經韻讀》等韻讀材料，說明江氏的諧聲研究與詩韻研究的關係以及在其古音研究中的重要地位。最後，詳細討論江有誥《諧聲表》中的陰入諧聲、陰陽諧聲、例外諧聲、上古聲調等幾個方面的諧聲現象。

第一節　江有誥《諧聲表》的古韻分部

本節簡要說明江有誥的古韻分部內容、理論及其在古音研究史上的地位。

一、江有誥的古韻二十一部及其古韻理論

清代至現代，陰入一部的考古派古音學家區分古韻廿二部。除王力最後所分微部外，江有誥的古韻廿一部基本上涵蓋了清儒古韻分部的研究成果，是清代「諧聲表」的殿軍之作。

表 6：江有誥的古韻分部及各部所轄中古韻（舉平以賅上去）

古韻	各 部 所 轄 中 古 韻
之	之哈、灰尤脂屋三分之一、厚少數、職德、皆怪少數、麥少數
幽	尤幽、蕭肴豪沃之半、屋覺錫三分之一、厚少數、宵侯脂虞少數

宵	宵、蕭肴豪沃藥鐸之半、錫覺三分之一
矦	侯燭、虞之半、屋覺三分之一、尤少數
魚	魚模陌、虞麻鐸藥麥昔之半
歌	歌戈、麻之半、支三分之一、至少數
支	佳、齊麥昔之半、支錫三分之一、祭少數、陌少數
脂	脂微皆灰、質術櫛物迄沒屑、支三分之一、齊點之半、咍果少數
祭	祭泰夬廢、月曷末鎋薛、點之半、至怪霽屑少數
眞	眞臻先、諄之半、清青少數、蒸少數
文	文殷魂痕、諄之半、眞三分之一、臻少數、山仙先微少數
元	元寒桓刪山僊、先三分之一、眞薺廢賄少數
耕	耕清青、庚之半
陽	陽唐、庚之半
東	鍾江、東之半
冬	冬、東之半、鍾江少數
蒸	蒸登、東少數
談	談鹽添嚴、咸凡之半、銜少數
葉	葉帖業狎乏、盍洽之半
侵	侵覃、咸凡之半、談銜鹽桥少數、東少數
緝	緝合、盍洽之半

上表以江氏《諧聲表》爲據，羅列各部所轄的中古音。江氏的古韻理論基本見於《音學十書》中的〈古韻廿一部總目〉、〈古韻凡例〉、〈古韻總論〉及其與同時期學者的往返書信、序跋等，其古韻理論的實踐成果則爲《詩經韻讀》、《群經韻讀》、《楚辭韻讀》、《先秦韻讀》、《諧聲表》、《入聲表》、《唐韻四聲正》等。往者論及江氏音學成就與貢獻者甚多，本文再詳加重複似無必要。因此，僅從方法論的角度，探討江氏音學的創新之處。

江有誥的古韻分部以顧炎武、江永、戴震、孔廣森、段玉裁爲基礎，與段玉裁比較，有如下變化：

1、區分東冬部，接納段氏意見，與孔廣森相合。

2、區分脂祭部，與戴震相合。

3、調整入聲。重新分配宵幽侯部入聲：離析沃覺藥鐸錫爲宵部入聲，以屋沃之半配幽，以燭與屋覺之半配侯，以質櫛屑配脂部。

4、獨立緝葉，分隸侵覃，以覃韻入侵而非談。

　　江有誥之後的古音學家重視江氏的古音研究，不僅在於其分韻二十一部，接近脂微分部後的二十二部，更重要是，江氏分部精細，離析唐韻，中古各韻在上古的歸屬合理，即段氏所謂「精深邃密」〔註1〕。

　　清人研究古音，主要材料仍不出詩韻和諧聲兩大類，然而各部多有參差。江氏之所以勝於前人，我們認為，原因在於以下兩點：

1、吸收前人研究，一概以材料為準

　　前人研究詩韻多少受唐韻影響，求其合而忽略其分，因此分部不確。如顧炎武以侯魚一部，江永以侯幽一部，至孔廣森、段玉裁才獨立幽部。又如，諧聲材料中多有聲符與諧聲字不同部的例外情況，段氏即被侵談緝葉的例外諧聲所干擾，併緝葉於侵談，形成陽入相配的局面，不合古音格局。段玉裁評論江氏認為：

　　　　九韻古人用者絕少，既難識別其可分著，又犬牙錯出，莫辨賓主。……玷從占聲，古砧杵同椹質其較然者。又如點亦占聲，而曾點《史記》作曾蒧（今劊作非蒧，音斟，咸鍼箴古皆音劙）則玷之古音可知也。貶，乏聲，古乏聲。凡聲多通而凡在侵韻，以凡為聲者，有鳳凰字，以乏為聲者，有眨字，古音常皆在侵，則貶必在侵韻，又可知也。〔註2〕

　　江有誥繼承顧炎武、江永以來離析唐韻的做法，而更加徹底地貫徹，據詩韻與諧聲、參等韻而離析唐韻，改變前人泥於中古音的慣性，因此能做到分部精確。以幽侯部入聲為例，江氏的做法如下：

　　　　細為按之，四韻中如六軌肅朿畜祝匊復肉毒目逐嘐翏曰等聲，皆幽之入也。角族屋獄足束賣辱曲玉蜀木彔粟業豕卜局鹿谷等聲，皆侯之入也。匪讀《詩》、《易》如此分用，即周秦漢初之文皆少有出入者。〔註3〕

〔註1〕　清・江有誥《音學十書・江氏音學序（段玉裁）》，《音韻學叢書》16 冊，台北：廣文書局，1987 年。

〔註2〕　清・江有誥《音學十書・答江晉三論韻（段玉裁）》，《音韻學叢書》16 冊，台北：廣文書局，1987 年。

〔註3〕　清・江有誥《音學十書・寄段茂堂先生原書》，《音韻學叢書》14 冊，台北：廣文書局，1987 年。

以古韻、諧聲材料，特別是等韻爲據，調整入聲在各部的分配：

> 以等韻言之，質櫛者，脂開口之入也；術者，脂合口之入也；迄者，微開口之入也；物者，微合口之入也；屑者，齊之入也；黠者，皆之入也；沒者，灰之入也。〔註4〕

江有誥站在數代清儒研究的基礎之上，才能逐漸擺脫唐韻的影響。

2、重視韻部之間的遠近關係。

江有誥以韻部之間的合用數量、遠近關係爲依據來判斷韻部分合與個別字的歸部。江有誥認爲：

> 段氏之分眞文、孔氏之分東冬，人皆疑之。有誥初亦不之信也。
>
> 細細繹之，眞與耕通用爲多，文與元合用較廣。此眞文之界限也。
>
> 〔註5〕

通觀詩韻的例外押韻，他重新梳理了韻部次序，確定「通韻」、「合韻」等條例，在此基礎上，檢討個別字的韻部歸屬。

顧炎武、江永的韻部次序較爲雜亂，戴震、孔廣森將同韻尾的韻部匯聚在一起，相對清晰，段玉裁以入聲爲樞紐，主要思路與戴震、孔廣森一致，且重視各部主元音的遠近，以韻部遠近列次，較之戴孔更有條理。段玉裁的做法爲：

> 僕之十七部，次第始於之，大意以爲之尤相近，故之之字多入於尤。……凡尤侯蒸侵皆通於東冬，故東冬次第九，以尤侯之入爲入者也。東冬之斂爲陽，陽者以魚之入爲入者也，故次第十。……故次十三元者。又文之鄰也，故次十四文者，皆以脂部之入爲入者也。故次十五支者，似脂而不同，與歌最近，故歌脂字多入於支。蓋以支之入爲入者，故次十七。此則僕以入爲樞紐求其次第之意。
>
> 〔註6〕

〔註4〕清·江有誥《音學十書·寄段茂堂先生原書》，《音韻學叢書》14 冊，台北：廣文書局，1987 年。

〔註5〕清·江有誥《音學十書·復王石臞先生書》，《音韻學叢書》14 冊，台北：廣文書局，1987 年。

〔註6〕清·江有誥《音學十書·答江晉三論韻（段玉裁）》，《音韻學叢書》14 冊，台北：

　　江有誥繼承段玉裁重視韻部遠近的思路，在戴氏、孔氏、段氏的韻部次序之上，概以韻部間的合用次數爲依據。這與前人利用入聲通轉的方法不同，對韻部順序又有重新調整，因此較段玉裁更準確。江有誥的做法如下：

　　　　當以之第一、幽第二、宵第三，蓋之部閒通幽，幽部或通宵，
　　　　而之宵通者少，是幽者，之宵之分界也。……眞與耕通，則耕次十
　　　　三，耕或通陽，則陽次十四，晚周秦漢多東陽互用，則當以東十五。
　　　　中者，東之類次，十六中，閒與蒸侵通，則當以蒸十七，侵十八，
　　　　蒸通侵而不通談，談通侵而不通蒸，是侵者，蒸談之分界也，則當
　　　　以談十九。葉者，談之類次，二十緝閒與之通，終而復始者也。故
　　　　以緝爲殿焉，如此專以古音聯絡，而不用後人分配入聲爲紐，合似
　　　　更有條理。〔註7〕

　　同時，江氏以韻部次序爲據區別韻部間的例外押韻，分爲「正韻」、「通韻」、「合韻」，他認爲：

　　　　古有正韻，有通韻，有合韻，最近之部爲通韻者百中之五六，
　　　　用合韻者，百中之一二，計三百五篇，除〈周頌〉，不論其國風大小
　　　　雅商魯頌，共詩一千百十有二章，通韻六十見，合韻十餘見，不得
　　　　其韻者數句而已。知其合，乃愈知其分，即其合用之故，而因以知
　　　　古部之次第。〔註8〕

　　並且，江氏認爲，數量比例各有不同，韻部較遠不可合用：

　　　　表中於顧氏無韻之處，悉以合韻當之。有最近合韻者，有隔遠
　　　　合韻者。有誥竊謂近者可合，而遠者不可合也。何也？著書義例當
　　　　嚴立，界限近者可合，以音相類也。遠者亦謂之合，則茫無界限。
　　　　失分部部居之本意矣〔註9〕。

　　同時，江氏以此韻部遠近爲依據，修訂段氏的韻例，將段氏認定爲合韻的

廣文書局，1987 年。

〔註7〕清・江有誥《音學十書・凡例》，《音韻學叢書》14 冊，台北：廣文書局，1987 年。

〔註8〕清・江有誥《音學十書・凡例》，《音韻學叢書》14 冊，台北：廣文書局，1987 年。

〔註9〕清・江有誥《音學十書・寄段茂堂先生原書》，《音韻學叢書》14 冊，台北：廣文書局，1987 年。

改爲一部，《音學十書・凡例》中列舉很多這樣的例子。例如：

> 〈無將大車〉二章痻與塵不協，宋劉彝改作痕，然痕字《廣韻》
> 所無，僅見於《集韻》，似不足據，故段氏仍作痻，指爲合韻，然痻
> 屬支，塵屬文，相去甚遠，不能合韻。〔註10〕

前人如周祖謨也有過類似的觀察，《音學十書・前言》指出江有誥考證《詩
經》韻部分合存在若干原則。周祖謨先生認爲：

> 要斷定兩類字的分野，可參照各類字與其他部類字的通用關係
> 如何來決定。……根據段氏凡聲旁相同者，必歸同部的原則，以《說
> 文》的諧聲系統與《詩經》中用字相證，確定字的歸部。〔註11〕

除此之外，江有誥在古音研究中也注重《詩經》韻例。他指出：

> （〈常棣〉）孔氏謂與朋爲冬蒸通韻，愚考全詩通例，第三句與
> 第四句韻者，數章並見，恆在前章。〈皇華〉之〈載馳〉、〈載驅〉與
> 二章韻，不與三四五章韻，〈宛邱〉之〈無冬〉、〈無夏〉與二章韻，
> 不與三章韻。此詩每有良朋句，既見於三章，不應四章，反與末句
> 爲韻，且詩中四句成章，從未有三句起韻者，此必是戎字傳寫誤耳。
> 顧孔氏之說，皆不可從〔註12〕。

我們認爲，江氏的音學成就不僅在於他分部精準，更可稱許的是他在方法
論上的創新。在討論江氏音學成就突出時，必須看到他超越前人的特殊方法。
江有誥所以被稱許兼具考古和審音的能力，主要原因即在於此。

二、江有誥古韻分部的貢獻

江有誥的古韻理論對清儒的古音研究和現代學者研究上古音產生了很大的
影響，其兼具考古與審音，因此被稱爲「清代古音學的巨星」〔註13〕。

在古音分部上，江有誥有訂正段氏之功，其古韻分部和各部轄韻皆爲後來
的研究者所遵從。江氏釐清韻部界限，區分東多與脂祭，重新分配侯幽宵脂部

〔註10〕清・江有誥《音學十書・凡例》，《音韻學叢書》14 冊，台北：廣文書局，1987 年。

〔註11〕清・江有誥《音學十書・前言（周祖謨）》，北京：中華書局，1993 年，頁 3。

〔註12〕清・江有誥《音學十書・凡例》，《音韻學叢書》14 冊，台北：廣文書局，1987 年。

〔註13〕王力《清代古音學》，北京：中華書局，2013 年，頁 217。

入聲與對應的陰聲，獨立緝葉。段玉裁各部僅列主要所轄中古韻，江氏修訂過程中大量增加段氏的音轉，即所謂的「某韻之半」或「某韻之三分之一」。王力也重視江氏此類說明，因此花了很大篇幅給出例字，並認爲江氏各部的轄韻對應「比段氏分得較細，也較合於實際情況。」〔註14〕

在研究方法上，江有誥確定《詩經》正韻、通韻、合韻的通則，較段氏《詩經》韻例更爲系統合理，貫徹段氏「謂之合而其分愈明，有權而經乃不廢」〔註15〕的理論。另外，江有誥專爲《入聲表》討論各部入聲的配置，非常精審。前文曾指出，韻部合用條例和入聲分配是江氏分部的重要依據，其中韻部之間的合用關係更爲重要。

江氏的聲母、聲調研究並不出眾。他最初在《古韻總論》中說古無四聲，後在《唐韻四聲正》中又改爲古有四聲，而古之四聲與今不同。江有誥認爲古今韻母不同，而聲母相同。《等韻叢說・辨七音十類粗細・辨字母訛讀・辨字母清濁與發送收》等篇曾討論聲母發音的方法，並比較歙音與官音的正誤：

> 今音雖與古異，而母則不異。索《中庸》作素，而索、素同心
> 母；曷《孟子》作害，而曷、害同匣母；州《穀梁》作祝，而州、
> 祝同照母；亳《公羊》作薄，而亳、薄同滂母；姬，魯人作居，而
> 姬、居同見母；登，齊人作得，而登、得同端母；昧《左傳》作沒，
> 而昧、沒同明母；戲《大學》音呼，而戲、呼同曉母。故注古音者，
> 必從字母轉紐乃確不可易。〔註16〕

這些論述中有古無輕唇、三等顎化舌根音不存在等等相關例字，但是聲母方面的論述並不成系統。

第二節 江有誥《詩經韻讀》與《諧聲表》之比較

江有誥的古音成就建立在他對於詩韻和諧聲的充分研究之上，爲進一步說明江氏的古音理論，我們比較他的《諧聲表》和《詩經韻讀》，討論江氏古音研

〔註14〕王力《清代古音學》，北京：中華書局，2013 年，頁 211。

〔註15〕清・江有誥《音學十書・答江晉三論韻（段玉裁）》，《音韻學叢書》14 冊，台北：廣文書局，1987 年。

〔註16〕清・江有誥《音學十書・凡例》，《音韻學叢書》14 冊，台北：廣文書局，1987 年。

究中詩韻與諧聲的關係。

在比較之前，我們首先需要訂正江有誥《諧聲表》的謬誤，剔除其中無諧聲字、不涉及諧聲現象的「散字」，提供正確的「諧聲表」。在此基礎上，比較《詩經韻讀》等韻文材料，進而探討諧聲現象。

一、江有誥《諧聲表》對《說文》聲符的修訂

這一部分，我們會分別檢討江氏《諧聲表》錯誤的聲符，江氏對《說文》的訂正，提供修訂後的江有誥《諧聲表》。

（一）江氏《諧聲表》錯誤的聲符

江氏《諧聲表》歸部錯誤的聲符一般出於兩個原因：對於字形的認識有誤；聲符歸部判斷有誤。

有清一代，尚無地下出土材料作為佐證，學者多以《說文》為主，江有誥對於聲符的判斷多因此而誤。

我們認為，江氏《諧聲表》之誤主要由於以下原因：

1、誤以獨體漢字為形聲

江氏以《說文》的字形分析為主要依據，而《說文》誤以獨體漢字為形聲字，因此誤收。如江有誥魚部收「、」，《說文》以「主」從「、」得聲，根據古文字字形，「主」為象形字，當改為「主」聲。「厶」、「麤」、「几」、「凵」、「豈」、「丿」、「由」、「从」等聲符的誤收都是這種情況。

2、因字形誤析和不收次級聲符的體例而誤

江氏以《說文》為據分析字形，且不收次級聲符，而將次級聲符一律歸入最初聲符，因此一些因《說文》字形分析錯誤、歸入最初聲符的次級聲符需要獨立聲系，如《說文》以「事」從「之」省聲，根據古文字字形，「事」為會意字，當另立「事」聲。「甫」、「皮」、「帝」、「尼」、「奎」、「陳」、「重」、「龍」等聲符的誤收都是這種情況。

3、因次級聲符與最初聲符韻部不同而誤

有部分次級聲符與最初聲符不在一部，應當獨立，而由於江氏的體例未獨立，如「䍃」從「肉」聲，「肉」入幽部，「䍃」入宵部，當於宵部另立「䍃」聲。

4、因改會意為形聲而誤

部分《說文》會意字，江氏基本據段玉裁（朱駿聲也有此傾向）改為形聲兼會意，因此多收錄造字部件為聲符。如江氏收「夲」聲，「皋」聲。《說文》本為會意字，江氏改為形聲兼會意，从「夲」聲。「睪」、「ナ」、「㫃」、「犮」、「冐」、「亞」、「詰」等聲符也是這種情況。這部分經我們研究江氏多有舛誤，只有個別是正確的，如「毌」，我們在後面會指出。

5、聲符實質上歸部錯誤

部分聲符江有誥實質上歸部錯誤。這是由於各種材料所顯示的聲符歸部不同，江氏對於各種材料的取捨有誤，如「昱」、「象」、「夂」、「廿」、「㣇」、「劍」、「盍」、「竄」、「辡」、「免」、「典」、「吅」、「廾」、「麀」、「西」、「㒼」、「夐」。

江氏《諧聲表》收聲符共 1139 個，錯誤的聲符共 98 個，佔比 8.6%，不影響江氏《諧聲表》的價值。

下面我們分部一一指出各部錯誤的聲符。對於諧聲字字形的分析和聲符的判斷，我們主要參考《說文》和古文字材料，詳見第五章第六節，本節各部以腳註標出索引位置。

（之部）〔註 17〕（1）江氏收「人」聲。《說文》以「貪」从「亼」得聲，有誤，江氏當指「食」聲字，當改為「食」聲；（2）江氏收「之」聲。《說文》以「事」从「之」聲，江氏從之，有誤，當另立「事」聲系。

（幽部）〔註 18〕（1）江氏收「舟」聲。《說文》以「朝」、「受」从「舟」聲，江氏從之，有誤，應當另立「朝」、「受」聲系。（2）江氏收「夲」聲，且注「皋」从此。「皋」《說文》為會意字，江氏以為形聲兼會意，與段玉裁、朱駿聲一致，當改為「皋」聲。（3）江氏收「肉」聲。《說文》以「䍃」、「育」从「肉」得聲，江氏從之。但是「肉」、「育」歸幽部，「䍃」歸宵部，當另立「䍃」聲系。（4）江氏收「夰」，《說文》以「昊」从「夰」聲，有誤，當改為「昊」聲。

（宵部）〔註 19〕（1）江氏收「雥」聲。《說文》以「焦」从「雥」聲，有

〔註 17〕之部聲符的字形分析及判斷見第五章第六節，之部第 13、6 條。

〔註 18〕幽部聲符的字形分析及判斷見第五章第六節，宵部第 13 條，幽部第 16、12 條，宵部第 5 條。

〔註 19〕宵部聲符的字形分析及判斷見第五章第六節，宵部第 12 條。

誤，「焦」金文是會意字，當改為「焦」聲系。（2）江氏收「交」聲。《說文》以要從「交」省聲，有誤，當另立「要」聲系。

（侯部）〔註20〕（1）江氏收「几」聲。《說文》以「殳」從「几」聲，江氏從之，有誤，當另立「殳」聲系。（2）江氏收「、」聲。《說文》以「主」從「、」聲，江氏從之，有誤，當改為「主」聲系。（3）江氏收「𠬬」聲，注「厚從此」。《說文》以「厚」為會意字，江氏認為是形聲兼會意，與段玉裁、朱駿聲相同。「厚」為會意字，江氏有誤，當另立「厚」聲系。

（魚部）〔註21〕（1）江氏收「于」聲。《說文》以「華」從「于」聲，江氏未收「華」聲，「華」為象形字，江氏有誤，當另立「華」聲系。（2）江氏收「凵」聲。《說文》以「去」從「凵」聲，有誤，「去」為會意字，當改立「去」聲。（3）江氏收「父」聲。《說文》以「甫」從「父」聲，「尃」從「甫」聲，有誤，當另立「父」聲、「甫」聲。（4）江氏收「雨」聲，《說文》以「雨」從「黍」聲，有誤，「黍」為象形字，當另立「黍」聲。（5）江氏收「庶」聲。《說文》以「度」、「席」從「庶」聲，有誤，「度」、「席」從「石」得聲，當歸入「石」聲系。（6）江氏收「舍」聲。《說文》以「余」從「舍」省聲，有誤，當另立「余」聲系。

（歌部）〔註22〕（1）江氏收「為」聲。《說文》以「皮」從「為」聲，江氏從之，有誤，當另立「皮」聲系。（2）江氏收「多」聲。《說文》以「宜」從「多」省聲，江氏從之，有誤，當另立「宜」聲系。（3）江氏收「乚」聲。「乚」為「可」之初文，應改為「可」聲。另外，江氏以「奇」從「可」聲，與段氏同，《說文》則以「奇」為會意字，當另立「奇」聲系。（4）江氏歌部收「象」，注「尺氏切，改尺可切」，支部收「象」，元部收「象」。段玉裁《諧聲表》支部收「象」，元部收「象」，《說文解字注》以「象」在歌、支之間。江氏或以段氏《說文注》為準，歌、支皆收「象」（象，《說文》徐鉉注「尺氏切」），而歌部誤作「象」。「象」應當入支部，「象」應當入元部。歌部的「象」當刪去。（5）江氏收「ナ」聲。《說文》以「左」為會意字，而江氏以為從「ナ」聲，有誤。「ナ」不作聲符，當改為「左」聲。

〔註20〕侯部聲符的字形分析及判斷見第五章第六節，侯部第2、5、4條。

〔註21〕魚部聲符的字形分析及判斷見第五章第六節，魚部第4、3、11、9條。

〔註22〕歌部聲符的字形分析及判斷見第五章第六節，歌部第4、5、10條，支部第6條。

（支部）〔註23〕（1）江氏收「乀」聲。《說文》以「氐」從此得聲，有誤，當改爲「氏」聲。（2）江氏收「朿」聲。《說文》以「帝」從此得聲，江氏從之，有誤，當另立「帝」聲系。（3）江氏收「糸」聲。《說文》以「縈」從「糸」聲，江氏從之，有誤，「縈」從「悆」聲。當在歌部另立「縈」聲。（4）江氏收「厂」。《說文》以「虒」等字從「厂」聲，「厂」是否爲聲符很難判斷。「厂」聲字大多以「虒」爲次級聲符，或可改爲「虒」聲。（5）江氏收「囟」聲。《說文》以「甹」從「囟」聲，有誤，當於文部另立「甹」聲。（6）江氏收「夊」聲。「夊」與微部字「綏」通假，當歸微部。（7）江氏「卝」入支部。「卝」與「乖」通，當依董同龢入微部。（8）江氏支部收「产」聲，脂部收「危」聲，我們根據相關證據認爲，「危」、「产」相同，當歸入脂部，非入支部。

（脂部）〔註24〕（1）江氏收「散」聲。《說文》以「豈」從「散」聲，江氏從之，有誤，「豈」是象形字，當另立「豈」聲系。（2）江氏收「匕」聲。《說文》以「尼」從「匕」聲，江氏從之，有誤，當另立「尼」聲。（3）江氏收「𣪊」聲。《說文》以「毀」從「𣪊」省聲，江氏從之，有誤，當改爲「毀」聲。（4）江氏收「介」聲。《說文》以「爾」從「介」聲，江氏從之，有誤，「爾」是象形字，當改爲「爾」聲系。（5）江氏收「丿」聲。《說文》以「弟」、「曳」、「系」從「丿」聲，而「弟」、「系」爲象形字，分別入脂支部，另立「曳」聲系，入祭部。（6）江氏收「惠」聲。「穗」爲「采」之異體字，「褎」從「采」聲。惠聲字中當包括「采」、「褎」。（7）江氏脂部收「豕」聲，後注「豖從此」。江氏從《說文》之說，有誤，「豕」聲當入支部，「豖」聲當入微部。（8）江氏脂部收「肉」聲。《說文》以「矞」從「矛」從「肉」，江氏改爲從「肉」聲，與段氏和朱氏相同，有誤，當改爲「矞」聲。《說文》以「裔」從「肉」聲，江氏從之，有誤，「裔」爲象形字，當改入祭部。（9）江氏脂部收「㑴」聲。《說文》以「替」從「㑴」聲，江氏從之，有誤，當改爲「替」聲。（10）江氏收「甶」聲。《說文》以「畀」從「甶」聲，「鼻」從「自」、「畀」，會意。據古文字字形，應是「畀」爲象形字，「鼻」爲形聲字，江氏與段氏不同，與朱氏相同，有誤。當改爲「畀」聲。（12）江氏收「豸」聲。我們根據

〔註23〕支部聲符的字形分析及判斷見第五章第六節，支部第 8、13、3、20、14、15 條。

〔註24〕脂部聲符的字形分析及判斷見第五章第六節，脂部第 6、7、2、13、17、21、24、28 條。祭部第 13 條。

相關證據，認爲「豸」當入支部。（13）江氏收「冖」聲。我們根據相關證據，認爲「冖」當入支部入聲，非脂部，「迥」入耕部。（14）江氏收「劍」聲。我們認爲，根據相關證據，當歸入祭部。

（祭部）〔註25〕（1）江氏收「蠆」聲。《說文》以「厲」、「邁」等字从「蠆」省聲，有誤，當改爲从「萬」聲。（2）江氏收「巂」聲。《說文》以「羣」从「巂」省聲，當改爲「羣」聲。（3）江氏收「丯」聲。《說文》以「害」从「丯」聲，江氏從之，有誤，當另立「害」聲。（4）江氏收「乚」聲，《說文》以「戉」从「乚」聲，江氏從之，有誤，「戉」爲象形字，當改爲「戉」聲。（5）江氏收「戌」聲。《說文》以「歲」从「戌」聲，江氏從之，有誤，當改爲「歲」聲。（6）江氏收「歺」聲。《說文》以「列」从「歺」聲，江氏從之，有誤，當改爲「列」聲。（7）江氏收「大」、「太」、「泰」。「太」即「泰」，亦从「大」聲，可歸入「大」聲系。《說文》以「奎」从「大」聲，有誤，當另立「奎」聲系。（8）江氏收「乂」聲。《說文》以「敝」从「乂」聲，江氏從之，有誤，當改爲「敝」聲。（9）江氏收「杀」聲。《說文》以「殺」从「杀」聲，江氏從之，有誤，當改爲「殺」聲。（10）江氏收「首」聲。《說文》以「蔑」从「戌」从「首」會意，江氏改爲从「首」聲，與段氏和朱氏相同，當改爲「蔑」聲。（11）江氏收「乞」聲。「乞」爲「乙」的分化字，種種證據顯示表明「乙」、「乞」同爲脂部入聲字。《說文》以「曰」从「乞」聲，有誤，「曰」爲會意字，當另立「曰」聲，入祭部。（12）江氏收「匃」聲。《說文》以「曷」从「匃」得聲，江氏從之，有誤，當改爲「曷」聲。（13）江氏收「彗」聲、「甹」聲。我們根據相關證據，認爲「彗」當改入脂部。（14）江氏收「盍」聲，我們根據相關證據認爲，「盍」當入「盍」部，「蓋」當入祭部。（15）江氏收「竄」聲。我們根據諧聲認爲當歸入元部。

（元部）〔註26〕（1）江氏收「叀」聲。《說文》以「袁」从「叀」聲，江氏從之，有誤，當另立「袁」聲系。（2）江氏收「䇂」聲。《說文》以「言」从「䇂」聲，江氏從之，有誤，當改爲「言」聲。（3）江氏收「犬」聲。未收「肰」聲，「然」聲，《說文》「肰」从「犬」从「肉」會意，以「然」从「肰」

〔註25〕祭部聲符的字形分析及判斷見第五章第六節，祭部第2、4、5、6、7、8、12、14、16、17、18、3、15、24，脂部第18條。

〔註26〕元部聲符的字形分析及判斷見第五章第六節，元部第1、3、12、5、11條。

聲。江氏或以爲「肰」从肉，「犬」聲，形聲兼會意，與段玉裁和朱駿聲皆不同。當另立「肰」聲系。（4）江氏收「扶」聲。《說文》以「輦」从「扶」从「車」會意，江氏改爲从「扶」聲，形聲兼會意。與段氏和朱氏相同。「輦」聲字僅有「鄻」，當以《說文》爲準，改爲「輦」聲。（5）江氏收「㵃」聲。「㵃」，古文漢，《說文》爲「難」省聲，江氏以爲有誤，另立「難」聲。當將「漢」聲字歸入「難」聲系。（6）江氏收「弅」聲。我們根據一系列證據認爲，「弅」當入眞部。（7）江氏收「免」聲。我們根據一系列證據認爲，「免」當入文部。（8）江氏收「典」聲。我們根據一系列證據認爲，「典」當入文部。（9）江氏收「叵」聲。我們根據證據認爲，「叵」當入文部。（8）江氏收「毌」。《說文》以「貫」从「毌」从「貝」會意，當改爲「貫」聲。

（文部）〔註27〕（1）江氏收「困」聲。《說文》以爲「擱」、「廬」从「困」省聲，江氏從之，有誤，當另立「廬」聲系。（2）江氏收「春」聲。《說文》以「春」从「屯」聲，江氏從之，有誤。當另立「春」聲系。（3）江氏收「賁」聲。《說文》以「奔」从此得聲，江氏從之，有誤，當另立「奔」聲系。（4）江氏收「骨」聲。《說文》以「殷」爲會意字，江氏改爲形聲兼會意，與朱駿聲相同，與段氏不同。從古文字字形看來，「殷」是會意字，當改爲「殷」聲。（5）江氏「十」入文部。我們根據一系列相關證據認爲，「卂」當入眞部。（6）江氏收「麈」聲。我們根據一系列證據認爲，「麈」當入眞部。（7）江氏收「西」聲。我們根據一系列證據認爲，「西」當入文部。（8）江氏收「萬」聲。我們根據一系列證據認爲，「萬」及除「璊」以外的諧聲字當入元部，「璊」入文部。

（眞部）〔註28〕（1）江氏收「千」聲。《說文》以「年」从「千」得聲，江氏從之，有誤，當另立「年」聲系。（2）江氏收「申」聲。《說文》以「陳」从「申」得聲，江氏從之，有誤，當另立「陳」聲系。（3）江氏收「尹」聲。我們根據一系列相關證據認爲，「尹」當入文部。

（耕部）〔註29〕（1）江氏收「窗」聲。《說文》以「寧」等字从「窗」聲，

〔註27〕文部聲符的字形分析及判斷見第五章第六節，文部第2、18、6、3、7條，眞部第1、9條。

〔註28〕眞部聲符的字形分析及判斷見第五章第六節，眞部第5、6、13條。

〔註29〕耕部聲符的字形分析及判斷見第五章第六節，耕部第3、5、2條。

江氏從之，有誤，當改爲「寧」聲。（2）江氏收「冂」聲。《說文》以「冥」從「冂」聲，江氏從之，有誤，當另立「冥」聲系。（3）江氏收「壬」聲。《說文》以「巠」從「壬」省聲，有誤，當另立「巠」聲系。

（陽部）〔註30〕（1）江氏收「亡」聲。《說文》以「良」從「亡」聲，江氏從之，有誤。當另立「良」聲系。（2）江氏收「光」聲。《說文》以「黃」從「光」聲，江氏從之，有誤，當另立「黃」聲系。（3）江氏收「从」聲。《說文》以「兩」等字從「从」聲，江氏從之，有誤，「兩」爲象形字。當改爲「兩」聲。（4）江氏收「皿」聲。《說文》以「孟」從「皿」聲，江氏從之，有誤，「孟」爲會意字，當改爲「孟」聲。（5）江氏收「向」聲。《說文》以「尙」從「向」聲，江氏從之，有誤，當另立「尙」聲。（6）江氏收「誩」聲。《說文》以「競」從「誩」從「二人」，江氏改爲從「誩」聲，形聲兼會意字，與段氏和朱氏一致。「誩」並無其他諧聲字，當仍以《說文》爲準，改爲「競」聲。（7）江氏收「亞」聲。《說文》以「噩」爲會意字，江氏改爲形聲兼會意字，與段氏和朱氏一致。「亞」並無其他諧聲字，當仍以《說文》爲準，改爲「噩」聲。

（東部）〔註31〕（1）江氏收「東」聲。《說文》以「重」、「龍」從「東」得聲，江氏從之，有誤，當另立「重」、「龍」聲系。（2）江氏收「囟」聲。《說文》以「悤」從「囟」聲，江氏從之，有誤，當另立「悤」聲系。

（冬部）〔註32〕（1）江氏收「中」聲。《說文》以「用」從「中」會意，江氏改爲從「中」得聲，與朱駿聲相同，與段氏不同。「用」爲象形字。當另立「用」聲。（2）江氏未列「庸」聲。《說文》以「庸」從「用」從「庚」會意，江氏或以「庸」從「用」聲，與朱駿聲相同，與段氏不同。當於東部另立「庸」聲。

（侵部）〔註33〕（1）江氏收「侌」聲。「侌」爲「霒」之古文，《說文》以「侌」從「今」聲，江氏單列「侌」聲系。「侌」爲「今」的次級聲符，按照江氏的《諧聲表》體例不需要單列。（2）江氏收「彡」聲。《說文》以「尋」從「彡」

〔註30〕陽部聲符的字形分析及判斷見第五章第六節，陽部第 7、4、10、12、11、13 條。

〔註31〕東部聲符的字形分析及判斷見第五章第六節，東部第 2、6 條。

〔註32〕冬部聲符的字形分析及判斷見第五章第六節，東部第 4 條，冬部第 4 條。

〔註33〕侵部聲符的字形分析及判斷見第五章第六節，侵部第 1、3 條。

聲，有誤，當改爲「尋」聲。

（談部）〔註34〕（1）江氏收「巳」聲。《說文》以「函」從「巳」聲，有誤，當另立「函」聲。

（葉部）〔註35〕（1）江氏收「劫」。《說文》以「厺」爲「劫」省聲，有誤，當另立「厺」聲。

（二）江氏訂正《說文》聲符

江氏非一味從《說文》分析聲符之說，對《說文》亦有所修正。若據諧聲字的中古讀音歸部，與據《說義》字形判斷歸部完全不符，或次級聲符的中古讀音與最初聲符歸部甚遠時，江氏另外獨立聲系。據諧聲而捨《說文》，參考韻文和韻部遠近等等證據，由「思」、「冀」、「存」、「農」、「彭」、「爾」、「昱」、「罌」的歸部可推知其做法。因此這些聲符的歸部通常正確。

另外，部分聲符《說文》僅收形聲字，未收聲符，江氏一律補充。下文分部一一指出江氏訂正之處，具體字形分析詳見第五章第六節。

（之部）（1）江氏收「思」聲。《說文》以「思」從「囟」得聲，有誤，江氏未從，另立「思」聲。（2）江氏收「疑」聲。《說文》以「疑」從「矢」聲，「矢」爲後加聲符，「疑」當爲會意字，江另立「疑」聲。

（幽部）（1）江氏收「劉」聲。《說文》有「劉」聲字而無「劉」字，「劉」是「鎦」的異體字。除「劉」之外，尚有「由」、「希」、「叀」、「馭」、「杀」、「免」、「丩」，皆爲「說文無字有其聲」一類，下文不一一列舉。〔註36〕（2）江氏收「屙」聲，注古文「疇屙壽從此」。《說文》以「疇」從此得聲，江氏另加「疇」、「屙」、「壽」。「疇」，《說文》從「又」聲，有誤。江氏入幽部正確。

（脂部）（1）江氏收「冀」聲。《說文》以「冀」從「異」得聲，江氏「異」聲入之部，另立「冀」聲入脂部，「異」聲系未收「冀」聲字。（2）江氏收「襄」聲。「襄」從「眔」聲，另於緝部有「眔」聲。

〔註34〕談部聲符的字形分析及判斷見第五章第六節，談部第1條。

〔註35〕葉部聲符的字形分析及判斷見第五章第六節，葉部第1條。

〔註36〕另外，江氏收錄很多篆文的古體或籀文字作爲聲符。如「薏」聲。「薏」，古文昏。江氏以「憫憫」從「薏」聲，除「昏」外，另收「薏」聲。

（祭部）（1）江氏收「舌」聲。《說文》以「舌」從「千」省聲，有誤，江氏未從，立「舌」聲。（2）江氏收「孚」聲。《說文》以「孚」從「一」聲，有誤，江氏未從，立「孚」聲。

（元部）（1）江氏收「毌」聲。《說文》是會意字，江氏改爲形聲兼會意，與朱駿聲相同，不同於段氏。

（文部）（1）江氏收「存」聲。《說文》以「存」從「才」聲，江氏未從，於文部另立「存」聲。

（眞部）（1）江氏收「丙」聲、「閵」聲。《說文》以「閵」從「丙」省聲。江氏不從，另立「閵」聲系，與段氏朱氏皆不同。「閵」或從「門」得聲。

（冬部）（1）江氏收「囟」聲。《說文》以「農」從「囟」聲，「農」非從「囟」聲，江氏未從，冬部另立「農」聲。

（陽部）（1）江氏收「彭」聲。《說文》以「彭」從「彡」聲，有誤，江氏未從，另立「彭」聲。

（葉部）（1）江氏收「爾」聲。《說文》以從「爾」聲，徐鉉以爲非，江氏從徐鉉，以「爾」入葉部。

（三）修訂後的江有誥《諧聲表》

以上因字形而誤和歸部錯誤的聲符，我們直接改正或補充。除此之外，考慮到江有誥《諧聲表》的體例，我們在每個聲符後同時以括號註明次級聲符。另外，有一些聲符或諧聲字在韻文或先秦其他文獻出現而江氏未收的，我們根據其他諸家「諧聲表」也一併補充，以「補」標註列於各部之後，但是並不納入諧聲現象的討論範圍。

江有誥《諧聲表》（修訂）

（1）之部聲

平：絲來思箕其臣龜矜（犛）疑而丌（辺）之（寺時市）才（弌在）醫臺牛茲巛辤辭司丘裘灰甾郵

上：里（貍）某母久目（台枲矣）已止（齒）亥不（丕否音）采宰啚巳耳士史（吏）負婦臼子喜　補：能有

去：意又（尤右灰友）佩戒異（翼）再葡（備）毒圄事

入：息弋（式忒）畐（富）北食（飤飾）戠直德圣（怪）則（賊）麥革或
　　（或）亟力（防）璏棘黑（墨）匿嬰色賓（塞）仄矢敕及（服）伏克
　　牧嗇葡茍啻昱　　補：得臘梓陟戛

（2）幽部聲

平：州求流休舟悉汓曹攸（條修脩）昊髟周矛（柔孜）勹（包匋）髟（鬲
　　壽）酋孚采丝（幽）牢劉丩（收）囚雔由秋彪卤麀牟蔲夒齊朝受　　補：
　　厹（尻）皋

上：九舀卯酉丣（醜）缶叜爪叉（蚤）好（薅）手老牡帚首（道）守午臼
　　丑丂（考）柔簋肘受棗韭咎艸鳥牖早（草）曰討昊　　補：埽

去：翏（戮）臭戊孝奧幼殷就秀曰報獸告　　補：舊

入：六（坴毐）孰肅（蕭）朮（叔戚）畜祝菊复（復）肉毒夙佝目竹（籚）
　　逐膠粥臼（學覺）　　補：育迪

（3）宵部聲

平：毛票梟敖勞父高（喬蹻鬺）刀（台到）苗交（肴爻教駁較）巢茮（堯）
　　嚻梟焱昏幺焦（樵）黽輈料兂（癹）搖　　補：麃羔欨釗

上：小（少肖）夭兆表了叉巳犀糾淼杳省皛噭少　　補：顥呆

去：鼻（潮）皃貌暴鬧尞尞盜號要　　補：号尿笑

入：樂卓龠翟（濯糶糴）爵芈（繫）勺（約釣的）雀弱敫（徼皦竅激）矍
　　虐雀　　補：夭（芺沃）

（4）侯部聲

平：朱區（藍）几需俞芻臾毋婁句侯兜青（殼）須殳

上：取（冣聚）主乳瓜后後口厚走斗　　補：侮

去：叝（斲）禺壴（尌廚樹）付（府）具戍鼻奏菁豆扇孜寇晝鬥匤（陋）
　　補：妖

入：谷角族屋獄足束賣辱曲玉蜀木彔粟羑豕卜局鹿禿　　補：哭

（5）魚部聲

平：且（沮）于（夸雩瓠）夫牙瓜巴吳虍麤壺舁車烏於魚（穌）及圖乎巫
　　疋（疏楚）殳居初旅（蕢）　　補：奴（伮）

上：父叚（猳家）古與巨（榘）上無馬呂鹵下女處羽兆鼓股雨五（吾）予

午（許）戶（雇）武鼠禹夏宁旅寡圉蠱罯普㞋（莽莫）甫（尃浦）黍　補：
股者（奢）魯

去：卸射亞（惡）舍素眀（蠆）丙（賈）暮庶乍步互余（涂）去　補：去
兔社

入：各（洛路）亦夕石（度席）舄隻若屰（庶逆朔）睪（擇）谷（卻）郭
戟毛昔（耤）霍炙白（帛百）尺赤（赦）赫壑谷（隙）覀（霸）辶皀
蒦（獲）疊索（素）虣虢　補：豦咢宅橐

（6）歌部聲

平：虧它（沱佗）爲离（離）加（嘉）多麻（靡摩）厽（垂唾）吹（炊）
又沙禾（和）己那罵戈皮（波）奇宜哥宜　補：差羅陸（隋墮隨惰）
龢虧科羈

上：冎（咼過）我（義儀義）罷（羆）左瓦果（裸）朵厽（瑣）惢徙厽（厽）
叵也（地施迆）　補：縈罵妥蓏

去：瞿厽（化）坐臥丽（麗）些戲

（7）支部聲

平：兮支知（智）卑斯八圭（佳）厄兒規醨厽雟

上：是厽（蠡）匸厽解此惢启（啓）買芉豸

去：虒易朿（策迹責刺）畫厽（派脈）林瑞囟糸氏（祇氐）帝（啻適）豕
系

入：益（謚）析（晳）辟鬲脊臭（鵙）厄（戹）狄秝（麻歷）彳冊觳系
宀　補：役閱谿覡

（8）脂部聲

平：妻飛皆皀（歸追）厶（私）衣褒綏非（輩悲）枚禾敉（微）口（韋）
幾隹（催唯隼惟摧推）夷累齊眉希威回尸衰肥夔乖危卟伊開屖豈屮乖
夂　補：妃頎狋

上：鬼（嵬魁）畾（畾雷）几尾（犀）虫氏（底氐）黹比比（毘）米（靡）
皋委毀爾豐死屰美火水矢舄履癸夂卉豕匕（旨耆稽）尼爾（邇）　補：
磊

去：臾（遺瀆貴）示（視祁）閉二（次）戾利（黎）希棄气（乞）旡（既

愛）胃四惠未（寐）計位退隶祟（㲉㲉）凷（屆）尉對頪（類）医（殹）內孛器配繼自替疐至冀贔未叡彖畀弟彗（慧）補：季采褎貳轡懿魏快決豙（毅）費

入：卒率朮（秫）出兀弗旻矞勿畀厺悉八必實吉戥質七卪（即節）日栗桼臸畢一（聿律）血逸抑乙骨頁帥鬱執（摯贄鷙蟄槷）　補：突忽戾肸屑闋

（9）祭部聲

去：祭（蔡察）衛贅毳敝制裔世（貰）厶劂害拜介大（人戾）太曷帶貝會兌（劂闕銳）巜最外吠乂丰（韧契割轄絜齧）砅筮夬敹摯泰萬（厲邁）歲（威噦薉）羍（達）曳裔害　補：祋曳雪粵脆

入：歲蔑月伐欮（厥）戉旻剌（賴獺）截歺末寽犮列桀折（哲）舌（聒）絕叕屮（岂辥薛糵獻巘）聅亅曰址（癹發）臬乎舌威鐵畷殺盍奪徹設朮劣別刷孑市（肺沛）犖劊　補：罰旆辣鷩离刈怛

（10）元部聲

平：鮮叀言泉難（漢）原緣官爰閒亘（宣桓垣）連罨干（岸旱罕）安（晏）奴（餐）吅（雚）貫閑廛丹焉元（完冠）肙山戔楙（樊攀）延次（羨）繁耑（盥喘段）丸虔彝攀寒（褰蹇）姦般刪便（鞭）冤緜宀前聯鬳（邊）煩穿全萑虤莧（寬）班華夐㒼專（團）袁（瞏還）肰　補：釆（弄眷卷番潘）邊彝髡

上：厂（产彥雁鴈炭產）玨（褻展）卵顯反夗（宛）㇀㫃（倝乾翰韓幹旋）柬（闌蘭練）繭耎衍㕣（沿）犬雋輦舛侃孨件反胄（遣）善肰然補：袞短

去：釆蘭旦（亶）半彖扇見丱（綜聯）旻（宴匽）曼奐弁叚縣憲柀（散潸）鬳（獻）宦燕爨睿祘面贊算（簒）建萬片𤔔㡀滅竄　補：筭幻看盥

（11）文部聲

平：㞙（殿臀）昏憂豚辰（晨唇）先困屯門（聞問）分（釁虋）孫賁君員㒵昆𦎫（敦）川（順訓）雲（云）存巾侖堇壼文（彣吝閔）豩（豳）軍斤（近）昷（溫緼）熏殉筋蚰尊殷西堊奔㻞麕春　補：亹焚彬恩

上：盾㐱㒚（隱）乚壼丨本允（夋酸）尹免典　補：舛（舜）隼（準）鯀

去：艮刃寸圂（彙）奮胤糞薦容（睿）困叩（巽巽選）　補：閏坤

（12）真部聲

平：秦人（仁）頻（瀕）寅阠（淵）身旬（夗）辛（榛新）天（吞）田千
　　令因申眞（顛㕥）匀臣（臤賢堅）民聿（妻盡津）玄（牽）申年陳匐
　　塵補：弦矜燊

上：丏（賓）扁引乇弁　補：亂

去：粦信命禼朩印疢佞晉奠闟（進）卂

（13）耕部聲

平：熒丁（成）生（星）盈鳴名平寧（寍）賏（嬰）甹冂（冏）爭开（笄
　　并邢耕形）霝（靈）嬴晶觲　補：青宀（鼏）囘（迥）貞

上：壬（庭廷聽）鼎頃（穎）井耿幸耑黽呈（或戜）㢝迥　補：省

去：正（定）殸（磬聲）敬令命

（14）陽部聲

平：王坣（匡往狂彸）亣行（衡）昜（鍚陽湯）爿（醬將）方（放旁）兀
　　兵光京羊（羕）庚（康唐）襄（囊）畕（畺彊）強兄桑夘（梁）彭央
　　昌倉相亯印慶亡（巟喪）量羹香朚光皀明黃（廣）良（鄉卿）　補：
　　皇章（商）長

上：网（岡）永爽臦兩象皿竝丙弜秉丈杏上孟

去：向誩匨臦竟望尙（堂）競　補：葬匠

（15）東部聲

平：東公丰（奉夆逢）同邑豐叢冢从（㪵）封容凶（匈兇夑）充茸舂囪雙
　　嵩尨（尨）東童恩　補：龍（龐）雍工（巩空）

上：孔冢（蒙）竦宂廾

去：送共弄　補：巷

（16）冬部聲

平：中躬（宮）蟲（融）戎夂宗（崇）肜農夆（降隆）夊（終）

去：眾贈宋用（甬）庸

（17）蒸部聲

平：瞢（夢）蠅朋弓曾升興夌恒徵競厷（弘肱）冰登乘再（稱）熊丞（烝
　　丞薹）承凭（馮憑）陾登乃　補：扔仍熊

上：关肯

（18）侵部聲

平：冘（沈枕耽）咸（鹽）林（禁）心今（念金禽欽歆含貪禽飲錦銜霽）
　　凡（風）男琴尋音（歆）先侵罙壬（任）陰三从覃　補：坅（朁潛蠶）
　　壬（淫）參銜

上：南甚品（臨）亩（稟稟廩）審闖

（19）談部聲

平：占龰兼僉甘猒炎（剡）詹毚甛（恬）芟　補：監（鹽覽）

上：巳（氾）閃冉臽（喴）敢（嚴）广斬（漸）奄弇染夾焱炙丨丨（坎）
　　函　補：夵

去：卤欠　補：贛

（20）葉部聲

入：妾枼涉業疌曄巤乸（輒）燮聶甲法夾弱盍帀嚞乏卌籋聿劫劦盍盇　補：
　　疉

（21）緝部聲

入：咠及立（颯）邑集（雜）入十習廿夅澀皀㣆合龖（襲譶）罙沓軜

二、江有誥《諧聲表》無諧聲字的聲符

　　並非「諧聲表」中的所有聲符皆有諧聲字。這些聲符一般為獨體字或會
意字，僅作形符使用，不充當聲符，如「牛」、「了」、「表」、「瑞」、「開」、「承」、
「孔」等。雖然這些字不充當聲符、無諧聲字，但是江有誥一般會根據先秦
韻文推斷上古的歸部。如果無韻文，則根據各韻部所轄中古韻的一般規律推
斷上古歸部。如「走」屬侯韻，根據江有誥的古韻分部，上古侯韻入侯部，
因此江氏歸入侯部。

　　這些王力所謂的「散字」，無法為我們研究諧聲提供材料，因此在討論諧聲
現象前先將他們剔除。

（之部）醫牛郵裘婦麥佩瑃牧色毒敕弋矢苟辯辭；

（幽部）采柔囚牢討艸就阜韭報棗獸孰目六逐臭牡蔑牖老粥爪；

（宵部）了貌料表盜臬幺晶糾淼杳窅鬧黽受；

（侯部）走晝冓戍禿粟毌；

（魚部）壺初圖鹵及兂普蠱車圉處鼠旅寡夏罜堅辶尺赫隻股卸素戟䖵；

（歌部）臥惢瓦麤吹罵那戈叵瞿些戲；

（支部）鹺芈巫林焱匸瑞彳廌尸攴象；

（脂部）計位退禾虫器棄卟閉開枚水夔豕歺履死兒乖夂丿去實一逸抑頁乀囟；

（祭部）外叜止屮太泰联贅砅巜摯制彑吷竄劣別奪亅㿝裔术㱡萬；

（元部）麤閑宦縣宀片穿屮く件班卵攀華；

（文部）壹乚筋巾殄蚰睿胤丨壺塵；

（眞部）信命夊印朿人電佞疢；

（耕部）鳴名晶省觲；

（陽部）亯上邕兵秉羹匚慶香弜允；

（東部）孔廾竦送嵩冢；

（冬部）肜賵宋；

（蒸部）承肯凭陾熊競鷹登；

（談部）閃芟凵广焱麥

（侵部）男琴三闖；

（葉部）卅法帀聿涉籋曄；

（緝部）廿軜。

三、江有誥《諧聲表》與詩韻研究之關係

因爲詩韻與諧聲顯示了諸多一致的古音現象，因此並列爲古音研究領域中的兩大支柱，但是這兩種材料內部仍存在諸多衝突之處。自段玉裁系統發掘諧聲字的語音價值以來，利用諧聲與古韻參證研究古音成爲清人以來的慣例，那麼諧聲與古韻的矛盾之處就必然成爲古音研究者需要解決的問題。

當《說文》諧聲系統與《詩經》押韻系統矛盾的時候，江有誥是如何處理的呢？

曹強（2013）認爲〔註 37〕江氏《詩經韻讀》在處理合韻時，若諧聲與押韻矛盾則多採諧聲，而捨詩韻，比較江氏與王力的《詩經韻讀》時認爲，個別韻字江氏捨詩韻而取諧聲。同時，我們在比較段氏與江氏的《諧聲表》時發現，江氏在兩種材料矛盾時多採押韻，而段氏多採諧聲。在比較王力與江氏《諧聲表》時發現，兩種材料矛盾的時候，江氏傾向根據韻文判斷歸部，王氏傾向將韻文視爲合韻，根據其諧聲歸部。雖然分別比較江有誥與王力的《詩經韻讀》、《諧聲表》結論一致，但是這樣的結論看上去似乎仍不夠深入，未臻完善。

因此，我們將上述結論所據的例證一一羅列出來重新討論。後文比較諸家《諧聲表》發現，各家歸部不同的聲符數量有限。這些聲符歸部不同多由於諸家處理詩韻或諧聲材料時取捨不同導致的，因此，下面我們以曹強（2013）所舉的江氏與段玉裁、王力「韻讀」的差異之處及江氏《諧聲表》中歸部爭議較大的聲符爲例，觀察江有誥在歸部、判斷韻例方面的處理方法。

觀察這些韻文與諧聲矛盾的材料，我們發現，江氏對於諧聲和韻文材料同樣重視。當諧聲材料不能定韻部，即中古讀音在上古數部皆有分佈時，傾向於以韻文爲標準，視韻字與其他韻腳爲一部，如「麈」、「胤」、「徙」、「麗」、「危」、「埶」、「加」、「虘」、「禪」。不過，也有相反的情況，將爭議的韻字，與其他韻腳視爲鄰近韻部的通韻現象，如「西」、「蔿」、「焦」、「彗」、「喿」、「怛」。值得注意的是，對於有爭議的字，江氏盡量定爲相鄰韻部通韻，一些段氏視爲合韻的現象由於韻部較遠，江氏皆有所修改，如「危」。

1、「夐」：朽正切，屬勁韻，其諧聲字中古屬霰、勁、先、獮、廢、術、屑、清韻，「瓊」在〈招魂〉中入韻，介於上文的元部「寒湲蘭筳」和下文的陽部「光張璜」之間。顯然，耕陽音近，因此江氏定爲耕陽通韻，「夐」入耕部，而非如段氏「夐」入元部。

2、「麈」：直珍切，屬眞韻，眞文兩部皆有眞韻字。〈無將大車〉、《老子》、《九歌·大司命》入韻，後兩者皆與文部字「紛存先門云」押韻，沒有異議。江氏以段氏支文押韻不合理，改「痕」爲「瘏」，因此麈歸文部。

> （《無將大車》）段氏仍作痕，指爲合韻。然痕屬支，麈屬文，
> 相去甚遠，不能合韻。孔氏改作痕，以自實其陰陽相配之說。然痕

〔註37〕曹強《江有誥詩經韻讀研究》，陝西師範大學博士論文，2013 年，頁 49、頁 165。

乃胝之重文，《廣韻》注：皮厚也，於詩義不協。惟戴氏以爲當是瘃

字之詑，此說得之，蓋傳寫者脫其半耳。《廣韻》疢與瘃皆注：病也。

訓詁正同。〔註38〕

3、「胤」：其諧聲字中古屬震韻，眞文兩部皆有震韻。〈既醉〉與文部字押韻，江氏據此入文部。

4、「西」：其諧聲字中古屬薺、海、霰、卦、眞韻，入文部、元部不定，〈新臺〉入韻。江氏以〈新臺〉「灑」與「浼殄」元文通韻，「西」入元部。

5、「䒼」：母官切，中古屬桓韻，其諧聲字中古屬桓、魂、緩、元韻，入文部、元部不定，《王風・大車》入韻，江氏定爲「璊」與「啍奔」元文通韻。

6、「徙」：斯氏切，中古屬紙韻，其諧聲字中古屬紙、支、皆、蟹、眞韻，入支部、歌部不定，《韓非子・揚權篇》、《荀子・成相篇》、《逸周書・周祝解》入韻，與歌部字押，江氏據此入歌部。

7、「麗」：呂支切、盧計切，中古屬支、霽韻，入支部、歌部不定。《離騷》「蘖纚」押韻，江氏據此入歌部。

8、「危」：魚爲切，中古屬支韻，其諧聲字中古屬支、灰、紙、賄、寘、至、旨韻，入支部、歌部、脂（微）部不定，《周易・下經困・上六》、《尚書・大禹謨》、《文子・符言》入韻，與微部字押韻，段氏據其中古讀音入支部，江氏以爲支脂較遠，改入脂部。

9、「執」：其諧聲字中古屬祭、緝、震、至、怗、㮇、葉韻，入脂部、侵部、緝部、祭部不定，〈天問〉、〈高唐賦〉入韻，與祭部字押。段氏據諧聲字中古讀音入侵部。江氏以侵韻、祭韻較遠，改入祭部。

10、「加」：其諧聲字中古屬麻、箇、禡、戈韻，入魚部、歌部不定。〈破斧〉、〈賓之初筵〉入韻，與歌部字押，〈抑〉入韻，與魚部、歌部字押，江氏因此入歌部。

11、「焦」：其諧聲字中古屬宵、尤、小、笑、藥、效、蕭、覺、篠韻，入宵部、幽部不定，《豳風・鴟鴞》入韻，江氏以「譙」、「翛」是宵幽通韻。

12、「虔」：渠焉切，中古屬仙韻，入文部、元部不定，《商頌・殷武》中與

〔註38〕清・江有誥《音學十書・古韻總論》，《音韻學叢書》16 冊，臺北：廣文書局，1987年。

元部字「山丸遷梃閑」押韻，江氏據此入元部。

13、「彗」：其諧聲字中古屬祭、霽韻，入祭部、脂部不定，《小雅・小弁》「嘒淠屆寐脂祭」合韻，《孟子》入韻，「慧勢」押韻，江氏據韻文歸祭部。

14、「禋」：中古屬先韻，入眞文、元部不定，《周頌・維清》「典禋」押韻，江氏以「典」爲元部，「禋」亦爲元部。

15、「喙」：中古屬祭韻，《大雅・綿》「拔兌駾喙」押韻，江氏以其聲符定爲祭元通韻。

16、「倩」：倉甸切、七政切，中古屬霰韻，《衛風・碩人》「倩盼」押韻，江氏以爲文耕合韻。

17、「怛」：中古屬曷韻，《齊風・甫田》「桀怛」韻，《檜風・匪風》「發偈怛」押韻，而江氏據聲符入元部。

另外，江氏據韻部遠近判斷韻式，排除段氏《詩經韻分十七部表》中許多韻部較遠的不合理的合韻現象，進而規範韻字歸部。例如，《大雅・桑柔》江氏「資微階」韻，段氏以「疑」爲之脂合韻，江氏認爲之非韻。《小雅・十月之交》「士宰史」押韻，江氏以「氏」爲支部，之支較遠，因此「氏」不入韻。《豳風・鴟鴞》「子取」押韻，「室毀」押韻，之脂部較遠，因此非以「了室」押韻。「谷」、「活」據其中古讀音推斷當爲侯部、祭部字，《周頌・良耜》在韻腳位置出現，前爲之部字「耜畝」，後爲微部、魚部字「魚筥黍」，因其韻部相距較遠，江氏定爲無韻。《大雅・抑》段玉裁認爲「言行」押韻，江氏以爲元陽音遠，改爲不入韻。

江氏有正韻、通韻、合韻之例。其中[註39]正韻爲常例，通韻爲鄰部相押：幽宵 15、脂祭 14、之幽 13、元文 5、蒸侵 5、祭元 4、東中 3、眞耕 8、侯魚 5、文眞 4、歌支 2、緝之 2、支脂 5、耕陽 2、侵談 1、宵侯 1、葉緝 1。合韻爲隔部相押：中侵 7、脂元 5、幽侯 7、元眞 1、眞陽 1、文耕 1、耕東 1、支祭 1、歌脂 1、陽東中 1、文眞耕 1。借韻爲不止隔一部相押：脂文 4、之魚 3、歌元 1、之侯 1、支脂元 1。經過江氏整理韻式韻例，例外押韻（通韻、合韻、借韻）的數量明顯減少，韻字歸部得以明晰，縮小諧聲與韻文的矛盾之處。

〔註39〕以下數據據曹強《江有誥詩經韻讀研究》，陝西師範大學博士論文，2013 年，頁42。

江氏以韻部遠近爲據考察韻文，除了區分韻部、個別韻字的歸部以及糾正前人韻例的疏失，且彌補了他對於字形認識的不足。江有誥論及其做法爲：

〈召旻〉五章當以稗替韻，支脂通也。段孔氏皆以替引爲韻，按替從白聲，白古文自唐韻收入霽，霽脂之類也。《楚辭・懷沙》與抑韻，張衡〈東京賦〉與結節謫秩韻，皆脂之入也。從替聲者有㯱字入屑韻，亦脂之入也〔註40〕。

「替」非從「白」聲，但是排除段孔氏的錯誤韻例，從韻文的角度來說，替還是歸脂部入聲。

綜上，從江氏的分部歸字實踐來看，《詩經韻讀》等韻文材料與《諧聲表》的重要性並無二致，兩者互爲補充。如果一定要說有傾向性的話，詩韻在使用中更受重視一些，但是這種傾向性並不明顯，僅是在比較段玉裁、王力等人的諧聲研究時的看法。就江有誥本身的諧聲研究而言，其做法並無捨詩韻或捨諧聲之說。

江氏同時以韻部遠近爲依據，排除了大量不合理的例外押韻，將異部相押控制在鄰近韻部之內，使韻文與諧聲現象更爲一致。前文我們在論述江氏修訂《說文》聲符時曾指出，部分聲符江氏據諧聲字歸部，未受《說文》錯誤分析字形的影響，諧聲彌補了字形分析之不足。現在我們要說，江氏的古音學構建在詩韻與諧聲的結合之上，兩者之失以韻部遠近（或者說音理認識）爲補充，將押韻或諧聲的例外控制在音理可以解釋的範圍內，進而擺脫單一材料的局限性。

對於江有誥重視韻部遠近這一點，王力也曾有過相關評價：

江氏憑韻部次第來決定通韻、合韻，是不十分合理的。各家韻部次第不同，未必江氏所定韻部次序是唯一合理的……江氏通韻、合韻的理論是可以成立的；但他憑韻部次第來決定通韻、合韻和借韻，則是錯誤的。〔註41〕

江有誥的韻部順序確實有可商榷之處，也存在部分王力先生指出的錯誤押韻。不過我們應該看到，江氏系統地利用韻部遠近來規範押韻，確定韻字

〔註40〕清・江有誥《音學十書・古韻總論》，《音韻學叢書》14 冊，1987 年。
〔註41〕王力《清代古音學》，北京：中華書局，2013 年，頁 217。

歸屬，這種做法前人並未涉及。

另外，陳瑤玲（1999）的相關論斷，我們也認爲是有待商榷的。她認爲：

> 江有誥歸部以古韻爲主，不論諧聲或《廣韻》，凡與韻文不合者，
> 都以韻文爲準，這是後世學者認爲江氏《諧聲表》較爲精確的原因
> 之一。〔註42〕

江氏製《諧聲表》非專以諧聲或詩韻歸部，審音不局限於單一材料，這才是江氏《諧聲表》精確的原因，也是其價值所在。

第三節　江有誥《諧聲表》中的陰入諧聲現象

我們在下面幾節分別討論江有誥《諧聲表》中的諧聲現象，本節以陰入諧聲現象爲主。

因爲以「諧聲表」爲討論中心，並且通過我們的研究發現，江氏注音即以《說文》徐鉉反切爲土，因此我們選擇《說文》徐鉉反切作爲討論的依據。徐鉉反切與《廣韻》反切大部分一致，個別有所出入，且少有異讀。

（一）江氏《諧聲表》中的陰入諧聲

江氏《諧聲表》涉及陰入諧聲的聲符共 65 個。

在上古音研究中，複聲母和輔音韻尾是爭議最大的兩個問題。韻部劃分與主元音構擬諸家差別不大，但由於對韻尾的認識不同而分爲考古派和審音派。陰聲韻是否存在輔音韻尾、輔音韻尾的範圍和性質等等問題，都是爭論的焦點。因此，此節以江有誥《諧聲表》中的陰入諧聲現象爲討論中心，觀察陰聲與入聲的關係，提出我們對於上古輔音韻尾的看法。

[-g]尾各部陰入諧聲占[-g]尾總諧聲數的 12.5%，其中平入 4 個，上入 4 個，去入 26 個。[-d]尾各部陰入諧聲占[-d]尾總諧聲數的 30.69%，其中平入無，上入 1 個，去入 30 個。[-d]尾去入關係較[-g]尾更近。歌部無陰入諧聲。

各部陰入諧聲現象我們在下面以表格呈現。我們窮盡式的羅列各部陰入諧聲的聲符，但是限於篇幅，每個聲符僅舉出若干諧聲字。暫以清濁韻尾表示陰入的差別，不區別聲調。

〔註42〕陳瑤玲《江有誥古音研究》，台北：中國文化大學博士論文，1999 年，頁 255。

表 7：之部的陰入諧聲

疑[-g]：嶷[-k]	之[-g]：特[-k]：𣓀[-k]
母[-g]：坶[-k]	亥[-g]：刻[-k]：核[-k]
不[-g]：否[-k]：趄[-k]：剖[-k]	異[-g]：㟞[-k]：廙[-k]：㵄[-k]：翼[-k]：匴[-k]
臼[-g]：舉[-k]	意[-g]：檍[-k]：澺[-k]：億[-k]
北[-k]：背[-g]：邶[-g]	哉[-k]：熾[-g]
直[-k]：置[-g]	圣[-k]：怪[-g]
則[-k]：廁[-g]	寔[-g]：寒[-k]：塞[-k]
伏[-k]：緱[-g]	畐[-k]：富[-g]

表 8：幽部的陰入諧聲

州[-g]：𡧈[-k]	舟[-g]：貈[-k]
朮[-k]：叔[-k]：戚[-g]：踧[-k]	攸[-g]：篷[-k]：候[-k]
矛[-g]：楘[-k]：鞪[-k]	勹[-g]：鞄[-k]：雹[-k]
九[-g]：旭[-k]：杋[-k]	丑[-g]：狃[-k]
翏[-g]：戮[-k]	冒[-g]：勖[-k]
复[-k]：復[-k]：腹[-k]：榎[-g]	告[-k]：祰[-g]：造[-g]：誥[-g]
臼[-g]：敦[-g]：䲧[-g]：覺[-k]：學[-k]	肅[-k]：橚[-k]：潚[-k]：繡[-g]：蠨[-g]

表 9：宵部的陰入諧聲

勞[-g]：嘮[-g]：犖[-k]	刀[-g]：芀[-g]：召[-g]：糶[-k]
交[-g]：茭[-g]：这[-g]：恔[-k]：駮[-k]	高[-g]：蒿[-g]：敲[-g]：鷪[-k]：鄗[-k]
焦[-g]：蕉[-g]：噍[-g]：潐[-k]	小[-g]：肖[-g]：莦[-g]：削[-k]
夭[-g]：芙[-g]：杴[-g]：芺[-k]：鋈[-k]	敫[-k]：憿[-k]：皦[-g]：璬[-g]：噭[-g]
爻[-g]：肴[-g]：駁[-k]：較[-k]	弔[-g]：迅[-k]：裋[-g]
暴[-g]：曓[-k]：暴[-k]：瀑[-g]：爆[-g]	樂[-k]：礫[-k]：藥[-k]：礫[-g]
卓[-k]：趠[-k]：逴[-k]：罩[-g]：掉[-g]	爵[-k]：爝[-g]：灂[-k]：釂[-g]
翟[-k]：藋[-g]：躔[-k]：躍[-k]：燿[-g]	勺[-k]：芍[-k]：玓[-k]：芍[-g]：豹[-g]

表 10：侯部的陰入諧聲

芻[-g]：犓[-g]：齺[-k]	冓[-g]：構[-g]：溝[-g]：斠[-k]
孜[-g]：鞣[-g]：驚[-k]：㭘[-k]	谷[-k]：鵒[-k]：俗[-k]：裕[-g]：浴[-g]：

後[-g]：𧴀[-k]	豈[-g]：𣂑[-k]：覬[-g]：㱯[-k]
族[-k]：蔟[-k]：嗾[-g]：鷟[-k]：鏃[-k]	朿[-k]：誎[-k]：涑[-g]：漱[-g]
蜀[-k]：躅[-k]：趨[-k]：髑[-k]：斣[-g]	

表 11：魚部的陰入諧聲

亞[-g]：啞[-g]：証[-g]：蝁[-k]：堊[-k]	步[-g]：荹[-g]：踄[-k]
亦[-k]：弈[-k]：奕[-k]：液[-g]：掖[-g]	舄[-k]：寫[-g]
乇[-k]：託[-g]：吒[-k]：亳[-k]：秅[-g]	虍[-g]：噱[-k]：劇[-k]：醵[-k]：
甫[-g]：博[-k]：𡂝[-k]：䡬[-k]：傅[-g]	庶[-g]：蔗[-g]：嗻[-g]：蹠[-k]
蒦[-k]：護[-k]：韄[-k]：鱯[-g]：擭[-k]	乍[-g]：迮[-k]：詐[-g]：胙[-g]
石[-k]：祏[-k]：跖[-k]：磔[-k]：柘[-g]：蓆[-k]：剫[-g]	睪[-k]：釋[-k]：譯[-k]：斁[-g]：殬[-g]：鐸[-k]
昔[-k]：趞[-g]：逪[-g]：齰[-g]：惜[-k]：㳻[-k]：措[-g]	莫[-k]：嗼[-k]：謨[-g]：蓦[-k]：膜[-g]：模[-g]：募[-g]：鏌[-k]
各[-k]：茖[-g]：路[-g]：笿[-k]：格[-k]	

表 12：支部的陰入諧聲

析[-g]：晳[-k]：淅[-k]：蜥[-g]	知[-g]：澌[-k]：潪[-k]：䚦[-g]
𠂢[-g]：派[-k]：覛[-k]：霢[-g]	辟[-k]：壁[-k]：薜[-g]：躄[-k]：避[-g]：譬[-g]
毄[-k]：繫[-g]：謦[-g]：磬[-k]：墼[-k]	益[-k]：溢[-k]：齸[-k]：隘[-g]
兒[-g]：齯[-g]：誽[-g]：鬩[-k]：鶂[-k]	是[-g]：禔[-g]：趧[-g]：翨[-k]
買[-g]：賣[-g]：賣[-g]：瀆[-k]	易[-g]：睗[-k]：䑜[-g]：賜[-k]
朿[-g]：茦[-g]：莿[-g]：柴[-k]：迹[-k]	帝[-g]：啼[-g]：適[-k]：樀[-k]

表 13：脂部的陰入諧聲

質[-t]：躓[-t]：礩[-t]：櫍[-d]	彗[-d]：嘒[-d]：槥[-d]：雪[-t]
桼[-t]：𠝹[-d]：郪[-t]：漆[-t]	失[-t]：迭[-t]：跌[-t]：魅[-d]
必[-t]：祕[-d]：珌[-t]：苾[-t]：鞸[-t]：眪[-d]：柲[-d]：邲[-d]	吉[-t]：趌[-t]：詰[-t]：桔[-t]：曀[-d]：豷[-d]：撎[-d]：墷[-d]
爾[-d]：薾[-d]：籋[-t]：璽[-d]	癸[-d]：戣[-d]：闋[-t]：騤[-d]
血[-t]：𦬁[-t]：卹[-t]：侐[-d]	

表 14：微部的陰入諧聲

骨[-t]：䯏[-t]：鶻[-t]：歇[-t]：顡[-d]	孛[-d]：誖[-d]：郣[-t]：勃[-t]
弗[-t]：茀[-t]：咈[-t]：昢[-t]：梻[-d]：櫍[-d]	至[-d]：緻[-d]：荎[-d]：咥[-d]：胵[-d]：致[-d]：垤[-t]：銍[-t]：摯[-t]
率[-d]：達[-t]	卒[-t]：醉[-d]：踤[-t]：窣[-t]：崒[-t]

表 15：祭部的陰入諧聲

絕[-t]：蕝[-d]	盍[-t]：蓋[-d]
劌[-t]：薊[-d]	末[-t]：眛[-t]：餗[-t]：沫[-d]
最[-d]：撮[-t]	截[-t]：巀[-d]
伐[-t]：茷[-d]	欮[-t]：厥[-t]：闕[-t]：鱖[-d]
列[-t]：挒[-t]：烈[-t]：洌[-d]	折[-t]：紫[-t]：誓[-d]：晢[-d]
叕[-t]：輟[-d]：窶[-t]：餟[-d]：棳[-t]：劉[-t]：綴[-d]	杀[-t]：鐬[-d]：㳛[-t]
臬[-t]：劓[-d]：闑[-t]：甈[-d]	市[-t]：酹[-t]：狧[-d]：怖[-d]
世[-d]：呭[-d]：詍[-d]：枻[-t]	兌[-d]：說[-t]：敓[-t]：脫[-t]：餲[-d]：稅[-d]：蛻[-d]：銳[-d]
介[-d]：玠[-d]：芥[-d]：齘[-d]：忦[-t]：扴[-t]	戌[-t]：歲[-d]：威[-t]：薉[-d]：噦[-t]：翽[-d]：劌[-d]：饖[-t]
癹[-t]：發[-t]：廢[-d]：癈[-d]	叡[-d]：嚽[-t]
害[-d]：犗[-d]：割[-t]：豁[-t]：搳[-t]：轄[-d]：瞎[-d]	祭[-d]：蔡[-d]：穄[-d]：察[-t]
㳄[-d]：蔽[-d]：撇[-t]：鷩[-t]	刺[-t]：瘌[-t]：瀨[-d]：嬾[-d]
曷[-t]：葛[-t]：喝[-d]：遏[-t]：澉[-d]：藹[-d]	丯[-d]：韧[-t]：瘛[-d]：契[-d]：挈[-d]：掔[-t]：㓞[-t]
夬[-d]：抉[-t]：玦[-t]：缺[-d]	

　　《詩經》中亦平行存在陰入押韻的現象，例如之部有〈大田〉「止子畝喜祀稷福黑」押韻，〈旱麓〉「載備福祀」押韻，〈六月〉「飾服戒國熾」押韻；宵部有〈靈台〉「濯蹻藐」押韻，〈板〉「虐謔耄謔熇藥」押韻；魚部有〈雨無正〉「夕惡夜」押韻；支部有〈葛履〉「辟掃刺提」押韻，〈君子偕老〉「翟髢掃帝晳」押韻；侯部有〈白駒〉「谷束玉駒」押韻，〈楚茨〉「具奏祿」押韻。

　　郭錫良（1984）〔註43〕根據王力《詩經韻讀》統計陰入押韻的比例，如下表：

〔註43〕郭錫良〈也談上古韻尾的構擬問題〉，《語言學論叢》14 輯，1984 年，頁 26。

表 16：《詩經》陰入押韻比例

韻 部	比 例	韻 部	比 例
之職	6.1%強	幽覺	3.2%強
宵藥	9.1%弱	侯屋	4.9%弱
魚鐸	7.6%弱	支錫	4%弱
歌脂微部	0		

　　郭氏的統計以去入爲一類。比較江有誥《諧聲表》的陰入諧聲現象與詩韻中的陰入叶韻現象，我們發現，[-g]尾平上與入聲諧聲的比例（3.17%）與詩韻平上與入聲叶韻的平均比例（5.82%）接近，[-d]尾上入諧聲僅一個，與詩韻無平上聲與入聲叶韻的現象也是一致的。

　　下面，以我們所觀察到的諧聲現象檢視前輩學者關於入聲的看法。

　　首先，我們看到王力所認定的入聲範圍較廣。他根據韻文和諧聲確定陰聲還是入聲，把和陰聲接觸的入聲都劃到入聲的範圍內了。按照王力對入聲的界定，再加上去入一類的判斷，入聲的範圍人人擴人，入聲與陰聲的關係自然不那麼密切了，平上與去入的接觸也因此被視爲例外。王力先生認爲：

> 凡同聲符的字有在平上聲的，就算陰聲韻（如果不屬陽聲韻的話）。……假使從聲符上看不出它和入聲相通或和平上聲相通，那就要從《詩經》的用韻或其他先秦的韻文，或聲訓、假借等證據來加以斷定。……即使向遠古時代追溯，我們也只能說有些和入聲有諧聲關係的字在遠古時代是屬於閉口音節的，並不能說所有同韻部的字在遠古時代一律屬於閉口音節。〔註44〕

　　這樣一來，平上、去入自然就分爲兩類。但是我們必須明確的是，這樣的結論前提是，去聲與入聲有相同的諧聲表現。如果將去入並爲一類，那麼去聲和入聲在與平上聲的關係上應該表現一致，即平去與平入數量相似，上去與上入數量相似。就我們的所觀察到的諧聲現象來看（詳見下文第七節各部異調諧聲統計表），無論是[-g]尾還是[-d]尾，都沒有這類現象發生。同時，平上去諧聲數量遠遠超過入聲與其他聲調諧聲數量，同樣顯示雖然去入接近，但去聲與平上也有類似的語音性質。將平上歸爲一類，去入歸爲一類不太合適。

〔註44〕王力《王力文集·第十七卷·上古音·古韻母系統研究》，濟南：山東教育出版社，1989年，頁208。

王力同時觀察到，舌根韻尾的陰入關係最爲密切，舌尖尾泰部和唇音韻尾陰入關係相對鬆散。他認爲：

> 入聲緝盍和陽聲侵談的關係比較密切，和陰聲的關係比較鬆些；它們在諧聲方面和隊泰發生一些關係（如納从内聲，蓋从盍聲），那只是入聲和入聲的關係，並不是入聲和陰聲的關係。……除緝盍以外，入聲只有泰部和陰聲的關係比較鬆，因此，戴震的泰部獨立能得到考古派王念孫、江有誥的擁護。〔註45〕

以我們的研究看來，王力的觀察無疑是有一定道理的。[-g]尾平上去諧聲的數量和比例都超過[-d]尾，[-g]尾陰聲韻平去較近，[-d]尾陰聲韻平去較遠。可是[-d]尾平上去諧聲5個，平上入諧聲無，說明去入性質也並不完全一致，只好暫時認爲[-d]尾與[-g]尾陰聲韻的平上去入四聲還是分立的。

另外，周法高以詩韻爲例，統計脂微部的陰入聲狀況。他認爲，脂微部平上聲合韻與脂微部去聲合韻各佔四分之一，脂微部的平上聲與去聲關係較遠。他認爲：

> 根據我統計江舉謙《詩經韻譜》的韻腳數目，脂部平聲30，上聲22；微部平聲54，上聲12，共118條；可以看出脂微平上聲合韻約佔總數四分之一。脂部去聲12，微部去聲23，脂微去聲合韻11，可以看出脂微去聲合韻約佔總數四分之一。……脂部微部的平上聲和去聲通押的很少，祭部恰巧沒有平上聲，那麼舌尖韻尾的三部的去聲確實有點特別。不過既然用聲調來表示區別，脂部微部的去聲就不必像高本漢那樣構擬一個和平上聲不同的韻尾了。〔註46〕

根據我們的諧聲研究，周氏的觀察與王氏一樣都是準確的。只是在我們看來，[-d]尾陰聲韻平上關係非如去入那麼密切，只能說平上音近，而無法將其歸爲一類。利用超音段特徵區別聲調符合平上去入四聲分立的諧聲現象，去入同調的解釋也合乎陰聲韻去入接近的事實，但是無法解釋[-d]尾陰聲韻去

〔註45〕王力《王力文集·第十七卷·上古音·古韻母系統研究》，濟南：山東教育出版社，1989年，頁217。

〔註46〕周法高《中國音韻學論文集·論上古音和切韻音》，香港：香港中文大學出版社，1984年，頁149。

入較[-g]尾陰聲韻更爲接近的情況，這是不能迴避的一點。

鄭張尚芳爲上聲構擬-ʔ / -q 韻尾，去聲構擬-s / -h 韻尾。同時，這幾種韻尾來源與演變也各有不同。他指出：

> 更早時候-ʔ / 來自-q，而-s 稍後變-h（而斯氏直接寫爲-h）；鄭張以爲-s、-gs 變-h 時，-bs 併入-ds〉s，故-h 與-s 曾經同時存在，這也可作爲高氏暮、裕兩部與祭、隊、至三部並列的新解釋。……鄭張更指出，《詩經》押韻常見同聲調相押，其實首先與同韻尾有關，其次才與伴隨聲調有關，當時因-ʔ / -s 尚存，伴隨聲調還無音位意義。〔註47〕

我們認爲，雖然諧聲中各聲調自諧數量不少，但是聲調間仍存在大量互諧的現象。聲調互諧並不是罕見的例外。這表明陰聲韻各聲調應該具有相同性質的韻尾，而非韻尾不同。

除了從各聲調諧聲數量的角度觀察外，也有學者從主元音的角度觀察，提出如下觀點：

> 在以元音爲核心的陰聲韻與入聲韻互諧、互叶中，以低元音-a-出現最多，具有歌、祭：月、魚：鐸、宵：藥等韻部，高元音-u-只有侯：屋兩部，這低寬或者高窄的元音與調值的高低和陰聲韻尾的配合有密切的關係……在去：入互諧互叶的字中，又以-a-元音的字最多，-ə-元音次之，-i-元音又次之，-u-元音最少。〔註48〕

從我們的研究看來，陰入互諧、去入互諧的數量多寡確如嚴氏所言。但是各主元音所轄韻部數量並不相同。以比例來看，各主元音的陰入互諧占各聲調諧聲總數分別爲：-a-元音（歌祭魚宵）52.2%、-ə-元音（微幽之）35.38%、-i-元音（脂支）45%、-u-元音（侯）40%，各主元音的去入互諧占各聲調諧聲總數分別爲：-a-元音（歌祭魚宵）25%、-ə-元音（微幽之）8.5%、-i-元音（脂支）13.33%、-u-元音（侯）7.5%。陰入互諧-a-最多，-i-次之，-ə-最少，去入互諧-a-最多，-i-次之，-u-最少。陰聲韻陰入、去入的關係與元音高低並無直接聯繫。

〔註47〕鄭張尚芳《上古音系》，上海：上海教育出版社，2013 年，頁 62。

〔註48〕嚴學宭〈論《說文》諧聲陰入互諧現象〉，《音韻學研究》第 3 輯，1994 年，頁 196。

第四節　江有誥《諧聲表》的陰陽對轉

本節主要討論江有誥《諧聲表》中的陰陽對轉諧聲現象。

清儒講古韻通轉自戴震始。戴氏以審音見長，借入聲爲樞紐，使陰聲、陽聲、入聲對應而系統，較段玉裁的「異平同入」之說更爲明晰。戴氏認爲：

> 正轉之法有三：一爲轉而不出其類，脂轉皆，之轉怡，支轉佳
> 是也；一爲相配互轉，眞、文、魂、先轉脂、微、灰、齊……是也；
> 一爲連貫遞轉，蒸、登轉東是也。〔註49〕

後孔廣森明確提出「陰陽對轉」之說，將其古韻十八部分爲陰陽對立的兩類。王力《同源字典》明確了「對轉」、「旁轉」、「旁對轉」、「通轉」等相關概念。他認爲：

> 同類同直行者爲對轉，這是元音相同而韻尾的發音部位也相
> 同。…同類同橫行者爲旁轉。這是元音相近，韻尾相同（或無韻尾），
> 旁轉而後對轉者爲旁對轉。……不同類而同直行者爲通轉。這是元
> 音相同，但是韻尾發音部位不同。……雖不同元音，但是韻尾同屬
> 塞音或同屬鼻音，這也算通轉（罕見）。〔註50〕

也就是說，主元音相同，韻尾發音部位相同而發音方法不同即爲對轉。

> 「對轉」者，古代有-b-d-g 或-p-t-k 尾字偶與-m-n-ng 尾字叶韻
> 諧聲或假借之謂也。〔註51〕

因上節單獨討論了陰入對轉現象，本節即以陰陽對轉諧聲現象爲主，下節討論陽入諧聲現象，將王力所謂「旁轉」、「旁對轉」、「通轉」放到第六節一併討論。

據郭錫良（1984）〔註52〕統計《詩經》中陰陽通押 0.4%，3 例，陽入通押0.1%，1 例。〔註53〕例如〈女曰雞鳴〉「來贈」押韻，〈訪落〉「艾渙難」押韻。

〔註49〕清・戴震《聲類表・答段若膺論韻》，《音韻學叢書》12 冊，台北：廣文書局，1987 年。

〔註50〕王力《同源字典》，北京，商務印書館，1980 年，頁 14～16。

〔註51〕董同龢著，中研院史語所編《上古音韻表稿》，台北：臺聯國風出版社，1975 年，頁 54。

〔註52〕郭錫良〈也談上古韻尾的構擬問題〉，《語言學論叢》14 輯，1984 年，頁 26。

〔註53〕郭錫良〈也談上古韻尾的構擬問題〉，《語言學論叢》14 輯，1984 年，頁 26。

通常認爲，上古存在方言的差別，詩韻中的例外押韻與諧聲中的例外諧聲同樣都是上古方言的體現。

　　觀察各部可以發現，各主元音皆有陰陽對轉現象，可見陰陽對轉相對普遍。除耕部外，其餘舌根音陽聲韻均有陰陽對轉的現象。舌尖音陽聲韻皆有陰陽對轉的現象。以主元音爲中心觀察可知，[-ə-]元音 13 個，佔比 16.88%，[-u-]元音 2 個，佔比 11.76%，[-ɑ-]元音 20 個，佔比 17.24%，[-i-]元音 5 個，佔比 10%。[-ɑ-]元音陰陽對轉數量和比例最多，同時前文統計[-ɑ-]元音陰入、去入諧聲數量和比例也是最多的。如果認爲韻部通轉是方言差異的體現，那麼我們可以說，各方言韻尾在[-ɑ-]元音韻部中差別最大。

　　宵部和歌部是語音系統中的例外，均沒有對應的陽聲韻。宵部存在對應的陰聲，但沒有陰陽對轉，而歌部沒有對應的陰聲，存在歌元對轉。歌元對轉 7 個，祭元對轉 12 個，從陰陽對轉的情況看來，歌部（平上）與祭部（去入）互補沒有疑問。也有學者〔註54〕認爲宵部沒有對應的陽聲韻是從諧聲時代演變到《詩經》時代的結果，宵部對應的陽聲韻併入陽部。如果這一假設成立，從魚陽對轉、宵部無對轉陽聲的諧聲情況看來，這一演變早在諧聲時代就已經完成了。

　　下面我們暫以李方桂先生的擬音系統爲參考，以主元音爲分類標準，窮盡式羅列各部陰陽對轉的諧聲現象。

（一）以[-ə-]為主元音的諧聲現象

　　本節指出之、蒸、幽、冬、文、微部與陰陽對轉有關的諧聲現象。

　　之部與蒸部：（1）之：等。「等」從「寺」聲，「寺」從「之」聲。「之」中古屬之韻，「等」據大徐注音「多肯切」，中古屬等韻，歸蒸部。（2）乃：扔仍。「乃」中古屬海韻，「扔」、「仍」中古屬蒸韻，除「扔」、「仍」入蒸部外，其餘「乃」聲字入之部。（3）朋：鵬。「朋」中古屬登韻，入蒸部，「鵬」中古屬灰韻，入之部。（4）朕：騰。「朕」中古屬軫韻，入蒸部，「騰」中古屬代韻，入之部。詩韻也有之蒸押韻的例子，如《鄭風·女曰雞鳴》「來贈」押韻。

　　幽部與冬部：（1）曹：慒。「曹」中古屬豪韻，入幽部，「慒」大徐音「藏

〔註54〕　丁邦新〈漢語上古音的元音問題〉，《丁邦新語言學論文集》，北京：商務印書館，1998 年，頁 52。

宗切」，《廣韻》音「似由切」，據大徐音則入多部。

文部與微部：（1）希：肵。「希」屬微部字，「肵」屬文部字。（2）勿：吻。「勿」中古屬物韻，入微部，「吻」中古屬吻韻，入文部。（3）卉：賁。「卉」中古屬尾韻，入微部，「賁」中古屬寘韻，入文部。（4）肥：萉。「肥」中古屬微韻，入微部，「萉」中古屬文韻，入文部。（5）臺：錞憝。「臺」中古屬諄韻，入文部，「錞」、「憝」中古屬賄、隊韻，入微部。（6）軍：翬楎暉揮。「軍」中古屬文韻，入文部，「翬楎暉揮」中古屬微韻，入微部。詩韻也有微文押韻的例子，如《邶風・北門》「敦遺摧」押韻。《小雅・雨無正》「退遂瘁訊退」押韻。

（二）以[-u-]為主元音的諧聲現象

本節指出侯、東部與陰陽對轉有關的諧聲現象。

侯部與東部：（1）禺：喁顒鰅。「禺」中古屬遇韻，入侯部，「喁顒鰅」中古屬鍾韻，入東部。（2）冓：講。「冓」中古屬侯韻，入侯部，「講」中古屬講韻，入東部。詩韻也有侯東押韻的例子，如《小雅・角弓》「木附屬」押韻，《大雅・瞻卬》「後鞏後」押韻。

（三）以[-ɑ-]為主元音的諧聲現象

本節指出歌、元、祭部與陰陽對轉有關的諧聲現象。

歌部與元部：（1）果：裸。「果」中古屬果韻，入歌部，「裸」中古屬換韻，入元部。（2）鮮：纚。「鮮」中古屬仙韻，入元部，「纚」中古屬支韻，入歌部。（3）采：瀋鄱皤播。「采」中古屬襉韻，入元部，「瀋鄱皤播」中古屬過、戈、戈、過韻，入歌部。（4）難：儺。「難」中古屬寒韻，入元部，「儺」中古屬歌韻，入歌部。（5）難：儺。「難」中古屬寒韻，入元部，「儺」中古屬歌韻，入歌部。（6）丸：骫。「丸」中古屬桓韻，入元部，「骫」中古屬紙韻，入歌部。（7）前：媊。「前」中古屬先韻，入元部，「媊」中古屬支韻，入歌部。詩韻也有歌部、元部押韻的例子，如《小雅・隰桑》「阿難何」押韻。

祭部與元部：（1）萬：邁糲蠆勱。「萬」中古屬願韻，入元部，「邁糲蠆勱」中古屬夬、泰、祭、夬韻，入祭部。（2）干：訐。「干」中古屬寒韻，入元部，「訐」中古屬祭韻，如祭部。（3）薑：購。「薑」中古屬夬韻，入祭部，「購」中古屬願韻，入元部。詩韻也有祭部、元部押韻的例子，如《周頌・

訪落》「艾渙難」押韻。

（四）以[-i-]為主元音的諧聲現象

本節指出脂、眞部與陰陽對轉有關的諧聲現象。

脂部與眞部：（1）晉：鄑。「晉」中古屬震韻，入眞部，「鄑」中古屬支韻，入脂部。（2）眞：賷。「眞」中古屬眞韻，入眞部，「賷」中古屬脂韻，入脂部。詩韻也有脂眞押韻的現象，如《小雅・無將大車》「塵疧」押韻，《大雅・召旻》「替引」押韻。

我們認為，江有誥《諧聲表》中的陰陽諧聲現象反映了上古音各方言中存在韻尾的差異，[-ɑ-]元音韻部中韻尾差別最大。

第五節　江有誥《諧聲表》的陽入對轉

本節主要討論江有誥《諧聲表》中的陽入對轉等諧聲現象。

陽入對轉僅存在於兩個唇音尾韻部及其對應入聲之間。這表明，陰聲韻與陽聲韻韻尾性質相近，陽入韻尾性質相差較人。陽聲普遍認為是鼻音韻尾，那麼陰聲為濁塞音韻尾、入聲為清塞音韻尾的構擬顯然比陰聲無韻尾，入聲有塞音或擦音韻尾的構擬更為合適。下文以主元音為標準分別羅列各部陽入諧聲現象。

（一）以[-ə-]為主元音的諧聲現象

下面指出之、蒸、文、微、侵、緝等部與陽入對轉有關的諧聲現象。

之部與蒸部：（1）朕：塍。「朕」中古屬軫韻，入蒸部，「塍」中古屬德韻，入之部入聲。

文部與微部：（1）盾：腯。「盾」中古屬準韻，入文部，「腯」中古屬沒韻，入微部入聲。

侵部與緝部：（1）咸：瑊。「咸」中古屬咸韻，入侵部，「瑊」中古屬洽韻，入緝部。（2）音：湆。「音」中古屬侵韻，入侵部，「湆」中古屬緝韻，入緝部。（3）先：嬸。「先」中古屬侵韻，入侵部，「先」大徐音「子荅切」，為合韻字，入緝部。

（二）以[-ɑ-]為主元音的諧聲現象

下面指出陽、魚、祭、元、談、葉等部與陽入對轉有關的諧聲現象。

陽部與魚部：(1) 黃：彉。「黃」中古屬唐韻，入陽部，「彉」中古屬鐸韻，入魚部入聲。

祭部與元部：(1) 冤：豌。「冤」中古屬元韻，入元部，「豌」中古為「於月切」，入祭部。㫃：斡。「㫃」中古屬阮韻，入元部，「斡」中古屬末韻，入祭部。(2) 旦：靼炟䵣怛。「旦」中古屬翰韻，入元部，「靼炟䵣怛」中古屬曷韻，入祭部。(3) 厂：屵。「厂」中古屬旱韻，入元部，「屵」中古屬曷韻，入祭部。(4) 耎：甈。「耎」中古屬獮韻，入元部，「甈」中古屬葉韻，入祭部。(5) 見：覞。「見」中古屬霰韻，入元部，「覞」中古屬屑韻，入祭部。(6) 晏：揠。「晏」中古屬諫韻，入元部，「揠」中古屬黠韻，入祭部。(7) 算：纂。「算」中古屬緩韻，入元部，「纂」中古屬鎋韻，入祭部。(8) 安：頞。「安」中古屬寒韻，入元部，「頞」中古屬曷韻，入祭部。

談部與葉部：(1) 乏：芝貶窆砭泛。「乏」中古屬乏韻，入葉部，「芝貶窆砭泛」中古屬梵、琰、豔、鹽、梵韻，入談部。(2) 猒：厭壓。「猒」中古屬嚴韻，入談部，「厭壓」中古屬葉、狎韻，入葉部。(3) 奄：腌。「奄」中古屬琰韻，入談部，「腌」大徐音「於業切」，中古屬葉韻，入葉部。(4) 弇：鞥。「弇」中古屬覃韻或琰韻，入談部，「鞥」中古屬合韻，入葉部。(5) 疌：疀。「疌」中古屬葉韻，入葉部，「疀」中古屬感韻，入談部。詩韻也有談葉押韻的現象，如《大雅．召旻》「玷業貶」押韻。

（三）以[-i-]為主元音的諧聲現象

下面指出脂、眞等部與陽入對轉有關的諧聲現象。

脂部與眞部：(1) 㐱：餮。「㐱」中古屬軫韻，入眞部，「餮」中古屬屑韻，入脂部入聲。(2) 卂：䘏。「卂」中古屬震韻，入眞部，「䘏」中古屬櫛韻，入脂部入聲。(3) 八：汃。「八」中古屬黠韻，入脂部，「汃」中古屬眞韻，入眞部。

我們認為，江有誥《諧聲表》中的部分陰陽諧聲現象反映了陰聲韻尾為濁塞音的性質。

第六節　江有誥《諧聲表》的例外諧聲與旁轉

上節介紹過陰陽對轉與陽入對轉等諧聲現象，本節即以王力所謂「旁

轉」、「旁對轉」、「通轉」〔註55〕等例外諧聲現象爲討論中心。

　　《詩經》亦存在平行的押韻現象。如〈生民〉「登升歆音」押韻，〈常武〉「葉作」押韻。這些例外諧聲和異部叶韻現象顯示上古方音的不同及音系內部的歷時演變。

　　由諧聲現象探究上古音系各部的遠近以及不同韻尾的關係，我們認爲，同部位韻尾、主元音相近的旁轉（或旁對轉）諧聲現象顯示了各主元音之間的關係，不同部位韻尾、同主元音的通轉諧聲現象顯示了各韻尾之間的關係；通轉諧聲現象提供的古音信息有限，暫作爲旁證。下面表列旁轉（或旁對轉）諧聲次數以及不同部位韻尾、同主元音的通轉諧聲次數。

表 17：江有誥《諧聲表》旁轉（或旁對轉）諧聲次數

	[-ə-]、[-u-]	[-ə-]、[-ɑ-]	[-u-]、[-ɑ-]	[-ɑ-]、[-i-]	[-ə-]、[-i-]
舌根尾	5	2	1	1	1
舌尖尾	0	7	0	4	7
唇音尾	0	6	0	0	0

　　上表顯示，[-ə-]、[-ɑ-]接觸次數最多，其次是[-ə-]、[-i-]接觸。[-ə-]在元音古位圖中處在中間偏後，且極不穩定，和後低元音[-ɑ-]、前高元音[-i-]都有大量接觸也說得通。[-u-]與[-ɑ-]存在高合、低開的差別，諧聲數量最少，直到漢代才有東陽合韻的現象。[-i-]與[-ɑ-]雖然較遠，但是諧聲現象並不少見，叶韻中脂祭、眞元、歌支也常常出現。

　　從韻尾的角度觀察，舌尖尾韻不同元音諧聲次數多於舌根尾。我們知道，舌根尾所轄韻部最多，但是無論從陰陽入對轉還是同部位韻尾，不同主元音的旁轉（旁對轉）來看，舌尖尾的次數都是最多的，舌尖韻尾都相對活躍。

表 18：江有誥《諧聲表》不同部位韻尾、同主元音的通轉諧聲次數

	唇音、舌尖	舌根、舌尖	唇音、舌根
[-ɑ-]	3	2	1

〔註55〕據陳新雄等（1989），「旁轉」指於上古音中，陰聲韻部與陰聲韻部或陽聲韻部與陽聲韻部，因主要元音之發音部位相近，則可相互轉換。另外，「旁對轉」指「旁轉」後「對轉」。「通轉」指主要元音相同的陰聲韻、陽聲韻、入聲韻的相互轉換，或主元音不同，韻尾同屬塞音或鼻音的相互轉換。

| [-ə-] | 1 | 2 | |
| [-i-] | | 5 | |

上表顯示，唇音尾近舌尖尾，舌尖尾近舌根尾。漢語歷史上存在輔音韻尾部位後移的趨勢，上古[-b-]韻尾併入[-d-]韻尾即是例證。分元音考察，[-u-]上古僅有舌根韻尾，無不同部位韻尾諧聲的現象，也有學者〔註56〕認爲更早之前[-u-]在舌尖尾前也有出現，後併入同部位的[-ɑ-]韻部中。無論如何，[-u-]元音的韻尾似乎相對不穩定，[-u-]元音很早就完成了主元音的變化和輔音韻尾部位後移的過程。[-i-]元音緊隨其後。[-i-]元音無唇音尾韻部，陰陽入聲均無唇音尾與舌尖尾接觸的跡象，但存在大量的舌尖尾與舌根尾接觸的現象，另外上古部分脂部入聲中古變入職韻，可見[-i-]元音的韻尾已經完成「唇音-舌尖音」的轉移，處於「舌尖音-舌根音」演變的過程中。[-ə-]、[-ɑ-]在上古都是四等俱全，三種韻尾皆存在，且兩者的唇音韻尾皆保留至近代。

下面我們仍以李方桂先生的擬音系統爲參考，以主元音爲分類標準，窮盡式羅列各部對轉的諧聲現象。先列同部位韻尾、主元音相近的旁轉（或旁對轉）的諧聲現象，次列不同部位韻尾、同主元音的通轉諧聲現象，後列韻尾、主元音皆不同的通轉諧聲現象。

（一）同部位韻尾、相近主元音的旁轉（或旁對轉）

下面以主元音爲標準，羅列各部與旁轉（旁對轉）有關的諧聲現象。

1、之幽部與侯東部的旁轉（或旁對轉）

之部、幽部的主元音爲[-ə-]，侯部、東部的主元音爲[-u-]。

之部與侯部：（1）母：侮。「母」爲之部字，「侮」爲侯部字。

之部與東部：（1）不：棓。「不」爲之部字，「棓」爲東部字。「棓」從「音」得聲，「音」江氏、段氏入之部，段氏《說文解字注》則入侯部。

侯韻與幽部：（1）敄：鶩。「敄」中古屬遇韻，入侯部，「鶩」中古屬豪韻，入幽部。（2）束：漱鰊。「束」中古屬燭韻，入侯部入聲，「漱鰊」中古屬宥韻，入幽部。（3）蜀：噣。「蜀」中古屬燭韻，入侯部入聲，「噣」中古屬宥韻，大徐音「陟救切」，入幽部。詩韻也有侯幽合韻的例子，如《大雅·生民》「揄蹂叟浮」押韻。《大雅·文王有聲》「欲孝」押韻。若採用王力先生的擬

〔註56〕李方桂《上古音研究》，北京：商務印書館，1980年，頁31。

音系統，侯部主元音爲[-ɔ-]、幽部主元音爲[-u-]，則兩部更爲接近，皆爲後、偏高的元音。

2、文侵緝微部與宵元談葉魚祭歌部的旁轉（或旁對轉）

文部、侵部、緝部、微部的主元音爲[-ə-]，宵部、元部、談部、葉部、魚部、祭部、歌部的主元音爲[-ɑ-]。[-ə-]爲央中元音，[-ɑ-]爲後低元音，位置並不接近。但若採用王力先生的擬音系統，宵部主元音擬爲[-o-]，與[-ɑ-]皆爲後元音，僅高低的差別，用來解釋諧聲中的例外似乎更爲可靠。同時，《詩經》中常見元部與文部合韻、祭部與脂微部合韻現象。先秦典籍中亦存在魚部與幽部通假的方言現象，詳見後文。由此可知，諧聲中[-ə-]與[-ɑ-]接觸的合理性。

宵部與幽部：（1）隺：翟。「翟」屬屋韻，屋韻上古在之、幽兩部，個別在侯部，據此則入幽部，而段氏《說文解字注》此字入宵部。「隺」中古屬沃韻，上古屬宵部。詩韻也有宵幽押韻的例子，如《小雅·正月》「酒殽」押韻。

元部與文部：（1）舛：舜。「舛舜」中古分屬獮、稕韻，上古分屬元、文部。

侵部與談部：（1）凡：帆颿。「凡」中古屬東韻，上古屬侵部，「帆颿」中古屬范、嚴韻，上古屬談部。（2）壬：喬。「壬喬」分屬侵、琰韻，上古分屬侵、談部。（3）臽：蹈窞欿滔焰蹈。「臽」中古屬感韻，入談部，「蹈窞欿滔焰蹈」中古屬勘、感韻，入侵部。詩韻也有侵談合韻的例子，如《陳風·澤陂》「蒼儼枕」押韻。

緝部與葉部：（1）習：熠摺。「習」中古屬緝韻，入緝部，「熠摺」中古屬葉韻，大徐音「之涉切」，入葉部（2）及：极。「及」中古屬緝韻，入緝部，「极」中古屬葉韻，入葉部。詩韻也有緝葉合韻的例子，如《大雅·烝民》「業捷及」押韻。

葉部與侵部：（1）卒：瘁鷩竅鷩摯。「卒」中古屬葉韻，入葉部，「竅」中古屬梣韻，入侵部。

魚部與幽部：（1）女：呶怓。「女」中古屬語韻，入魚部，「呶怓」中古屬肴韻，入幽部。

祭部與微部：（1）友：戗。「友」中古屬末韻，入祭部，「戗」中古屬物韻，入微部。（2）乙：軋。「乙」中古屬質韻，入微部，「軋」中古屬黠韻，入祭部。（3）出：蚩。「出」中古屬至韻，入微部，「蚩」中古屬薛韻，入祭部。

文部與祭部：（1）辰：蜃。「辰」中古屬眞韻，入文部，「蜃」中古屬泰韻，入祭部。

文部與微部、元部：（1）斤：祈頎沂圻掀。「斤」中古屬欣韻，入文部，「祈頎沂圻」中古屬微韻，入微部，「掀」中古屬元韻，入元部。

文部與元部、歌部：（1）允：沇梭狻。「允」中古屬準韻，入文部，「沇狻」中古屬獮、桓韻，入元部，「梭」中古屬戈韻，入歌部。

3、侯部與魚部的旁轉

侯部的主元音爲[-u-]，魚部的主元音爲[-ɑ-]。

侯部與魚部：（1）殳：股羖。「殳」中古屬虞韻，入侯部，「股羖」中古屬姥韻，據上古韻文入魚部。詩韻也有侯魚合韻的例子，如《大雅·皇矣》「禡附侮」押韻。

4、元魚祭部與脂支真部的旁轉（或旁對轉）

元部、魚部、祭部的主元音爲[-ɑ-]，脂部、支部、眞部的主元音爲[-i-]。[-ɑ-]爲後低元音，[-i-]爲前高元音，位置較遠。不過《詩經》中常見元脂、元眞、祭脂合韻的現象。

元部與脂部：（1）夐：觼。「夐」中古屬勁韻，入元部。「觼」中古屬屑韻，入脂部入聲。詩韻中也有元脂合韻的例子，如《邶風·新臺》「泚瀰鮮」押韻，《小雅·賓之初筵》「筵秩」押韻。

魚部與支部：（1）疋：壻。「疋」中古屬魚韻，入魚部，「壻」中古屬霽韻，入支部。

元部與眞部：（1）林：彬。「林」中古屬元韻，入元部，「彬」中古屬眞韻，入眞部。詩韻也有眞元合韻的例子，如《大雅·生民》「民嫄」押韻。

眞部與元部、脂部（1）晉：樐鄑戩。「晉」中古屬震韻，入眞部，「樐鄑戩」分別屬線、支、獮韻，「樐戩」入元部，「鄑」入脂部。

脂部與祭部：（1）黹：敝蔽黻。「黹」中古屬旨韻，入脂部，「敝蔽黻」中古屬祭韻，入祭部。

5、之微文部與支脂真部的旁轉

之部、微部、文部的主元音爲[-ə-]，支部、脂部、眞部的主元音爲[-i-]。

之部與支部：（1）耳：衈。「耳」爲止韻，入之部，「衈」中古屬齊韻，入支部。

脂部與微部：（1）出：屈。「出」中古屬隊韻，入微部，「屈」中古屬怪韻，入脂部。（2）隶：棣。「隶」中古屬至韻，入微部，「棣」中古屬霽韻，入脂部。（3）𣎴：師。「𣎴」中古屬灰韻，入微部，「師」中古屬脂韻，入脂部。詩韻中也有脂微合韻的例子，如《大雅・行葦》「葦履體泥」押韻，《小雅・節南山》「惠戾屆闋夷違」押韻。

眞部與文部：（1）民：敃笢罠蠠愍。「民」中古屬眞韻，入眞部，「敃笢罠蠠愍」中古屬軫、眞、眞、文、軫韻，入文部。（2）申：坤。「申」中古屬眞韻，入眞部，「坤」中古屬魂韻，入文部。

文部與脂部：（1）西：洒。「西」中古屬齊韻，入文部，「洒」中古屬薺韻，入脂部。

眞部與脂部、文部：（1）因：欧恩。「因」中古屬眞韻，入眞部，「欧」中古屬至韻，入脂部，「恩」中古屬痕韻，入文部。

（二）不同部位韻尾、同主元音的通轉

下面以主元音爲標準，羅列各部與同主元音、不同部位韻尾的通轉有關的諧聲現象。

1、以[-ɑ-]爲主元音的通轉

[-ɑ-]主元音的通轉諧聲現象包括葉部、祭部、魚部、談部等等。

葉部與祭部：（1）枼：渫揲媟。「枼」中古屬葉韻，入葉部，「渫揲媟」中古屬薛韻，入祭部。（2）孚：虢。「孚」中古屬術韻，入祭部，「虢」中古屬陌韻，入魚部。

魚部與祭部：（1）於：閼。「於」中古屬模韻，入魚部，「閼」中古屬曷韻，入祭部。

魚部與談部：（1）龟：毚。「龟」中古屬藥韻，入魚部入聲，「毚」中古屬咸韻，入談部。

魚部與歌部：（1）虍：盧虧戲嗷劇釀。「虍」中古屬模韻，入魚部，「盧虧戲嗷劇釀」中古屬支、支、寘、藥、陌、魚韻，入歌部。

祭部與談部：（1）舌：栝銛。「舌」中古屬薛韻，入祭部，「栝銛」中古屬黠、鹽韻，入談部。

2、以[-ə-]為主元音的通轉

[-ə-]為主元音的通轉諧聲現象主要包括緝部、文部、微部、幽部等等。

緝部與文部：（1）罙：鰥。「罙」中古屬合韻，為緝部字，「鰥」中古屬禂韻，入文部。

微部與幽部：（1）鬼：蒐。「鬼」是微部字，「蒐」為幽部字。

文部與微部、幽部：（1）昷：嗢媼。「昷」中古屬魂韻，入文部，「嗢」中古屬沒韻字，入微部，「媼」中古屬晧韻字，入幽部。

3、以[-i-]為主元音的通轉

以[-i-]為主元音的通轉諧聲現象主要包括支部、眞部、耕部等等。

支部與眞部：（1）益：蠲。「益」中古屬昔韻，入支部，「蠲」中古屬先韻，入眞部。（2）卑：顰。「卑」中古屬支韻，入支部，「顰」中古屬眞韻，入眞部。

眞部與耕部：（1）奠：鄭。「奠」中古屬霰韻，入眞部，「鄭」中古屬勁韻，入耕部。（2）匀：趨惁。「匀」中古屬諄韻，入眞部，「趨惁」中古屬清韻，入耕部。（3）开：骿駢絣。「并」中古屬清韻，入耕部，「骿駢絣」中古屬先韻，入眞部。

（三）韻尾、主元音皆不同的通轉

下面羅列韻尾、主元音皆不同的通轉現象，共 12 個。

歌部與耕部：（1）贏：嬴。「贏」中古屬果韻，入歌部，「嬴」中古屬清韻，入耕部。

耕部與元部：（1）正：延。「正」屬勁韻，入耕部，「延」屬仙韻，入元部。（2）袁：罳。「袁」中古屬元韻，入元部，「罳」中古屬清韻，入耕部。

支部與歌部：（1）糸：縈。「糸」中古屬錫韻，入支部，「縈」中古屬紙韻，入歌部。

文部與支部：（1）分：盻。「分」中古屬文韻，入文部，「盻」中古屬霽韻，入支部。

蒸部與眞部：（1）曾：潧。「曾」中古屬登韻，入蒸部，「潧」中古屬臻韻，入眞部。

緝部與魚部：（1）合：閤。「合閤」中古分屬合、鐸韻，上古分屬緝部、魚部。

微部與祭部、緝部：（1）內：芮吶笍納軜魶。「內」中古屬隊韻，入微部，「芮吶笍」中古屬祭、薛、祭韻，入祭部，「納軜魶」中古屬合韻，入緝部。

東部與元部：（1）東：疃。「東」上古入東部，「疃」从「童」聲，「童」从「東」聲，「疃」中古屬緩韻，入元部。（2）公：衮。「公」入東部，「衮」中古屬混韻，入元部。詩韻也有東元合韻的例子，如《小雅·賓之初筵》「筵恭」押韻。

葉部與脂部、文部：（1）卒：瘁鷙䡄鷙摯。「卒」中古屬葉韻，入葉部，「瘁鷙鷙摯」中古分屬葉、至、至、震韻，入脂部及文部。

眞部與文部、元部：（1）寅：瞋演。「寅」中古屬眞韻，入眞部，「瞋」中古屬稕韻，入文部，「演」中古屬獮韻，入元部。

脂部與侵部、葉部：（1）執：霫瘈䡄墊。「執」中古屬緝韻，入脂部。「霫䡄墊」中古屬榙韻，入侵部，「瘈」中古屬葉韻，入葉部。

韻部間的例外叶韻或諧聲可以解釋爲古音系統中參雜方言所致。

以魚幽諧聲的例外爲例，《淮南子·時則訓》所見「鴇」、「鴽」相通，顯示秦漢時期青州方言（扶風、蜀郡）一帶存在與通語不同的魚幽合用的現象〔註57〕。另外，以冬部爲例，自孔廣森東冬分立之後，仍有部分學者認爲東冬不可分（于省吾 1962），原因在於部分韻文東冬分用的現象並不明顯。單獨觀察反映楚地方言的先秦文獻則可知，《楚辭》、《老子》、《新語》等材料顯示秦漢時期，楚方言東冬合用〔註58〕。

除了方言因素，語音系統的歷時演變也是造成韻部間例外諧聲的原因。這些例外皆受限於韻部（主元音及韻尾）遠近。鄭張尚芳認爲：

> 不過這些通變都合乎一條通則：基本聲母相同或相近，主元音
> 相同或相近。……在這一範圍內發生的通變關係應該都是正常的，
> 否則就不可通。……那種僅憑雙聲關係就說是「一聲之轉」的無所
> 不通的通轉論則是不可信的，因爲那並不符合通變的通則。〔註59〕

〔註57〕楊蓉蓉〈高誘注所存古方音疏證〉，《古漢語研究》，1992 年第 1 期，頁 25。

〔註58〕劉寶俊〈冬部歸向的時代和地域特點與上古楚方音〉，《中南民族學院學報（哲學社會科學版）》，1990 年第 5 期，頁 80。

〔註59〕鄭張尚芳《上古音系》，上海，上海教育出版社，2013 年，頁 194。

鄭張的擬音雖然與我們參照的元音系統不完全一致（如脂支主元音不同，構擬與兩部平行的語音現象矛盾），但所謂的「一定範圍內的通變關係」與我們的觀察是一致的。

第七節　江有誥《諧聲表》所反映的上古聲調

本節主要討論江有誥《諧聲表》中與聲調有關的諧聲現象。

我們首先統計了江氏《諧聲表》中各部異調諧聲的次數，用兩個表格分別呈現。其次，分部舉例異調諧聲的現象，由於篇幅限制，每個聲符最多舉五個諧聲字，以[-x]、[-h]表示上聲與去聲的區別，陽聲與入聲接觸的次數暫不放入本節的統計內。最後以諧聲現象檢視前人相關論斷，提出關於上古音聲調問題的個人看法。

我們認為，從兩聲調諧聲的情況看來，平聲自諧 20.4%，入聲自諧占比 18.53%，他們與其他聲調的互諧數量遠低於自諧，平聲與入聲獨立是毫無疑問的。平上互諧占比 14.46%，平去互諧占比 14.63%，平上互諧的數量僅比平去互諧少 1 個，平聲與上聲、去聲並無關係遠近的差別。上聲自諧 49 個，占比 8.3%，相比平上互諧的 85 個，數量要少很多，去聲自諧 44 個，占比 7.48%，平去互諧 86 個。平上與平去的數量皆比上聲、去聲自諧要高，中古平聲數量接近上聲、去聲的二倍，因而並不能認定上去與平聲較為密切。上去互諧 30 個，佔比 5.1%，在與平聲的關係上，上去聲表現一致。平入占比 0.68%，上入互諧 0.85%，上入比平入數量多 1 個，去入互諧 56 個，占比 9.52%，入聲確與去聲接近，與平上去較遠。

從三個（以上）聲調的諧聲情況看來，平上去諧聲占比 72.13%，其餘的多調諧聲中皆有入聲，平上入占比 2.19%，平去入占比 10.93%，上去入占比 3.28%，諧聲表現與兩聲調互諧現象一致。

如以各聲調自諧為常例，聲調間互諧為變例觀察諧聲情況，除入聲外，平上去之間並沒有特別接近。入聲與去聲關係略近，其次為上聲，最遠為平聲。平上去一類，入聲一類。

排除陽聲韻單獨考察陰入聲韻，我們發現，[-g]尾與[-d]尾陰聲韻的諧聲情況並不完全相同。[-g]尾平聲自諧占比 6.29%，平上互諧占比 7.14%，平去互諧佔比 3.23%，上去自諧分別占比 4.76%、1.87%，上去互諧占比 2.21%。[-g]

尾平上去遠近關係一致，平上比上去更近，但無論從數量還是比例都不能把平上歸爲一類。[-d]尾平聲自諧占比 1.7%，平上 0.5%，平去 1.87%，上去自諧分別占比 0.85%、3.74%，上去僅 1 個。[-d]尾平上去遠近關係一致，與[-g]尾現象相同，平上聲非如去入聲結合緊密，平上接近但不能歸爲一類。

[-g]尾入聲自諧占比 11.56%，平入與上入相同，皆爲 0.68%，去入互諧占比 4.42%，去入接近。[-d]尾入聲自諧爲 3.06%，平入無，上入僅 1 個，去入 30 個，占比 5.1%，去入接近。[-g]入聲自諧數量高於去入互諧，[-d]則相反。相比[-g]尾陰聲韻，[-d]尾陰聲韻去入關係更密切。

在三種以上聲調的諧聲中，[-g]尾平上去 34 個，平上入 4 個，平去入 19 個，上去入 5 個。[-d]尾平上去 5 個，上去入 1 個，平去入、平上入皆無。[-g]尾與[-d]尾皆爲平上去一類，入聲一類，平聲距入聲最遠。相比[-g]尾陰聲韻，[-d]尾陰聲韻平入關係更遠。

下文即表列各部的異調諧聲次數與頻率。

表 19：江有誥《諧聲表》的異調諧聲（兩聲調諧聲）的頻次

	平平	平上	平去	平入	上上	上去	上入	去去	去入	入入
之	8	6	6	0	5	3	1	2	7	16
幽	15	12	1	1	9	1	0	3	2	8
宵	4	3	4	1	2	0	0	0	4	7
侯	2	4	3	1	4	2	1	4	3	14
魚	4	12	3	0	6	5	1	2	4	15
歌	5	3	3	0	2	2	0	0	0	0
支	4	4	2	1	2	2	1	0	6	8
脂（微）	10	3	10	0	5	1	1	13	4	9
祭	0	0	1	0	0	0	0	9	26	9
元	18	12	13	0	6	5	0	2	0	0
文	5	7	6	0	1	3	0	2	0	0
眞	6	1	7	0	0	0	0	4	0	0
耕	4	4	0	0	4	0	0	0	0	0
陽	5	5	13	0	2	6	0	2	0	0
東	6	1	1	0	1	0	0	1	0	0
冬	8	0	3	0	0	0	0	0	0	0
蒸	10	0	7	0	0	0	0	0	0	0

侵	4	4	2	0	1	0	0	0	0	0
談	5	4	1	0	1	0	0	0	0	0
葉	0	0	0	0	0	0	0	0	0	11
緝	0	0	0	0	0	0	0	0	0	12
總計	120	85	86	4	49	30	5	44	56	109

表 20：江有誥《諧聲表》的異調諧聲（兩聲調以上諧聲）

	平上去	平上入	平去入	上去入	平上去入
之	5	0	2	1	5
幽	3	3	1	2	3
宵	6	0	4	2	5
侯	7	1	5	0	0
魚	8	0	6	0	3
歌	12	0	0	0	0
支	5	0	1	0	3
脂（微）	5	0	0	0	0
祭	0	0	0	1	1
元	15	0	0	0	0
文	18	0	0	0	0
眞	10	0	0	0	0
耕	10	0	0	0	0
陽	12	0	0	0	0
東	7	0	0	0	0
冬	1	0	0	0	0
蒸	6	0	0	0	0
侵	6	0	0	0	0
談	2	0	0	0	0
葉	0	0	0	0	0
緝	0	0	0	0	0
總計	132	4	20	6	21

　　觀察上面兩個表格，我們認為，由兩聲調諧聲的情況看來，陰聲韻應該是去入一類，平上分立。但是如果去入一類，則平上去和平上入的諧聲數量應該一致，顯然實際情況並非如此。因此，我們只能得出結論，陰聲韻平上去入分立，去入音近。諧聲材料同時顯示，[-d]尾陰聲韻去入關係比[-g]尾陰聲韻更密

切。我們認爲，平上去入之間的互諧（266）與各聲調自諧（322）數量相差不大，如果用韻尾對立的音段特徵來區別聲調顯然不合適。我們讚同李方桂等一派學者的觀點，認爲陰聲韻平上去皆有塞音韻尾，各聲調調値不同，去聲與平上同爲濁塞尾，去入調値相同。

下面我們分別舉出例證。

（一）之　部

平上：思[-g]：諰[-gx]：鰓[-g]

半去：川[-g]：迆[-gh]

上去：史[-gx]：吏[-gh]：㕛[-gx]：使[-gh]

上入：臼[-k]：齨[-gx]：學[-k]

去入：北[-k]：背[-gh]：邶[-gh]

平上去：又[-gh]：有[-gx]：尤[-g]

平去入：意[-gh]：噫[-g]：薏[-k]

上去入：異[-gh]：趩[-k]：廙[-k]：襄[-gx]

平上去入：亥[-gx]：荄[-g]：核[-k]：劾[-gh]

（二）幽　部

平上：鳥[-gx]：蔦[-gx]：鵙[-g]：鴛[-g]

平去：鰷[-g]：秋[-g]：萩[-g]：簌[-gh]

平入：州[-g]：酬[-k]

上去：夰[-gx]：昇[-gh]：界[-gx]

去入：复[-k]：復[-k]：腹[-k]：榎[-gh]：覆[-gh]

平上去：卯[-gx]：茆[-gx]：畱[-gh]：聊[-g]

平上入：九[-gx]：尣[-g]：占[-g]：旭[-k]：究[-gx]

平去入：肅[-k]：蕭[-g]：嘯[-gh]：歊[-gh]

上去入：臼[-gx]：敦[-gh]：鳴[-gx]：覺[-k]：嚻[-k]

平上去入：翏[-g]：蓼[-gx]：嘐[-g]：謬[-gh]：戮[-k]

（三）宵　部

平上：巢[-g]：璪[-gx]：藻[-gx]

平去：梟[-g]：噪[-gh]：鄡[-g]

平入：讙[-k]：爑[-g]

去入：爵[-k]：爝[-gh]：瀺[-k]

平上去：号[-gh]：鴞[-g]：枵[-g]：鄂[-gx]

平去入：勞[-g]：癆[-gh]：犖[-k]

上去入：翟[-k]：藋[-gh]：躍[-k]：燿[-gh]：嬥[-gx]：糴[-gh]

平上去入：敫[-k]：皦[-g]：璬[-gx]：歊[-gh]：憿[-k]

（四）侯　部

平上：臾[-g]：萸[-g]：諛[-gx]：腴[-g]：楰[-gx]

平去：矦[-g]：喉[-g]：堠[-gh]

平入：青[-k]：殼[-k]：縠[-g]

上去：后[-gx]：茩[-gx]：詬[-gh]

上入：後[-gx]：豯[-k]

去入：族[-k]：蔟[-k]：嗾[-gh]

平上去：壴[-gh]：鼓[-gx]：尌[-gh]：樹[-gh]：廚[-g]

平上入：豈[-gx]：斲[-k]：覨[-g]

平去入：谷[-k]：鵒[-k]：俗[-k]：裕[-gh]：谺[-g]

（五）魚　部

平上：土[-gx]：社[-gx]：徒[-g]

平去：居[-g]：腒[-g]：踞[-gh]：琚[-gh]

上去：武[-gx]：賦[-gh]：賦[-gh]

上入：舄[-k]：寫[-gx]

去入：步[-gh]：荹[-gh]：踄[-k]

平上去：吳[-g]：娛[-gx]：誤[-gh]

平去入：乇[-k]：託[-gh]：秅[-g]：詫[-gh]

平上去入：亞[-gh]：啞[-gx]：誈[-gx]：惡[-k]：蝁[-k]：錏[-g]

（六）歌　部

平上：多[-r]：哆[-r]：迻[-rx]

平去：罷[-rh]：藣[-rh]：羆[-r]

上去：貟[-rx]：腪[-rh]：瑣[-rx]

平上去：爲[-r]：蔿[-rx]：譌[-rx]：䞐[-rh]：鄢[-r]

（七）支　部

平上：氏[-gx]：祇[-g]：芪[-g]：跴[-gx]

平去：斯[-g]：嘶[-g]：澌[-gh]

平入：析[-k]：晢[-k]：淅[-k]：蜥[-g]

上去：解[-gh]：薢[-gx]：懈[-gh]：澥[-gx]

去入：辰[-gh]：派[-gh]：覛[-k]：眽[-k]

平上去：此[-gx]：柴[-g]：玼[-gx]：呰[g]：皆[gh]

平去入：益[-k]：溢[-k]：蠲[-g]：隘[-gh]

平上去入：兒[-g]：覸[-g]：鬩[-k]：敿[-gh]：睨[-gx]：麑[-k]

（八）脂　部

平上：几[-dx]：肌[-d]：飢[-d]

平去：犀[-d]：譚[-d]：稗[-dh]

去入：血[-t]：衁[-t]：䘏：侐[-dh]

平上去：米[-dx]：迷[-d]：侎[-dx]：眯[-d]：頮[-dh]

微　部

平上：幾[-d]：璣[-d]：機[-dx]

平去：裹[-d]：懷[-d]：壞[-dh]：戁[-dh]

平入：骨[-t]：鶻[-t]：鶻[-t]：頢[-d]

上去：耒[-dx]：茉[-dh]：誄[-dx]：耛[-dx]

上入：兀[-t]：扤[-t]：虺：[-dx]

去入：崇[-dh]：叔[-dh]：藪[-t]：窛[-t]

平上去：口[-d]：韋[-d]：葦：[-d]：韙[-dx]：諱[-dh]：幃[-dx]

（九）祭　部

平去：會[-dh]：襘[-dh]：薈[-d]

去入：兌[-dh]：說[-t]：敓[-t]：脫[-t]：㲠[-dh]

上去入：剌[-t]：琍[-t]：楋[-t]：賴[-dh]：籟[-dh]：鱭[-dx]

（十）元　部

平上：侃[-nx]：䜂[-n]：㰅[-n]

平去：言[-n]：琂[-n]：唁[-nh]

上去：矞[-nx]：遣[-nx]：譴[-nh]

平上去：衍[-nx]：愆[-n]：衙[-nh]

（十一）文　部

平上：囷[-n]：菌[-nx]：箘[-nx]

平去：豚[-n]：遯[-nh]

上去：寸[-nh]：刌[-nx]

平上去：春[-n]：偆[-nx]：鬊[-nh]：惷[-nx]

（十二）真　部

平去：陳[-n]：陳[-n]：陣[-nh]

平上去：粦[-nh]：遴[-nh]：蹸[-nx]：瞵[-n]：鄰[-n]：麟[-nx]

（十三）耕　部

平上：黽[-ŋx]：龞[-ŋ]：郿[-ŋx]

平上去：敬[-ŋh]：璥[-ŋx]：警[-ŋx]：驚[-ŋ]

（十四）陽　部

平上：相[-ŋ]：箱[-ŋ]：想[-ŋx]

平去：桑[-ŋ]：纇[-ŋh]：磉[-ŋs]

上去：永[-ŋx]：詠[-ŋh]：泳[-ŋh]

平上去：兄[-ŋ]：怳[-ŋx]：況[-ŋh]

（十五）東　部

平上：茸[-ŋ]：輯[-ŋx]：撌[-ŋx]：醲[-ŋ]

平去：充[-ŋ]：統[-ŋh]

平上去：重[-ŋh]：歱[-ŋx]：懂[-ŋx]：湩[-ŋh]：鍾[-ŋ]

（十六）冬　部

平去：夅[-ŋ]：峰[-ŋh]

平上去：用[-ŋ]：痛[-ŋh]：佣[-ŋx]：涌[-ŋx]

（十七）蒸　部

平去：禹[-ŋ]：稱[-ŋ]：倗[-ŋh]

（十八）侵　部

平上：覃[-m]：蕈[-mx]：襌[-mx]

平去：心[-m]：沁[-mh]

平上去：林[-m]：禁[-mh]：琳[-m]：菻[-mx]

（十九）談　部

平上：兼[-m]：蒹[-m]：廉[-m]：鎌[-mx]

上去：欠[-mh]：芡[-mx]：坎[-mx]

平上去：僉[-m]：鹹[-mh]：儉[-mx]：厱[-m]

（二十）葉　部〔註60〕

去入：劦[-p]：荔[-d]：瓅[-d]：拹[-p]

王力先生認為上古去入一類、平上一類。其中，平去兩讀的字，上古為平聲，上去兩讀的字，上古為上聲，還有一些去聲字段玉裁據韻文認為上古讀平聲，王力也隨之更改。

周法高先生反駁王力的觀點，認為上聲與平聲、去聲諧聲相通數量一致，平上沒有特別接近。上聲與去聲接近，去聲與平上入的相通數量沒有差別。可見，平上關係密切、去入關係密切，平上與去入之間有平行對應的關係，這樣的假設是不存在的。但是必須說明的是，周氏沒有說明他的上古聲調判斷標準，如果僅據中古讀音就決定上古聲調的話，他的入聲範圍較王力更小。他認為：

> 根據上列的統計數字，聲符為平聲時，其諧聲字為上聲（576）或去聲（658），數字差不多相等；聲符為上聲時，其諧聲字為平聲（221）或去聲（190），數字也相差有限，可見王力所說諧聲平上常相通之說不確。再看：聲符為上聲時，其諧聲字去聲（190）比入聲（23）多上八倍多；聲符為去聲時，其諧聲字平聲（115），上聲（110）和入聲（110）差不多相等，可見王力平長上短，去長入短，去入韻尾相同之說不確。〔註61〕

〔註60〕緝部聲符皆為入聲自諧，無多調諧聲的現象，因此僅列出二十部。

〔註61〕周法高《中國音韻學論文集・論上古音》，香港，香港中文大學出版社，頁58。

周氏以「平上去同韻尾而調值不同，去入調值相同而韻尾不同」〔註62〕來解釋平上去接近，去入接近的諧聲現象。我們讚同周氏的看法，以江有誥《諧聲表》所見之諧聲現象爲依據，上聲與平聲、去聲與平聲數量接近，無論從是陰聲韻還是全部的諧聲字來看，都很難將平上聲歸爲一類。平上聲確實關係密切，但遠不如去入密切，去入尚且非一類，平上自不能合爲一類。

鄭張尚芳的理論是將平與上去入分開，陰聲韻平聲字爲 CV 音節，上聲去聲爲 CVC 音節，平聲無韻尾，上去聲有韻尾，進而排除陰入合韻和上古音無開音節的問題。鄭張把上去擬爲閉音節，平擬爲開音節，和王力的想法一脈相通，只是閉口韻尾加了上聲。同時，鄭張將上去入分化的條件由長短改爲韻尾不同，以同部位的韻尾而非音高解釋聲調接觸。鄭張的研究主要以漢藏語及方言爲根據，並不屬於漢語的內部材料。他認爲：

> 現新說各家已擬上聲收-q／-ʔ，去聲收-s／-h（前古-bs、-ds〉上古-s，前古-s、-gs〉上古-h），則上、去聲本是 CVC 音節……只有陰聲韻的平聲字上古當爲 CV 開尾字。〔註63〕

根據我們的研究，上古存在大量的平上、平去諧聲的現象，如果認定平聲爲開音節，上去入爲閉音節，這些諧聲現象將無法解釋。鄭張認爲韻文中平入押韻遠遠少於去入，同樣可以證明平聲爲開音節。我們的諧聲現象也表明，平入關係最遠，去入關係最近，但是必須看到，三調諧聲中，平上去的數量遠遠超過其他聲調與入聲的組合，如果平聲爲開音節，平上去的關係必然不會如此密切。鄭張以平聲歸爲開音節的一類，上去入爲閉音節的一類，這種做法並不合適。

不過，丁邦新（1979）據傣語借字研究上古音韻尾，認爲上古輔音韻尾存在是沒有疑問的，他所舉例字中不僅有上去入聲字，還有平聲字。〔註64〕如果漢語平聲無韻尾，傣語借字平聲的韻尾來源則無法解釋。另外，丁氏認爲《詩經》押韻中韻尾同部位非常關鍵，不同部位的韻尾相押不合押韻習慣：

〔註62〕周法高《中國音韻學論文集・論上古音》，香港，香港中文大學出版社，頁 58。

〔註63〕鄭張尚芳《上古音系》，上海：上海教育出版社，2003 年，頁 36。

〔註64〕丁邦新〈上古漢語的音節結構〉，《丁邦新語言學論文集》，北京：商務印書館，1998 年，頁 21。

　　如果在上古漢語中沒有聲調，只有不同的韻尾，舉例來說，同
一部中有-ad、-adʔ、-ads、（或-ats、或-as）、-at，或者只有-a、-aʔ、
-as、-at，無論哪一種辦法都無法解釋《詩經》中異調字押韻的現
象。我們知道，對於陰聲韻部去入聲押韻的解釋，一般的說法除去
韻尾一濁一清以外，還要說可能調值相近，才能使-ad、-at彼此押
韻。〔註65〕

　　因此，丁氏提出，鄭張的韻尾系統處於諧聲時代，而《詩經》時代已產生
音調高低。聲調在諧聲時代為韻尾不同，在《詩經》時代為音高不同。他認為：

　　　　從以上所說的種種跡象看來，在《詩經》時代漢語和中古一樣
　　是有四個聲調的，聲調是音高，不是輔音韻尾。聲調源於韻尾可能
　　有更早的來源，可能在漢藏語的母語中有這種現象，但是在《詩經》
　　時代沒有痕跡。〔註66〕

　　我們的諧聲材料顯示，在諧聲時代，四聲的區別仍然以音高為主。不同的
輔音韻尾演變從而產生聲調的時代可能更早。

〔註65〕丁邦新〈漢語上古音的元音問題〉，《丁邦新語言學論文集》，北京：商務印書館，
　　　　1998年，頁99。

〔註66〕丁邦新〈漢語上古音的元音問題〉，《丁邦新語言學論文集》，北京：商務印書館，
　　　　1998年，頁103。

第五章　江有誥《諧聲表》與其他學者「諧聲表」的比較

　　清代古音學家中，段玉裁首次全面利用形聲字劃分韻部，研究古音，並發明「諧聲表」，藉助《說义》聲符構建先秦兩漢的古韻系統。自段玉裁以後，清儒治古音者皆製「諧聲表」，如孔廣森《詩聲類》、江有誥《諧聲表》、嚴可均《說文聲類》、張成孫《說文諧聲譜》、姚文田《古音諧》《說文聲系》、王念孫《說文諧聲譜》、朱駿聲《說文通訓定聲》等等。現代學者如王力、周祖謨、董同龢等也多製有「諧聲表」，並以之爲工具，探索上古音。製作「諧聲表」既成風氣，然而諸家分部、聲符歸部多有出入，成就也各有不同。因此有必要對比諸家「諧聲表」，討論聲符歸部正誤，探索學術發展的源流。

　　本章以江有誥《諧聲表》爲主要研究對象，選擇比較諸家《諧聲表》中成就突出者，如段玉裁、王力、周祖謨、董同龢，分別討論他們的製表原則、特色、諧聲認識、聲符歸部及對江氏《諧聲表》的繼承、改進。

第一節　江有誥《諧聲表》與段玉裁《古十七部諧聲表》的比較

　　段玉裁首製「諧聲表」，且江有誥自敘《諧聲表》模仿段氏《古十七部諧聲表》而作，因此，討論江氏《諧聲表》不可能繞開段玉裁《古十七部諧聲

表》。在體例、歸部及諧聲認識等諸多方面，皆可以看出江氏對段氏的因襲與創新。竺家寧師認爲：

> 段玉裁是第一個大量運用形聲資料來考訂古韻的學者，……所
> 以段氏以後的古韻學家都有諧聲表之設，且大體上都以段氏的諧聲
> 表爲藍本，稍加損益而成的。後繼的古韻學家也運用了形聲資料對
> 平入的分配關係獲得了更精確的了解。〔註1〕

　　清代古音學家中，萬光泰首制「諧聲表」，系統利用諧聲材料研究古音。其《古韻原本》、《古音表考正》、《經韻諧聲》等書體例完備，歸字精細，在支脂之、眞文元、幽宵侯魚等部的劃分上與後來的段戴江王諸家鮮少出入。〔註2〕可惜其說不張，有清一代湮沒不聞，在清代的古音學家中知者甚少。二十七年後，段玉裁作《古十七部諧聲表》，同時提出了一系列諧聲研究的原則和方法，將諧聲研究上升到理論高度。其後，製作「諧聲表」或「諧聲譜」漸成風氣。段氏的古韻分部及其「諧聲表」的體例皆成爲一時之準則。受段氏《古十七部諧聲表》影響者尚有孔廣森、江有誥、嚴可均、朱駿聲、王念孫等人。這一時期，利用諧聲研究古韻的方法和目的漸次成熟，隨著古韻分部相對明晰，學者對《說文》諧聲的認識及其與詩韻的關係認識更爲深刻，「諧聲表"的製作達到數量與品質的高峰期。

　　段氏《古十七部諧聲表》雖非首創，但在原則、體例、聲符歸部等多方面在清代（甚至現代）「諧聲表」中影響甚遠。江有誥的古韻廿一部爲清儒古韻研究之總結，其《諧聲表》後出轉精，較之段氏《古十七部諧聲表》反映了更爲豐富的語音現象。江氏《諧聲表》因襲段氏而作，並有所創新。段玉裁在《六書音韻表·今韻古分十七部表·古諧聲說》開宗明義提出「同諧聲者必同部」的主張：

> 一聲可諧萬字，萬字而必同部。同聲必同部。明乎此，而部分、
> 音變、平入之相配、四聲之今古不同，皆可得矣。諧聲之字半主義，
> 半主聲。凡字書以義爲經，而聲緯之，許叔重之《說文解字》是也。

〔註1〕 竺家寧師《聲韻學》，臺北：五南圖書公司，1991年，頁491～492。

〔註2〕 相關研究見張民權，《萬光泰古音學述評》，《古漢語研究》2005年第1期；張民權《萬光泰〈經韻諧聲〉校注》，《勵耘語言學刊》，2006年第1期。

凡韻書以聲爲經，而義緯之。商周當有其書，而亡佚久矣。字書如張參《五經文字》，丬菁嬴部以聲爲經，是倒置也。韻書如陸法言雖以聲爲經，而同部者蕩析離居矣。〔註3〕

段氏又在《古十七部諧聲表》前提出製表原則及標準：

六書之有諧聲，文字之所以日滋也。考周秦有韻之文，某聲必在某部，至賾而不可亂。故視其偏旁以何字爲聲，而知其音在某部。易簡而天下之理得也。許叔重作《說文解字》時未有反語，但云某聲。某聲即以爲韻書可也。自音有變轉，同一聲而分散於各部各韻，如一「某」聲而某在厚韻，媒腜在灰韻。一「每」聲而悔痗在隊韻，敏在軫韻，晦海在厚韻之類參差不齊，承學多疑之。要其始，則同諧聲者必同部也。三百篇及周秦之文備矣。輒爲十七部諧聲偏旁表，補古六藝之散逸。類列某聲，某聲分繫於各部，以繩今韻，則本非其部之諧聲而闌入者憭然可考矣。〔註4〕

段氏以《詩經》及先秦有韻之文驗證，同諧聲者必同部。同時，段氏也指出聲符與諧聲字不同部的例外情況。江有誥踵武段氏，以《說文》爲主亦作《諧聲表》。江氏《諧聲表》後言及製表初衷和體例：

此表，本段氏《十七部諧聲表》而作，以古韻爲主，無者據漢韻及《說文》形聲，俱無則歸《唐韻》本部，疑者缺之。段氏《表》無音切，茲爲初學者計，取《唐韻》切音錄於其下。……段氏一聲重錄數字，茲止錄得聲之初者，以下展轉孳生之字，別有聲譜詳之。〔註5〕

由此可知江氏與段氏《諧聲表》的關係及收字、歸部原則。因此，我們認爲有必要考察段玉裁和江有誥《諧聲表》之間的聯繫，比較其異同。

下文分別討論古韻分部、原則體例、聲符歸部三個方面的同異。

〔註3〕段玉裁《六書音韻表・今韻古分十七部表・古諧聲說》，《音韻學叢書》12 冊，台北：廣文書局，1987 年。

〔註4〕段玉裁《六書音韻表・古十七部諧聲表》，《音韻學叢書》12 冊，台北：廣文書局，1987 年。

〔註5〕江有誥《音學十書・諧聲表》，《音韻學叢書》16 冊，台北：廣文書局，1987 年。

一、「諧聲表」的古韻分部之差異

　　段氏《古十七部諧聲表》（以下簡稱《諧聲表》）收聲符 1521 個，分部十七，以數字命名韻部。江氏《諧聲表》收字 1139 個，分部二十一：之幽宵侯魚歌支脂祭元文眞耕陽東冬蒸侵談葉緝，聲符按照其中古讀音以平上去入排列。古韻分部始自顧炎武，至段玉裁區別出眞文、支脂之、幽侯而愈加精密。江有誥則於前說擇善而從，分段氏的第十五部爲脂部、祭部，第九部爲東部、冬部，分第八部爲談部、葉部，分第七部爲侵部、緝部：

　　　　去之祭泰夬廢，入之月曷末鎋薛，表中并入脂部。有誥考此九韻，古人每獨用，不與脂通。蓋月者，廢之入，曷末者，泰至入，夬者，鎋之入，祭者，薛之入。其類無平上與至未質術之有平上者，疆界迥殊。則此九韻當別爲一部，無疑也。……今考侵覃九韻，《詩》、《易》、《左傳》、《楚辭》共五十七見。緝合九韻，詩易大戴楚辭共二十二見，並無一字合用者。即遍考先秦兩漢之文，亦無之。檢唐韻之偏旁又復殊異。蓋幾於此疆爾界，絕不相蒙。烏能強不類者而合之也。則當以緝合爲一部，蓋葉以下爲一部，其類無平上去，蓋四聲之說，起於周沈，本不可言古韻。〔註6〕

江氏《諧聲表》不僅更改分部，還調整段氏的入聲分配：

　　　　表中謂宵部無入，其入聲字皆讀爲平，有誥則謂不若割沃覺藥鐸錫之半爲宵入，不必全以沃覺配幽，藥鐸佩魚，錫配支也。表中又以屋沃燭覺均爲幽入，有誥則謂當以屋沃之半配幽，以燭與屋覺之半配侯也……表中又以質櫛屑配眞臻先，有誥竊考古人平入合用之文，唐韻偏旁諧聲之字，而知此三韻之當配脂齊與術迄物黠沒爲一家。眷屬不可離而二之也。以等韻言之，質櫛者，脂開口之入也，術者，脂合口之入也。迄者，微開口之入也，物者，微合口之入也。屑者，齊之入也，黠者，皆之入也。沒者，灰之入也。〔註7〕

〔註6〕清・江有誥《音學十書・寄段茂堂先生原書》，《音韻學叢書》14 冊，臺北：廣文書局，1987 年。

〔註7〕清・江有誥《音學十書・序（段玉裁）》，《音韻學叢書》14 冊，臺北：廣文書局，1987 年。

　　除此之外，中古個別韻的歸部也有差異（以雙底線標識）。段玉裁的古韻分部中，分號前為古本音（與王力《清代古音學·段玉裁的古音學》中段氏古韻表一致），分號後為音轉。詳見下表〔註8〕。

表21：段玉裁與江有誥的古韻分部

古韻分部	段玉裁	江有誥
之部	之咍、職德；尤	之咍、尤、灰脂屋三分之一、厚少數、職德、皆怪少數、麥少數
幽部	尤幽、屋沃燭覺；蕭宵肴豪	尤幽、蕭肴豪沃之半、屋覺錫三分之一、厚少數、宵侯脂虞少數
宵部	蕭宵肴豪	宵、蕭肴豪沃藥鐸之半、錫覺三分之一
矦部	侯；虞	侯燭、虞之半、屋覺三分之一、尤少數
魚部	魚虞模、藥鐸；麻	魚模陌、虞麻鐸藥麥昔之半
歌部	歌戈麻；支佳	歌戈、麻之半、支三分之一、至少數
支部	支佳、陌麥昔錫；脂齊歌麻	佳、齊麥昔之半、支錫三分之一、祭少數、陌少數
脂部	脂微齊皆灰、祭泰夬廢、術物迄月沒曷末點轄薛；支佳	脂微皆灰、質術櫛物迄沒屑、支三分之一、齊點之半、咍果少數
祭部		祭泰夬廢、月曷末轄薛、點之半、至怪霽屑少數
眞部	眞臻先、質櫛屑諄；文欣魂痕	眞臻先、諄之半、清青少數、蒸少數
文部	文欣魂痕；元寒桓刪山仙	文殷魂痕、諄之半、眞三分之一、臻少數、山仙先微少數
元部	元寒桓刪山仙	元寒桓刪山儌、先三分之一、眞薺廢賄少數
耕部	庚耕清青；眞	耕清青、庚之半
陽部	陽唐；庚	陽唐、庚之半
東部	東冬鐘江；陽唐	鐘江、東之半
冬部		冬、東之半、鐘江少數
蒸部	蒸登；侵	蒸登、東少數
談部	覃談咸銜嚴凡、合盍洽狎業乏	談鹽添嚴銜、鹹凡之半、銜少數
葉部		葉帖業狎乏、盍洽之半
侵部	侵鹽添、緝葉怗；覃談咸銜嚴凡	侵覃、鹹凡之半、談銜鹽桥少數、東少數
緝部		緝合、盍洽之半

〔註8〕 本表以段玉裁《古十七部諧聲表》、《古十七部本音說》、江有誥《諧聲表》為據，未包含段氏晚年的更改。

段玉裁與江有誥「諧聲表」部分聲符歸部不同的首要原因即為二人的古韻分部不同。江氏分段氏的東部為東多，脂部為脂祭，談部為談葉，侵部為侵緝。如段氏「宗」入東部，江氏「宗」入多部，段氏「夅」入東部，江氏「夅」入多部。一些中古韻的歸部江氏重新調整，如部分屋、燭、覺韻字（「粟」、「美」、「豕」、「卜」、「攴」、「局」、「鹿」、「禿」、「玉」、「蜀」、「木」、「录」、「曲」、「辱」、「賣」、「束」、「足」、「獄」、「屋」、「族」、「角」、「谷」）段氏歸幽部，江氏改歸侯部。部分覃、鹽、添韻（「弇」、「金」、「甛」、「⺉」、「兼」、「閃」、「冉」、「已」、「占」、「猒」）段氏入侵部，江氏改入談部。部分質、屑韻字（「實」、「吉」、「質」、「七」、「日」、「桼」、「㮚」、「畢」、「一」、「血」、「逸」）段氏入真部，江氏改入脂部。其後的古音學家亦以江氏為準繩。

不可迴避的是，段玉裁的古韻分部在晚年也有所改變，例如，接受了孔廣森東多分部的說法。同時，段氏所列各部所轄中古韻皆為古本音，江有誥所列的「之半」，「少數」也皆為泛泛而言。古韻分部的比較並不能全面反映二人的不同。

二、「諧聲表」的原則體例之差異

我們以段氏江氏《諧聲表》中的聲符為例，從收字標準、對諧聲字和古文的認識等幾個方面，具體考察二人「諧聲表」原則體例的同異。

1、對於次級聲符的不同看法

段氏《諧聲表》以《詩經》韻字及其諧聲聲符為主，也包含這些諧聲聲符出現在先秦典籍中的其他常用諧聲字。與段氏不同的是，江氏僅收最初聲符。如段氏之部收「丌」、「迂」，江氏之部僅收聲符「丌」；段氏之部收「史」、「吏」，江氏之部僅收「史」；段氏之部收「才」、「𢦏」、「在」，江氏之部僅收「才」；段氏之部收「及」、「服」，江氏之部僅收「及」；段氏幽部收「六」、「坴」、「鼀」，江氏幽部收「六」。段氏收字基本按照「聲符」－「諧聲字」－「次級聲符」－「次級聲符的諧聲字」順序排列。如段氏脂部有「不」、「丕」、「否」、「音」，「丕」、「否」從「不」聲，「音」從「否」聲；段氏宵部有「爻」、「肴」、「孝」、「教」，「肴」、「孝」從「爻」聲，「教」從「孝」聲。段氏《諧聲表》有而江氏《諧聲表》無的聲符，很多由於這個原因。段氏詳細列出全部的聲符和諧聲字，便於對照詩韻查找諧聲字，如此一來也能顯示語音的變化和陰

入的區分。如段氏收「臼」（幽部）、「舊」（之部）；「乃」（之部）、「仍」（蒸部）；「肉」（幽部）、「丢」（宵部）；「求」（幽部）、「裘」（之部）。而江氏僅收「臼」、「乃」、「肉」、「求」。

2、對於省聲、亦聲的不同看法

在諧聲字的認識方面，段氏接受《說文》對省聲、亦聲的看法，部分有改動，而江氏一律遵從《說文》。如「事」，《說文》：「从史，之省聲。」段氏收「之」、「事」，江氏收「之」；「市」，《說文》：「从冂从乀……之省聲。」段氏收「之」、「市」，江氏收「之」；「墨」，《說文》：「从土从黑，黑亦聲。」段氏收「黑」、「墨」，江氏收「黑」；「奚」，《說文》：「系省聲。」段氏支部收「奚」，而江氏支部仍收「系」。

對於《說文》中個別象形或會意字的形聲字或體，段氏的處理方法並不一致，江氏則傾向於正體或體皆收錄。如「彗」，《說文》：「轛，彗或从彗。」段氏僅收「彗」，江氏祭部收「彗」、「彗」；「采」，《說文》：「穗，采或从禾，惠聲。」段氏脂部收「惠」、「采」，江氏幽部收「采」聲，脂部收「惠」聲；「贏」，《說文》：「裸，或从果。」段氏江氏皆收「贏」、「果」。

段氏把《說文》一些會意字改為兼形聲，江氏亦從之。如「朕」，《說文》未註明其為諧聲字，段玉裁以其从舟「关」聲，蒸部收「关」、「朕」，江氏蒸部亦收「关」；「矞」，《說文》：「从矛，从商。」段氏認為「商」亦聲，因此脂部收「商」、「矞」，江氏脂部收「商」；「蔑」，《說文》：「从苜，从戍。」段氏以為「苜」亦聲，入脂部，江氏亦收「苜」，入祭部。

3、對於異體字的不同看法

對於《說文》中的古文、籀文等異體字，段氏兼收諧聲字的古文和篆文，江氏通常僅收一個。如段氏收「茲」、「茲」，江氏收「茲」；段氏之部收「甾」、「甾」，江氏收「甾」；段氏宵部收「暴」、「暴」，江氏宵部收「暴」；段氏幽部收「鬻」、「鬻」，江氏幽部收「鬻」；段氏幽部收「首」、「頁」（段氏以「頁」為古文首），江氏僅收「首」。當然也有例外，江氏照錄段氏《諧聲表》中聲符的古文和篆文，如段氏脂部收「劇」、「兌」，江氏祭部收「劇」、「兌」（「劇」，籀文銳）。另外有江氏補充段氏的例子，如段氏之部收「辭」，江氏收「辝」、「辭」。

4、對於聲符來源的不同看法

在諧聲字的選擇方面，段氏《諧聲表》包括《詩經》和其他先秦典籍的韻文。如「秋」，《采葛》「蕭秋」押韻，《左傳·昭公十二年》「湫攸」押韻。因此段氏幽部收錄。而典籍中常用卻非韻文的字，段氏未收，江氏據其中古讀音判斷歸部，增收入《諧聲表》，如「麂」、「牟」、「蒐」、「牖」、「討」、「夔」、「絕」、「梟」、「庫」、「奢」、「黽」、「表」、「糾」、「淼」、「杏」、「窅」、「幽」、「鬧」、「雀」。江氏《諧聲表》有、而段氏《諧聲表》無的聲符，有很多由於這個原因。我們認為，沒有韻文或其他材料證明歸部的聲符，江氏僅據其中古讀音判斷歸部，顯示了其審音的能力。同樣也存在個別例外的聲符，典籍不常見、江氏未收而段氏收錄，如「籥」、「旻」、「奞」。

5、對於《說文》讀若的不同看法

對於《說文》讀若，段氏不以其為根據判斷歸部，江氏則相反。如「毒」，《說文》：「從士，從母……讀若娭。」「珊」，《說文》：「讀與服同。」「斂」，《說文》：「從白，從放，讀若會。」「皛」，《說文》：「從三白。讀若皎。」「卟」，《說文》：「讀與稽同。」這些聲符段氏皆未收，江氏皆收入。

三、「諧聲表」的聲符歸部之差異

除古韻分部、原則體例這兩個原因之外，段氏與江氏「諧聲表」仍有部分聲符歸部不同。我們認為，這是由於段氏和江氏對材料的取捨不同。這種差異也在一定程度上反映了他們對古韻的看法。段氏江氏實質上歸部不同的字僅22個。

（一）對韻文的理解和取捨不同

江氏與段氏的聲符歸部差別一部分是由對於韻文的理解和取捨不同，如聲符「西」、「麈」、「夐」、「令」、「命」。

「西」：其諧聲字中古屬薺、海、霽、卦、眞韻，段氏認為〈新臺〉、《禮記·祭義·日出於東》皆與文部字押韻，且與「遷」相通，因此入文部。江氏以〈新臺〉文元通韻，《禮記·祭義·日出於東》非韻，且「西」屬仙韻而入元部。

「令」（「命」）：令聲字中古屬清、青、梗、靜、迥、眞韻。「令」，力延切、呂貞切、郎丁切、力政切、郎定切，分屬仙、清、青、勁、徑韻，段氏

以〈東方未明〉、〈盧令〉、〈車鄰〉、〈十月之交〉等「令」與眞部字押韻。江氏以〈小宛〉、〈士冠禮〉、《左傳·襄公五年引逸詩》「令」與耕部字押韻，而這些段氏以爲非韻。「命」，眉病切，中古屬映韻，段氏以〈蝃蝀〉、《唐風·揚之水》、〈采菽〉、〈假樂〉、〈卷阿〉、〈韓奕〉、〈江漢〉「命」與眞部字押韻。江氏以《象·下傳革》、《象·下傳晉》與耕部字押韻，而段氏以爲非韻。段氏眞部收「命」、「令」，江氏考慮到《詩經》之外的押韻材料和「命」、「令」中古讀音，眞耕兩收「命」、「令」。

「夐」：其諧聲字中古屬霰、勁、先、獮、廢、術、屑、清韻。「夐」，許縣切、休正切、分屬霰、勁韻，段氏以〈招魂〉中「瓊」與「寒湲蘭筵」押韻，江氏以「瓊」與下文的「光張璜」耕陽通韻。段氏歸元部，江氏以「夐」中古屬勁韻歸耕部。

「塵」：直珍切，中古屬眞韻，眞文兩部皆有眞韻字。〈何人斯〉與眞部字押韻，《老子》、《九歌·大司命》與文部字押韻。另外，段氏、江氏對於〈無將大車〉中「痕」的通假情況理解不同。〈無將人車〉「塵痕」押韻，諸家無異議，焦點在於「痕」字通假。持文部說者（戴震、江有誥、何九盈）認爲，「痕」當作「痯」，同「痯」，「痯」入文部，則「塵」入文部，且若作「痕」，上古屬支部，「痕」、「塵」不相協。持眞部說者如段氏以唐石經爲據，認爲「痕」不當作「痯」。另外，段氏《說文注》以「塵」與「塡」、「陳」通假，因而歸眞部，江氏歸文部。

（二）對押韻和諧聲的矛盾有不同看法

在押韻和諧聲材料矛盾時，段氏多根據其中古的讀音推斷歸部，甚少離析韻部，江氏則以韻文爲準，如聲符「胤」、「徙」、「麗」、「危」、「此」、「執」。

「胤」：其諧聲字中古屬震韻，段氏據此入眞部。震韻上古眞文兩部皆有收錄，〈既醉〉與文部字押韻，江氏據此入文部。

「徙」：斯氏切，中古屬紙韻，其諧聲字中古屬紙、支、皆、蟹、寘韻，段氏據此入支部，《韓非子·楊權篇》、《荀子·成相篇》、《逸周書·周祝解》等與歌部字押韻，江氏據此入歌部。

「麗」：呂支切、盧計切，中古屬支、霽韻，其諧聲字中古屬支、霽、齊、紙、薺、寘、至、錫、佳、卦、蟹等韻，段氏據此入支部。《離騷》「蘱纚」押韻，江氏據此入歌部。

「危」：魚爲切，中古屬支韻，其諧聲字中古屬支、灰、紙、賄、寘、至、旨韻，《周易‧下經困‧上六》、《尚書‧大禹謨》、《文子‧符言》等與微部字押韻，「危」聲江氏據韻文入脂部，段氏據其中古讀音入支部。

「此」：雌氏切，中古屬紙韻，「此」聲字中古屬支、齊等韻，跨上古脂支兩部。段氏據諧聲入脂部，江氏據《小雅‧小弁》的押韻歸入支部。

「執」：熱摯鷙熟𣿥窒𥩝𥩈𥫣等字从「執」得聲，中古屬祭、緝、震、至、怗、桥、葉韻。「執」聲段氏據諧聲字中古讀音入侵部，江氏據押韻材料入祭部。

（三）對通假和對轉的看法不同

除韻文和諧聲字外，段氏多用通假和對轉等材料來判斷聲符歸部。如果遇到一韻上古跨多部的情況，段氏以通假等材料作爲旁證推斷其歸部，如聲符「卂」、「免」、「豸」、「冖」、「㒼」、「壺」。

「卂」：陟衛切、息晉切，中古屬祭、震韻，其諧聲字中古屬震、稕、霰、山、櫛韻。「迅」、「訊」、「扟」、「汛」、「蝨」从「卂」得聲，段氏《說文解字注》認爲「迅」與「疾」通，「訊」與「訓」通，「扟」讀若「莘」，「汛」與「灑」通，「蝨」與「瑟」通，皆爲眞部或質部字，段氏據此入眞部，而江氏入文部有誤。

「免」：《說文》無，亡辨切，中古屬獮韻，其諧聲字中古屬獮、產、願、阮韻。獮韻段氏一般入文部（或眞部），而江氏一律入元部。段氏《說文解字注》：「依毛詩及灑韻古音在十三部，轉入第十四部也。」「免」在文部、元部之間，《詩經》中「免」非韻。段氏以依「浼」通「釁」、「勉」通「勿」、「冕」通「絻」，將其歸入文部，而「輓」、「挽」、「晚」、「睌」、「鞔」則在元部。

「豸」：宅買切、池爾切，中古屬紙、蟹韻。段氏《說文解字注》以「豸」與「廌」、「解」當通假，歸「豸」入支部，段氏據通假歸支部，支韻上古入脂支兩部，江氏據此歸脂部。

「冖」：「𠖎冥鼏」等字从「冖」得聲，中古屬昔、青、錫韻。「冖」，中古屬錫韻，段氏《說文解字注》：「莫狄切。十六部。按冥下日冖聲，鼏亦冖聲，則亦在十一部，支耕之合也。」段氏《說文解字注》以「冖」、「冥」、「鼏」陰陽對轉入支部，《諧聲表》則入耕部，江氏《諧聲表》入脂部，將「莫狄切」改爲「莫必切」，未知原因爲何。

「㒼」：母官切，中古屬桓韻，《說文》：「讀若蠻。」其諧聲字中古屬桓、魂、緩、元韻，段氏據「㒼」字入元部，江氏據〈大車〉與文部字押韻的情況入文部。

「壼」：苦本切，中古屬混韻，〈既醉〉與文部字押韻，江氏據此歸文部。段氏《說文注》指出其與「梱」相通，但仍歸眞部，有誤。

（四）對諧聲字的讀音取捨不同

二人對諧聲字的讀音取捨不同，江氏多取聲符的讀音，而段氏多取諧聲字的讀音，如聲符「舛」。諧聲字的中古讀音比較複雜時，段氏與江氏各據諧聲字的讀音分別歸部，如聲符「㬎」。

「舛」：「舛」，昌兗切，中古屬獼韻，「舜」从「舛」聲，中古屬稕韻，段氏据其諧聲字的讀音入文部，江氏據「舛」的讀音入元部。

「㬎」：其諧聲字中古屬合、覃、勘、盍、銑、緝、合、葉等韻，「濕」中古屬緝韻，段氏據此入侵部，「顯」中古屬銑韻，江氏據此入元部。

（五）中古个別韻在上古的歸部不同

段氏與江氏中古个別韻在上古的歸部不同，如聲符「釆」、「典」、「黽」。

「釆」：方免切、符蹇切，屬獼韻，獼韻段氏一般入眞部或文部，而江氏一律入元部。

「典」：典聲字中古屬銑韻，銑韻上古眞文元部皆收。段氏入文部，江氏入元部。

「黽」：其諧聲字中古屬軫、耕、庚、耿、梗韻。「黽」，武盡切、獼兗切、武幸切，分屬禎、獼、耿韻。江氏以其中古屬耿韻入耕部，而段氏入陽部有誤。

另外還有五個聲符比較特別，從《說文解字注》的歸部看來，這些不能算是二人歸部的差異。

「焦」，即消切，中古屬宵韻。段氏《說文解字注》歸幽部，《諧聲表》歸宵部，江氏歸宵部。

「猋」，甫遙切，中古屬宵韻，段氏《說文解字注》入宵部，段氏《諧聲表》據「飆」的讀音而入幽部，江氏據「猋」的中古讀音入宵部。

「尤」，餘針切，中古屬侵韻，其諧聲字中古屬侵、覃、感、敢、勘、寢、沁韻。《衛風・氓》「葚耽」押韻，段氏《諧聲表》入談部，《說文解字注》入

侵部，江氏入侵部。

「母」，其諧聲字中古屬厚、隊、侯、夔、賄韻，〈蝃蝀〉雨母押韻，段氏《諧聲表》入魚部，《說文解字注》入之部，江氏入之部。

「允」，余準切，中古屬準韻，允聲字中古屬獮、準、稕韻，段氏《諧聲表》入元部，《說文解字注》入文部，江氏入文部。

我們認爲，這些聲符段玉裁《說文解字注》與江有誥《諧聲表》的歸部一致，暫不列入討論範圍。

四、餘 論

我們認爲，檢討段玉裁《古十七部諧聲表》與江有誥《諧聲表》之差異，可發現主要源於三個方面：古韻分部、原則體例以及對韻文、諧聲、通假、中古讀音等多種材料的取捨。除此之外，在聲符的字形分析和收字來源方面，二人均各有所長。因不能歸結爲二人的主要差別，以「餘論」概括之。

（一）段玉裁《諧聲表》對字形的分析優於江有誥

段玉裁的改動《說文》有個別以古文字材料來看改得恰當。如「复」，《說文》：「从夂，畐省聲。」甲骨文从土室，从倒趾，爲「復」的初文。段氏幽部收「复」，未收「畐」，江氏幽部收「复」。又如「氏」，《說文》：「象形，乁聲。」甲骨文構形不明，可能爲「匙」的初文，非形聲字。段氏支部收「氏」，而江氏收「乁」。又如「厄」，《說文》：「从卪，厂聲。」古文字字形象車軛之形，是牛馬拉車套在脖頸上的工具，非形聲字，段氏支部收「厄」，未收「厂」，江氏支部收「厄」。

但是以今天古文字學家的研究來看，仍然有很多《說文》的錯誤說法段氏未加糾正。如「食」，《說文》：「从皀，亼聲。」甲骨文象簋中盛食物之形，爲象形字，非《說文》所謂形聲字。段氏侵部、江氏之部收「亼」。又如段氏宵部收「丿」聲，「丿」聲前後爲「小」、「少」。「少」，《說文》：「从小，丿聲。」按照段氏《諧聲表》的體例段氏當指「少」聲，「少」、「小」古本一字，「少」由「小」分化而來，非《說文》所謂形聲字。段氏收「丿」聲有誤。又如「昊」，《說文》：「从日、夰，夰亦聲。」不確，古文字从日从天，爲天日廣大之意。段氏幽部收「夰」、「昊」。「皮」，《說文》：「从又，爲省聲。」金文爲以手剝皮之意，非形聲字。這些錯誤江氏大多與段氏一致，清代古音學家受限於時

代很難根據古文字材料判斷《說文》的正誤。

（二）江有誥《諧聲表》的收字仍以《說文》為主

段氏雖然以詩韻為基礎，但是仍然遺漏了一些諧聲字。如「德」，《小雅·雨無正》「德國」押韻。又如「救」，《小雅·楚茨》「祀食福式稷救極億」押韻。又如「朝」，《氓》「勞朝暴笑悼」押韻，《漸漸之石》「高勞朝」押韻。又如「殽」，《伐木》「塤篪牡舅咎」押韻。又如「就」，《晉語·引商銘》「就憂狃咎」押韻，《九章·惜誦》「好就」押韻。這些字段氏均未收，江氏收錄。段氏誤收非詩韻字，如之部收「阞」，而江氏未收。王力先生認為江有誥《諧聲表》的聲符取材超出《說文》：

> 除江有誥之外，普通古音學家的選字，往往以《說文》所有的字為標準〔註9〕。

我們認為，江有誥《諧聲表》中的「畐」、「希」、「威」、「屮」、「朋」、「劉」、「由」、「叔」、「免」、「杀」、「丬」等聲符，《說文》確實未單獨列為聲首。但是《說文》收錄了這些聲符的諧聲字。江氏《諧聲表》取材不出《說文》，仍然是有所依據的。

段玉裁《古十七部諧聲表》作為第一個諧聲表，開風氣之先，為後來者提供了更多的體例上的借鑒意義。儘管在分部、收字等方面相對粗疏，段氏《古十七部諧聲表》仍然為江有誥、王力、周祖謨等人的諧聲表提供了可操作的範例。由段玉裁與江有誥的「諧聲表」的比較中亦可見二者在多個問題上的不同處理方法。

第二節　江有誥《諧聲表》與王力《諧聲表》的比較

王力《諧聲表》因襲段玉裁《古十七部諧聲表》較多。但因為王力的古音體系，特別是脂微分部的發明，在古音研究領域影響重大，我們認為，有必要比較王力《諧聲表》與江有誥《諧聲表》的同異，檢討王力先生在諧聲方面的研究成就。下文即從體例、聲符兩方面討論，並分析二人不同的聲符。

〔註9〕王力《王力文集·第十七卷·上古音·古韻母系統研究》，濟南：山東教育出版社，1989 年，頁 127。

一、「諧聲表」的古韻分部之差異

　　王力《漢語音韻·諧聲表》收聲符 763 個，以偏旁見於《詩經》者爲準，每部後也附「散字」，「表示這些字已經從諧聲偏旁所屬的韻部轉到這個韻部來了。」〔註 10〕《詩經韻讀·諧聲表》收聲符 1401 個，「不完全依照《說文》家所說，只是列出常見的諧聲偏旁，以便掌握韻部。」〔註 11〕鑒於《詩經韻讀》成書較晚，應該代表王力先生更成熟的觀點，我們以《詩經韻讀·諧聲表》（1980）爲主要依據，參考《漢語音韻·諧聲表》〔註 12〕（1963）及《古韻脂微質物月五部的分野》（1963）。

　　比較江有誥與王力的「諧聲表」，我們發現，王力《諧聲表》收聲符 1401 個，分部三十（之職蒸幽覺冬宵藥侯屋東魚鐸陽支錫耕脂質眞微物文歌月元緝侵盍談），江有誥《諧聲表》收聲符 1139 個，分二十一部（之幽宵侯魚歌支脂祭元文眞耕陽東冬蒸侵談葉緝）。二人的韻部遠近除歌部外基本一致。王力獨立入聲，區分江氏的脂部爲脂微部，改江氏的祭部爲入聲月部。與江有誥不同的是，王力的入聲獨立成部，二者的分部差異不僅在於入聲問題，王力繼承段氏古韻「古無去聲」的說法，以去聲和入聲爲一部，他認爲大部分去聲在上古屬於入聲（如計，江氏入脂部去聲，王氏入質部）。首先以諧聲爲標準：

　　　　就一般說，我們的確可以根據這個原則，把聲符相同的字歸屬到同一韻部裏，例如「視」「致」在中古同屬去聲，但是「視」在上古應屬陰聲韻，「致」在上古應屬入聲韻。我們往往可以這樣檢查，凡同聲符的字有在平上聲的，就算陰聲韻（如果不屬陽聲韻的話）。例如「視」從示聲，而示聲中有「祁」（平聲），可見「視」屬陰聲韻；又如「致」從至聲，而至聲有「室」（入聲），可見「致」屬入聲韻。〔註 13〕

　　其次，考慮詩經或其他韻文，兩者衝突時以《詩韻》爲準：

〔註 10〕王力《王力文集·第五卷·漢語音韻》，濟南：山東教育出版社，1986 年，頁 168。
〔註 11〕王力《詩經韻讀·楚辭韻讀·諧聲表》，北京：中國人民大學出版社，2012 年。
〔註 12〕王力《王力文集·第五卷·漢語音韻》，濟南：山東教育出版社，1986 年，頁 168。
〔註 13〕王力《王力文集·第十七卷·上古音·古韻母系統研究》，濟南：山東教育出版社，1989 年，頁 207。

　　當然這並不是唯一的標準，假使從聲符上看不出它和入聲相通
或和平上聲相通，那就要從《詩經》的用韻或其他先秦的韻文，或
聲訓、假借等證據來加以斷定。例如「吠」字，它根本沒有聲符，
但是《詩經》召南《野有死麕》以「吠」叶「脫」「帨」，「吠」顯
然是入聲字。「同諧聲者必同部」這一原則也不能機械地拘守。當
先秦韻文（特別是《詩經》）和聲符發生矛盾的時候，應該以韻文
爲標準，不應該以聲符爲標準，因爲造字時代比《詩經》時代至少
要早一千年，語音不可能沒有變化。〔註14〕

　　周法高先生統計了《詩經》和諧聲字的情況，對王力先生《漢語音韻》的
這兩個標準提出了相反的意見：

　　　　根據，張日昇前引文（按：試論上古四聲）的統計：平上兩調
　　互押與兩調總和之比例，爲 1：10，平去或上去亦然，可見王力所
　　說詩韻平上常相通之說不確。又據陳勝長江汝洛對諧聲的統計，以
　　高本漢的 Grammata Serica Recensa 爲根據列表如下。……根據上列
　　的統計數字，聲符爲平聲，其諧聲字爲上聲（576）或去聲（658），
　　數字差不多相等；聲符爲上聲時，其諧聲字爲平聲（221）或去聲
　　（190），數字也相差有限，可見王力所說諧聲平上常相通之說不確。
　　再看：聲符爲上聲時，其諧聲字去聲（190）比入聲（23）多上八倍
　　多；聲符爲去聲時，其諧聲字平聲（115），上聲（110）和入聲（110）
　　差不多相等，可見王力平長上短，去長入短，去入韻尾相同之說不
　　確。……如果採用平上去同韻尾而調值不同，去入調值相同而韻尾
　　不同的解釋，以上的現象都可以迎刃而解了。〔註15〕

　　唯一例外的是脂微部的去聲比較特殊：

　　　　現在如果能夠說明《詩經》押韻脂微平上聲合韻佔脂微平上聲
　　總數約四分之一，脂微去聲合韻佔脂微去聲總數約四分之一，不就

〔註14〕王力《王力文集‧第十七卷‧上古音‧古韻母系統研究》，濟南：山東教育出版社，
　　　　1989 年，頁 208。
〔註15〕周法高《中國音韻學論文集‧論上古音》，香港：香港中文大學出版社，1984 年，
　　　　頁 58。

是說明了脂微部平上聲和去聲都應該各分隸兩部了嗎？不過有一點
要說明的是：脂部微部的平上聲和去聲通押的很少，祭部恰巧沒有
平上聲，那麼舌尖韻尾的三部的去聲確實有點特別。不過既然用聲
調來表示區別，脂部微部的去聲就不必像高本漢那樣構擬一個和平
上聲不同的韻尾了。〔註16〕

我們認同周法高先生的說法，去聲與入聲的關係和平上聲一樣，去聲應與
平上聲一部。

王氏分別江氏的脂微部，合併江氏的多侵部。他與章炳麟相同，主張合併
多與侵，收[-m]尾，多部為侵部的合口。多侵接近毋庸置疑，但是據周祖謨先
生統計，《詩經》中多侵通押的例子僅出現在關中地區。「由此可見，多侵通押
不是普遍現象，而是《詩經》時代部分地區所有的早期的一種方音現象，不能
做為《詩經》的一般現象看待。」〔註17〕主要是除分部造成的《諧聲表》差異
之外，也存在其他原因，我們在下文具體論述。

二、「諧聲表」的原則體例之差異

下面我們詳述王力《諧聲表》的收字原則、不同聲符的個別分析以及在比
較江氏《諧聲表》的基礎上，討論王力《諧聲表》的特色。

在這一部分，我們介紹王力《諧聲表》的收字原則，同時在選字、諧聲字
的構形分析、古文籀文等方面與江有誥《諧聲表》的相異之處。

1、對於次級聲符的不同認識

如果詩韻中出現，且該韻字的聲符沒有其他的諧聲字為韻字，則列出此
字，如王氏收「樹」、「隙」，江氏收「壴」、「㝵」，江氏收「卪」、「屮」，王氏
收「即」、「節」、「屈」。王氏收「私」，江氏收「厶」。如果詩韻中出現，該韻
字的聲符又有其他諧聲字為韻字，則列出該韻字的聲符，但是不會繼續追究
該聲符的聲符，而江氏僅列最初聲符。江氏收「霏」，王氏收「霸」。王力以

〔註16〕周法高《中國音韻學論文集・論上古音和切韻音》，香港：香港中文大學出版社，
1984 年，頁 149。

〔註17〕周祖謨《周祖謨學術論著自選集・漢字上古音東冬分部的問題》北京：北京師範
學院出版社，1993 年，頁 119。

聲符（諧聲字）－次級聲符（次級聲符諧聲字）順序排列，如江氏收「大」，王氏收「大」、「泰」、「達」。個別聲符和諧聲字歸部不同的時候，江氏也試圖分別歸部，顯示其語音變化，但是由於諧聲字認識和歸字原則的分歧，王氏傾向不收最初聲符，如江氏緝部有「眔」聲，脂部有「褱」，王氏微部有「褱」未收「眔」聲。再如江氏「冂」聲入脂部，王氏未收，耕部收「冋」、「迥」。

2、對於聲符來源的不同認識

收字方面，王力收字以段氏爲基礎，涵蓋詩經用字和其他先秦常用字。王氏據段氏補充《詩經》常用字，江氏僅收這些諧聲字的最初聲符，如「雀」、「稽」「尼」、「孽」、「槀」、「季」。王氏據江氏補充段氏未收的先秦常用的字，如「初」、「普」、「歂」、「步」、「互」、「索」、「虢」。段氏未收的非《詩經》常用字，江氏收錄，王氏亦不收，如「兜」、「乳」、「瓜」、「匜」、「及」、「兔」。段氏江氏皆收的非先秦常用字，王氏未收，如「亾」。由此可見，王氏收字以先秦典籍和段氏江氏的《諧聲表》爲基礎，較前人更全面也更謹慎。

3、對於《說文》分析字形的不同認識

諧聲字的認識方面，王氏對說文的說法有選擇的接受，而江氏幾乎完全以《說文》爲準。如《說文》以「度」從「庶」省聲，而古文字顯示「度」從「石」聲，王氏鐸部收「庶」、「度」，以「度」從「庶」聲，王氏有誤。如「余」，《說文》：「從八，舍省聲。」甲骨文字形不明，非從八，亦非「舍」省聲，「舍」字是「余」加口造出來的分化字。王氏魚部僅收「舍」，有誤。又「南」，《說文》：「從𣎵，𢆉聲。」甲金文象樂器之形，非形聲字，王氏侵部收「南」無誤，江氏收「𢆉」。

4、對於異體字的不同認識

王氏收篆文不收古文，與王氏比較，江氏收古文而不收篆文。如王氏無「厷」有「肱」，江氏收「厷」。江氏收「秎」聲（古文利）、無「利」，王氏收「利」。江氏收「𥝫」聲，王氏收「拜」。江氏《諧聲表》中也有個別不收古文、收篆文的情況，王氏亦與江氏一致。如江氏王氏有「回」、無「𐄺」聲。若諧聲字的古文常用篆文不常用，王氏收古文，江氏兩者兼收。江氏收「絕」、「𢆯」聲，王氏收「絕」。王氏收「𨷯」、「兌」、「銳」，江氏收「劇」。另外還有一些異體字，王氏與江氏一致，如皆收「惠」、「气」、「术」無「采」、「乞」、

「秫」。相較段氏和江氏，王氏徹底貫徹了以篆文（或常用字體）製表的標準。

三、「諧聲表」的聲符歸部之差異

王氏與江氏實質上歸部不同的聲符共十七個。

「焦」：其諧聲字中古屬宵、尤、小、笑、藥、效、蕭、覺、篠韻。「焦」，中古屬宵韻。「焦」聲江氏歸宵部，王氏《詩經韻讀‧諧聲表》歸幽部，《漢語音韻‧諧聲表》歸宵部。歸宵或幽的區別實際上是對《豳風‧鴟鴞》押韻的理解不同，江氏以「譙」、「翛」是宵幽通韻，而段氏以「譙」、「翛」（消）爲幽宵合韻，王氏先從江氏，《漢語音韻‧諧聲表》歸宵部，後從段氏，《詩經韻讀‧諧聲表》歸幽部，顯然歸宵部更爲合適。

「令」（「命」）：令聲字中古屬清、青、梗、靜、迥、眞韻。「令」，力延切、呂貞切、郎丁切、力政切、郎定切，分屬仙、清、青、勁、徑韻，段氏以〈東方未明〉等「令」與眞部字押韻。江氏以〈小宛〉等「令」與耕部字押韻，而這些段氏以爲非韻。「命」，眉病切，中古屬映韻，段氏以〈蟋蟀〉等「命」與眞部字押韻。江氏以《象‧下傳革》等「命」與耕部字押韻，而段氏以爲非韻。王氏從段氏眞部收「命」、「令」，江氏考慮到《詩經》之外的押韻材料和「命」、「令」中古讀音，眞耕兩收「命」、「令」。

「塵」：直珍切，中古屬眞韻，眞文兩部皆有眞韻字。〈何人斯〉與眞部字押韻，《老子》、《九歌‧大司命》與文部字押韻。另外，各家對於〈無將大車〉中「痻」的通假情況理解不同，具體見後文分析。王氏從段氏歸眞部，江氏歸文部。

「西」：其諧聲字中古屬薺、海、霽、卦、眞韻，〈新臺〉、《周頌‧維清》、《禮記‧祭義日出於東》皆與文部字押韻，且與「遷」相通，王氏從段氏據此入文部。江氏以「西」屬仙韻而入元部。

「免」：亡辨切，《說文》無，中古屬獮韻，其諧聲字中古屬獮、產、願、阮韻。獮韻段氏一般入文部（或眞部），而江氏則一律入元部。段氏《說文注》以通假材料判斷「浼」、「勉」、「冕」入文部，而「輓」、「挽」、「晚」、「脕」、「鞔」則在元部，王氏以其爲文部字。

「萬」：母官切，中古屬桓韻，《說文》：「讀若蠻。」其諧聲字中古屬桓、魂、緩、元韻，王氏據「萬」字入元部，同段氏，江氏據〈大車〉與文部字

押韻的情況入文部。

「典」：典聲字中古屬銑韻，銑韻上古真文元部皆收。王氏從段氏入文部，江氏入元部。

「舛」：「舛」，昌兗切，中古屬獮韻，「舜」從「舛」聲，中古屬稕韻，王氏据其諧聲字的讀音入文部，同段氏，江氏據「舛」的讀音入元部。

「㐱」：「㐱」，章忍切，中古屬軫韻，㐱聲字有「紾珍趁診眕胗軫袗駗畛沴」，中古屬真、軫、震韻。《說文》以其異體字「譽」從「真」聲，王氏據以入真部。江氏從段氏入文部。

「虔」：「虔」，渠焉切，中古屬仙韻，《商頌》中與元部字押韻，江氏從王氏據此入元部。《說文》以「虔」讀若「矜」，王氏「矜」入真部，「虔」亦入真部。

「此」：「此」中古屬支韻，「此」聲字中古屬紙、支、薺、寘、齊、怪、佳、卦、夬韻。江氏據《小雅·小弁》等押韻材料和「此」字讀音歸支部，王氏據其諧聲字歸脂部，與段氏的歸部一致。

「彗」：「彗」聲字中古屬祭、霽韻，江氏據《孟子》韻文歸祭部，王氏將部分霽韻字歸入質部（脂），因此「彗」入質部（脂），與段氏的歸部一致。

「盇」：「盇」，即「盍」。「闔嗑葢頜爁蓋蝆磕盇薵饁」等字從「盇」得聲，中古屬盇、泰、狎、曷、合、洽、葉、艷韻。江氏據泰韻入祭部，王氏據盇韻入葉部。

「危」：「危」聲字中古屬支、灰、紙、賄、寘、至、旨韻。江氏據韻文歸脂部，支部收「厃」聲，王氏據其中古讀音歸支部，與段氏的歸部一致。

「豸」：中古屬紙、支韻，王氏與段氏一致歸支部，江氏據支韻上古屬支、脂部，而歸脂部，與段氏一致。

「執」：「執」聲字中古屬祭、緝、震、至、怗、橜、葉韻。江氏據韻文入祭部，王氏據「執」本字和部分諧聲字的讀音入緝部，與段氏一致。

據上文分析，王氏與江氏的歸部分歧集中在讀音跨上古兩個韻部（如支脂、文元、幽宵）的諧聲字上。段氏與江氏諧聲聲符歸部實質上不同的共二十二個，其中十四個王氏與段氏一致。王氏與江氏不同的十七個聲符，只有三個與段氏的歸部不同（「盇」，段氏入談部，無葉部，王氏入葉部）。在韻文和諧聲字材料矛盾的時候，江氏傾向根據韻文判斷歸部，王氏傾向將韻文視

爲合韻，根據其中古讀音歸部。

我們認爲，從具體聲符的歸部分歧來看，王力「諧聲表」顯然與段玉裁「諧聲表」關係更爲密切。王氏與江氏不同的十七個聲符，僅「焦」、「虔」、「此」、「危」、「執」有誤，就聲符歸部的準確性而言，王力略勝一籌。

第三節　江有誥《諧聲表》與周祖謨《詩經古韻部諧聲聲旁表》比較

周祖謨《詩經古韻部諧聲聲旁表》自敘以江有誥《諧聲表》爲參考，因此，我們認爲，有必要比較二人的《諧聲表》，考察兩者的關係，明確他們不同的觀念和做法。周氏認爲：

> 諧聲字的歸部是參酌諧聲的系統和《詩經》的押韻來定的。前人所作的諧聲表以及「說文諧聲譜」中有些字的歸部並不一致。表內各部所列的諧聲聲旁參考段玉裁《六書音韻表》、王念孫《說文諧聲譜》、江有誥《諧聲表》、張惠言《說文諧聲譜》、丁履恒《形聲類編》等書而定。諸家異同，不煩一一列舉。遇有必要，略加附註說明。〔註18〕

下文即從體例和聲符兩個方面分析。

我們以周祖謨先生的《詩經古韻部諧聲聲旁表》爲主，參考《詩經韻字表》。

周氏「此表爲便於理解《詩經》韻部而作。」〔註19〕因此在一些聲符旁邊括號註明《詩經》中出現的所諧字，如「才（在哉）」，以便於查考。另外，一些古字周氏參考《廣韻》注出現代讀音，同時每部下以附註說明個別聲符的分歧和歸部。《詩經古韻部諧聲聲旁表》刪去了《詩經韻字表》所收錄的詩經韻字及《廣韻》歸韻，諧聲聲符的部分除排列順序不同外基本一致。周氏對於諧聲的認識和詩韻的根據也進行了說明：

〔註18〕周祖謨《周祖謨學術論著自選集・詩經古韻部諧聲聲旁表》，北京：北京師範學院出版社，1993年，頁90。

〔註19〕周祖謨《周祖謨學術論著自選集・詩經古韻部諧聲聲旁表》，北京：北京師範學院出版社，1993年，頁89。

一方面，表內有些《說文》中的諧聲聲旁和古字或體沒有收入；另一方面，說文中所收某字從某聲或從某省聲與古文字不合的，表內沒有完全依照《說文》。……《詩經》韻字以夏炘《詩古韻表二十二部集說》和王念孫《古韻譜》所舉爲據。[註20]

這一部分，我們主要討論江有誥與周祖謨古韻分部、個別聲符歸部的同異以及周祖謨《諧聲表》的特色。

一、「諧聲表」的古韻分部之差異

周氏入聲獨立，共三十一部：之職幽覺宵藥侯屋魚鐸歌支錫脂質微物祭月緝盍談侵蒸冬東陽耕眞文元。韻部遠近及對應關係與江氏一致。江氏陰入一部，共二十一部。排除入聲的不同，周氏實際上僅比江氏多了微（物）部。事實上，他們各部所轄的中古韻也略有不同，茲羅列如下：

表22：江有誥與周祖謨的古韻分部

韻部名稱	江有誥	周祖謨	
之部	之咍、灰尤脂屋三分之一、厚少數、職德、皆怪少數、麥少數	之、咍灰皆尤侯脂部分、軫韻敏字	德職、屋麥部分
幽部	尤幽、蕭肴豪沃之半、屋覺錫三分之一、厚少數、宵侯脂虞少數	幽尤、豪蕭肴宵侯脂部分、虞韻孚字	沃覺屋錫部分
宵部	宵、蕭肴豪沃藥鐸之半、錫覺三分之一	豪蕭宵肴部分	鐸錫覺藥沃部分
侯部	侯燭、虞之半、屋覺三分之一、尤少數	侯虞部分	屋、覺燭部分、遇韻疂字
魚部	魚模陌、虞麻鐸藥麥昔之半	模魚、虞麻部分	陌、鐸藥錫麥部分
歌部	歌戈、麻之半、支三分之一、至少數	歌戈、支麻部分、至韻地字	
支部	佳、齊麥昔之半、支錫三分之一、祭少數、陌少數	佳、齊支部分、祭韻掜字	錫麥昔部分
脂部	脂微皆灰、質術櫛物迄沒屑、支三分之一、齊黠之半、咍果少數	脂皆齊支部分；微、咍灰脂皆支部分、果韻火字	質櫛、至霽術屑部分；沒迄物、質術部分
祭部	祭泰夬廢、月曷末鎋薛、黠之半、至怪霽屑少數	祭泰夬廢、怪霽至部分	曷末黠鎋月薛、屑部分

元部	元寒桓刪山僊、先三分之一、<u>眞薺廢賄少數</u>	寒桓刪元仙、山先部分
文部	文殷魂痕、諄之半、眞三分之一、臻少數、山仙先微少數	痕魂殷文、眞諄臻先仙山部分、微尾<u>霽韻若干字</u>
眞部	眞臻先、諄之半、<u>清青少數</u>、蒸少數	仙先眞諄臻部分、青<u>勁映</u>蒸韻若干字
耕部	耕清青、庚之半	清青耕、庚部分
陽部	陽唐、庚之半	陽唐、庚部分
東部	鍾江、東之半	腫、東江部分
冬部	冬、東之半、鍾江少數	冬、江東部分
蒸部	蒸登、東少數	登蒸、東部分
侵部	侵覃、咸凡之半、談銜<u>鹽</u>桥少數、東少數	覃侵凡、談添部分、東韻風字
談部	談鹽添嚴銜、咸凡之半、銜少數	談覃咸銜鹽、添部分
葉部	葉<u>帖</u>業狎乏、<u>盇洽之半</u>	葉狎業
緝部	緝合、盇洽之半	合洽緝葉

江氏所轄韻據《諧聲表》每部前的說明及陳瑤玲《江有誥音學研究》（1999）的補充，周氏據《詩經韻字表》每部皆有說明，二人不同的部分均以下劃線標註。

二者聲符的不同有一些是由於韻部所轄中古韻的不同造成的。

江氏《諧聲表》收 1139 個聲符，周氏《諧聲表》收聲符 1243 個。

江氏與周氏在分部上的不同主要為：

1、周氏將江氏的脂部區分為脂微兩部

有清一代的古韻分部，江氏是集大成者。其後，只有王力先生補充區別脂部與微部。王力認為脂部包括《廣韻》的齊韻字，微部包括《廣韻》的微灰咍三部字，《廣韻》的脂皆二韻是上古脂微兩部的雜居之地，脂皆的開口呼在上古屬脂部，脂皆的合口呼在上古屬微部。周氏的脂微部也謹守這一界限。「褢」，中古屬皆韻合口，江氏歸脂部，周氏歸微部。「惠」聲，中古屬霽韻合口，江氏歸脂部，周氏亦歸脂部。

2、周氏將入聲從陰聲韻部獨立出來

如果展轉孳生的聲符與最初聲符陰入不一致，周氏也將他們單獨羅列，歸入入聲韻部。江氏與周氏主要根據諧聲字的中古音韻地位推斷其上古聲調，因此陰聲與入聲的界限二人一致，如「列」、「癹」、「舌」、「崇」、「敝」、

「計」、「悉」、「頁」、「衛」、「徹」、「設」、「劣」、「別」。以脂微祭部爲例，只有「寱」，中古去入兩讀，江氏入脂部去聲，周氏入脂部入聲（質）。王力等學者認爲陰聲韻爲開音節，入聲有塞音韻尾，因此獨立入聲韻部，而李方桂等學者認爲陰入皆有塞音韻尾，只是清濁的區別，因此未獨立入聲。不過既然陰入要分別擬音，那麼入聲韻部是否獨立也不那麼重要了。

二、「諧聲表」的原則體例之差異

我們認爲，江有誥與周祖謨「諧聲表」在選字、聲符分析、古文的認識等原則方面存在如下不同。

1、對次級聲符的看法不同

周祖謨的原則是：如果詩韻中出現，且該韻字的聲符沒有其他諧聲字爲韻字，則列出此字，如「矜」。如果詩韻中出現，該韻字的聲符又有其他諧聲字爲韻字，則列出該韻字的聲符，如「丮」、「辛」、「年」、「眞」、「辰」、「囷」、「分」、「云」、「矞」、「亘」、「文」、「厂」。但是不會繼續追究該聲符的聲符，如「裘」從「求」聲，江氏收「求」聲，周氏收「裘」聲。「憲」從「害」聲，江氏收「害」聲，周氏收「憲」聲。個別聲符後括號中的字爲詩經韻字或其他先秦典籍常用字，如周氏收「古」（「固」、「苦」、「胡」、「辜」）。

2、對《說文》分析字形和省聲的認識不同

周祖謨嚴格判斷《說文》認定的聲符，愼重對待省聲。「奔」，《說文》：「從夭，賁省聲。」《說文》有誤，金文從「走」字初文。周氏「奔」入文部，正確。「豈」，《說文》：「從豆，微省聲。」周氏未收「微」聲，收「豈」聲。「季」，《說文》：「從子，從稚省，稚亦聲。」周氏收「季」聲。「舝」，《說文》：「從舛，萬省聲。」周氏收「舝」聲。而古文字的研究成果確實證明了這些省聲的說法是錯誤的。周氏對於省聲也並非一味排斥，也接納一些省聲的說法，如「段」，《說文》：「從殳，耑省聲。」周氏元部收「耑」。「褱」，《說文》：「從衣，寒省聲。」周氏元部收「寒」。個別聲符江氏將會意改爲兼形聲，周氏從大徐本《說文》，如「矞」，《說文》：「從矛，從冏。」江氏以「冏」亦聲，收「冏」聲，周氏收「矞」聲。如「仁」，《說文》：「從人，從二。」江氏以「人」亦聲，收「人」，周氏收「仁」。「殷」，《說文》：「從𣪊，從殳。」江氏以「𣪊」

亦聲,收「月」,周氏收「殷」。周氏也有個別從江氏將會意改為兼形聲的例子,如「貫」,《說文》:「从毋、貝。」江氏周氏元部皆收「毋」聲。

3、對古文籀文等的認識不同

周祖謨不收古文,如「太」為「泰」之古文,周氏未收。「豪」為「魅」之古文,周氏亦未收。把古文、籀文改為常用字,如江氏收「捧」,周氏改為「拜」。江氏收「蠿」,周氏改為「絕」。江氏收「劂」,周氏增收其籀文「兌」。

4、選擇聲符的範圍不同

周祖謨盡可能的收集先秦韻文所涉及的聲符,較段玉裁和江有誥更全面。段氏收錄、江氏未收的聲符,周氏補充,如「亶」、「番」、「箅」、「兔」、「蠋」。江氏收錄、段氏未收的聲符,周氏也補充上,如「尹」、「疢」、「尊」、「本」、「便」、「冤」、「穿」、「金」、「萑」、「縣」。而這些補充是以《詩經》或其他先秦典籍是否常見為依據的。一些段氏未收的聲符,先秦典籍少見或多用作造字部件不單獨使用,江氏僅據《說文》補充,以其中古的讀音判斷歸部。這樣的聲符周氏不收,樣的聲符周氏不收,如「旻」、「卟」、「乀」、「少」、「联」、「叚」、「咅」、「夊」、「丨」。一些段氏未收的聲符,《詩經》收錄或其他先秦典籍常用,江氏據《說文》補充,以其中古的讀音判斷歸部,周氏加以收錄,如「開」、「卉」、「寚」、「悉」、「衛」、「贅」、「閉」、「計」、「設」、「劣」、「刷」、「子」。也有個別聲符,如「宀」,只做造字部件,周氏亦從江氏收錄,有誤。

三、「諧聲表」的聲符歸部之差異

比較江氏和周氏的《諧聲表》只有十四個聲符涉及到二人聲符歸部的實質差異。

古音研究的材料以詩韻、諧聲、通假、同源詞、漢藏語等等為據。一些聲符歸部眾說紛紜,原因多在於不同材料顯示的現象不同。從二人的證據分析中,我們也可以看出他們對於不同性質材料的取捨。

個別聲符由於其諧聲字的中古讀音在上古分散在不同韻部,利用語音的系統性很難判斷其歸屬。例如「盍」聲:「蓋」從「盍」得聲,中古屬盍、泰韻,江氏據泰韻入祭部,周氏據盍韻入盍部。「尹」聲:余準切,中古屬準韻,準韻上古眞部、文部皆有收錄,江氏入眞部,周氏入文部。「典」聲:「典」聲字中

古屬銑韻，銑韻上古文部、元部皆有收錄，周氏入文部，江氏入元部。

　　聲符和諧聲字的中古讀音按照語音的系統性應當歸入不同韻部的時候，江氏多以其諧聲字的讀音爲準，周氏以其聲符的讀音，或聲符的通假材料爲準。例如「八」聲：江氏以「肎」、「穴」從「八」聲入脂部，周氏以「八」、「別」通用入月部：

　　　　八字江有誥歸入脂部入聲，與王念孫同。案別字古文作仈從八，

　　別字即入本部，則八字亦當列此。說文肎穴二字皆作八聲，不可從。

　　工江兩家肎穴二字均歸質部，故八與肎穴同部。〔註21〕

　　「宀」聲：江氏入脂部，周氏以「宀」、「幎」異體，「幎」中古爲錫韻而入錫部，江氏歸脂部的原因不詳，其脂部收一些中古支韻字。「市」聲：諧聲字中古屬泰、隊、廢等韻，據此江氏入祭部，「市」聲中古屬物韻，周氏入物部。「剴」聲：「薊」從「剴」得聲，江氏以「薊」屬霽韻入脂部，周氏以「剴」屬屑韻入月部。也存在相反的例子，如「舜」：昌兖切，中古屬獮韻，「舜」從「舛」得聲，中古屬稕韻。江氏據獮韻入元部，周氏據稕韻入文部。

　　詩韻和諧聲衝突的時候，很難看出二人特別的傾向。例如「執」聲：「執」聲字中古屬祭、紐、震、至、怗、槃、槩韻，周氏據此入脂部，〈天問〉、〈高唐賦〉中與祭部字押韻，江氏據此入祭部。「危」聲：江氏以其諧聲字中古屬支、灰、紙、賄、寘、至、旨韻入脂部，周氏據《尚書》、《文子》等押韻材料入歌部。「徙」聲：其諧聲字中古屬紙、支、皆、蟹、寘韻，周氏據此入支部，《韓非子‧楊權篇》、《荀子‧成相篇》、《逸周書‧周祝解》徙與歌部字押韻，江氏據此入歌部。「加」聲：「加」聲字「茄嘉枷賀痂駕契」中古屬麻、箇、禡、戈韻，周氏據此入魚部，江氏據〈破斧〉、〈抑〉、〈賓之初筵〉等韻文入歌部；

　　另外，「矢」周氏入職部，「芙」、「雉」、「殴」、「鱻」中古屬旨、祭韻，江氏據諧聲入脂部無誤，未知周氏所據。還有「命」聲，眉病切，中古屬映韻，典籍中多與「令」通假，《象‧下傳革》、《象‧下傳晉》皆與耕部字押韻。「令」江氏眞耕兩部兼收，因此江氏據此眞耕兩收「命」。而周氏「令」亦眞

〔註21〕周祖謨《周祖謨學術論著自選集‧詩經古韻部諧聲聲旁表》，北京：北京師範學院
　　　　出版社，1993 年，頁 89。

耕兩收，「命」與「令」通，僅眞部收「命」。

四、餘 論

在比較周氏與江氏《諧聲表》原則、個別聲符的歸部差別基礎上，我們認爲，二人仍存在如下的特點、優勢與失誤。因不能歸結爲二人的主要差別，所以用「餘論」概括之。

1、分析字形方面二人皆有疏失

江氏對於聲符的判定主要根據《說文》，周氏依據古文字材料糾正江氏對於聲符的錯誤判斷，如「爾」、「丿」、「弟」、「曳」、「豙」、「戍」、「晶」。然而周氏對聲符的認識並非一味反對說文，也有支持江氏和《說文》的。如「殹」，《說文》：「从殳，医聲。」江氏周氏皆收「医」聲，可見周氏經過了一番愼重的思考。周氏認定聲符有誤的例子，如「豳」，《說文》：「从豩从山。」金文从豩从火，「火」後譌變爲「豩」，周氏江氏皆收「豩」聲有誤。「言」，《說文》：「从口，辛聲。」甲骨文從舌從一，爲言語出於舌之意，周氏江氏皆收「辛」聲有誤。

2、江氏《諧聲表》忽略了最初聲符與次級聲符不同部的現象

江氏《諧聲表》最明顯的問題在於最初的聲符和展轉孳生的聲符有一些並非同部，但是按照江氏全部歸入最初聲符的作法，這些不同部的現象就被完全忽略了。前文的討論說明，周氏《諧聲表》選擇聲符的第一條原則解決了江氏的這一問題：盡可能的追溯到最初聲符，但是又收錄不同部的展轉孳生的聲符。例如，江氏幽部入聲收「肉」，周氏宵部收「䍃」，覺部收「育」、「肉」；江氏之部收「不」，周氏之部收「不」，之部、侯部兼收「音」；江氏眞部收「天」，周氏眞部收「天」，談部收「忝」；江氏眞部收「音」，周氏眞部收「因」，文部收「恩」；

3、周氏《諧聲表》以附註的形式給出證據和諸家觀點

周氏《諧聲表》在一些聲符後給出韻字，且在每部後加附註，給出證據和諸家觀點，便於查考。如文部下附註：

（1）電聲兼收耕部（2）夽字當與侎字同音，《廣韻》證韻音以證切。（3）乃聲兼收之部。

4、周氏在聲符來源方面的認識略勝一籌

周氏所收聲符涵蓋段氏江氏的《諧聲表》，且都經過辨別，刪去重複的古文異體，以先秦典籍為依據選擇常用字，比段江收字更全，更可靠。具體例證見前文。

5、周氏《諧聲表》的失誤

各部聲符的收字和歸部上，周氏也存在失誤：江氏脂部收「匕」、「比」，周氏收「旨」、「比」、「稽」，「旨」從「匕」聲。周氏失收「匕」聲，江氏和王氏《詩經韻讀》「匕」均入韻。江氏祭部收「薎」聲，周氏月部收「首」聲（薎），而「首」非從「薎」聲，未知周氏所據。又如「冀」聲，我們認為當歸微部，江氏周氏皆歸脂部。「羴」、「叡」江氏皆收，周氏亦收，我們認為先秦並不常用，應當刪去。周氏失收「局」聲，江氏入侯部，江氏和王氏《詩經韻讀》「局」均入韻。

第四節　江有誥《諧聲表》與董同龢《諧聲表》的比較

我們在緒論中已經談到，董同龢先生的古音成就與諧聲研究密不可分，無論是古韻分部還是上古聲母的構擬都建立在他對於形聲字的熟練掌握上。董同龢《漢語音韻學》前列「諧聲表」，我們暫命名為《諧聲表》。從董同龢《諧聲表》各部的歸字和聲符選擇上即可看出其與江有誥《諧聲表》的傳承關係。周法高先生談到董同龢的古韻成就時曾指出：

> 董同龢的分部，大體根據江有誥，只是脂微分部是根據王力的
>
> 說法的。〔註22〕

下面我們從幾個方面比較江氏與董氏《諧聲表》的異同，以利深入認識董同龢的諧聲與古音研究成就。

我們以董同龢《漢語音韻學》為據，同時參考《上古音韻表稿》。

董氏《諧聲表》前有言：「古韻分部的工作，到王念孫與江有誥可以說是大體完成。江氏的朋友夏炘作《古韻表集說》，則是清儒成績的總表現。後來再經過章炳麟、王力與本人的補苴，古韻分部的最後結果如下。」〔註23〕這裡的「章

〔註22〕周法高《中國語文學論文集·論上古音》，臺北：聯經出版事業公司，1975年，頁35。
〔註23〕董同龢《漢語音韻學》，北京：中華書局，2001年，頁245。

炳麟、王力與本人的補苴」指的是劃定脂微部的界限。除脂微部外，經過我們的比對，「之幽侯魚祭文耕東中侵談緝」部兩人完全一致。「宵佳歌元眞耕陽蒸葉」各部董氏都有一兩個聲符的更動，或刪減或更改或補充。

董氏《諧聲表》與江氏《諧聲表》的體例亦無二致：董氏《諧聲表》收1137個聲符，較江氏少2個；分部二十二，較江氏多微部；把江氏支部改名爲佳部，江氏「魚歌支」的順序變爲「魚佳歌」；聲符均以《說文》中最初的聲符爲主，不列其後輾轉滋生的諧聲偏旁（如王氏脂部列「匕」聲、「旨」聲、「耆」聲，董氏僅列「匕」聲）；江氏所列重文異體字少有更動；刪去江氏所列注音；諧聲偏旁依舊按照平上去入的順序排列。

一、董同龢的脂微部與江有誥脂部的關係

二人最大的不同即在脂微部聲符的歸部上，從此處亦可看出董氏歸部的標準和根據。因此，我們將論述的重點放到董氏《諧聲表》「脂」、「微」部與江氏《諧聲表》「脂」部的不同上。

江氏的脂部（脂微皆灰、質術櫛物迄沒屑、支三分之一、齊點之半）董氏分爲脂部（皆脂齊支、點櫛質屑術），如「厶」、「示」、「比」、「匕」、「氐」，與微部（咍皆脂微灰戈支、沒點質迄術物），如「巍」、「叟」、「褢」、「隹」、「毇」。脂微部的分野與王氏基本一致，可以看出，董氏脂微部是以江氏脂部爲基礎，參考王氏的分部標準劃分的。

董氏對江氏的修改主要在以下幾個方面：

1、修正重文古文

江氏《諧聲表》收「皋」，未收「罪」。「罪」、「皋」本爲異體，傳世典籍中「罪」更常用，董氏因此改「皋」爲「罪」。又如江氏從段氏，收「㓞」（「利」之古文），不收「利」，董氏直接改爲「利」。

2、增加歸部不同的孳生聲符

如江氏脂部無「犀」聲，他嚴格遵照《說文》以「犀」從「尾」聲的說法，將「犀」歸入「尾」聲，屬脂部，而董氏從王氏脂部收「尾」聲，微部收「犀」聲。無論從「犀」、「尾」諧聲字的中古讀音還是出土文獻的通假字看來，董氏王氏的作法都是正確的。

3、據王氏補充失收聲符

江氏未收「季」聲，而《詩經》中多次以「季」聲字作爲韻腳，因此董氏將其歸入脂部，與王氏歸質部實際上一致的。

二人的聲符標準不同，江氏《諧聲表》脂部收「臾」，董氏微部收「臾」、「貴」，《說文》以「貴」從「臾」聲。實際上，「貴」所從的「臾」與須臾之「臾」非一字，二者容易混淆。董氏以「貴」非從「臾」聲，因此另外單列「貴」聲。部分聲符改爲兩部兼收：如江氏「盍」聲入祭部，董氏改爲從王氏，祭部葉部兩收。

雖然脂微部的界限董同龢先生基本與王力先生一致，但是仍有一些不同是我們需要指出的，也就是董氏所謂「本人補苴」的部分：

1、聲符選擇的範圍仍參考江有誥

不收王氏補充的聲符。《論語・微子》「突」入韻，江有誥《群經韻讀》認爲屬脂部，《諧聲表》失收，王力補入，董氏卻未收入。《國語・晉語・國人誦》「妃」入韻，江氏董氏脂部未收，《說文》以「妃」從「己」聲，江氏董氏亦未收「己」聲，江有誥《群經韻讀》認爲屬脂部，《諧聲表》失收，王力補入，董氏亦未收入。

部分聲符江氏收錄，王氏刪去，董氏從江氏。如「乁」，江氏據《說文》收入，典籍並不常用，董氏據其中古讀音歸入微部。如「㲋」，爲「魅」之異體，董氏據此歸入微部，王氏刪去。又如江氏脂部的「乖」聲，董氏據其中古音入微部，王氏未收。

2、個別聲符歸部不同

如江氏脂部收「開」聲，中古屬咍韻，王氏入脂部，董氏入微部，從語音的系統性來講董氏無疑是對的。江氏脂部收「乙」聲，王氏據韻文和中古讀音歸入質部（脂部），董氏以「乙」、「一」二字重紐歸入微部。「夔」聲江氏董氏入脂部，王氏以其中古爲脂韻合口字入微部。又如「八」聲，《說文》以「穴」、「𦣞」爲「八」聲字，江氏董氏據此歸入脂部，王氏以「八」爲合口歸物部（微部）。此聲，其諧聲字在中古屬紙、支、薺、眞、怪、佳、卦、夬等韻，江氏董氏據詩韻歸支部，而王氏據其中古讀音歸脂部。

二、董同龢《諧聲表》的優勢與不足

下面簡單指出董同龢《諧聲表》的優勢與不足。其優勢在於如下幾個方面。

江氏聲符傾向於選擇古文籀文，如「旡」、「臂」、「屄」、「粊」，董氏一律改為通用的隸書「无」、「胃」、「尾」「癸」，或改為常用字，如「皋」改為「罪」；江氏《諧聲表》以最初的聲符為主，不列其後展轉孳生的次級聲符，這樣很難顯示語音的變化，董氏參考王氏周氏等人的《諧聲表》據以補充；同時，有一些聲符，如「盍」從諧聲時代到詩經時代，語音也發生了變化，董氏兩收，在一定程度上反應了語音的變化；基本上按照語音的系統性來分別脂微部，為韻部的劃分提供了良好的範本。

當然，董氏《諧聲表》也存在如下幾方面不足。

1、字形誤析

未詳細分析諧聲字的聲符和構形，對於諧聲的認識盲目跟從江有誥，導致未能糾正江氏的一些錯誤和缺陷：如江氏、董氏脂部收「丿」聲，《說文》以「弟」、「曳」、「系」從「丿」聲，然而經過我們的論證，「弟」、「曳」、「系」皆不從「丿」聲，「弟」歸脂部，「曳」歸祭部，「系」歸支部，王氏的作法正確。

2、未修改江氏錯誤的聲符歸部

董氏對於江氏的歸部少有更動，但是其中一些聲符的歸屬是需要重新考慮的：如「執」聲江氏、董氏入祭部，王氏〈古韻脂微質物月五部的分野〉中「摯」聲入質部（脂部），《詩經韻讀·諧聲表》緝部收「執」聲，月部收「摯」聲、「贄」聲、「鷙」聲。前文我們分析過，「執」聲中古屬祭、緝、震、至、帖、橋、葉韻，單據其中古讀音將其歸入祭部、脂部還是緝部都不合適，詩韻、諧聲、通假都顯示了不一樣的韻部歸屬。從諧聲時代到詩經時代，「執」聲字語音發生了變化，[-p]尾變為[-t]尾，在詩經時代，「執」聲應讀為脂部入聲。又如江氏董氏脂部收「一」聲，王氏物部收「聿」聲，《說文》以「聿」從「一」聲，然而從詩韻、通假和語音的系統性來講，「一」（「聿」、「律」）都應歸入微部入聲。

3、聲符的選擇標準不合適

部分先秦入韻的聲符江氏失收，王氏補入，董氏僅收錄詩韻中出現的，未

收先秦其他典籍中的入韻字，而這些常用字應當據此補入，如「突」、「妃」等；而另外一些不常用的聲符，董氏照錄江氏，未作刪改，如「乀」、「豙」。

4、個別聲符的歸部需調整

一些諧聲字的中古讀音往往在上古出現兩部皆可的情況，董氏的作法一般是以聲符的讀音爲主考慮歸部，然而如果考慮到詩韻和通假現象，以及所諧字的中古讀音，這樣的作法就顯得不妥了。如「彗」聲字中古屬霽、齊、祭韻，跨上古脂祭兩部，董氏從江氏據中古讀音「彗」聲入祭部，王氏則將「彗」聲入質部，同時以彗、惠通假，「惠」入質部爲據。

同時，董氏的一些改動也是不妥的：如江氏脂部收「危」聲，支部收「产」聲，董氏改爲佳部（支）收「产」聲，與王氏同，但是我們在後文通過通假字和押韻的分析看來，「危」應該歸微部。

第五節　諸家異同的聲符

在本節，我們僅列舉諸家異同的聲符，在下一節詳細分析諸家不同的聲符以及各聲符的歸部。

一、江有誥與段玉裁異同的聲符

在這一部分，我們羅列段玉裁與江有誥對應的韻部中相同的聲符，並統計各部聲符總數及相同聲符的數量。

（一）江有誥與段玉裁相同的聲符

之部（段氏共 117 字，江氏共 89 字，其中 76 字相同）：絲里来其臣龜产又某丌㞢才母佩久臺疑亥牛茲不巛辭司采宰啚止巳己耳士喜負婦異北戠啻直圣弋則革或息亟力棘嗇匿畟色仄矢㞋麥克伏畐畐子意再思而甾郵史丘戒葡黑牧茍𡕍敇卓兆勺貌囂

宵部（段氏共 53 字，江氏共 58 字，其中 35 字相同）：毛樂喿小㷊㬥夭勞龠翟爵交虐高刀苗爻𠦒巢弔盜隺弱皃梟號了叐皀少

幽部（段氏共 151 字，江氏共 101 字，其中 84 字相同）：九州求流休舟悳汙㬎㚻夲舀彭卯丣周矛㲋孚酉酋夋牢爪叉丩囚冃好老牡雔帚㿟百守𠦃皀𢍃缶由丑丂簋劉肘受棗韭咎𦫳夰鳥六肅尗翏臭冃報戊孝竹肉告佰奧逐㬧飄目畜

獸祝秀丝匊手臼保㒒毒夒夙攸

侯部（段氏 42 字，江氏 61 字，其中相同 31 字）：婁朱禺區几需須芻后取後臾口㫗付㝁、斗冓豆具屚寇豈奏斗句侯俞晝壴

魚部（段氏 141 字，江氏 100 字，其中相同 87 字）：且亏夫牙車巴吳虍古居瓜烏於與卸躲亞魚舍睸襾𪉑巨圖乎土巫石馬呂鹵下女処兆雨予午戶鼠禹鼓蒦寡蠱凵咢谷鄗倝乇炙白壑㫗霏辵夕各䨻舄隻父叚素庶乍赤亦睪無旅夏武尺赫五圂壺峇舁莫若屰宁

蒸部（段氏 30 字，江氏 26 字，其中 21 相同字）：蠅弓曾升雁興徵厷夂登爯瞢夌朋恆丞登𠬞奱承兢

侵部（段氏 82 字，江氏侵部 23 字、緝部 18 字，其中 32 相同字）：咸林心今凡羊琴彡甚先㑴突壬品三亩審男咠及立㬎合邑雧入十習龖廿音

談部（段氏 38 字，江氏談部 27，葉部 23 字，其中相同 24 字）：臽炎燄广詹斬毚甘奄妾枼涉瀳業巤耴夾𦐇西市欠敢甲疌曄

東部（段氏 55 字，江氏東部 27 字，冬部 13 字，其中相同 29 字）：東公丰从同邕容充雙凶嵩豐尨冢茸竦中蟲夆農宋宗眾囪封送冢共冬戎

陽部（段氏 87 字，江氏 55 字，其中相同 48 字）：王行㞷昜爿永亢㒄京羊㲋庚㿝強兄桑爽刅彭央昌囧倉相亯向象皿慶丙量羹誩香弜秉亞啚竝允方网匚兵卬亡朙上

耕部（段氏 41 字，江氏 31 字，其中相同 23 字）：井熒丁正生盈鳴殸鼎名平盜甹敬爭頃开霝耿冂甹晶壬省

眞部（段氏 61 字，江氏 37 字，其中相同 29 字）：人粦丏𠕁身旬信辛天田因命眞勻㔾闈扁臣民玄引令佞印秦寅千𢆉電

文部（段氏 69 字，江氏 57 字，相同 40 字）：先春壼軍熏豚寸相巾侖堇文豩斤昷盾㐱飧筋蚰䍃乚圂刃

元部（段氏 134 字，江氏 114 字，相同 80 字）：班燕𢍰𠁽山丹半耑丸官算難肩面辛延㔭叀釆厂旦泉䜌𡈼爰反閒亘見連𩰢夗く干㬒安㫃奴曼柬吅奐弁丗𢍏閑廛焉縣元肙戔憲柀楙㪉䌛虔䜌姦般贊祘彖㕣建刪片雋扶斷犬華莧鮮贏卵䜌次煩衍卝

脂部（段氏 251 字，江氏脂部 138 字、祭部 80 字，脂部 98、祭部 55 相同字）：畾妻飛皆㿝厶衣裛綏几禾散囗幾隹夷匕𠬝虫犀𩙿㡀夂威比米臯委回尸

毀豊夗美火水矢二棄四豕惠位率出內孛弗叟衰肥朮叡医由骨尒鬼示非畏矤帥戾祟器隶鬱配繼伊自㕯勿厶氐未凷類兀屁希敫臾犮貝乂砅丯折帶威豩大介伐乚乑月舌最奪臬利竄末夬會巜剌乙祉劂掔市彗杀祭兌外世寽尚𠂢桀毳篳夕吠屮戌亅截夂捧白枚履癸兕旡气肆胃耒尉對復欸叕蠇匄离朩卒

支部（段氏 71 字，江氏 49 字，其中相同 37 字）：支知卑斯乁圭戹兒規兮只鷈益易析朿辟鬲嗇狊解㢀狄秝畫𠂢冊糸巂是匚厂買危毄繫

歌部（段氏 65 字，江氏 38 字，其中相同 28 字）：它冎為⼹离也加多麻我罷𠂹吹沙瓦禾果朵貨惢臥戈羸𠂦七坐𠂇義

（二）江有誥與段玉裁不同的聲符

下面分以段玉裁古十七部羅列兩家不同的聲符。

之部：（段氏）台枲貍犛有尤右辺事蚩市𢦏在式能矣茲富丕甾友否音齒寺時吏畀緥舊乃食備賊或防塞服㝵得墨；（江氏）箕醫辝裘灰臼毒亼𢡃亟寔𢽟圝

宵部（段氏）：澡丿麃芙喬召到岳要𧗾季教繫堯暴号；（江氏）：県垚猋耆幺隻黽斡料叏表庫糾淼杳窅㿟𡿺鬧敫爵雀

幽部（段氏）厹尻叁竈憂游攸條修脩戚秋𤇾留柔孜包匋焦穛翯壽幽蚤收冒頁收冒頁道宂考叔臼草旲谷角族屋獄哭足朿軟學簕復育垌賣辱蓐曲玉吉㱿蜀木珏录㯥菐豕卜攴局鹿禿；（江氏）攸勹彪卣麀牟蒐牖帚討采幼𣪊就㚖鬻昱

侯部（段氏）：𧢲廚蓲殳冣聚侮厚府主斲；（江氏）：毋兜乳𤓰戍界孜㔷谷𠕎族屋獄足朿賣辱凵玉蜀木彔㯥菐豕卜局鹿禿

魚部（段氏）：沮者奢甫専浦雩蒦夸雩瓠豭家慮盧虘虐洛路与御去惡鱟穌余涂瞿賈度席椉奴母吾許雇黍鼓魯豦庐朔兔擇卻百𩫖帛措赦咢霸叒；（江氏）：𠬡殳初股普𦫿步互㲋矍𦘔虢

蒸部（段氏）：夢朕亙烝厶仍稱𡏳薆；（江氏）㲋凭乃亙

侵部（段氏）鹹覃念金酓欽歆風卒執南𢁚㲋朁錦任𢀖淫占黏玊參㘨𢦏㔾氾兼廉僉閃丙甛冄㝵弇猒厭戢溼亼隰拾𪓐叶聶燮劦協叐𣎵；侵部（江氏）冘会闖侵部（江氏）眔卒㳄皀沓軜

談部（段氏）：𠚗峪監鹽剡熊厭嚴𩏂盍籥沓冘；談部（江氏）：占𢦏兼僉猒甛芰马閃冄弇染夾叐凵丙；葉部（江氏）：燮聶嚞玊𣎵籥丰劫劦

東部（段氏）：躬宮重童龍降隆奉夆逢用甬庸㕣悤雝工巩空蒙匈兇㚇崇尨；東部（江氏）：叢𨠫孔宂𠦪；冬部（江氏）：船彤夂䝷

陽部（段氏）：衡匡往狂岡黃廣煬陽湯醬將臧放旁皇羕襄康唐鄉卿畺彊梁网兩尙堂孟叜章商亢喪長皀競黽；（江氏）：畕炗从丈杏竟望

耕部（段氏）：成庭廷呈戥戴青寧甯嬰冖冥鼏幵貞巠𠓗；（江氏）：睍嬴觪眚黽令敻命

眞部（段氏）：卂儿瀕丏賓甹亲新年陳仁顛訇進臤賢堅辡弦𧖴隶牽矜胤八佾穴匹必宓瑟盜晉實吉壹頡質七疐卩即節日疾㯃桼漆至室畢一乙血徹逸𢀖失𠛱𠙶（江氏）：𩔰㐀尹朩疢㬪奠聿

文部（段氏）：㫳昏㡉殷釁𧆞西垔免奔鰥鼖璊云彣吝閔豳典溫縕亹焚彬舛𢍏㥯隱㯻；（江氏）：𧖴屍㥼㒼𡙕月𠙶丨本允奮胤𧍠薦容困卂

元部（段氏）：專袁睘弄卷叩㖡屵彥雁鴈言𨘢歎𧝎展宣桓寬丱䜌宛岸旱罕宴匽晏𠃨亶雚單患夐貫番潘肰然完冠衍散潸樊獻羨段褰煩筭沿袞叕㒼㝵𡕧允闌蘭；（江氏）：𠷎㑴冤緜宀𢆉聯𦤻煩穿全萑𧇭𦨶叀衍舛侃免辡孨件㞋睿譱典𦳬㢸扇丱宦睿𦒍𠩺㳫𣄢

脂部（段氏）：歸私嵬貴眔視祁𢻹豈微韋崔唯隼尼旨耆犀底氐雈師皀𩁹罪回次利黎毀爾𨽍弟此既𡭗㤅㤅季采慧類厲曷𦍒㓞契害哲豖厥歲薉貰毆㓹癹發戉䀏㞘辥薛檗𣡽𪗉𡲬達秫㬅聿律乞系妃𦥑曳鼻㪿𡪢敝盍殺𣎆畀苜賴突曰軋𦥷𠢐稽𦥑𡴘；脂部（江氏）：累䕫𣎆危卟開豸𡴂閉計疐至冀𩕳悉𧰼八必實吉戥質七卩日㯃桼冖銍畢一血逸𢀖乙乀丿頁𠝣；祭部（江氏）：朩𢁾衛贅𠫓害拜太𣪠苜𡕝𡉀絕联𢇍𠭊盍𡳿徹設𠫔𠛱㕣孑𠯑𥃀

支部（段氏）：智氏祇疷虒佳奚鳺赲鼅厽絫豸麗𨯾帝啻適晳策速責刺鬲鷊鶪厄迹厤歷役鬩派𥿋；（江氏）：䤈𠂹此芈效启瑞囟彳𢎗𣏟夂

歌部（段氏）：沱佗咼過哥皮可何離地施池儀義嘉宜奇猗差靡羅罹詈羆垂化左陊隋墮隨和𥝌裸萑瑣融；（江氏）：虧那𠭯彖徙翟丽些戲叵

二、江有誥與王力異同的聲符

本節分爲兩部分，分別羅列王力與江有誥相同及相異的聲符。

（一）江有誥與王力相同的聲符

本節分部羅列王力與江有誥對應的韻部中相同的聲符，並統計各部聲符總數及相同聲符的數量。

之部（江氏共 89 字，王氏之部 64 字，王氏職部 40 字，其中相同 70 字）：

来其𠦪疑牛司里毋久已止亥不采宰畐巳士負婦子喜又佩辭臺㠯耳某才再息弋畐北戠直革或亟力棘匿畟色伏克異意仄絲茲而㞢郵吏甶恖臣裘丌龜犕啬則麥畟𤰈𢦔㒸

幽部（江氏 101 字，王氏幽部 81 字，王氏覺部 25 字，相同 74 字）：奥報叟州求流休舟周矛孚牢丩囚雔由彪丣缶爪好手牡帚守丑丂簋肘受棗韭咎鳥牖討翏臭戊幼秀獸牟蒐舀酉麀六肅畜祝匊肉目竹逐𠦬昱告就丣攸雙簪孝𥄉皀老𠂤柔𠀠鬻

宵部（江氏共 58 字，王氏宵部 48 字，王氏藥部 28 字，相同 42 字）：毛勞交高刀苗爻巢梟焱幺料小夭了杳少喿盜號樂龠翟隺弱敫虐雀𨇨𩋾庳㬥㲋兆㚏卌顡㬥勺𠂤爵丵

侯部（江氏共 61 字，王氏侯部 31 字，王氏屋部 22 字，相同 48 字）：朱區需芻臾婁兜須取乳后後口斗禺付冓豆扇寇鬥匧谷族屋獄足束辱玉蜀木彔豕卜局鹿禿俞句矦晝㚔業賣𠙴㑹

魚部（江氏共 100 字，王氏魚部 67 字，王氏鐸部 38 字，相同 83 字）：且夫瓜巴吳麤叚車烏於魚圖乎巫居初古與巨土呂鹵女処羽鼓股雨予午戶鼠禹寡蠱步咢舍睭亙亞各夕石舄隻谷乇炙白壑矍虢馬丅乆逢夒𡘋亐𢍏㇉霖旅圂牙壺普㮚躲庶𠤎索交𡕥㠯戟鄗昔霍睪夾若

歌部（江氏共 38 字，王氏歌部 55 字，相同 23 字）：它爲离加多麻吹沙禾戈我罷瓦果朵惢也臥丽垔义

支部（江氏共 49 字，王氏支部 24 字，王氏錫部 23 字，相同 32 字）：兮支知卑斯圭卮兒規醯巂是只鬳解買系瑞+易朿畫𠂢益析辟鬲狄彳册狊𠂆臂

脂部（江氏共 137 字，王氏脂部 49 字、質部 56 字、微部 44 字、物部 33 字相同 69 字）：妻皆夷尸卟几氐㡀比米豊美矢豕匕示二兕必實吉戥質七日桼畢一血器四計隶繼自疐至𧖬𢻱肥衣褱非隹累威回鬼火水幾术出兀弗勿八帥鬱𣎵舛𣎵履𠔉眉㯻屖𦘒夔㝵

祭部（江氏共 80 字，王氏月部 102 字，相同 39 字）：毳世介大帶貝最外吠乂夬月伐犮桀折舌絕臬㦰劣孑祭衛會兌刺臬䇠杀㕞利㩻𥸤𧖴欮𡕒𣏟㓹

元部（江氏共 114 字，王氏元部 132 字，相同 62 字）：鮮泉䜌爰閒連干安焉元㝵戔姦般刪緜聯穿全卵反夗柬𠕁侃旦彖扇奐弁縣憲贊建廛萑衍𤅩片宦鷊𥁕亘㠯𠘧𢏚𪓐官耑㝴𢍜斷𢇍𠦜圓縣𣎆閑見曼肩丹

文部（江氏共 57 字，王氏文部 80 字，相同 41 字）：昏辰困屯門分孫賁君員昆川存巾侖文斤昷殄筋盾本圂奮困刃堇胤熏允艮寸先春軍糞尊壼濬薦豚

眞部（江氏共 37 字，王氏眞部 48 字，相同 30 字）：人身旬辛天令因眞勻臣丏扁引尹信命印佞奠闔民玄疢千申粦晉秦頻寅

耕部（江氏共 31 字，王氏耕部 45 字，相同 18 字）：熒丁生盈鳴名平甹爭嬴晶鼎頃耿正敬幸井

陽部（江氏共 55 字，王氏陽部 57 字，相同 45 字）：王昜爿方亢京庚強兄桑彭央昌倉相慶量羹明网爽囧象皿丙秉丈杏向竟望罾兵光羊襄上永亨卬尪亡黃香竝

東部（江氏 27 字，王氏東部 31 字，相同 24 字）：東公丰同邕豐叢从容凶充茸雙嵩尨孔竦封舂囪送弄冢共

冬部（江氏共 13 字，王氏冬部 13 字，相同 11 字）：中蟲宗彤夅宋躬戎冬農㲋

蒸部（江氏共 26 字，王氏蒸部 25 字，相同 18 字）：蠅弓曾雁興徵爯瞢朋升夌登乘丞承朕兢冰

侵部（江氏共 23 字，王氏侵部 47 字，相同 15 字）：冘咸林心今凡男琴壬三甚品審侵音

談部（江氏共 27 字，王氏談部 31 字，相同 18 字）：炎占兼僉甘詹毚芰閃臽奄弇染甜敢欠冉斬

葉部（江氏共 23 字，王氏盍部 22 字，相同 15 字）：妾涉業燮聶夾曷臿劦疌曄甲法乏劫

緝部（江氏共 18 字，王氏緝部 26 字，相同 12 字）：罡咠及立邑入十習合沓軜集

（二）江有誥與王力不同的聲符

我們分部羅列兩者不同的聲符，江氏陰入同部，對應王氏陰聲與入聲韻部。

之部（江氏）：箕丌醫巛辤灰再葡毒䋣厶圣㻏寏矢㐭苟啻意；之部（王氏）：台有尤右事蚩市戋在能矣丕友否音齒寺吏舊乃怪〔註 24〕；職部（王氏）：式刻

〔註 24〕怪聲依語音系統應入物部，但《楚辭・九章・懷沙》協「怪」「態」，〈遠遊〉協「怪」「來」，故段玉裁歸之部。

食備賊或塞得墨弌飾臘德

　　幽部（江氏）：悬汙夲彡勹酋釆絲劉卥憂叐九叉百年艸夼冃釆叝冃報飜未曰夃俰；幽部（王氏）：憂斿條修蕭椒留柔敉包匋幽蚤收冒道鴇考臼昊廄褒焦薅壽；部（王氏）：憂斿條修蕭椒留柔敉包匋幽蚤收冒道鴇考臼昊廄褒焦薅壽；五覺部（王氏）：學覺叔敭戚迪育

　　宵部（江氏）：梟垚䜌隹叟叜㠯糾淼窅晶㡣兒鬧弔䨻；宵部（王氏）：肴教堯要麃尿腦肖笑到召羔敠黿喬杲䍃㣀敫傲；藥部（王氏）：約釣的皛竅激濯糴耀沃較蹻

　　侯部（江氏）：几毋青、瓜虖乇豆具戍鼻敄；侯部（王氏）：樹殳裕妖侮；屋部（土氏）：∅

　　魚部（江氏）：虍及疋殳凵兆舞卸兩莫㸚岙輦辵瓜龟蒦；魚部（王氏）：虎虞楚疏与吾莽家者去兔；鐸部（王氏）：惡度獲逆朔宅隙霸百咢橐

　　歌部（江氏）：瘑邢罵凷力徙羸午叵瞿七些戲匕彖；歌部（王氏）：義哥咼施移宜安羅羸瓜和黐科可奇左隋墮隨惰义靡摩化反波羆唾㢀炊罥䍐

　　支部（江氏）：乁夊㡀亡象此芈敥启丫厂囟糸卮秝毇林；支部（王氏）：氏庪多枲繇；錫部（王氏）：刺責策派脈麻厄擊益役

　　脂部（江氏）：飛白厶綏枝禾口希衰㡀危伊開犀畾豸虫辠委毇尒咼夊岜㡀閉戾秫希棄气尾霤惠未位得祟由尉對頪医內辠配白冀敊絫畏卒率由厷悉几亇䶱歸乙乁骨丿頁劍㼒；脂部（王氏）：旨遲伊稽笄啓犀弟黎尼耆師開雉敠私姊次貳細蠡祁爾彌匕；質部（王氏）：抑即節叱失逸乙疾匹㑧穴利戾棄季惠彗薊閉替屈翳鼻畀爾壹懿密謐瑟胅屑悉蟁關；微部（王氏）：微豈毀飛罪輩悲妃韋委魏歸追雷磊枚穨遺夬滙綏衰毅役魁希頎囘；物部（王氏）：率突聿戛既愛貴床位退頪內尉配遂喬骨气胃未祟對孛

　　祭部（江氏）：贅芮裔丐彗叀勾巜㞷砅竄叡戉首乚㝷截歺末寽歲屮聅丿乇址乒舌　□□取盍奪徹設术剌帀太；月部（王氏）：日粵蔑罰賴獺辢戉越昏闕㬎肺斾沛肘列薛孽蘗逝誓寽离雪戌歲蠘宷辥㸚刈勢熱肆贅鷙曳蔡察曷丐愒謁決快害割轄契絜㕟邁厲脆睿敗薛說閱脫達㡀怛

　　元部（江氏）：吏辛蜀䚂奴皿丹枻延次虔㣆冤宀鼻煩虤莫班羋厂玨〈放奐分犬雋扶舛免辡孨件反䜌讘典采䎟弜旻敊虜睿祘崗严㓕辈川；（王氏）：髟蹇晏宴匽寬蔓權勸完宛宣桓垣歎漢雁彥顏炭產臸乾翰韓幹羨幻獻然赧研姦遣闌練

旱罕言看貫盥喘段軟亶短單辇萬番眷卷卞邊樊餐散澯篡異選專袁團還延展

文部（江氏）：靁屍麐罳萬雲豩蚰月多暈乚丨卂；（王氏）：閔焚貧盆麇云魂煇㫃近隼準殿臀鯀哀聞問奔圂順訓舛舜典殄西灑豐免坙夋酸殷悬

真部（江氏）：囪田聿彣雨朮申；（王氏）：參臤塵進仁年陳亲燊盡津愍亂賓虔吞淵牽

耕部（江氏）：宩𦥑开需**辯**𥄕黽殸令夐命冂壬；（王氏）：青耕形星省定鶯榮嬰寧穎磬聲同迥冥扃并邢靈成貞呈廷聽巠聖

陽部（江氏）：坒亡行畕丮皀从弜誩噩；（王氏）：往狂囊畺梁卿鄉兩尚競唐康

東部（江氏）：冡宂奴；（王氏）：奉夆雍從龍龐冗

冬部（江氏）：夂贈；（王氏）：融降

蒸部（江氏）：恆厷熊凭陾登乃肎；（王氏）：弘肱仍馮憑夢瓦

侵部（江氏）：彡先突僉从羊㐭闖；（王氏）：寢森冘潛蠶深探沈枕耽斟堪南淫歆含貪金禽飲念隱錦銜禁臨參尋稟廩風覃

談部（江氏）：獣广夾焱夒凵㠯𢆉弓；（王氏）：廉鐵陝監覽鹽坎

葉部（江氏）：枼鼠耴市盍帀籋聿；（王氏）：盍艷葉輒疊匝

緝部（江氏）：廿卒皀枲龖罪；（王氏）：汁拾翕濕隰雜襲讋執蟄畾颯納

三、江有誥與周祖謨異同的聲符

我們分兩部分，分別羅列江氏與周氏相同與不同的聲符。

（一）江有誥與周祖謨相同的聲符

本節分部羅列周祖謨與江有誥對應的韻部中相同的聲符，並統計各部聲符總數及相同聲符的數量。

之部（江氏89字，周氏之部54字，周氏職部36字，其中相同74字）：來其龜𨔶才臺牛巛司灰里母久已止亥不采宰𠽤巳耳士負婦子疑某喜意又佩異再茲息弋畐北戠直㥄圣則革或亟力棘匿嬰色仄伏克皕丘匜丝而之裘郵戒史辭菑服麥敕牧嗇黑

幽部（江氏101字，周氏幽部81字，周氏覺部25字，相同85字）：州求流休舟汅周矛喿酋牢好手叉車劉丩囚雔由彪麀九舀酉丣缶爪牡帚守牟丑丂箅肘受棗韭咎鳥討翏臭戊奧幼就秀報獸告孚蒐+六肅朮畜祝匊肉目竹逐翏昱

秋攸彡老殳臯曹叟早首卯孝保复毒孰夙粥

宵部（江氏 58 字，周氏宵部 44 字，周氏藥部 17 字，相同 53 字）：毛勞交高刀苗爻巢梟猋幺鼂料叜小夭了受淼杳窅畾巤少喿鬧弔盜號額+樂龠翟爵丵隺弱敫龘虐雀票敖焦朝囂兆肇表尞暴皃卓勺

侯部（江氏 61 字，周氏侯部 40 字，周氏屋部 26 字，其中相同 56 字）：朱區需芻臾毋婁兜須取乳瓜后後口斗豈禺付具冓豆屚敄鬥匧谷族屋獄足束辱玉蜀木彔豖卜鹿禿粥戉晝厚走奏俞句侯壴角賣曲粟菐

魚部（江氏共 100 字，周氏魚部 82 字，周氏鐸部 33 字，相同 92 字）：且夫瓜巴吳虍麤車烏於魚圖乎巫居初叚古與巨馬呂鹵女処羽鼓股雨予午戶鼠禹寡蠱卸亞舍斝目步互各夕石舄隻谷乇靃炙白壑㝉霏蒦矍虢莫乍异于下下圉無庶素普牙壺夏射父武五旅丮屰昔郭戟尺赤赫若睪亦索土乍

歌部（江氏 39 字，周氏歌部 40 字，其中相同 31 字）：它爲离加多麻吹沙禾它戈我罷瓦果朵惢羸午叵也臥丽虧冎𠂹坐ナ那乜

支部（江氏共 49 字，周氏支部 28 字，周氏錫部 21 字，相同 33 字）：兮支知卑斯圭巵兒規巂是只解𠂢糸此瑞買易朿益析辟鬲狊狄册秝畫醯脊毄

脂部（江氏 137 字，周氏脂部 56 字，周氏質部 34 字，周氏微部 55 字，周氏物部 21 字，相同 109 字）：妻皆夷尸伊犀几㕟氐黹比米豊美豕七二棄四惠計隶医器繼自至冀矢示+疐悉必實吉質七日桼畢一血逸乙頁閉卪衣幾肥敚威口鬼气隹水回虫火內褱祟叡畏非開委衰夔位𠂤綏未配鬱骨兀弗术帥勿孛率出眉齊死利兕癸履㬎抑朩栗希卉尉旡胃類耒對尾退飞乖

祭部（江氏 90 字，周氏祭部 39 字，周氏月部 39 字，相同 52 字）：祭衛毳㕡裔世剫彗害介大帶會兌最外㔾吠乂丯砅竄夬叡㞢月伐欮刺末犮桀折舌絕臬乑威奪徹設劣孑匄贅埶制泰拜筮截殺叕

元部（江氏 114 字，周氏 117 字，相同 96 字）：鮮叀泉䜌爰連干安吅肩毌閑廛焉元㠯戔㭪次緐虔姦般刪冤緜夃莧𢍬㬎夗く㫃柬𤔔耎㕣犬雋犾舛辡孨旦彖扇見曼奐弁𠨧縣憲㭪虜爨贊奴宀煩穿全雈厂侃免件宦片衍辛難原官丹山㬋亘粦䜌丸耑便丱善閑面算斷㗊卵燕反𥘅半建

文部（江氏 57 字，周氏 74 字，相同 46 字）：㞋辰困屯門分孫君員羅昆𦎫𦳝川存巾侖堇豚斤昷殄筋蚰盾㐱本刃圂奮胤薦睿困文壼塵寸艮軍熏先允尊云糞

眞部（江氏 37 字，周氏 39 字，其中相同 30 字）：人𡞩身旬辛天田令因眞匀臣民玄丏扁引㐱信命印疢闌秦頻寅粦千申晉

耕部（江氏 31 字，周氏 31 字，相同 27 字）：熒丁生盈鳴名平睍嬰门爭开霝嬴晶鼎頃耿正殸敬令井幸壬黽

陽部（江氏 55 字，周氏 59 字，其中相同 47 字）：王昜爿方亢京羊庚畕強兄桑丱彭央昌倉相㐭慶量㿝明网爽囧象皿丙秉丈杏竟望坣行向鬯上香黃卬兵光羹永

東部（江氏 27 字，周氏 31 字，其中相同 26 字）：東公丰同邕豐叢豖从容凶充茸雙嵩尨孔竦宂封舂囪豕送弄共

冬部（江氏 13 字，周氏 11 字，其中相同 9 字）：中蟲宗夆眾宋戎冬農

蒸部（江氏 26 字，周氏 24 字，其中相同 21 字）：弓曾瞏徵厷矤冄乃興肯薨朋升夌亙登熊丞夵乘兢

侵部（江氏 23 字，周氏 25 字，其中相同 18 字）：尤林心今凡男琴彡突壬三甚品冘審咸闖音

談部（江氏 27 字，周氏 31 字，其中相同 23 字）：占兼僉甘猒炎詹毚甛芟閃臽广斬奄弇染夾凵炏冉敢欠

葉部（江氏 23 字，周氏 22 字，其中相同 20 字）：妾枼涉業巤聑龻聶夾㣺甾帀帯劦聿曄甲法乏劫

緝部（江氏 18 字，周氏 16 字，其中相同 14 字）：入咠及立邑十習廿澀㬎合眔沓集

（二）江有誥與周祖謨不同的聲符

下面分部羅列同一韻部兩者不同的聲符。

之部（江氏）：㤅箕丌醫辤㞢臼毐圛厶璽矣㐁啇㝬；之部（周氏）：梓以市友舊乃音；職部（周氏）：食飤矢塞笧得陟翼夏

幽部（江氏）：㤅本卤憂𥝢百秀曰采冃臼絲系艸佋；幽部（周氏）：憂幽皋草冒褒臼昊埽匘逐肅；覺部（周氏）：奎育佋臼學覺奧告

宵部（江氏）：㬊垚雧㝠糾；宵部（周氏）：麃堯喬䍃要；樂部（周氏）：羔

侯部（江氏）：几青、寇局；侯部（周氏）：殳主冠音侮；侯部（周氏）：哭設珏居岳

魚部（江氏）：及疋殳凵兆宁蜬两㐬龜；魚部（周氏）：余盧疋豦者奴去如兔庫加家襾社莽；鐸部（周氏）：席莫㦞

歌部（江氏）：罵巫义象徙瞿些戲；歌部（周氏）：皮差羅隓蔴科厄危罍

支部（江氏）：乀夂巠象匸厲芇叕卢丫厂林囟宦彳系；支部（周氏）：奚徙氏虒芇又蠡帝；錫部（周氏）：厄迹役脈閱冖啻覤

脂部（江氏）：厶禾危卟畕皋殻尒夂與戾絷卒叀卣由去八冖䢔乁剡枝累希凷囱丿戈；脂部（周）：師私旨次季犀西稽弟爾戾細執屆彎畀隶耒；質部（周氏）：戾隶壹夲疾失穴弼闋至匹替袁或；微部（周氏）：斤妃豈家貴毀豙雷罪磊狱費卒枚畾；物部（周氏）：胃尉祟卒聿乞日喬夊突市

祭部（江氏）：与貝巜擊戍肖丨夏屮歩寽歲屮聅卜之址苦繼萬臤益㪿市太；祭部（周氏）：曳具蓋敫㖊役脆芮歲；月部（周氏）：粵罰癹戉卤辥列孓岜刷劍歠首八別軋

元部（江氏）：畐延芊舝齂班羋反睿典釆萈弱旻睿萅減；（周氏）：番釆單患然延筭班屮辪尋舝萬反幻盥昌看爛

文部（江氏）：昏熏畚月畺乚丨孔裙䒑贲；（周氏）：殷昏尹西奔焚胤糞困舛舜川閏彬坤巽畕秋刃豐兂恩典豚

眞部（江氏）：甲聿夂尹丙朩奠；（周氏）：陳仁聿津臤凡進矜

耕部（江氏）：窗瀞眚冥；（周氏）：青寧貞省

陽部（江氏）：仁从允从竝弜詰㒺；（周氏）：皇良長亡章商衡兩并競葬匠

東部（江氏）：奴；（周氏）：重童工用巷

冬部（江氏）：躬彤夊贈；（周氏）：宮躬

蒸部（江氏）：蠅凭陾登爾；（周氏）：曲憑轟

侵部（江氏）：先儳會从羊；（周氏）：寻朁尋壬森參南

談部（江氏）：焱夋丙弓；（周氏）：函韱厭忝監銜氾章

葉部（江氏）：壵爾聿；（周氏）：盍爾

緝部（江氏）：卆皀龖軜；（周氏）：夆襲

四、江有誥與董同龢異同的聲符

董氏江氏的「諧聲表」基本相同，不同之處羅列如下。

宵部（董氏）：黿（江）∅

佳部（董氏）：∅（江氏七支部）巢

脂部（董氏）：犀季失；九微部（董氏）：貴；八脂部（江氏）：危

元部（董氏）：戾（江氏）戾

眞部（董氏）：∅∅（江氏）甲玄

耕部（董氏）：∅（江氏）井

陽部（董氏）：网（江氏）从

蒸部（董氏）：∅（江氏）髮

葉部（董）：∅（江）盍

第六節　諸家相異聲符的分析

　　本節以江有誥的廿一部爲序，分別討論江氏與諸家不同的聲符。因篇幅所限，部分爭議不大的聲符暫且忽略，總共分析聲符 323 個。對每個聲符的具體分析是認識比較諸家異同的證據和基礎。本節有關出土文獻的通假材料主要採自王輝《古字通假字典》（中華書局，2008 年）、白於藍《戰國秦漢簡帛古書通假字彙纂》（海峽出版發行集團、福建人民出版社，2012 年）、高亨《古字通假會典》（齊魯書社，1989 年），對字形的分析採用董蓮池《說文解字考正》（作家出版社，2005 年）、黃德寬《古文字譜系疏證》（商務印書館，2007 年）以及小學堂、漢字多功能字庫等網絡資料。所引出土文獻通假材料的書名以王輝（2008）、白於藍（2012）原書的縮寫爲準，爲節約篇幅未加更改。

一、之　部

（1）台聲、枲聲、能聲、矣聲、以聲

　　「台」，《說文》：「說也。从口，目聲」出土文獻中有多個「台」、「以」相通的例子，如上博楚簡六〈用曰〉：「茅（務）之台（以）元色，柬（簡）其又（有）亙（恆）井（形）。」馬王堆漢墓帛書《周易》經傳〈易之義〉：「萬物莫不欲長生而亞惡死，會心者，而台以作易，和之至也。」從文字構造的角度看，江氏歸之「以」聲也是合理的。段氏之部收「以」、「台」、「枲」、「能」、「矣」，江氏董氏僅收「以」，王氏收「台」、「吕（以）」、「能」、「矣」，周氏收「以」（「矣、台、枲、能」）。

「枲」，從「台」得聲。《說文》有「隸」字，從「枲」得聲。「能」，《說文》：「能，熊屬，足似鹿。從肉，目聲。能獸堅中，故稱賢能，而彊壯稱能傑也。」徐鉉等注：「目非聲，疑皆象形。」江氏認爲能從「目」得聲，未另立聲首，誤。實際上，金文顯示「能」是「熊」的初文，是象形字，後借用爲「能夠」的「能」字，「目」是熊頭部的象形。「𩓣態螚䰙」皆從「能」得聲。「能」《詩經·賓之初筵》入韻一次，與「又時」押韻。銀雀山漢簡《孫臏兵法·行篡》：「□□□□民皆盡力，近者弗則（賊），遠者無能（怠）。」「能」與「怠」通。

「挨俟埃涘娭誒騃娭唉」等字從「矣」得聲。《說文》：「語氣詞也。從矢，以聲。」從古文字字形上看，「矣」從「以」得聲無誤，因此江氏未另立「矣」聲。《詩經》「矣」聲字多次入韻。《陳風·墓門》「已矣」押韻，《秦風·蒹葭》「采已涘右沚」押韻，《小雅·吉日》「有俟友右子」押韻。

「苡似」從「以」得聲，周氏於「㠯聲」之外另立「以」聲。實際上，「以」、「㠯」同形，甲骨文是以于提物之形。「已」、「采」、「已」、「右」、「沚」、「有」、「友」、「右」、「子」等字皆爲之部字。

「以」聲字多與之部字通假或押韻，據此「以」（「㠯」、「台」、「枲」、「矣」）、「能」歸之部。

（2）貍　聲

「貍」，《說文》：「伏獸，似貙。從豸，里聲。」「薶霾」從「貍」得聲，因而段氏獨立「貍」聲。從古文字上看，初文是「貍」的象形，是貓科動物，後加聲符「里」，因此爲形聲字無誤。江氏歸之於「里」聲合理。《詩經》中有《邶風·終風》「霾來來思」押韻，《豳風·七月》「貍裘」押韻。睡虎地秦簡日書甲種〈叢辰〉：「可葬貍（埋）。」均可證「貍」聲歸之部。段氏之部收「里」「貍」，江氏王氏周氏董氏之部收「里」。「裘」、「來」、「思」皆爲之部字。

根據江有誥的古韻分部，之韻字上古入之部，且由上文可知，「里」聲字多與之部字押韻或通假，因此「里」（「貍」）歸之部。

（3）有聲、尤聲、右聲、灰聲、友聲

從「有」得聲的字有「㽱囿賄郁宥痏洧鮪姷緁蛕盫」等，金文是以手持肉之形，爲會意字。《詩經》中《商頌·玄鳥》「有殆子」押韻，《鄭風·褰裳》

「洧士」押韻。出土文獻中「有」、「又」相通的例子非常多，僅檢索《戰國秦漢簡帛古書通假字彙纂》「有」與「又」條就有 221 條例子，有歸之部無疑。段氏王氏之部收「又」、「有」、「尤」、「右」，江氏董氏周氏之部收「又」。

「訧肬煩忧沈疣」等字從「尤」聲。金文爲又字加一短橫，非《說文》所謂从乙，「尤」也是「又」的分化字，「又」兼聲。《邶風·綠衣》「絲治尤」押韻，《鄘風·載馳》「尤思之」押韻。朱駿聲認爲「尤」與「異」通假，並舉《爾雅》、《漢書》、《莊子》、《禮記》、《論語》等例證，如《左傳·昭公八年》：「夫有尤物。」注：「異也」。出土文獻中也「有」、「宥」、「疣」相通的例子。馬王堆漢墓帛書《五十二病方·疣》：「祝尤（疣），以月晦日之室北，靡（磨）宥（疣），男子七，女子二七。日：『今日月晦，靡（磨）宥（疣）室北。』不出一月宥（疣）已。」

從「右」得聲的字「有盍佑祐」等。甲骨文中，「又」爲「右」的初文，假借表示「左右」的「右」，因而在「又」下加口造「右」字，「右」爲「又」的分化字。《周頌·我將》「牛右」押韻，《小雅·南有嘉魚》「來右」押韻。

「恢詼盔脄」從「灰」得聲，中古屬灰、隊、代韻。灰，從火從又，「又」亦聲。段氏王氏之部未收「灰」，江氏董氏之部收「灰」。

「仮茇」等字從「友」得聲。《說文》：「同志爲友。從二又相交。」是會意兼形聲字，「又」亦聲。段氏在《六書音韻表》中將「友」歸入之部，在《說文解字注》中則將「友」歸入幽部。《周南·關雎》「采友」押韻，〈六月〉「喜祉久友鯉矣友」押韻，爲之部字。出土文獻中「友」存在與之部字「有」、「侑」接觸的例子，虢仲盨蓋：「虢仲目王南征，伐南淮夷，才成周做旅盨，（兹）盨友十又二。」如馬王堆漢墓帛書《春秋一五》：「訊公子侑（友）。」也有與幽部字「櫌」、「柔」接觸的例子，如馬王堆漢墓帛書《帛甲老子·道經》：「友（柔）弱勝強。」友，云久切，中古屬云母開口三等字，與「有」、「右」、「友」、「盍」、「盉」、「栯」同音，皆爲之部字。段氏王氏周氏之部收「友」，江氏董氏未收。

上文所見押韻或通假的例證如「殆」、「子」、「士」、「來」、「異」皆爲之部字。「又」聲與之部字通假或押韻，因此「又」（「尤」、「右」、「灰」、「友」）、「有」歸之部。

（4）丌聲、亓聲

「亓」從「丌」得聲，中古屬之韻。甲骨文爲薦物的基座之形，或以爲截取其字下部，爲其省筆。出土文獻中，「丌」聲字與「期」、「基」、「忌」通假，如上博楚簡四〈曹沫之陣〉：「亓（期）會之不難，所以爲和於豫（舍）。」《說文》：「丌，下基也，薦物之丌。象形。讀若箕同。」「期」、「基」、「忌」皆爲之部字，讀若「箕」亦爲之部字。

無从「亓」聲得聲字。「亓」从从辵从丌，「丌」亦聲，當從江氏歸「亓」於「丌」聲。段氏之部收「丌」、「亓」，江氏董氏收「丌」，干氏周氏無。

根據江有誥的古韻分部，之韻字上古入之部，且由上文可知，「丌」的通假字以及讀若的字皆爲之部字，因此「丌」（「亓」）歸之部。

（5）吏　聲

「梗使」皆从「吏」聲。《小雅·雨無正》「仕殆使子使友」押韻，〈卷阿〉「止士使子」押韻。甲骨、金文、簡帛文獻中大多「吏」、「史」、「事」通用，如睡虎地秦簡〈爲吏〉：「將發令，索其政（正），毋發可異史（使）煩請。」阜陽漢簡《阜易·無妄》：「不吏（事）君，不吉。」王力以「事」、「使」同源。《荀子·正名》：「不事而自然謂之性。」注：「事，任使也。」《國語·魯語下》：「備承事也。」注：「事，使也。」段氏王氏收「史」、「吏」，江氏周氏董氏收「史」。「仕」、「殆」、「子」、「友」、「止」、「士」等皆爲之部字。

由上文可知，「史」聲字多與之部字押韻或通假，因此「史」（「吏」）當歸之部。

（6）事聲、㞢聲、寺聲、時聲、巿聲

「倳剚捊捿謯㯂」等字从「事」聲。《說文》：「職也。从史，之省聲。」不確。甲骨文从又从中，象手持旗幟或打獵工具之形。《召南·采蘩》「沚事」押韻，《大雅·緜》「止右理畝事」押韻。王力《同源字典》以「倳」、「剚」與「耔」爲同源字。文選張衡〈思玄賦〉：「梁叟患夫黎丘兮，丁厥子而剚刃。」注引韋昭曰：「北方人呼插物地中爲剚。」五臣本作「倳」。《國語·周語中》：「民無縣耜。」注：「入土曰耜。」段氏之部收「事」、「㞢」、「寺」、「時」、「巿」，江氏董氏未收「事」、「㞢」、「寺」、「時」，僅收「之」聲，王氏收「事」、「㞢」、「寺」、「巿」，周氏收「之」、「巿」。

「澀皷」从「蚩」得聲。甲骨文蚩从虫,「之」聲。《衛風‧氓》「蚩絲絲謀淇丘期媒期」押韻。馬王堆帛書《老子》乙本卷前古佚書《十六經‧五正》:「黃帝於是出其鏘鉞,奪其戎兵,身提鼓鞄(袍),以禺(遇)之尤,因而禽(擒)之。」「蚩」、「之」相通,因而从「蚩」得聲的字歸入之部。

「特峙待詩等邿時痔侍庤恃洔持時」从「寺」聲。甲骨文寺从又,「之」聲,非《說文》所謂从寸,「之」聲,是「持」的初文。《詩經》中「寺」聲字多次入韻,與之部字押韻。如《小雅‧頍弁》「期時來」押韻,《小雅‧蓼莪》「恥久恃」押韻,《大雅‧既醉》「時子」押韻。「持」、「市」相通。《老子‧六十七章》:「持而保之。」漢帛書乙本持作「市」。

「蒔塒」从「時」聲。《王風‧君子于役》「期哉塒來思」押韻。「時」與「是」通,《尚書‧湯誓》:「時日曷喪?」《史記‧殷本記》:「是日何時喪?」「時」與「德」通,《尚書‧咸有一德》:「時乃日新。」《後周書‧蘇綽傳(大誥)》:「德迺日新。」

「柿鬧鈰秭咘怖彤」从「市」聲。《說文》:「買賣所之也,市有垣。从冂从乁。乁,古文及,象物相及也。之省聲。」不確。甲骨文从亏,「之」聲。戰國文字多有變化,但仍从「之」聲。

「沚」、「止」、「右」、「理」、「畝」、「耛」、「是」、「恥」、「久」皆為之部字。由上文可知,「事」、「之」聲字多與之部字押韻或通假,且互為同源詞,因此「事」、「之」(「蚩」「寺」「時」「市」)入之部。

(7)弋聲、在聲

从「弋」聲字有「哉戴栽裁載𢦏戠栽」。弋,从戈,「才」聲。《魏風‧園有桃》〔註25〕「哉其之之思」押韻。「弋」聲字多與「才」聲字相通假。《老子‧二十章》:「荒兮共未央哉。」漢帛書乙本「哉」作「才」。《禮記‧喪服大記》:「夷衾質殺之裁尤冒也。」鄭注:「裁字或為材。」段氏之部收「弋」、「在」,江氏周氏董氏僅收「才」。

从「在」得聲字有「茬」一字。《說文》:「存也。从土,才聲。」不確。甲骨文借「才」為「在」,「才」為「在」之初文。後西周金文加「士」聲,小篆訛作「土」。《小雅‧小弁》「梓止母裏在」押韻。「在」通「才」、「采」

等字，如《書·益稷》：「在治忽。」《史記·夏本記》《索隱》今文作「采政忽」。《漢書·貨殖傳》：「然猶山不荏蕖。」顏注：「荏，古槎字也。」「其」、「之」、「思」等皆爲之部字。

由上文可知，「才」聲字多與之部字押韻或通假，因此「才」（「扗」、「在」）當入之部。

（8）兹　聲

从「兹」得聲的字有「孳嵫滋嵫鎡鱶稵慈蟶」等字。甲骨文爲丝，象兩束絲形，戰國文字上加十形羨筆。《大雅·綿》[註26]「飴謀龜時兹」押韻，《大雅·召旻》「富時疚兹」押韻。馬王堆漢墓帛書周易經傳〈易之義〉：「文人內其光，外其龍，不以其白陽人之黑，故其文兹（滋）章（彰）。」馬王堆漢墓帛書《老子乙本·德經》：「吾何以知天下之然兹（哉）？」段氏之部有「絲」、「兹」、「茲」，江氏之部有「絲」、「兹」。實際上，「丝」、「絲」、「兹」、「茲」古同源。《說文》：「兹，艸木多益。从艸，絲省聲。」《繫傳》：「絲省聲。」段氏收「絲」、「兹」、「茲」，江氏王氏周氏董氏收「絲」、「兹」。「飴」、「謀」、「龜」、「時」、「富」、「疚」皆爲之部字。

由上文可知，「絲」聲字多與之部字押韻或通假，因此「絲」（「兹」）當入之部。

（9）丕聲、否聲、音聲

从「丕」得聲的字有「邳秠伾駓魾」等字。「丕」從「不」分化而來，甲骨文不象草木根鬚之貌，「丕」借「不」表示大的意思，春秋晚期下加短橫贅筆形成丕。《魯頌·駉》「駓騏伾期才」押韻，《大雅·生民》「秠苣秠畝苣負祀」押韻。《書·盤庚中》：「予丕克羞爾。」又「高后丕乃崇降罪疾」漢石經「丕」作「不」。《莊子·大宗師》：「勘坏得之以襲崑崙。」《釋文》：「坏，崔本作邳。」段氏王氏之部收「不」、「丕」、「否」、「音」，段氏《說文解字注》以「音」入侯部，江氏董氏之部收「不」，周氏之部收「不」、「音」，周氏認爲「音」字《集韻》入厚韻，「普後切」，「倍」字從此，且「音」聲兼入侯部。

从「否」聲有「喜桮胚姤額」等字。《說文》：「不也。从口从不，不亦聲。」「否」是「不」的同源分化字。《國風·葛覃》「否母」押韻，《邶風·匏有苦

葉》「子否否友」押韻。「否」與「鄙」、「婦」等字通假。《書·堯典》:「否德忝帝位。」《史記·五帝本紀》作:「鄙德忝帝位。」《易·否》:「否之匪人,不利君子貞。」漢帛書本否作「婦」。

從「咅」聲有「菩剖趋膆部倍箁棓陪培醅」等字。《說文》:「从、从否,否亦聲。」「咅」爲「否」的分化字,在「否」上加一短橫,小篆譌作「豎」。出土文獻中,「咅」聲字與「不」聲字、「北」聲字多通用,如〈諸傷〉:「即冶,入三指最(撮)坐咅(杯)溫酒。」〈蓋廬〉:「倍(背)陵而軍,命曰乘埶(勢)。」傳世文獻中「咅」聲字還有與「負」、「副」、「佩」等通假的例子,如《呂氏春秋·過理》:「帶益三副矣。」高注:「副或作倍。」《荀子·大略》:「蘭茝稾本漸於密醴一佩易之。」楊注:「佩或爲倍。」「駓」、「駥」、「期」、「才」、「母」、「子」、「友」、「北」等通假或押韻的例證皆爲之部字。

根據「不」基本與之部字押韻或通假的情況,我們認爲「不」(「丕」、「否」、「咅」)入之部。

(10) 齒 聲

《說文》未見從「齒」得聲字。甲骨文齒象口內有牙形,秦系文字後上加止聲,因此由象形變爲形聲字。《邶風·相鼠》「齒止止俟」押韻,《魯頌·閟宮》「喜母士有祉齒」押韻。段氏王氏之部收「止」、「齒」,江氏董氏周氏收「止」。「俟」、「喜」、「母」、「士」、「有」、「祉」皆爲之部字。

根據江有誥的古韻分部,止韻字上古入之部,且由上文可知,「止」聲字多與之部字押韻,因此「止」(「齒」)當入之部。

(11) 乃聲、仍聲

從「乃」得聲的字有「鼐芿仍迺扔扔疓」。「乃」是象形字,甲骨文象人側立乳房突出之形,或繩索拋出之形,可能是「仍」或「奶」的初文,非《說文》所謂「曳詞之難也。象气之出難。」出土文獻中,「乃」與「耐」、「迺」通假,如阜陽漢簡《阜易·屯》:「□□貞不字,十年迺(乃)字。」「乃」也與「仍」、「扔」等字通假,如馬王堆漢墓帛書《老子乙本·德經》:「上禮爲之而莫之雁(應)也,則攘臂而乃(扔)之。」睡虎地秦簡〈爲吏之道〉:「乃(仍)署其籍曰:故某慮(閭)贅壻某叟之乃(仍)孫。」除「仍」、「扔」中古屬蒸韻字外,其餘「乃」聲字屬海、代等韻。傳世文獻也有類似現象,「乃」

與「而」通假，但是「仍」與「扔」通假，與「因」相通。如王力以「乃」、「而」為同源詞，《春秋經・宣公八年》：「庚寅日中而克葬。」《春秋經・定公十五年》：「戊午日下昃乃克葬。」《爾雅・釋詁》：「仍，因也。」《說文》：「扔，因也。」除「扔」、「仍」等中古蒸韻字上古歸蒸部外，其餘中古海代韻的從「乃」得聲字上古當歸之部。周氏「乃」聲並收之部、蒸部。段氏王氏之部收「乃」，蒸部收「仍」，江氏周氏董氏蒸部收「乃」，未單獨收「仍」。「耐」、「迺」、「而」等通假或同源詞的例證皆為之部。

除「扔」、「仍」等中古蒸韻字上古歸蒸部外，其餘中古海代韻的從「乃」得聲字通常與之部字通假或押韻，因此「乃」聲字上古歸之部。

（12）甾聲、甹聲、緇聲

《說文》「甾」、「畜」異體。段氏之部有「巛」、「甾」、「甾」，江氏之部有「巛」、「甾」。「甾」從田，「巛」聲，為形聲字。「甾」象缶器之形。「巛」象水流壅塞成災之形，與「災」通。出土文獻中「甾」與「淄」、「災」皆通，如張家山漢簡〈奏讞書〉：「臨甾（淄）獄史闌令女子南冠繳（繒）冠，詳（佯）病臥車中。」敦煌懸泉〈月令詔條〉：「降〈隋（惰）〉農自安，不董（勤）作勞，是以數被甾（災）害。」段氏之部收「巛」、「甾」、「甾」、「甹」、「緇」，王氏收「甾」，周氏收「巛」，江氏董氏收「巛」、「甾」。

《說文》「緇」從「甹」得聲字。《說文》以「甹」從「由」得聲，段氏認為非從「由」或「由」得聲，當從「甶」得聲。《說文解字注》：「故左傳作甹，今左傳作甚。糸部緇從甹聲，或字作綦。甶聲、其聲皆在一部也。」因而，段氏歸於之部。金文甹從甶從廾，甶為東楚名缶之形，當從「甶」得聲。然而未見「甶」「甹」相通的例證。出土文獻中僅一例「甹」、「騏」相通的例子，阜陽漢簡《國風・曹風》：「□弁伊甹（騏）。」

《說文》未見從「緇」得聲字。「緇」字從「甹」得聲，當歸入「甹」聲，異體字是「綦」，入之部。「騏」、「災」為之部字。

由上文可知，「巛」聲字多與之部字通假，因此「巛」（「甾」、「甾」）「甹」（「緇」）歸之部。

（13）厶聲、食聲、飤聲、飾聲

「飤飾蝕飭」等字從「食」聲，中古屬職、志等韻。「食」，《說文》：「从

皀，人聲。或說：人皀也。」甲骨文象簋中盛食物之形，爲象形字，《說文》分析有誤。《王風・丘中有麻》「麥國國食」押韻，《小雅・六月》「飭服熾國」押韻。出土文獻中「食」多讀爲「蝕」，如殷墟甲骨文《丙》五九：「未卜，爭貞，翌甲申易日，之夕月有食，甲霧不雨。」也有「市」、「食」相通假的例子，如睡虎地秦簡日書甲種〈禹二〉：「市（食）日以行有七喜。」段氏侵部入聲收「人」，之部收「食」，江氏董氏之部收「人」，王氏職部收「食」、「飭」，周氏職部收「食」、「飤」。

《說文》無字從「飤」得聲，飤，中古屬志韻。甲骨文從人從食，象人進食之形，「食」亦聲。出土文獻中，「飤」聲字與「食」、「祠」、「弋」通假，如九店楚簡〈成日、吉日和不吉日宜忌〉：「凡吉日，利以祭祀、禱禨（祠）。」隨州孔家坡漢墓簡牘《周易・井》：「初六：井替（泥）不飤（食），舊井亡（無）禽。」《說文解字注》：「以食食人物，本作食，俗作飤，或作飼。」

《說文》無字從「飭」得聲，中古屬職韻。《鄭風・羔裘》「飭力直」押韻。出土文獻中，「飭」與「飾」通假，馬王堆漢墓帛書壹〈明君〉：「其所以飭（飾）之者。」「飭」、「力」、「直」、「祠」、「麥」、「國」皆爲之部字。

根據江有誥的古韻分部，職、志等韻的字上古入之部，且由上文可知，「食」聲字多與之部字押韻或通假，因此「食」（「飤」、「飭」）當入之部入聲。

（14）𠂤聲

「𣳆」從「𠂤」得聲，中古屬德韻字。𠂤，《說文》：「從𠂤，力聲。」《詩經》中無「𠂤」字，《大雅・桑柔》中有「賊國力」押韻，《鄭風・羔裘》「飭直力」押韻。傳世文獻中，「𣳆」與「扐」通假。《禮記・考工記》：「石有時以𣳆。」鄭注引鄭司農云：「𣳆讀如『再扐而後掛』之扐。」段氏之部收「𠂤」，其餘諸家未收。「賊」、「國」、「飭」、「直」等皆爲之部字。

根據江有誥的古韻分部，德韻字上古入之部，且由上文可知，「力」聲字多與之部字押韻或通假，因此「力」（「𠂤」）當入之部入聲。

（15）塞聲、窶聲

「賽籆𡧪𡨄寨僿」從「塞」得聲，中古屬代韻、德韻字。「塞」，甲骨文從宀從二工，戰國文字加意符土𡚟乳爲「塞」，象徵以土堵塞事物之義。出土文獻中，「塞」常與「惻」、「寒」、「搴」、「賽」、「思」通假，如馬王堆漢帛《周

易・井》:「九三，井渫不食，爲我心塞（惻），可用汲，王明並受其福。」郭
店楚簡《老子》乙:「啓其兌，賽（思）其事，終身不救。」「塞」、「寔」本
爲一字。段氏之部入聲王氏周氏職部收「塞」，江氏董氏收「寔」。「思」、「惻」
皆爲之部字。

　　根據江有誥的古韻分部，代韻、德韻字上古入之部，且由上文可知，「塞」
聲字多與之部字通假，因此「塞」（「寔」）當入之部入聲。

（16）墨　聲

　　「蟔纆嚜蟔」從「墨」得聲，中古屬德、至韻。《說文》:「从土从黑，黑
亦聲。」「黑」爲「墨」字初文，甲骨文象人臉刺字墨刑之形，後加「土」爲
意符。出土文獻中，「墨」常與「黑」、「纆」、「默」等字通假，如張家山漢簡
〈脈書〉:「面墨（黑）目圜視雕〈雅〉，則血先死。」馬王堆漢墓帛書周易經
傳〈易之義〉:「墨（默）亦毋譽，君子美其愼而不自箸（著）也。」段氏之
部入聲王氏職部收「黑」、「墨」，江氏董氏收「黑」，周氏職部收「黑」。

　　根據江有誥的古韻分部，德、至韻字上古入之部，因此「黑」（「墨」）入之
部入聲。

（17）辥　聲

　　「辥」爲「辭」字異體。《說文》中無字從「辥」得聲字，「辥」中古屬
之韻。《說文》:「辥，不受也。从辛，从受。」實際上，「受」是「辭」字譌
變而成，《說文》有誤。出土文獻中，「辭」多與「台」相通，如上博楚簡二〈容
成氏〉:「（擊）鼓，禹必速出，冬不敢以蒼（滄）台（辭），夏不敢暑台（辭）。」
段氏王氏之部收「辭」，江氏董氏收「辥」、「辭」，周氏未收。

　　根據江有誥的古韻分部，之韻字上古入之部，因此「辭」（「辥」）入之部。

（18）裘聲

　　《說文》無從「裘」得聲字，「裘」中古屬尤韻。「裘」，甲骨文象皮裘之
形，金文添加聲符「求」或「又」，因而，「裘」的象形初文簡化爲衣，戰國
文字多從「求」。《說文》:「裘，皮衣也。从衣求聲。一曰象形，與衰同意。
凡裘之屬皆从裘。裘，古文省衣。」不確。「求」與「裘」非一字，「求」爲
「蟲」之初文。《秦風・終南》「梅裘哉」押韻，《豳風・七月》「狸裘」押韻。
「裘」與「邦」、「求」通假，如《通志・氏族略二》:「裘氏，衛大夫食采於

裘，因氏焉。」《姓觿》：「求，本作邾。」《姓考》：「衛大夫食邑，因氏。」《急就篇》：「本居衛裘氏之地，後省為求。」又如《詩經·鄭風·羔裘》：《釋文》「裘字或作求」。「裘」與「舊」類似，都是本為象形字，後加聲符，「梅」、「哉」、「狸」皆為之部字。《詩經》皆與之部字押韻，不過無論是出土文獻還是傳世文獻，「裘」僅與幽部字通假。江氏王氏周氏董氏皆為「求」在幽部，「裘」在之部，段氏「求」在幽部，未收「裘」，《說文注》註明「裘」在之部。

根據江有誥的古韻分部，尤韻字上古部分入之部，部分入幽部。且由上文可知，「裘」聲字多與之部字押韻，與幽部字通假。綜合考量，我們以詩韻為準，「裘」歸之部，「求」當歸幽部。

（19）毒 聲

「毒」從「毒」得聲，中古屬哈韻、沃韻。「毒」，從士從毋。《詩經》「毒」不入韻，文獻中也鮮見通假現象。《說文》：「讀若娭。」江氏董氏收「毒」，段氏王氏周氏未收。「娭」為之部字。

根據江有誥的古韻分部，哈韻、沃韻上古入之部，且讀若之部字，據此「毒」入之部。

（20）𡇈 聲

「𡇈」為「囿」異體字。「𡇈」從「𡇈」得聲，中古屬囿韻、屋韻。甲骨文從口從四個木，象域中有草木之形，金文異體從口「又」聲或從口「有」聲，從象形變為形聲字。《大雅·靈臺》「囿伏」押韻。出土文獻中，「囿」與「右」通假，如〈天下至道〉：「力事弗使，哀樂弗以，飲食弗右（囿）。」江氏董氏收「𡇈」，段氏王氏周氏未收。

根據江有誥的古韻分部，囿韻、屋韻上古多入之部，且聲符「又」等皆為之部字，與「伏」等之部字通假或押韻，因此「囿」（「𡇈」）入之部。

（21）悳聲、德聲

「德聽」從「悳」得聲，中古屬德韻。從心從直，「直」亦聲，「悳」為「惪」之古文。《衛風·氓》「極德」押韻，《小雅·雨無正》「德國」押韻。出土文獻中，「悳」聲字與「德」、「直」得相通假，如〈五行〉：「（悳）直而述（遂）之，肆也；肆而不畏勇（強）語（禦），果也。」《帛甲老子·道經》：「德（得）者

同於德（得）者，〈失〉者同於失。」《說文》無字從「德」得聲，「德」中古屬德韻。初文爲「悳」，後加意符心，《說文》：「升也。从彳，悳聲。」段氏之部入聲收「直」，江氏董氏收「悳」，王氏職部收「直」、「德」，周氏收「直」、「悳」。「極」、「國」等皆爲之部字。

根據江有誥的古韻分部，德韻上古入之部，且「直」多與之部字通假或押韻，因此「直」（「德」）入之部入聲。

（22）瑹　聲

「瑹」，中古屬屋韻。《說文》無從「瑹」得聲字。從車從珏。《詩經》木入韻，文獻中鮮見通假字。《說文》：「讀與服同。」江氏董氏收「瑹」，段氏王氏周氏未收。

根據江有誥的古韻分部，屋韻上古入之部入聲，讀若的「服」亦爲之部字，因此「瑹」聲入之部入聲。

（23）茍聲、笱聲

《說文》無從「茍」得聲字，「茍」中古屬職韻。《說文》：「从羊省从包省从口。口，猶慎言也。从羊，羊與義、善、美同意。」「茍」、「苟」非一字。「茍」可能爲「敬」字初文。出土文獻中，「茍」常與「敬」通假，如〈何尊〉：「𤔲（徹）令，茍畺（享）戈（哉）。」「苟」，中古屬厚韻。《說文》：「从艸，句聲。」出土文獻中，「苟」多與「句」、「狗」、「笱」、「后」等字通假，如馬王堆漢墓帛書壹《十六經·立命》：「吾句（苟）能親親而興賢，吾不遺亦至矣。」馬王堆漢墓帛書《周易經傳·易之義》：「后（苟）非其人，則道不虛行。」江氏之部收「茍」，王氏無，「茍」、「苟」常混淆，「苟」爲侯部字，「茍」爲之部字，江氏正確。

《說文》無從「笱」得聲字，「笱」，中古屬厚韻。《說文》：「从竹从句，句亦聲。」出土文獻中，「笱」常與「苟」、「後」押韻，如周家臺秦墓簡牘〈病方及其他〉：「某病齲齒，笱（苟）令某齲已，請獻驪牛子母。」馬王堆漢墓帛書《五行·說》：「變而笱（後）能說（悅）。」周氏職部有「笱」聲，注音 ji，當指「茍」聲。「笱」聲當入侯部。

根據江有誥的古韻分部，職韻上古入之部入聲，因此「茍」入之部。厚韻上古入侯部，且常與「后」等侯部字通假，因此「苟」入侯部。「笱」從「句」

聲，「句」爲侯部字，亦當入侯部。

二、幽　部

（1）厹聲、尻聲

厹，中古屬尤韻，《說文》：「獸足蹂地也。象形，九聲……蹂，篆文从足，柔聲。」不確，古文字是禽萬等部首演化而成，構形不明。「尻」，苦刀切，中古屬豪韻。「尻」，《說文》：「从尸，九聲。」段氏幽部收「九」、「厹」、「尻」，江氏董氏周氏幽部收「九」聲，王氏未收。

根據江有誥的古韻分部，尤韻上古部分入幽部，部分入之部，豪韻字上古部分入幽部，部分入宵部。另外異體字的聲符「柔」屬幽部字，因此「厹」（「尻」）歸幽部。

（2）坴聲、竈聲、逵聲、馗聲

「踛跆淕裗騄陸睦稑鵱鯥蝼」等字从「坴」得聲，中古屬屋韻。「坴」，《說文》：「从土，圥聲。」「圥」聲即「六」聲，爲「盧」的本字。〈兔罝〉「逵仇」押韻，《衛風‧考槃》「陸軸宿告」押韻。出土文獻中，「陸」與「牢」通假，如〈疸病〉：「去商（商）牢（陸）清醴中。」段氏幽部收「六」、「坴」、「竈」，江氏董氏幽部入聲收「六」，王氏周氏覺部收「六」聲。

「歠竈」等字从「竈」得聲，中古屬号、屋韻。「竈」，《說文》：「从黽，从圥，圥亦聲。」《論語‧爲政篇王孫賈問》「奥竈」等押韻。出土文獻中，「竈」、「蚤」通假，如《隨日‧有疾》：「蚤（竈）神及水祟（患）。」《說文》：「馗，九達道也。似龜背，故謂之馗。馗，高也。从九从首。逵，馗或从辵从坴。」「仇」、「軸」、「宿」、「告」、「牢」、「蚤」皆爲幽部字。

根據江有誥的古韻分部，屋韻字上古部分入幽部，部分入之部。且由上文可知，「六」聲字多與幽部字押韻或通假，因此「六」（「坴」、「竈」）入幽部。

（3）秋　聲

「鰍鰲湫揫湫鶖篍湫鰲楸鰍鍬啾愀愁」等字从「秋」得聲，中古屬尤、宵、小、笑、篠韻。「秋」，《說文》：「从禾，𪚺省聲。」甲骨文象蟋蟀之形，「禾」爲後加形符。〈采葛〉「蕭秋」押韻，《左傳‧昭公十二年》「湫攸」押韻。出土文獻中，「秋」與「愀」、「萩」、「皀」通假，如《帛五行‧說》：「既

安之止亦，而有（又）秌（愀）秌（愀）然而敬之者，禮氣也。」段氏幽部收「鷦」、「秋」，江氏董氏收「鷦」，王氏周氏幽部收「秋」。「蕭」、「攸」皆為幽部字。

根據江有誥的古韻分部，尤、宵、小、笑、篠上古入幽部、之部或宵部，由上文可知，「鷦」聲字多與幽部字押韻或通假，因此「鷦」（「秋」）當入幽部。

（4）條聲、修聲、脩聲

「篠滌」等字從「條」得聲，中古屬錫、篠韻。「條」，《說文》：「從木，攸聲。」〈椒聊〉「聊條聊條」押韻。段氏幽部收「攸」、「條」、「修」、「脩」，江氏董氏周氏幽部收「攸」，王氏幽部收「攸」、「條」、「修」。

「睒鯈」等字從「修」得聲，中古屬尤韻。修，《說文》：「從彡，攸聲。」出土文獻中，「攸」與「修」通假。

「鰷蓨滫」等字從「脩」得聲，中古屬有、錫韻。「脩」，息流切，中古屬尤韻。「脩」，《說文》：「從肉，攸聲。」〈中谷有蓷〉「脩歗歗淑」押韻。出土文獻中，「脩」與「滫」通假。「歗」、「淑」、「聊」上古入幽部。

根據江有誥的古韻分部，錫、有、篠、尤韻上古大部分入幽部，部分入之部、宵部。由上文可知，「攸」聲字與幽部字通假或押韻，因此「攸」（「條」、「修」、「脩」）入幽部。

（5）戚聲、椒聲

「鏚璪槭褯緘憾蹙城磬摵傶喊」等字從「戚」得聲，中古屬錫、德、屋、沃、合、麥韻。「戚」，《說文》：「從戊，尗聲。」「茮」，中古屬宵韻，《說文》：「從艸，尗聲。」「茮」即「椒」。〈小明〉「奧蹙菽戚宿覆」押韻，《九章・哀郢》「復慼」押韻。出土文獻中，「戚」與「造」通假，「摵」與「縮」通假，如〈尊德義〉：「戚（造）父」段氏幽部收「尗」、「叔」、「戚」，江氏董氏幽部入聲周氏覺部收「尗」，王氏覺部收「叔」、「戚」，幽部收「椒」。「奧」、「宿」、「覆」、「復」、「造」、「縮」上古入幽部。

根據江有誥的古韻分部，錫、德、屋、沃等韻上古大部分入幽部入聲，部分入宵部入聲。由上文可知，「尗」聲字與幽部字通假或押韻，因此「尗」（「叔」、「戚」）入幽部入聲，椒入幽部。

（6）畱 聲

「鎦鷚瀏搐瘤褟餾廇驑」等字從「畱」得聲，中古屬尤、宥韻。「畱」，力求切、力救切，中古屬尤、宥韻。畱，《說文》：「從田，丣聲。」〈魚麗〉「畱酒」押韻，〈苕之華〉「首畱飽」押韻，《離騷》「畱茅」押韻。出土文獻中，「留」與「籀」、「卯」通假，「溜」與「流」通假，「留」與「游」、「流」、「婁」〔註27〕通假，如〈雜療方〉：「善臧（藏）卯（留）。」段氏幽部收「丣」、「畱」，江氏董氏周氏幽部收「丣」，王氏幽部收「丣」、「留」。「酒、」「首」、「飽」上古入幽部。

根據江有誥的古韻分部，尤、宥韻上古大部分入幽部，部分入之部。由上文可知，除個別例外「婁」之外，「丣」聲字與幽部字通假或押韻，因此「丣」（「畱」）入幽部。

（7）柔聲、敄聲

「鞣腬煣蝚眔鍒輮」等字從「柔」得聲，中古屬尤、有、宥韻。「柔」，《說文》：「從木，矛聲。」〈采薇〉「柔憂」押韻，〈桑扈〉「觩柔敥〔註28〕求」押韻。出土文獻中，「柔」與「友」、「渘」通假，如馬王堆帛書《老子》甲本《道經》：「友（柔）弱勝強。」「葇」與「茅」通假，如馬王堆帛書《老子》甲本卷後古佚書〈明君〉：「已而周何故爲葇（茅）疢（茨）枯（楛）柱？」段氏王氏幽部收「矛」、「柔」、「敄」，周氏江氏董氏幽部收「矛」聲，周氏江氏董氏侯部收「敄」。

「務鶩督騖鍪稄婺蝥莍楘督幣楸鶩婺鍪」等字從「敄」得聲，中古屬遇、虞、晧、模、豪、尤、覺韻。敄，《說文》：「從攴，矛聲。」出土文獻中，「敄」與「務」通假，「楘」與「柔」通假，如《秦律・司空》：「令縣及都官取柳及木楘（柔）可用書者，方之以書。」「務」與「目」通假，「婺」與「伏」〔註29〕通假。「憂」、「觩」、「求」、「目」等爲幽部字。

根據江有誥的古韻分部，尤、有、宥韻上古大部分入幽部，部分入之部、宥部。遇、虞、晧韻上古部分入幽部，部分入侯魚部。由上文可知，除「敄」、

〔註27〕「婁」爲侯部字。

〔註28〕「敥」爲宵部字。「友」爲之部字。

〔註29〕「伏」爲之部入聲。

「友」等個別例外，「矛」聲字基本上與幽部字通假或押韻，因此「矛」（「柔」、「敄」）當入幽部。

（8）包聲、勹聲、匋聲

「郒苞咆鞄匏胞飽枹麭匏罋袍庖炮泡雹鮑」等字从「包」得聲，中古屬肴、豪、巧、效、覺、虞、尤韻。金文从巳从勹，「勹」亦聲，是「胞」的初文。〈無衣〉「袍矛仇」押韻，〈公劉〉「曹牢匏」押韻，《象傳·漸》「咎飽醜道保」押韻。出土文獻中，「包」與「保」、「胞」、「橐」通假，如《周易·姤》：「九四：橐（包）亡（无）魚，巳（起）凶。」「苞」與「汎〔註30〕」通假。段氏王氏幽部收「包」、「匋」，江氏董氏周氏幽部收「勹」。

「匎」字从「勹」得聲，中古屬肴韻。甲骨文象人側面伏地之形。出土文獻中，「勹」與「復」通假，「匎」與「寶」通假。

「萄謟騊陶」等字从「匋」得聲，中古屬豪韻。匋，《說文》：「从缶，包省聲。」金文从勹从缶，象人俯身做陶器之形，或以爲「勹」、「缶」皆爲聲符。《豳風·七月》「茅綯」押韻，《魯頌·泮水》「陶囚」押韻。出土文獻中，「秀」與「陶」通假，「陶」與「抽」通假，如〈服傳甲〉：「十五升陶（抽）其半。」「矛」、「仇」、「曹」、「牢」、「橐」、「復」、「寶」上古入幽部。

根據江有誥的古韻分部，肴、豪、巧、效等韻上古大部分入幽部，部分入宵部。由上文可知，除個別例外之外，「勹」聲字與幽部字通假或押韻，因此「勹」（「包」、「匎」）當入幽部。

（9）𠷎聲、壽聲

「瑈𠷎歊𥊒」等字从「𠷎」得聲，中古屬咍、尤、有韻。「𠷎」爲「疇」字初文，金文下增口爲裝飾性部件。出土文獻中，「𠷎」與「禱」通假。段氏幽部收「𠷎」、「𠷎」、「壽」，江氏董氏周氏幽部收「𠷎」，王氏幽部收「壽」。

「翿籌嬃儔醻擣禱鑄燽幬檮穀」等字从「壽」得聲，中古屬有、尤、号、豪、遇韻。「壽」，《說文》：「从老省，𠷎聲。」金文从老省，「𠷎」聲。〈節南山〉「矛醻」押韻，〈遵大路〉「手魗好」押韻。出土文獻中，「壽」與「雕」、「儔」、「州」、「悠」通假，如〈三禁〉：「天道壽（悠）壽（悠）」「矛」、「州」、「悠」等爲幽部字。

〔註30〕「汎」爲侵部字。

根據江有誥的古韻分部，咍、尤、有韻上古部分入幽部，部分入之部。由上文可知，「丂」聲字與幽部字通假或押韻，因此「丂」（「丂」、「壽」）當入幽部。

（10）冒 聲

「楣瑁瑁瞀媢勖」等字從「冒」得聲，中古屬号、隊、沃、晧、至、屋韻。「冒」，《說文》：「从冃，从目。」《邶風·日月》「冒好報」押韻。出土文獻中，「冒」、「蝐」與「貓〔註31〕」通假，如〈養生方〉：「盤（斑）蝐（貓）廿。」段氏幽部收「冃」、「冃」、「冒」，江氏董氏幽部收「冃」，王氏周氏幽部收「冒」。

根據江有誥的古韻分部，号、隊、沃、晧韻上古大部分入幽部，部分入之部或宵部。由上文可知，「冒」聲字與幽部字「好」、「報」押韻，與宵部字「貓」通假。一般來說，押韻材料比通假材料更直接可靠，因此「冒」入幽部。

（11）頁聲、道聲

「頁」，段氏注：「亦古文百。」即指「百」，書九切，中古屬有韻。甲骨文象跪坐的人，突出其頭部。〈大叔于田〉「鴇首手阜」押韻，〈小弁〉「道草擣老首」押韻。段氏幽部收「䭫」、「百」、「頁（亦古文百）」、「道」，江氏董氏收「䭫（隸作首）」、「百」，王氏幽部收「首」、「道」，周氏幽部收「首」。

「導𡃀𨖷」等字從「道」得聲，中古屬晧、号韻。「道」，《說文》：「从辵，从䭫。」《鄘風·墻有茨》「道道醜」，〈齊還〉「茂道牡好」押韻。出土文獻中，「道」與「導」、「蹈」通假，如〈容成氏〉：「思（使）民道（蹈）之，能述（遂）者述（遂）。」。「手」、「阜」、「草」、「擣」等字上古入幽部。

根據江有誥的古韻分部，有、晧、号韻上古大部分入幽部，少部分入宵部。由上文可知，「䭫」聲字與幽部字通假或押韻，因此「䭫」（「頁」、「道」）入幽部。

（12）昊 聲

「郹」等字從「昊」得聲，中古屬晧韻。昊，《說文》：「从日、夰，夰亦聲。」不確，古文字从日从天，爲天日廣大之意。〈巷伯〉「受昊」押韻。段

〔註31〕「貓」爲宵部字。

氏幽部收「夰」、「昊」，江氏董氏幽部收「夰」，王氏周氏幽部收「昊」。

　　根據江有誥的古韻分部，晧韻上古大部分入幽部。由上文可知，「昊」聲字與幽部字「受」押韻，因此「昊」入幽部。

（13）學聲、覺聲

　　「鸞覺嚚槃鼺鷽嚳」等字從「學」得聲，中古屬覺、巧、侯、效、沃韻。古文字從爻從六，「臼」為聲旁。「覺」，《說文》：「從見，學省聲。」段氏幽部收「臼」、「學」，江氏董氏未收，王氏周氏覺部收「學」、「覺」。

　　根據江有誥的古韻分部，覺、巧、侯、效、沃韻上古大部分入幽部，由上文可知，「臼」聲字與幽部字通假或押韻，因此「臼」（「學」、「覺」）當入幽部入聲。

（14）籅　聲

　　「籅篘鞠」等字從「籅」得聲，中古屬屋韻。「籅」，《說文》：「從幸、從人、從言，竹聲。」段氏幽部收「竹」、「籅」，江氏董氏幽部收「竹」，王氏周氏覺部收「竹」。

　　根據江有誥的古韻分部，屋韻上古大部分入幽部，部分入之部、侯部。在未發現其他證據的情況下，暫從前人意見，把「竹」（「籅」）歸入幽部入聲。

（15）昱　聲

　　「煜喡」等字從「昱」得聲，中古屬屋、緝韻。「昱」，《說文》：「從日，立聲。」段氏未收，江氏董氏入幽部入聲，王氏周氏入覺部。

　　《說文》所注「立」聲不確，根據江有誥的古韻分部，屋韻上古大部分入幽部，部分入之部、侯部。在未發現其他證據的情況下，暫從前人意見，把「昱」聲字歸入幽部入聲。

（16）夲　聲

　　中古屬豪韻。夲，《說文》：「從大，從十……讀若滔。」段氏江氏董氏入幽部，王氏周氏未收。

　　根據江有誥的古韻分部，豪韻上古大部分入幽部，部分入宵部。由上文可知，「夲」聲字讀若幽部字「滔」，因此「夲」歸入幽部。

（17）髟　聲

　　「鬃」等字從「髟」得聲，中古屬尤、宵韻。髟，《說文》：「從長，從彡。」

〈成之〉：「《君奭》曰：『唯髟（冒）不（丕）單再（稱）（悳）德。』」段氏江氏董氏周氏入幽部，王氏未收。

　　根據江有誥的古韻分部，尤、宵韻上古部分入幽部，部分入之部、宵部。由上文可知，「髟」聲字與幽部字「冒」通假，因此「髟」歸入幽部。

（18）劉　聲

　　「鐂瀏」等字從「劉」得聲，中古屬尤韻。〈月出〉「皓懰受慅」押韻。段氏、江氏、周氏、董氏入幽部，王氏未收，以「劉柳」從「丣」聲，幽部收「丣」聲。

　　根據江有誥的古韻分部，尤韻上古大部分入幽部，部分入之部。由上文可知，「劉」聲字與幽部字「皓」、「受」、「慅」押韻，因此「劉」歸入幽部。

（19）　聲

　　「跻頛」等字從「　」聲，中古屬脂韻。「　」聲，《說文》：「從卝，肉聲。」段氏、江氏、董氏入幽部，王氏周氏未收。

　　根據江有誥的古韻分部，脂韻上古大部分入脂部，部分入之部、幽部。由上文可知，「　」聲字所從聲符「肉」爲幽部字，因此，「　」聲歸入幽部。

（20）华聲、鴇聲

　　「华」聲，《說文》：「從七，從十。鴇從此。」「鴇」，《說文》：「從鳥，华聲。鴇，鴇或從包。」中古屬晧韻。〈大叔于田〉「鴇首手阜」押韻。段氏江氏董氏周氏「华」聲入幽部，王氏幽部收「鴇」聲。

　　根據江有誥的古韻分部，晧韻上古入幽部或宵部。由上文可知，「华」聲字與幽部字「首」、「手」、「阜」押韻，且或體所從聲符「包」爲幽部字，因此「华」、「鴇」入幽部。

三、宵　部

（1）澡聲

　　「藻」從「澡」得聲，中古屬晧韻。「澡」，《說文》：「從水，喿聲。」《召南・采蘋》「藻潦」押韻，〈魚藻〉「藻鎬」押韻。出土文獻中，「藻」與「巢」通假，「操」與「搔」通假，如〈蟲蝕〉：「毋以手操（搔）疛。」段氏宵部收「喿」、「澡」，江氏董氏王氏周氏宵部收「喿」。「潦」、「鎬」、「巢」等押韻或

通假的例證皆爲宵部字。

　　根據江有誥的古韻分部，晧韻上古大部分入宵部，部分入幽部。且由上文可知，除個別例外如「搔」爲幽部字，「喿」基本與宵部字押韻或通假，因此「喿」（「澡」）入宵部。

（2）丿　聲

　　段氏「丿」聲前後爲「小」聲、「少」聲。少，《說文》：「不多也。从小，丿聲。」不確，「少」、「小」古本一字，「少」由「小」分化而來，非形聲字。段氏宵部，江氏董氏脂部收「丿」聲，而實際上「少」从「丿」聲，段氏當指「少」聲。江氏董氏王氏周氏宵部皆收「小」、「少」。

　　根據江有誥的古韻分部，宵韻字上古大部分入宵部，因此「小」（「少」）入宵部，根據古文字資料，「丿」刪去。

（3）麃　聲

　　「穮鄘僄穮薸漉鑣」从「麃」得聲，中古屬豪、宵、小、幽、屋、虞韻。「麃」，滂表切、薄交切，中古屬小、肴韻。「麃」，《說文》：「从鹿，票省聲。」金文从鹿从火，爲以火烤鹿之意，非形聲字。〈碩人〉「敖郊驕鑣朝勞」押韻，《鄭風‧清人》「消麃喬搖」押韻，出土文獻中，「麃」與「僄」通假，如〈語書〉：「誣（譌）詩醜言麃（僄）斫以視（示）險（檢）。」段氏王氏周氏宵部收「麃」，江氏董氏未收。「敖」、「郊」、「驕」、「朝」、「勞」、「消」、「喬」、「搖」、「僄」等爲幽部字。

　　根據江有誥的古韻分部，豪、宵、小、幽等韻上古大部分入宵部，部分入幽部。且由上文可知，「麃」與宵部字押韻或通假，因此「麃」當入宵部。

（4）召聲、到聲

　　「苕迢詔韶軺招邵昭佋袑邵貂沼招弨紹蛁劭鉊輵」从「召」得聲，中古屬笑、宵、小、蕭、豪、宵韻。「召」，《說文》：「从口，刀聲。」《陳風‧防有鵲巢》「巢苕切」押韻，〈月出〉「炤燎紹」押韻。出土文獻中，「招」與「遙」、「悼」通假，如〈春秋九〉：「寧（甯）召（悼）子弗聽。」段氏王氏宵部收「刀」、「召」、「到」，江氏董氏宵部收「刀」，周氏宵部收「刀」。

　　「倒菿」从「到」得聲，中古屬号、晧、覺韻。「到」，《說文》：「从至，刀聲。」《齊風‧東方未明》「倒召」押韻，〈韓奕〉「到樂」押韻。出土文獻

中，「到」與「莉」通假。「巢」、「燎」、「遙」、「悼」、「樂」等為宵部字。

根據江有誥的古韻分部，蕭、豪、宵韻上古部分入宵部，部分入幽部。且由上文可知，「刀」基本與宵部字押韻或通假，因此「刀」（「召」、「到」）當入宵部。

（5）䍃聲、育聲

即「䍃」，「瑤搖窰蓉謠繇傜遙媱颻歜鷂鰩」從「䍃」得聲，中古屬尤、宵、小、笑韻。「䍃」，《說文》：「從缶，肉聲。」〈木瓜〉「桃瑤」押韻，〈檜風〉「搖朝忉」押韻。段氏宵部收「䍃」，幽部收「肉」、「育」，江氏董氏幽部入聲收「肉」，王氏周氏宵部收「䍃」，覺部收「育」、「肉」。「桃」、「朝」、「忉」皆為宵部字。

「淯菁綃」等字從「育」得聲，中古屬屋韻。「育」，《說文》：「從去，肉聲。」「毓」為「育」字初文，從女從倒子。〈蓼莪〉「鞠畜育復腹」押韻，《大雅・生民》「夙育稷〔註32〕」押韻。出土文獻中，「育」與「由」通假。「鞠」、「畜」、「腹」、「由」、「夙」等為幽部字。

根據江有誥的古韻分部，尤、宵、屋等韻上古部分入宵部，部分入幽部。且由上文可知，「䍃」基本與宵部字押韻或通假，因此「䍃」入宵部，「育」、「肉」與幽部字押韻或通假，因此「育」、「肉」入幽部入聲。

（6）肴聲、孝聲、教聲、駮聲

「骰侑」從「肴」得聲，中古屬肴、賄韻。「肴」，《說文》：「從肉，爻聲。」《魏風・園有桃》「桃骰謠驕」押韻，〈正月〉「沼樂炤虐骰」押韻。段氏宵部收「爻」、「肴」、「孝」、「教」，江氏董氏周氏宵部僅收「爻」，王氏宵部收「爻」、「肴」、「教」，藥部收「駮」。

「驍教」從「孝」得聲，中古屬效韻。「孝」，《說文》：「從子，爻聲。」「駮」，《說文》：「從馬，爻聲。」出土文獻中，「孝」與「教」、「傚」通假。

《說文》無字從「教」得聲，古肴切，中古屬肴韻。「教」，《說文》：「從支，從孝。」甲骨文從支從子，從爻，「爻」亦聲。〈抑〉「昭樂懆貌教虐耄」押韻。出土文獻中，「教」與「學」、「爻」、「效」通假，如《繫辭》：「因而動（重）之，教（爻）在其中矣。」「桃」、「謠」、「驕」、「昭」、「樂」、「懆」、「貌」、

〔註32〕「稷」為之部入聲字。

「虐」、「毛」、「沼」等爲宵部字。

　　根據江有誥的古韻分部，肴、賄、效等韻上古大部分入宵部，部分入幽部。且由上文可知，「爻」基本與宵部字押韻或通假，因此「爻」（「肴」、「孝」、「教」、「駁」）入宵部。

（7）暴　聲

　　「曝瀑㶉懪操曝皦」從「暴」得聲，中古屬号、效、覺、鐸韻。古文字形象以手持草木在日下暴曬。出土文獻中，「暴」與「曝」通假，「㶉」與「表」通假。段氏宵部收「暴」、「暴」（二字隸作「暴」），江氏宵部收「暴」，王氏藥部收「暴」，董氏周氏宵部收「暴」。

　　根據江有誥的古韻分部，号、效、覺、鐸韻上古大部分入宵部，少部分入幽部。且由上文可知，「暴」與宵部字「表」通假，因此「暴」當入宵部。

（8）号　聲

　　「鄂鴞號枵號」從「号」得聲，中古屬豪、皓、宵韻。「号」，《說文》：「從口，在丂上。」不確。初文爲虎號叫之形，「丂」爲譌變產生。〈碩鼠〉「苗勞郊郊號」押韻，〈北山〉「號勞」押韻。段氏宵部收「号」，其餘諸家未收。「苗」、「郊」、「勞」爲宵部字。

　　根據江有誥的古韻分部，豪、皓、宵韻上古大部分入宵部，部分入幽部。且由上文可知，「号」基本與宵部字押韻，因此「号」當入宵部。

（9）㮣　聲

　　「㮣㝮」從「㮣」得聲，中古屬蕭韻。「㮣」，《說文》：「到首也。賈侍中說：此斷首到縣㮣字。」江氏董氏入宵部，其餘諸家皆無。

　　「㮣」先秦典籍並不常用，若僅僅根據其中古讀入蕭韻而歸入幽部或宵部證據並不充分，因此刪去。

（10）猋　聲

　　「飊飆膌猋膌」從「猋」得聲，中古屬宵、小韻。「猋」，《說文》：「從三犬。」出土文獻中，「猋」與「飆」通假。「猋」聲段氏歸幽部，江氏董氏王氏周氏歸宵部。

　　根據江有誥的古韻分部，宵、小韻上古大部分入宵部，少部分入幽部。未知段氏歸入幽部的依據爲何，暫從其他諸家「猋」入宵部。

（11）臽 聲

《說文》無字從「臽」得聲，以周切，中古屬尤韻。「臽」，《說文》：「從言，肉。」江氏董氏入宵部，其餘諸家皆無。

「臽」先秦典籍並不常用，若僅僅根據其中古讀入尤韻而歸入之部、幽部或宵部，證據並不充分，因此暫且刪去。

（12）隻聲、雥聲、糕聲

「醮雋襪膲耗鷦蕉鐎噍雙蟭漅」從「隻」得聲，中古屬宵韻、尤韻、小韻、笑韻、藥韻、效韻、蕭韻、覺韻、篠韻。「爨」，《說文》：「從火，雥聲。」「焦」，中古屬宵韻，金文從火從隹，為以火燒鳥之意。出土文獻中，「噍」與「啾〔註33〕」通假，「焦」與「椒」通假，「蕉」與「皂」、「巢」通假，如〈燕禮〉：「〈召南〉：〈鵲（鵲）蕉（巢）〉」「焦」聲江氏董氏周氏歸宵部，段氏王氏歸幽部。

《說文》無字從「糕」得聲，「糕」，側角切，中古屬覺韻。「糕」，《說文》：「從米，焦聲。」「糕」聲段氏歸幽部，其餘諸家未收。

「雥」，徂合切，中古屬合韻。「雥」，《說文》：「從三隹。」甲骨文象群鳥聚集之形。江氏董氏入宵部，其餘諸家未收。

根據江有誥的古韻分部，宵、尤、小、笑、藥、效、蕭等韻上古大部分入宵部，部分入幽部。且由上文可知，除幽部字「啾」之外，「焦」基本與宵部字通假，因此「焦」（「糕」）入宵部，雥先秦不常用，暫且刪去。

（13）轈 聲

「嘲潮廟」從「朝」得聲，中古屬肴、宵、笑韻。「朝」，《說文》：「從倝，舟聲。」不確，甲骨文從日從月，或疊加艸，為日在草叢中升起之意。〈氓〉「勞朝暴笑悼」押韻，〈漸漸之石〉「高勞朝」押韻。「朝」聲段氏未收，其餘諸家入宵部。「暴」、「笑」、「悼」、「高」、「勞」等為宵部字。

根據江有誥的古韻分部，肴、宵、笑韻上古大部分入宵部，部分入幽部。且由上文可知，「朝」基本與宵部字押韻，因此「朝」入宵部。

（14）糾 聲

《說文》無字從「糾」得聲，居黝切，中古屬黝韻。「糾」，《說文》：「從

〔註33〕「啾」為幽部字。

糸、丩。」江氏董氏入宵部，其餘諸家未收。

　　根據江有誥的古韻分部，黝韻上古大部分入宵部，部分入幽部。暫從江有誥的觀點，歸入宵部。

（15）淼　聲

《說文》無字從「淼」得聲，「淼」，亡沼切，中古屬小韻。「淼」，《說文》：「從三水。」「淼」聲段氏王氏未收，江氏董氏周氏入宵部。

　　檢索先秦文獻，「淼」並不常用，暫且刪去。

（16）皛　聲

「瀟」從「皛」得聲，中古屬篠韻。「皛」，普伯切，中古屬陌韻。「皛」，《說文》：「從三白。讀若皎。」「皛」聲段氏王氏未收，江氏董氏周氏入宵部。

　　檢索先秦文獻，「皛」並不常用，暫且刪去。

（17）𠤎幽　聲

「𡞝」從「𠤎幽」得聲，中古屬晧韻。「𠤎幽」，《說文》：「從匕，匕，相匕著也。巛象髮，凶象𠤎幽形。」「𠤎幽」聲段氏王氏未收，江氏董氏周氏入宵部。

　　檢索先秦文獻，「𠤎幽」並不常用，暫且當刪去。

（18）敫聲、徼聲、覈聲、窾聲、激聲

「檄懯皦璬噭驚徼警覈橶窾激擎」從「敫」得聲，中古屬藥、蕭、篠、嘯、覺、錫、麥韻。敫，《說文》：「從白，從放，讀若龠。」「徼」，《說文》：「從彳，敫聲。」「覈」，《說文》：「從襾，敫聲。」「窾」，《說文》：「從穴，敫聲。」出土文獻中，「皎」與「皦」通假，如〈王風〉：「有如皎（皦）日。」「敫」聲段氏未收，江氏董氏入宵部入聲，王氏周氏入藥部，王氏藥部另收「徼」、「覈」、「窾」、「激」。

　　根據江有誥的古韻分部，藥、蕭等韻上古大部分入宵部，部分入幽部。且由上文可知，「敫」與宵部字「皎」等通假，讀若「龠」也為宵部入聲字。因此「敫」（「徼」、「覈」、「窾」、「激」）入宵部入聲。

四、侯　部

（1）尌聲、廚聲

「愷廚樹澍」等字從「尌」得聲，中古屬遇、虞韻。「尌」，《說文》：「從

壴，从寸，持之也。」不確，甲骨文作从木从又，爲以手植樹之意，是「樹」的初文。金文加「豆」，或以爲从「豆」得聲，也有觀點認爲「壴」是「鼓」的初文，是意符。〈行葦〉「句鍭樹侮」押韻，出土文獻中，「尌」與「澍」、「柱」通假，「樹」與「屬」、「茱」通假，如〈疽病〉:「樹（茱）臾（萸）。」段氏侯部收「壴」、「尌」、「廚」，江氏董氏周氏侯部收「壴」，王氏侯部收「樹」。

「躕幮」等字从「廚」得聲，中古屬虞韻。「廚」，《說文》:「从广，尌聲。」《邶風·靜女》「姝隅躕」押韻。「句」、「鍭」、「侮」、「姝」、「隅」等爲侯部字。

根據江有誥的古韻分部，虞、遇韻上古一般入侯部或魚部，且由上文可知，「壴」聲字韻與侯部字押韻或通假，因此「壴」(「尌」、「廚」、「樹」) 入侯部。

（2）殳聲、股聲

「股杸羖吺」等字从「殳」得聲，中古屬虞、姥、侯韻。甲金文象手持工具之意。《衛風·伯兮》「殳驅」押韻。段氏侯部收「几」、「殳」，江氏董氏侯部收「几」，王氏周氏侯部收「殳」。段氏未收「股」，其餘諸家入魚部。「驅」爲侯部字。

「股」，公戶切，中古屬姥韻。「股」，《說文》:「从肉，殳聲。」《豳風·七月》「股羽野宇戶下鼠戶處」押韻。「羽」、「野」、「宇」、「戶」、「下」、「鼠」、「處」等爲魚部字。

根據江有誥的古韻分部，虞、姥、侯韻上古入侯部或魚部，且由上文可知，「殳」聲字與侯部字押韻或通假，因此，「殳」當入侯部。「股」與魚部字押韻，與其聲符「殳」並不一致，因此「股」入魚部。

（3）冣聲、聚聲

「冣」，祖外切，中古屬泰韻。「冣」，《說文》:「積也。从冖，从取，取亦聲。」《小雅·皇皇者華》「駒濡驅諏」押韻，〈角弓〉「駒後饇取」押韻。出土文獻中，「取」與「娶」、「聚」、「最」通假，「冣」與「聚」通假。段氏侯部收「取」、「冣」、「聚」，其餘諸家侯部收「取」。

「鄹驟篜郰藂埾」等字从「聚」得聲，中古屬虞、遇、侯、緩、尤韻。「聚」，《說文》:「从㐺，取聲。」出土文獻中，「聚」與「冣」、「驟」、「趣」、「族」

通假，如《左傳‧宣公二年》：「公嗾夫獒焉。」《釋文》：「嗾服本作噈。」「駒」、「濡」、「驅」、「後」、「餬」、「族」等為侯部字。

　　根據江有誥的古韻分部，虞等韻上古入侯部或魚部，且由上文可知，「取」聲字與侯部字押韻或通假，因此，「取」（「冣」、「聚」）當入侯部。

（4）厚　聲

　　《說文》無字从「厚」得聲，厚，胡口切，中古屬厚韻。「厚」，《說文》：「从𣆟，从厂。」〈巧言〉「樹數口厚」押韻，《離騷》「詬厚」押韻。出土文獻中，「厚」與「佝」、「敄」、「媾」通假，如《周易‧暌》：「昏（婚）佝（媾），往，遇雨則吉。」段氏侯部收「𣆟」、「厚」，江氏董氏侯部收「𣆟」，王氏侯部未收，周氏侯部收「厚」。「樹」、「數」、「口」、「詬」、「媾」上古為侯部字。

　　根據江有誥的古韻分部，厚韻上古入侯部，且由上文可知，「厚」聲字與侯部字押韻或通假，因此，「厚」當入侯部。

（5）主　聲

　　「注宝柱麈塒駐望」等字从「主」得聲，中古屬虞、遇、厚、屋韻。甲骨文象神主牌之形。〈卷阿〉「厚主」押韻，〈行葦〉「主醹斗耉」押韻。出土文獻中，「柱」與「桓」通假，「主」與「動」、「重〔註34〕」通假，如《老子》甲：「竺（孰）能庀以迕（動）者。」段氏侯部收「丶」、「主」，江氏董氏周氏收「丶」，王氏未收。「厚」、「醹」、「斗」、「桓」等為侯部字。

　　根據江有誥的古韻分部，虞、遇、厚韻上古一般入侯部或魚部，且由上文可知，「主」聲字與侯部字押韻或通假，也與東部字通假，侯部與東部僅韻尾不同。因此，「主」入侯部。

（6）斲　聲

　　「𣃗」等字从「斲」得聲，中古屬屋韻。「斲」，竹角切，中古屬覺韻。古文字从斤从𣃗，為以斧斤砍伐之意。小徐本及段注認為从「𣃗」聲，或以為从「豆」得聲。段氏侯部收「𣃗」、「斲」，江氏董氏周氏侯部收「𣃗」，王氏未收。

　　根據江有誥的古韻分部，屋、覺韻上古入侯部或幽部，其或體从侯部字「豆」得聲。因此，「𣃗」（「斲」）入侯部。

〔註34〕「重」為東部字。

（7）瓜 聲

「蓏窊」等字從「瓜」得聲，中古屬果、虞韻。「瓜」，《說文》：「從二瓜，讀若庾。」出土文獻中，「窊」與「俠」通假，如〈王兵〉：「官府毋（無）長，器戒（械）苦俠（窊）」段氏王氏未收，其餘諸家侯部收「瓜」。「俠」、「庾」皆爲侯部字。

根據江有誥的古韻分部，果、虞韻上古入侯部或魚部，且由上文可知，「瓜」聲字與侯部字通假，同時讀若侯部字「庾」。因此，「瓜」當入侯部。

（8）馵 聲

「獂」等字從「馵」得聲，中古屬遇韻。「馵」，《說文》：「從馬，二，其足。」《秦風·小戎》「騏驂轂馵玉曲」押韻。段氏以爲「讀如祝」。段氏王氏未收，其餘諸家侯部收馵。「騏」、「驂」、「轂」、「玉」、「曲」爲侯部字。「祝」爲幽部字。

根據江有誥的古韻分部，遇韻上古入侯部或魚部，且由上文可知，「馵」聲字與侯部字押韻，讀若幽部字「祝」。一般來講，讀若沒有押韻材料可靠。因此，「馵」歸入侯部。

（9）匧 聲

「陋」等字從「匧」得聲，中古屬侯韻。「匧」，《說文》：「從匸，丙聲。」不確，徐鉉以爲是會意字，非形聲。出土文獻中，「嘍」與「陋」通假。段氏王氏未收，其餘諸家侯部收「匧」。

根據江有誥的古韻分部，侯韻上古入侯部，且由上文可知，「匧」聲字與侯部字「嘍」通假，因此，「匧」（「陋」）當入侯部。

（10）寇 聲

「滱」字從「寇」得聲，中古屬侯、候韻。「寇」，《說文》：「從攴，完。」周氏未收「寇」，其餘諸家皆收。

根據江有誥的古韻分部，侯、候韻上古入侯部，據此「寇」歸入侯部。

（11）居 聲

「琚踞腒椐倨裾涺据鋸」等字從「居」得聲，中古屬魚、御韻。「居」，《說文》：「從尸，古者居從古。踞，俗居從足。」〈魚藻〉「蒲居」押韻。諸家皆入魚部，周氏入侯部。

根據江有誥的古韻分部，魚、御韻上古入魚部，且由上文可知，「居」聲字與魚部字「蒲」押韻，因此，「居」歸入魚部，江氏等諸家正確。

五、魚　部

（1）沮　聲

「菹」等字從「沮」得聲，中古屬魚韻。「沮」，子魚切、將預切、七余切、慈呂切、側魚切，中古屬魚、御韻。「沮」，《說文》：「从水，且聲。」〈潛〉「沮魚」押韻，〈巧言〉「怒沮」押韻。段氏侯部收「且」、「沮」，其餘諸家侯部收「且」。「魚」、「怒」為魚部字。

根據江有誥的古韻分部，魚、御韻上古入魚部，且由上文可知，「且」聲字多與魚部字押韻，因此「且」（「沮」）當入魚部。

（2）者聲、奢聲

「豬陼諸者書睹翥鰭箸楮都睹暑瘏署褚屠赭奢渚闍緒堵」等字從「者」得聲，中古屬馬、魚、麻、語、御、郡、姥、模、藥韻。金文从木上加兩點，从口，構形意義不明。《周南‧卷耳》「砠瘏痡旴」押韻，〈齊著〉「著素華」押韻。出土文獻中，「者」與「屠」、「捨」通假，「堵」與「吐」、「曙」通假，如《帛五行‧說》：「故父呼，口□食則堵（吐）之。」段氏魚部收「者」、「奢」，江氏董氏未收，王氏周氏魚部收「者」。「砠」、「旴」、「素」、「華」、「吐」、「曙」等為魚部字。

「幩搩」等字從「奢」得聲，中古屬馬韻。「奢」，《說文》：「从大，者聲。」

根據江有誥的古韻分部，馬、魚、麻、語韻上古入魚部，部分入歌部，且由上文可知，「者」聲字多與魚部字押韻或通假，因此「者」（「奢」）入魚部。

（3）甫聲、尃聲、浦聲

「黼匍鋪莆哺逋誧輔尃脯餔圃郙痡俌補酺甫悑浦捕輔酺」等字從「甫」得聲，中古屬麌、模、姥、暮韻。「甫」，《說文》：「从用、父，父亦聲。」不確，甲骨文从屮从田，為園有蔬菜之意。〈雨無正〉「圖辜鋪」押韻。出土文獻中，「蒲」與「芙」通假，「逋」與「胈」通假，「補」與「布」通假，如〈天

下至道〉：「精夬（缺）必布（補）。」段氏魚部收「父」、「甫」、「尃」、「浦」，其餘諸家魚部收「父」。

「博鱒鑄縛溥嚩轉髆轉膊搏傅」等字從「尃」得聲，中古屬鐸、模、姥、侯、遇、過、藥韻。「尃」，《說文》：「从寸，甫聲。」〈泮水〉「博敦逆獲」押韻。出土文獻中，「尃」與「博」、「捕」、「迫」、「附」通假，「薄」與「溥」、「普」通假，「傅」與「賦」、「附」、「泊」通假，如〈原官〉：「均地分，節傅（賦）斂。」

「瀍蒲」等字從「浦」得聲，中古屬模韻。「浦」，滂古切，中古屬姥韻。「浦」，《說文》：「从水，甫聲。」〈魚藻〉「蒲居」押韻。上文押韻或通假的例證，如「圖」、「辜」、「鋪」、「布」、「普」皆爲魚部字。

根據江有誥的古韻分部，虞、模、姥、暮韻上古入魚部，且由上文可知，「甫」聲字多與魚部字押韻或通假，因此「甫」（「尃」、「浦」）當入魚部。

（4）𠃑聲、夸聲、瓠聲、雩聲

「葷」等字從「𠃑」得聲，「𠃑」，羽俱切、況于切，中古屬虞韻。金文象草木花形。「葷」，呼瓜切、戶花切、胡化切，中古屬麻、禡韻。「葷」與「𠃑」本爲一字。〈何彼襛矣〉「華車」押韻，〈有女同車〉「車華琚都」押韻。段氏侯部收「𠃑」、「葷」、「夸」、「雩」、「瓠」，其餘諸家魚部僅收「于」。

「跨誇胯刳瓠侉洿綺」等字從「夸」得聲，中古屬麻、模、馬、暮、禡、遇、姥韻。「夸」，《說文》：「从大，于聲。」〈天問〉「錯洿故」押韻，〈東君〉「鼓虛姱」押韻。

「㼏」等字從「瓠」得聲，中古屬禡韻。瓠，戶吳切、胡誤切，中古屬模、暮韻。「瓠」，《說文》：「从瓜，夸聲。」「樗謣」等字從「雩」得聲，中古屬虞韻。「雩」，《說文》：「从雨，于聲。」「車」、「琚」、「都」、「故」皆爲魚部字。

根據江有誥的古韻分部，禡等韻的字上古入魚部，且由上文可知，「𠃑」、「于」聲字多與魚部字押韻或通假，因此「𠃑」（「葷」）、「于」（「夸」、「雩」、「瓠」）當入魚部。

（5）慮聲、盧聲、虜聲、虍聲、虎聲、虞聲

「鑢勴」等字從「慮」得聲，中古屬御韻。慮，《說文》：「从思，虍聲。」

不確，當从「盧」聲。出土文獻中，「慮」與「攄」、「閭」通假，如〈爲吏之道〉：「乃（仍）署其籍曰：故某慮（閭）贅壻某叟之乃（仍）孫。」段氏魚部收「虍」、「慮」、「盧」、「虘」、「雐」，江氏董氏周氏魚部收「虍」，王氏魚部收「虎」、「虞」。

「蘆籚臚轤櫨顱鬍盧攎鸕黸」等字从「盧」得聲，中古屬模、魚韻。「盧」，《說文》：「从皿，虘聲。」不確，甲骨文爲「鑪」的象形初文，後加聲符「虍」。〈信南山〉「廬瓜菹」押韻，《周易·上經剝上九》「輿廬」押韻。出土文獻中，「瞀」與「臚」通假，「盧」與「藘」、「旅」通假，如〈燕禮〉：「以盧（旅）於西階上，如初。」

「戲」等字从「豈」得聲，「戲」，許羈切、荒烏切、香義切，中古屬支、模、寘韻。「豈」，《說文》：「从豆，虍聲。」〈遠遊〉「居戲霞除」押韻。出土文獻中，「戲」與「豪」、「義〔註35〕」通假，如〈正亂〉：「以其民作而自戲（豪）也，吾或（又）使之自靡也。」

「觿」等字从「虧」得聲，中古屬支韻。「虧」，《說文》：「从隹，虍聲。」「虎」，《說文》：「从虍，虎足象人足，象形……𪊽，古文虎。𧆈，亦古文虎。」「虞」，《說文》：「从虍，吳聲。」「閭」、「瓜」、「菹」、「居」、「霞」、「除」皆爲魚部字。

根據江有誥的古韻分部，模、魚、御等韻的字上古入魚部，且由上文可知，除個別例外之外，「慮」、「盧」、「豈」、「雐」、「虎」、「虞」聲字多與魚部字押韻，因此「慮」、「盧」、「豈」、「雐」、「虎」、「虞」入魚部。

（6）与聲、御聲

「與」等字从「与」得聲，「與」，余呂切、羊洳切，中古屬語、御韻。「与」，《說文》：「賜予也。一勺爲与。此与與同。」不確，「與」所从「与」本爲「牙」，後譌變爲「与」，非从勺一。〈江有汜〉「渚與與處」押韻，〈旄上〉「處與」押韻，〈采苓〉「苦下與」押韻。段氏魚部收「与」、「與」、「卸」、「御」，江氏董氏周氏魚部收「與」、「卸」，王氏魚部收「与」、「與」。

「禦鷽鋤」等字从「御」得聲，中古屬御、語韻。「御」，《說文》：「从彳从卸。」金文从卩，「午」聲，後加辵，表人御馬之意。《召南·鵲巢》「居御」

〔註35〕「義」爲歌部字。

押韻，〈大叔于田〉「射御」押韻。出土文獻中，「御」、「語」、「圉」通假，「禦」與「所」通假，如〈官一〉：「剛者，所以圉（御）劫也。」「渚」、「處」、「居」、「語」等為魚部字。

根據江有誥的古韻分部，語、御韻上古入魚部，且由上文可知，「與」、「卸」聲字多與魚部字押韻或通假，因此「與」、「卸」當入魚部。

（7）去　聲

「胠虘麮祛祛㹇魼阹」等字從「去」得聲，中古屬語、御、魚、業、盍韻。「去」，《說文》：「从大，凵聲。」据《說文解字考正》，甲骨文去从大从口，是「呿」的初文，篆文去从大从凵，乃「盍」字所从，因意義相近，《說文》混成一字。〈羔裘〉「祛居故」押韻，〈斯干〉「除去芋」押韻。出土文獻中，「去」與「卻」通假，如馬王堆帛書《去穀食氣篇》：「去穀者食石韋。」段氏王氏周氏魚部收「去」，江氏董氏未收。「除」、「芋」、「居」、「故」、「卻」等為魚部字。

根據江有誥的古韻分部，語、御、魚等韻上古入魚部，且由上文可知，「去」聲字多與魚部字押韻或通假，因此「去」當入魚部。

（8）鱻聲、穌聲

「漁」等字從「鱻」得聲，「漁」，同「漁」，中古屬魚韻。鱻，《說文》：「二魚也。」段氏魚部收「魚」、「鱻」、「穌」，其餘諸家魚部收「魚」。

「蘇」等字從「穌」得聲，中古屬模韻。穌，《說文》：「从禾，魚聲。」〈山有扶蘇〉押韻。出土文獻中，「穌」與「蘇」通假，「蘇」與「御」通假，如〈鄭風〉：「琴瑟在蘇（御）。」「華」、「都」、「且」、「御」等為魚部字。

根據江有誥的古韻分部，魚模韻上古入魚部，且由上文可知，「鱻」、「穌」聲字多與魚部字押韻或通假，因此「鱻」、「穌」當入魚部。

（9）余聲、涂聲

「茶徐敘筡餘悇賖邪畲捈」等字從「余」得聲，中古屬魚、模、御、語、麻韻。余，《說文》：「从八，舍省聲。」甲骨文字形不明，非从八，亦非「舍」省聲，「舍」字是「余」加口造出來的分化字。〈出其東門〉「闍荼茶且藘娛」押韻，〈天保〉「固除庶」押韻。出土文獻中，「余」與「徐」、「予」、「豫」通假，「徐」與「序」通假，「敘」與「邪」通假，如《周易·豫》：「余（豫）：

利建侯行市（師）。」段氏魚部收「舍」、「余」、「涂」，江氏董氏王氏魚部收「舍」，周氏魚部收「舍」、「余」。

「塗」等字從「涂」得聲，中古屬模、麻韻。「涂」，同都切、直魚切，中古屬模、魚韻。「涂」，《說文》：「從水，余聲。」〈出車〉「華塗居書」押韻，《易經・上九》「孤塗車弧弧」押韻。「闍」、「且」、「蘆」、「娛」、「居」、「書」、「序」為魚部字。

根據江有誥的古韻分部，魚、模、御、麻韻上古、入魚部或歌部，且由上文可知，「余」聲字多與魚部字押韻或通假，因此「余」（「涂」）當入魚部。

（10）度聲、席聲

「渡敠」等字從「度」得聲，中古屬暮、姥韻。「度」，《說文》：「從又，庶省聲。」甲骨文從右，「石」聲。《魏風・汾沮洳》「洳莫度度路」押韻，〈抑〉「度虞」押韻。出土文獻中，「度」與「宅」、「土」通假，如馬王堆漢簡〈合陰陽〉：「凡將合陰陽之方，握手，土（度）掐（腕）陽。」「踱」與「蹠」通假，如〈引書〉：「亦左手把丈（杖），右足踱（蹠）壁。」段氏魚部收「庶」、「度」、「席」，江氏董氏魚部收「庶」，王氏鐸部收「庶」、「度」，周氏魚部收「庶」，鐸部收「席」。

「蓆」等字從「席」得聲，中古屬昔韻。「席」，《說文》：「從巾，庶省。」金文從巾，「石」聲。《邶風・柏舟》「石席」押韻，《鄭風・緇衣》「蓆作」押韻。出土文獻中，「蓆」與「若」通假。「石」、「作」、「虞」等皆為魚部字。

根據江有誥的古韻分部，暮、姥、魚、御、昔韻上古入魚部，且由上文可知，「度」、「席」聲字多與魚部字押韻，因此「度」、「席」當入魚部。

（11）黍　聲

「黍」，舒呂切，中古屬語韻。「黍」，《說文》：「從禾，雨省聲。」甲骨文象農作物之形，非從「雨」得聲。〈碩鼠〉「鼠黍女顧女土土所」押韻，〈鴇羽〉「羽栩鹽黍怙所」押韻，〈黃鳥〉「栩黍處父」押韻。段氏魚部收「黍」，其餘諸家未收。「鼠」、「黍」、「女」、「顧」、「土」、「所」等為魚部字。

根據江有誥的古韻分部，語韻上古入魚部，且由上文可知，「黍」聲字多與魚部字押韻，因此「黍」當入魚部。

（12）鼓　聲

「瞽」等字從「鼓」得聲，中古屬姥韻。鼓，《說文》：「從攴，從壴，壴亦聲。」唐蘭以爲「鼓」從攴從支本爲一字，皆表示擊鼓之意。《陳風‧宛丘》「鼓下夏羽」押韻，〈伐木〉「湑酤鼓舞暇湑」押韻，〈賓之初筵〉「鼓奏[註36]祖」押韻。段氏魚部收「鼓」、「鼔」，其餘諸家僅收「鼓」，未收「鼔」。「下」、「夏」、「羽」、「湑」、「酤」、「舞」、「暇」、「湑」皆爲魚部字。

根據江有誥的古韻分部，姥韻上古入魚部或歌部，且由上文可知，除個別例外，「鼓」聲字多與魚部字押韻，因此「鼓」（「鼔」）當入魚部。

（13）魯　聲

「櫓穭」等字從「魯」得聲，中古屬姥、語韻。魯，《說文》：「從白，鮺省聲。」不確，甲骨文爲象形的魚加口，表示嘉美之意，非形聲字，後口譌變爲日。段氏魚部收「魯」，其餘諸家未收，周氏以其從「魚」聲。

根據江有誥的古韻分部，姥、語韻上古入魚部，因此「魯」當入魚部。

（14）庐聲、朔聲、逆聲

「庐」，即「斥」，《說文》：「從广，屰聲。」段氏魚部收「屰」、「庐」、「朔」，江氏董氏魚部周氏鐸部收「屰」，王氏鐸部收「逆」、「朔」。

「朔」，《說文》：「從月，屰聲。」逆，《說文》：「從辵，屰聲。」《邶風‧柏舟》「茹據愬怒」押韻，〈禮運以炮以燔下〉「炙酪帛朔」押韻。出土文獻中，「朔」與「訴」、「愬」、「虩」通假，如〈九主〉：「民知之无所告朔（訴）。」「茹」、「據」、「怒」、「炙」、「酪」、「帛」、「訴」皆爲魚部字。

根據江有誥的古韻分部，覺等韻上古入魚部入聲，且由上文可知，「屰」聲字多與魚部字押韻或通假，因此「屰」（「庐」、「逆」、「朔」）入魚部入聲。

（15）豦　聲

「蒢櫖遽鄺噓劇醵璩簏齬據鐻濾」等字從「豦」得聲，中古屬御、語、魚、藥、陌、暮韻。豦，《說文》：「從豕、虍。」出土文獻中，「勮」與「劇」、「卻」、「競[註37]」通假，如〈稱〉：「胃（謂）其膚（傅）而內其勮（卻）。」段氏魚部周氏鐸部收「豦」，其餘諸家未收。

〔註36〕「奏」爲侯部字。

〔註37〕「競」爲陽部字。

根據江有誥的古韻分部，御、語、魚、藥等韻上古入魚部，且由上文可知，「虒」聲字多與「卻」等魚部字通假。或與東部字「競」通假，魚東僅韻尾不同，因此「虒」入魚部入聲。

（16）𩰫　聲

「𩰫」，中古屬昔禡韻。「墉」或「郭」的初文，象城垣之形。《齊風・載驅》「薄鞹夕」押韻，《大雅・皇矣》「赫莫獲度廓宅」押韻。出土文獻中，「𩰫」聲與「淳」、「虢」通假。段氏魚部收「𩰫」、「郭」，其餘諸家僅收「郭」。「薄」、「夕」、「赫」、「莫」、「宅」等為魚部入聲字。

根據江有誥的古韻分部，昔、禡韻上古入魚部，且由上文可知，「𩰫」聲字多與魚部入聲字押韻或通假，因此「𩰫」（「郭」）當入魚部。

（17）帛聲、百聲

「帛」，中古陌韻。帛，《說文》：「從巾，白聲。」〈腥其俎節〉「席帛炙魄莫」押韻。段氏魚部收「白」、「帛」，董氏江氏魚部入聲、王氏周氏鐸部皆收「白」，未收「帛」。

「拍佰洦」等字從「百」得聲，中古屬陌韻。古文字從白，上加一橫，以「白」為聲。出土文獻中，「百」與「陌」通假，如〈更修田律〉：「一百（陌）道。」段氏魚部王氏鐸部收「百」，其餘諸家皆「白」未收「百」。「席」、「炙」、「魄」、「莫」為魚部入聲字。

根據江有誥的古韻分部，陌韻上古入魚部入聲，且由上文可知，「白」聲字多與魚部字押韻或通假，因此「白」（「帛」、「百」）當入魚部入聲。

六、歌　部

（1）沱聲、佗聲

沱，中古屬歌、哿韻。沱，《說文》：「從水，它聲。」〈澤陂〉「陂荷何為沱」押韻，〈漸漸之石〉「波沱他」押韻。出土文獻中，「沱」與「池」、「地」、「施」通假。段氏歌部收「它」、「沱」、「佗」，其他諸家歌部收「它」。

佗，中古屬歌韻。佗，《說文》：「從人，它聲。」「陂」、「荷」、「波」、「地」為歌部字。

根據江有誥的古韻分部，歌、哿韻上古入歌部，且由上文可知，「它」聲

字多與歌部字押韻或通假，因此「它」（「沱」、「佗」）入歌部。

（2）呙聲、過聲

「楇犒禍過調媧緺」等字從「呙」得聲，中古屬佳、戈、麻、過、卦、禡、果韻。「呙」，《說文》：「從口，冎聲。」〈考槃〉「阿薖歌過」押韻。段氏歌部收「冎」、「呙」、「過」，江氏董氏周氏歌部收「冎」，王氏歌部收「呙」。

「薖濄」等字從「過」得聲，中古屬戈韻。過，《說文》：「從辵，呙聲。」〈江有汜〉「沱過過歌」押韻。出土文獻中，「過」與「化」通假，如〈語叢三〉：「我日過（化）膳（善）。」「阿」、「化」為歌部字。

根據江有誥的古韻分部，佳、戈、麻、過等韻上古入歌部或魚部，且由上文可知，「冎」聲字多與歌部字押韻或通假，因此「冎」（「呙」、「過」）當入歌部。

（3）哥　聲

「滒歌」等字從「哥」得聲，中古屬歌韻。哥，《說文》：「從二可。」〈東門之池〉「池麻歌」押韻，〈卷阿〉「多馳多歌」押韻。段氏王氏歌部收「哥」，江氏董氏未收，周氏未收，以「哥」從「可」聲收可。

根據江有誥的古韻分部，歌韻上古入歌部，且由上文可知，「哥」聲字多與歌部字「池」、「麻」、「多」、「馳」等押韻，因此「哥」當入歌部。

（4）皮　聲

「簸詖彼詖鞁柀貱疲帔被頗髲破駊跛波鲅披綄鈹陂坡」等字從「皮」得聲，中古屬支、紙、寘、戈、果、過、戈韻。「皮」，《說文》：「從又，為省聲。」金文為以手剝皮之形，非形聲字。《召南・羔羊》「皮紽蛇」押韻，〈相鼠〉「皮儀儀為」押韻。出土文獻中，「皮」與「跛」通假，「彼」與「罷」通假，如馬王堆帛書《老子》乙本〈德經〉：「故去罷（皮）而取此。」「波」與「配〔註38〕」通假。段氏周氏歌部收為「皮」，江氏董氏歌部收「為」，王氏歌部收「為」、「皮」、「波」。「蛇」、「儀」為歌部字。

根據江有誥的古韻分部，支、紙、寘、戈韻上古入歌部或支部，且由上文可知，除個別例外，「為」聲字多與歌部字押韻或通假，因此「為」（「皮」、「波」）當入歌部。

〔註38〕「配」為微部字。

（5）可聲、何聲、奇聲、猗聲

「苛訶舸奇哿柯痾何砢河閜抲妸坷軻阿」等字從「可」得聲，中古屬哿、歌、箇、禡、馬韻。「可」，《說文》：「從口、丂，丂亦聲。」甲骨文從口從丂，「丂」為斤形，是「柯」的初文，非會意字。出土文獻中，「苛」與「痾」通假，「可」與「歌」、「奇」通假，段氏歌部收「乙」、「可」、「何」、「奇」、「猗」，江氏董氏歌部收「乙」，王氏歌部收「可」、「奇」，周氏收「乙」，以「可奇」從「乙」聲。

「荷」等字從「何」得聲，中古屬歌、哿韻。「何」，胡歌切、胡可切，中古屬歌、哿韻。「何」，《說文》：「從人，可聲。」《邶風・北門》「為何」押韻，〈君子偕老〉「珈河何」押韻。

「齮猗騎踦攲殌剞輢椅寄倚猗掎綺畸輢陭」等字從「奇」得聲，中古屬支、紙、寘韻。「奇」，《說文》：「從大，從可。」段注以為「可亦聲」。《衛風・淇奧》「猗磋磨」押韻，〈湛露〉「椅離儀」押韻。出土文獻中，「奇」與「猗」、「倚」通假。

「漪」等字從「猗」得聲，中古屬支韻。「猗」，於離切、於綺切，中古屬支、紙韻。「猗」，《說文》：「從犬，奇聲。」「駕」、「馳」、「破」押韻。「為」、「何」、「駕」、「馳」、「破」上古為歌部字。

根據江有誥的古韻分部，哿、歌、箇韻上古入歌部，部分入支韻，且由上文可知，「可」聲字多與歌部字押韻或通假，因此「可」（「何」）、「奇」（「猗」）入歌部。

（6）羅聲、罹聲

「蘿籮儸钂欏囉鑼攞懡癉」等字從「羅」得聲，中古屬歌、哿、箇韻。「羅」，《說文》：「從网從維。」〈兔爰〉「羅為罹吪」押韻。出土文獻中，「羅」與「離」通假，如〈行軍〉：「天離（羅）」段氏歌部收「羅」、「罹」，江氏董氏未收，王氏周氏歌部收「羅」。

《說文》無字從「罹」得聲，罹，呂支切，中古屬支韻。罹，《說文》：「從网，未詳，古多通用離。」〈斯干〉「地裼 [註39] 瓦儀議罹」押韻。出土文獻中「罹」與「離」通假。「為」、「吪」、「地」、「瓦」、「儀」上古為歌部字。

〔註39〕「裼」為支部字。

根據江有誥的古韻分部，歌、咅、箇韻上古入歌部，個別入支部。且由上文可知，除個別例外之外，「羅」、「罹」聲字多與歌部字押韻或通假，因此「羅」、「罹」當入歌部。

（7）詈聲、羆聲

「懺憺」等字從「詈」得聲，中古屬齊、霽韻。「詈」，力智切，中古屬寘韻。「詈」，《說文》：「从网，从言。」〈桑柔〉「寇〔註40〕可詈歌」押韻。段氏王氏歌部收「羅」、「詈」、「罷」、「羆」，江氏董氏歌部收「罷」，周氏歌部收「罷」。

「羅擺」等字從「羆」得聲，中古屬支韻。羆，《說文》：「从熊，罷省聲。」〈斯干〉「何羆蛇」押韻，〈下經六三〉「罷歌」押韻。「可」、「詈」、「歌」爲歌部字。

根據江有誥的古韻分部，齊、霽、支韻上古入支部或脂部，個別入歌部。且由上文可知，除個別例外，「詈」聲字多與歌部字押韻或通假，因此「詈」、「罷」（「羆」）當入歌部。

（8）烝聲、唾聲

即「垂」，「雖唾諈婑睡腄箠厜騒涶捶埵錘陲」等字從「烝」得聲，中古屬支、寘、果、戈、過、紙、尤韻。「垂」，《說文》：「从土，烝聲。」「唾」，《說文》：「从口，垂聲。」出土文獻中，「箠」與「垂」、「炊」通假，如〈雜抄〉：「毋敢炊（箠）餰。」段氏歌部收「烝」、「垂」，王氏歌部收「垂」、「唾」，江氏董氏周氏歌部收「烝」、「垂」。

根據江有誥的古韻分部，支、寘、果、戈韻上古入歌部或支部。且由上文可知，「烝」聲字多與歌部字「炊」押韻或通假，因此「烝」（「垂」、「唾」）當入歌部。

（9）化 聲

「傀魤吪囮貨鈋」等字從「化」得聲，中古屬麻、過、戈、尤韻。化，呼霸切，中古屬禡韻。化，《說文》：「从七，从人，七亦聲。」〈無芋〉「阿池訛」押韻。出土文獻中，「化」與「貨」、「禍」、「華」、「爲」通假，如《繫辭》：

〔註40〕「寇」爲侯部字。

「爲（化）之而施之胃（謂）之變。」段氏歌部收「七」、「化」，江氏董氏歌部收「七」，周氏歌部收「七」，王氏歌部收「化」。「阿」、「池」、「華」、「爲」爲歌部字。

　　根據江有誥的古韻分部，麻、過、戈等韻上古入歌部或支部，且由上文可知，「七」聲字多與歌部字押韻或通假，因此「七」（「化」）當入歌部。

（10）左聲、ナ聲

　　「尳陸」等字從「左」得聲，中古屬箇、支韻。「左」，臧可切、則箇切，中古屬哿‧箇韻。「左」，《說文》：「从ナ、工。」〈竹竿〉「左瑳儺」押韻，《唐風‧有杕之杜》「左我押」韻。出土文獻中，「佐」與「差」通假。段氏歌部收「ナ」、「左」，江氏董氏周氏歌部收「ナ」，王氏歌部「左」。「瑳」、「儺」、「差」爲歌部字。

　　根據江有誥的古韻分部，箇、支韻上古入歌部或支部，且由上文可知，「ナ」、「左」聲字多與歌部字押韻或通假，因此「ナ」、「左」入歌部。

（11）陸聲、隋聲、墮聲、隨聲

　　「鼉鼥陸」等字從「陸」得聲，中古屬果、支韻。「陸」，《說文》：「从𣅊，㫄聲。」出土文獻中，「陸」與「隋」通假。段氏歌部收「陸」、「隋」、「墮」、「隨」，王氏歌部收「隋」、「墮」、「隨」、「惰」，周氏歌部收「陸」，江氏董氏未收。

　　「獮鐫蓨遀鼉橢憜鱐㜪襦」等字從「隋」得聲，中古屬果、戈、過、支韻。「隋」，《說文》：「从肉，从陸省。」《尚書‧皋陶》「脞隨墮」押韻。出土文獻中，「隋」與「惰」、「蓏」通假，如睡虎地秦簡〈爲吏之道〉：「善言隋行。」「蓏」、「脞」爲歌部字。

　　「鬌」等字從「墮」得聲，中古屬果、支韻。「墮」，即「陸」，亦從「陸」聲。

　　「瀡髓饊㺩鑴」等字從「隨」得聲，中古屬支、紙、賄、寘韻。「隨」，《說文》：「从辵，墒省聲。」徐鍇以爲即從「隋」聲。

　　根據江有誥的古韻分部，果、支韻上古入歌部或支部，且由上文可知，「陸」聲字多與歌部字押韻或通假，因此「陸」（「隋」、「墮」、「隨」、「惰」）當入歌部。

（12）和　聲

「俰」等字从「和」得聲，中古屬過韻。「和」，戶戈切、胡臥切，中古屬戈、過韻。「咊」，《說文》：「从口，禾聲。」〈蕩兮〉「吹和」押韻，〈中孚九二〉「和靡」押韻。出土文獻中，「和」與「禾」、「果」通假，如〈易之義〉：「是故屢以果（和）行也。」段氏王氏歌部收「禾」、「和」，其餘諸家歌部收「禾」。

根據江有誥的古韻分部，過韻上古入歌部，且由上文可知，「禾」聲字多與歌部字「吹」、「靡」、「果」押韻或通假，因此「禾」（「和」）當入歌部。

七、支　部

（1）智聲

「漘漸覾觲」等字从「智」得聲，中古屬寘、支、錫、陌、昔韻。《說文》：「从白从亏从知。」段氏認為：「从知會意，知亦聲。」小篆从知，从于，从白或日，甲骨文無白或日，西周金文後加，戰國文字「矢」亦作「大」或「夫」。「智」从「知」得聲並無疑問。出土文獻中，「智」與「知」、「蜘」、「祇」等字通假，如《帛甲老子‧德經》：「民之難治也，以其知（智）也。」〈萬物〉：「智（蜘）蛛令人疾行也。」段氏支部收「智」，其餘諸家支部收「知」。

根據江有誥的古韻分部，寘、支、錫、陌等韻上古入支部，且由上文可知，「知」聲字一般與支部字通假，因此「知」（「智」）當入支部。

（2）氏聲、祇聲、疧聲

「祇芪眠疧恈泜抵紙蚔坁軝彽」等字从「氏」得聲，中古屬支、紙、至韻。《說文》：「象形，乀聲。」不確。象形字，但是甲金文構形不明，疑為「匙」的初文。《小雅‧白華》「卑疧」押韻。出土文獻中，「氏」與「兮」、「是」、「氐」、「祇」、「斯」等字通假，如馬王堆帛書《老子甲本‧五行》：「尸凸（鳩）在桑，其子其氏（兮）。叔（淑）人君子，其宜（儀）一氏（兮）。」中山王方壺：「氏（是）以遊夕歈（飲）飤（食）。」江氏認為「氏」為形聲字，入「乀」聲，不確。段氏支部收「氏」、「祇」、「疧」，王氏周氏支部收「氏」，江氏董氏未收。「卑」、「是」、「斯」等皆為支部字。

《說文》無字从「祇」得聲，「祇」，中古屬支韻。《說文》：「从示，氏聲。」

《小雅・何人斯》「易知衹」押韻。「衹」與「智」、「草」、「是」通假，如《阜易・復》：「□九，不遠□，□智（衹）悔。」〈要〉：「易曰：『不遠復，無（衹）誨（悔），元吉。』」

《說文》無字从「痕」得聲，「痕」，中古屬底韻。《說文》：「从疒，氏聲。」《小雅・白華》「卑痕」押韻。

根據江有誥的古韻分部，支、紙、至等韻上古入支部，且由上文可知，除個別例外，如「草」之外，「氏」聲字一般與支部字通假，因此「氏」（「衹」、「痕」）當入支部。

（3）虒聲、厂聲

「嘻禠遞踶騹樾褫鱧鯑鏉憅篪」等字从「虒」得聲，中古屬支、齊、薺、霽、紙、止韻，「灰虒鬁鯑鱱鸝」等字从「厂」得聲。《說文》：「虒，委虒，虎之有角者也。从虎，厂聲。」意義不明，「厂」是否為聲符也很難判定。《小雅・何人斯》「篪知斯」押韻，《大雅・板》「篪圭攜益易辟辟」押韻。出土文獻中，「虒」與「嘻」通假，如〈癰病〉：「以己巳晨虒（嘻），束鄉（響）弱（溺）之。」段氏支部收「厂」、「虒」，江氏董氏支部收「厂」，王氏周氏支部收「虒」。「知」、「斯」、「益」、「易」、「辟」等為支部字。

根據江有誥的古韻分部，支、齊等韻上古入支部，個別入歌部。且由上文可知，「虒」聲字一般與支部字押韻或通假，因此「虒」當入支部，「厂」當刪去。

（4）徙聲

「筵褗縦鞭屣」从「徙」得聲，中古屬紙、支、皆、蟹、寘韻。《說文》：「述，迻也。从辵，止聲。征，徙或从彳。屣，古文徙。」甲金文中徙从彳，从步，是會意字。《韓非子・揚權篇》：「名倚，物徙。」「倚徙」押韻，《荀子・成相篇》：「世之禍，惡賢士，子胥見殺百里徙，穆公任之，彊配五伯六卿施。」「禍徙施」押韻。《逸周書・周祝解》：「時之行也勤以徙，不知道者福為禍。」「徙禍」押韻。《家語・觀周》「此徙技此卑」押韻，歌支通韻，江氏以「徙」為歌部。出土文獻中，「徙」常與「沙」聲字通假。段氏周氏「徙」入支部，江氏董氏入歌部，王氏未收。「倚」、「禍」、「施」皆為歌部字。

根據江有誥的古韻分部，紙、支、皆等韻上古入支部或歌部，且由上文

可知，除了歌支通韻的例外，「徙」聲字一般與歌部字押韻或通假。因此「徙」聲歸歌部。

（5）麗　聲

「儷鸝穲孋黀驪鷫酈曬灑醨」等字從「麗」得聲，中古屬支、霽、齊、紙、薺、寘、至、錫、佳、卦、蟹、馬、魚韻。《說文》：「從鹿，丽聲。」不確。甲骨文象鹿有兩隻大角之形，從鹿從丽。「丽」是否爲「麗」之聲符不能確定。《離騷》「藥纚」押韻，段氏以爲「藥」、「纚」皆爲支部字，江氏以爲皆爲歌部字。出土文獻中，「麗」與「離」通假，如《周易》離卦，王家台秦簡《歸藏》作「麗」。「驪」與「疕」通假，如江陵張家山漢簡《脈書・癥足陰之脈》：「是動病」有「面驪」，馬王堆帛書《陰陽十一脈灸經・厥陰脈》作「面疕」。顯示「驪」與「疕」通假的材料明顯較晚，可能在漢代「麗」聲字變入支部。「徙」、「麗」關係密切，王力以爲是同源字，如「屣」，《廣雅・釋器》：「屣，屨也。」「躧」，《說文》：「躧，舞屨也。」因此，王力《同源字典》認爲：「萆麗從麗聲，古音當在歌部，但造字時當已轉入支部。」段氏支部收「麗」，董氏歌部收「麗」，王氏周氏江氏歌部收「丽」。

根據江有誥的古韻分部，支、霽、齊、紙、薺等韻上古入支部，且由上文可知「麗」聲字一般與「離」、「疕」等支部字押韻或通假，因此「丽」、「麗」當入歌部。

（6）蠡聲、喙聲

「癩劙檕䗥蠡醨」等字從「蠡」得聲，中古屬支、霽、錫、果韻。《說文》：「從蚰，象聲。」段氏認爲不當從「象」聲，當從「彖」聲，段氏以「彖」聲入元部，「彖」聲入支部，江氏從段氏，支部收「彖」聲，但無「蠡」聲，周氏支部收「蠡」。「彖」聲入元部諸家無差別，王氏未收「彖」、「蠡」。「喙」，《說文》：「口也。從口，彖聲。」

根據江有誥的古韻分部，支、霽、錫、果等韻上古入支部，同時綜合諸家的意見，我們認爲「象」歸入元部，「彖」（「蠡」）入支部。

（7）蠲　聲

《說文》無字從「蠲」得聲，中古屬先韻。《說文》：「從蟲、目，益聲，了象形。」「蠲」與「歖」、「圭」等字通假，如《大戴禮・盛德》：「上帝不歖焉。」

《孔子家語‧執轡》「歆作蠲」。《詩經‧小雅‧天保》:「吉蠲爲饎。」《周禮‧官蠟氏》鄭注「蠲作圭」。段氏以其从「益」得聲歸支部,後音轉讀爲「占懸切」。段氏支部收「益」、「蠲」,其餘諸家入聲或錫部收「益」。「圭」爲支部字。

　　根據江有誥的古韻分部,先韻上古入眞部或文部。但由上文可知,「蠲」从「益」得聲,且「蠲」與支部字通假,因此「益」、「蠲」入支部入聲。

(8)帝聲、啻聲、適聲、策聲、速聲、賣聲、刺聲、迹聲

　　「禘諦啼締俤膪渧揥楴蹄崥」等字从「帝」得聲,中古屬霽、齊、錫、祭、眞韻。《說文》:「从丄,朿聲。」不確。「帝」爲象形字,形象不明,王國維以爲像花萼之形,爲「蒂」字初文,也有人以爲像束綁柴薪的形狀,爲「禘」之初文。《鄘風‧君子偕老》「翟鬒揥皙帝」押韻,《九章‧悲回風》「解締」押韻。出土文獻中,「帝」與「啻」、「遆」通假,如郭店楚簡〈六德〉簡三八-三九:「君子不帝(啻)明乎民微而已,或以智(知)其弌(一)豆(矣)。」如溫縣盟書一四:「帝極氏見女。」盟書三「帝」作「遆」。段氏收「帝」、「啻」、「適」、「朿」、「策」、「速」、「賣」、「刺」,江氏董氏周氏收「朿」,王氏錫部收「朿」、「刺」、「賣」、「策」。

　　段氏以「啻」隸變爲「商」,「膪徲」等字从「啻」得聲,中古屬卦、禡韻,「適嫡敵鏑滴樀摘敵」从「商」得聲,中古屬錫、昔、霽、陌、麥、昔、錫韻。《說文》:「从口,帝聲。」出土文獻中,「啻」與「禘」、「敵」通假,如憲鼎:「用戰無啻(敵)。」小盂鼎:「啻(禘)周王武王成王。」

　　「蹢摘讁嫡擿」等字从「適」得聲,中古屬錫、昔、麥韻。《說文》:「適,之也。从辵,啻聲。適,宋、魯語。」《邶風‧北門》「適益讁」押韻。出土文獻中,「適」與「讁」、「蹢」、「敵」、「是」、「嫡」、「啻」通假,如阜陽漢簡《詩經》一四二:「寧是(適)不來。」馬王堆帛書《老子》甲、乙本《道經》:「善言者無瑕適。」通行本「適」作「讁」。

　　《說文》無字从「策」得聲,「策」,中古屬麥韻。《說文》:「从竹,朿聲。」《九章‧悲回風》「積繫策蹟適愬適蹟益釋」押韻。出土文獻中,「策」與「筴」通假,《帛甲老子‧道經》:「善數者不以檮(籌)筴(策)。」

　　《說文》無字从「速」得聲,「速」中古屬昔韻。「速」「迹」之初文。《說文》:「迹,步處也。从辵,亦聲。蹟,或从足、責。速,籀文迹从朿。」「速」當从「朿」得聲。

《說文》無字從「迹」得聲，「迹」，中古屬昔韻，從「亦」得聲。「速」多與「績」、「蹟」通假，如《離騷》：「恐皇輿之敗績。」「績」、「速」通。

「賫」，隸變後爲「責」，「簀幘嘖讀債嬪積鰿蹟襀績㱠磧」等字從「責」得聲，中古屬麥、卦、陌、寘、昔、錫、鎋等韻。《說文》：「从貝，朿聲。」《離騷》「隘績」押韻，《大雅·文王有聲》「績辟」押韻。出土文獻中，「責」與「積」通假，如兮甲盤：「王令甲政辭（司）成周四方責（積）。」「莿」等字從「刺」得聲，中古屬寘韻。「刺」之初文爲「朿」，象木的刺芒之形。《說文》：「从刀，从朿，朿亦聲。」《魏風·葛屨》「提辟掠刺」押韻，《大雅·瞻卬》「刺狄」押韻。出土文獻中，「刺」與「朿」、「責」通假，如殷墟甲骨文《合集》二二一三〇：「祝亞朿（刺）彘。」《詩論》：「《祈父》之責（刺），亦又（有）以也。」

「隘」、「提」、「辟」、「掠」、「刺」、「益」、「敵」爲支部字。

根據江有誥的古韻分部，霽、齊、錫、寘等韻上古入支部，且由上文可知，「帝」、「朿」聲字與支部字押韻或通假，因此「帝」（「啻」、「適」）、「朿」（「策」、「迹」、「責」、「刺」）當入支部。

（9）晳 聲

《說文》無字從「晳」得聲，中古屬昔韻。《說文》：「从白，析聲。」《鄘風·君子偕老》「翟鬒掠晳帝」押韻，《春秋左傳·襄公十七年》「晳役」押韻。出土文獻中，「晳」與「析」通假，如睡虎地秦簡《封診式·賊死》：「男子丁壯，析（晳）色，長七尺一寸，髮長二尺。」段氏支部收「析」、「晳」，其餘諸家入聲或錫部收「析」。「翟」、「鬒」、「帝」、「役」等爲支部字。

根據江有誥的古韻分部，昔等韻上古入支部入聲，且由上文可知，「析」聲字一般與支部字押韻或通假，因此「析」（「晳」）當入支部入聲。

（10）鬲聲、鬸聲

「鬲」、「䰞」、「鬲」互爲異體字。「膈搹槅嗝鍋鼉翮」等字從「鬲」得聲，中古屬麥、陌、錫韻。「䰞」，《說文》：「䰞，歷也。古文亦鬲字，象孰飪五味氣上升也。凡䰞之屬皆从鬲。」「鬲」，甲骨文象三足炊器之形。「鬲」與「歷」相通，如《史記·滑稽列傳》：「銅歷爲棺。」索隱：「歷即釜鬲也。」〈容成氏〉：「昔舜靜（耕）於鬲（歷）丘，匋（陶）於河賓（濱），魚（漁）於雷澤。」

段氏支部收「鬲」、「鬳」、「鷊，」其餘諸家支部入聲或錫部收「鬲」。

「鷊」、「鶂」、「鯢」互爲異體字。《說文》無字從「鷊」得聲，「鶂」，中古屬昔韻。「鶂」，《說文》：「鳥也。從鳥，兒聲……鷊，鶂或從鬲。」《陳風·防有鵲巢》「甓鷊惕」押韻。「歷」、「惕」爲支部字。

根據江有誥的古韻分部，麥、陌、錫韻上古入支部入聲，且由上文可知，「鬲」聲字一般與支部字通假或押韻，因此「鬲」（「鬳」、「鷊」）入支部入聲。

（11）厄聲、戹聲

「厄」爲「戹」之異體字，「扼軛阨呃蚅」等字從「厄」得聲，中古屬麥、卦、怪、陌韻。「厄」，《說文》：「從卩，厂聲。」不確。「戹」，「軛」之初文，《說文》：「從戶，乙聲。」不確。甲骨文象車軛之形，牛馬拉車套在脖頸上的器具。「軛」爲「軶」之異體。〈卜居〉「軛蹟」押韻。出土文獻中，「厄」與「軶」通假，如〈答問〉：「者（諸）侯客來者，以火炎其衡厄（軛）。」江氏董氏支部收「厄」聲，段氏支部收「厄」、「戹」，王氏周氏未收。「蹟」爲支部字。

根據江有誥的古韻分部，麥、卦、怪等韻上古入支部，且上文可知，「厄」、「戹」聲字與支部字通假或押韻，因此「厄」、「戹」當入支部。

（12）閱聲

「澗」等字從「閱」得聲，中古屬錫韻。《說文》：「從鬥，從兒。」段氏《說文解字注》：「會意，兒亦聲。」段氏《群經韻分十七部表》認爲《國語·周語》引人言：「兄弟讒閱，侮人百里。」「閱里」押韻，「里」是之部字，江氏《先秦韻讀》以爲非韻。段氏支部收「閱」，江氏董氏王氏未收，周氏入錫部。

根據江有誥的古韻分部，錫韻上古入支部入聲，因此「閱」入支部入聲。

（13）縈聲

《說文》無字從「縈」得聲，縈，中古「如累」、「如壘」兩讀，分屬紙、旨韻。《說文》：「從惢，糸聲。」段氏以「縈」非從「糸」聲，實爲從惢從糸，「惢」亦聲。段氏《諧聲表》「糸」聲歸支部、「惢」聲歸歌部、「縈」聲歸支部，段注「糸」聲、「惢」聲、「縈」聲皆歸支部。又段氏以《春秋左傳·哀公十三年》：「佩玉縈兮，余无所繫之。旨酒一盛兮，余與褐之父睨之。」「縈繫睨」押韻，朱駿聲從之，江氏《群經韻讀》「縈」非韻。「繫」、「睨」爲支

· 205 ·

部字。江氏以其从「糸」得聲，入支部，「惢」入歌部。王力《同源字典》以「蕤」、「緌」、「綏」爲同源詞，如《說文》：「蕤，草木華垂皃。」《說文》：「緌，垂也。」《說文》：「綏，系冠纓也。」朱駿聲曰：「謂纓之垂者。」「蕤」、「綏」皆爲微部字。王力以「蕤」从「惢」得聲，「惢」爲歌部字，「蕤」亦歸歌部，歌微旁轉。周法高也以「蕤」爲歌部字。周祖謨未收「蕤」字，「糸」在支部，「惢」在歌部，未知「蕤」在哪部。由此可知，「蕤」字从「糸」聲還是「惢」聲，「惢」聲是支部還是歌部，是解決歸部問題的關鍵。「惢」，《說文》：「讀若《易》『旅瑣瑣。』」「惢」、「瑣」通，「瑣」段氏江氏王氏周氏皆歸歌部，「惢」亦當毫無疑問的爲歌部字。「蕤」、「蕊」、「蘂」、「樂」互爲異體字，「蕤」當从「惢」得聲，且「糸」象束絲形，從「糸」派生字有連、繫意，或如奚聲字有小意，並如「蕤」之垂意。「蕤」，當从「惢」得聲，入歌部。段氏支部收「糸」、「蕤」，江氏董氏周氏支部收「糸」，王氏支部未收「糸」、「蕤」。

綜上所述，「糸」當入支部，「蕤」當入歌部。

（14）夊聲、夂聲

《說文》無字从「夊」得聲，中古楚危切，屬脂韻。《說文》：「夊，行遲曳夊夊，象人兩脛有所躧也。」甲骨文象倒趾之形。與「綏」通，《詩經·齊風·南山》：「雄狐綏綏。」《玉篇》引「綏綏」作「夊夊」。「綏」是微部字。江氏支部收「夊」聲，脂部收「夂」聲，「夂」，陟侈切。段氏支部未收「夊」，脂部亦收「夂」聲。夂，《說文》：「夂，从後至也。象人兩脛後有致之者。讀若黹。」「黹」是脂部字。「夂」還與「坻〔註41〕」通，《說文》：「坻，小渚也。《詩》曰：『宛在水中坻。』从土，氏聲。汷，坻或从水，从夂。渚，坻或从水，从耆。」中古屬旨韻。由此可知，「夊」當歸微部，「夂」當歸脂部，段氏江氏皆誤。江氏董氏「夂」入支部，其餘諸家未收。

由上文論述可知，「夂」入脂部。

（15）宷聲

《說文》以「脊」从「宷」得聲，但脊从「朿」，非如許慎所說从「宷」得聲。「宷」，中古屬皆韻。《小雅·正月》「蹐脊蜴」押韻。「瘠」與「竂」、「脊」、「漬」通假，如《周禮·秋官·蠟氏》：「掌除骴。」鄭玄注：「故書骴作脊。鄭

〔註41〕「坻」爲脂部字。

司農云：脊讀爲漬。」江氏董氏支部有「瓰」、「脊」，段氏支部收「脊」，王氏周氏「脊」入錫部。「蝪」、「漬」皆爲支部字。

根據江有誥的古韻分部，皆韻上古入脂部或支部，且上文可知，「脊」聲字與支部字通假，因此「脊」當入支部入聲。

（16）芈　聲

「蝉」等字從「芈」得聲，中古屬紙韻。《說文》：「從羊，象聲氣上出。與牟同意。」象羊叫之聲。「芈」，《廣韻》綿婢切，與「渳」、「弭」、「灖」、「瀰」、「蝉」等字同音，屬支韻上聲。江氏董氏入支部，其餘諸家未收。

根據江有誥的古韻分部，紙韻上古入支部，據此「芈」入支部。

（17）焱　聲

《說文》無字從「焱」得聲，焱，中古屬霽韻。《說文》：「二炎也。」焱中古屬支韻，與「邏」、「刕」同音。江氏董氏入支部，其餘諸家未收。

「焱」先秦典籍不常見，亦無其他諧聲字，因此暫且刪去。

（18）林　聲

《說文》無字從「林」得聲，中古屬卦韻。《說文》：「葩之總名也。林之爲言微也，微纖爲功，象形。」段氏《說文解字注》：「從二朩。」《說文新證》認爲從二朩，「朩」亦聲。出土文獻中，「林」通「靡」，如上博楚竹書〈緇衣〉簡一四：「吾夫=（大夫）龏（恭）虘（且）儉，林人不儉。」段氏未收，江氏董氏入支部，其餘諸家未收。

「林」僅作爲偏旁使用，先秦典籍並不常見，亦無其他諧聲字，因此暫且刪去。

（19）瑞　聲

《說文》無字從「瑞」得聲，「瑞」，中古屬寘韻，與「睡」、「種」等字同音。《說文》：「從玉、耑。」王筠《句讀》：「從玉，耑聲。」當從《說文》，「耑」聲當歸元部。段氏未收，其餘諸家入支部。

根據江有誥的古韻分部，寘韻上古入支部，據此「瑞」入支部。

（20）囟　聲

《說文》以「思佪細緦農曐」等字從「囟」得聲，中古屬震、之、紙、止、志、霽、冬等韻。「囟」，甲骨文象頭頂交匯之形。《說文新證》以「囟」

字或體「膟」，從肉，「宰〔註42〕」聲。「思」，《說文》：「從心，囟聲。」不確。當依《說文解字注》改爲：「從心，從囟。」「顋」，《說文》：「從異，囟聲。」初文「㧒」，或從「西」得聲。「細」，中古屬霽韻，《說文》：「從糸，囟聲。」「偲」，《說文》：「從人，囟聲。」《小雅・正月》：「佌佌彼有屋。」許愼引「佌作偲」，可見「偲」、「佌」相通。「佌」爲支部字。段氏以「偲細」從「囟」聲，入支部，以「思」聲入之部。「農」，《說文》：「從晨，囟聲。」有誤。「農」原從林，從辰，後追加意符「田」，「田」譌爲「囟」，農不從「囟」聲。「囟」聲江氏董氏入支部。王氏周氏脂部收「細」聲，其餘諸家未收。由上文可知，從「囟」得聲字「偲」、「細」爲支部字，「囟」聲入支部。

八、脂部（微部）

（1）歸聲、師聲

「蘬鬄歸覽」等字從「歸」得聲，中古屬微、未、脂、旨韻。「歸」，《說文》：「從止，從婦省，𠂤聲。」甲骨文從帚，從𠂤，金文加止或辵，以「𠂤」爲聲符。段氏以《周南・葛覃》「歸私衣」押韻，江氏以「歸衣」押韻，「私」不入韻，王力《詩經韻讀》以「歸衣」押韻，入微部，「私」爲脂部字奇句不入韻，段氏江氏以《邶風・北風》「喈霏歸」押韻，王力以「霏歸」押韻，入微部，首句「喈」不入韻。陸志韋《詩韻譜》對這兩首詩的處理與王力一致。

討論「歸」的歸部問題，不可避免涉及到「𠂤」、「師」、「帥」、「追」等聲的歸部。段氏《諧聲表》以「𠂤」、「帥」、「歸」、「師」入脂部，江氏諧聲表有「𠂤」、「帥」，無「歸」，江氏把「歸」併入「𠂤」聲，入脂部，他們的「諧聲表」無微部，我們看到，在歸部上段江並無本質區別，與王氏的區別主要在韻例的處理上。董同龢《諧聲表》微部有「𠂤」、「帥」，無「歸」，亦無「師」，王力《諧聲表》微部有「追」、「歸」，脂部有「師」，物部有「帥」，周氏脂部有「師」，微部有「𠂤（追、歸）」，物部有「帥」。

龍宇純在〈古韻脂眞爲微文變音說〉中以甲金文爲證據對董同龢的諧聲歸部提出質疑，認爲「𠂤」、「師」歸脂部，「帥」歸微部：

全依《說文》以來的共識，𠂤義爲小阜，篆文與阜字但有繁簡

〔註42〕「宰」爲之部字，「佌」爲支部字，「西」爲脂部字。

的不同，歸、追、帥字並从𠂤爲聲，𠂤便是通行的堆字，一切都無疑義，自應隸𠂤於微部。據甲骨、金文，則𠂤與𨸏形無所同，其音義同師字；歸與追从𠂤爲義符，表人眾之意；帥則本不从𠂤，其字作○，爲巾在門右之形，與帨同字，古韻原在祭部，借用同率，方屬微部。𠂤應依師字入脂部。〔註43〕

我們根據現代古文字研究者的字形分析認爲：「歸」从「𠂤」聲；追从𠂤止會意，「𠂤」亦聲；「𠂤」與「𨸏」確爲形近混用，「𠂤」在甲金文中也確實多與「師」通。但是，我們也看到很多其他的現象。首先，裘錫圭先生認爲：

> 根據甲骨文中𨸏、𠂤爲一字的現象，既可以把它們都釋爲𨸏，也可以把它們都釋爲訓小𨸏的𠂤。我們傾向於把它們釋爲𠂤。𠂤是堆的古字，在古代有可能用來指稱人工堆筑的堂基一類建築。堆是高出於地面的。〔註44〕

也就是說，「𠂤」與「𨸏」並非「形無所同」，而是使用上無別。而且，「𠂤」與「殿」多通假，「𠂤」、「殿」微文對轉也說得通，黃德寬《古文字譜系疏證》多有例證，茲不贅述。另外需要補充的是出土文獻中也有「歸」與「緐」通假的現象，如〈㝬威干〉：「擊歸（緐），方（放）之羽。」「緐」也是文部字。從通假字的現象考慮，「𠂤」與文部字脂部字皆有關聯。

《說文》从「𠂤」與得聲的字有「歸追」，爲脂微韻合口字，與齊韻無涉。「歸」聲的諧聲字在中古除「𠂤」屬微韻合口，其餘都爲脂韻合口字，與齊韻無涉。董同龢（1945）以諧聲現象爲王力的學說補充證據，並修正王力的脂微分部標準，其中特別指出這一點。因此，從諧聲字和語音的系統性考慮，「𠂤」聲、「歸」聲歸入微部更爲合適。

王氏在〈古韻脂微質物月五部的分野〉中討論了「帥」的歸部和證據，他認爲依照《說文》和《詩經》，「帥」與「帨」通，應屬月部，依照一般古書，「帥」與「率」通，應屬物部，王力與高本漢同歸物部，黃侃歸入他的灰部（相當於王力的脂微部。）〔註45〕實際上，「帥」爲象形字，甲骨文象兩手執席形，後金

〔註43〕龍宇純〈古韻脂眞爲微文變音說〉《中研院史語所集刊》77（2），2006年，頁178。

〔註44〕裘錫圭《古文字論集》，北京：中華書局，1992年，頁193。

〔註45〕王力《王力全集・第十七卷・古韻脂微質物月五部的分野》，濟南：山東教育出版社，1989年，頁264。

文加上巾作形符，非如小徐說从「㠯」聲，龍宇純先生與王力等人意見，「帥」歸微部無疑。

《說文》無从「師」得聲的字，中古屬脂韻。師，《說文》：「从𠂤，从帀。」「帀」為疊加意符，師不从「𠂤」得聲，但甲金文中多與「𠂤」通用，詩韻中與脂微部字皆有押韻的關係，如《唐風·無衣》「衣師」押韻，《小雅·節南山》「師氏維毗迷師」押韻。出土文獻中，「師」與「𠂤」、「犀」皆通假，如多友鼎：「武公命多友達（率）公車羞追于京𠂤。」段氏脂部有「師」聲，江氏脂部無，王氏周氏脂部亦有「師」聲，董氏脂部無。漢簡里多與「犀」通假。我們認為王氏周氏的看法是正確的，我們暫從前輩學者的意見，將其歸入脂部。綜上所述，「𠂤」（「歸」、「追」）帥入微部，師入脂部。

（2）厶聲、私聲

「秜等字从「私」得聲，中古屬脂韻開口。「私」，《說文》：「从禾，厶聲。」《衛風·碩人》王力認為「頎衣」、「妻荑私」由微轉脂押韻，陸志韋亦如此，認為「姝亦」押韻。出土文獻中，「私」與「厶」通假，如〈昭王〉：「以僕之不得並僕之父母之骨厶（私）自博。」段氏脂部收「厶」聲、「私」聲，江氏董氏收「厶」聲，王氏周氏脂部收「私」聲。厶，《說文》：「姦衺也。韓非曰：『蒼頡作字，自營為厶。』」

綜上可知，「厶」（「私」）歸入脂部。

（3）貴　聲

「遺讀䙺殰䙴䢢殨饋櫃憒壝憒潰闠聵隤纊匱」等字从「貴」得聲，中古屬灰、至、脂、隊、賄、怪韻。「貴」，小篆作「臾」，《說文》：「从貝，臾聲。臾，古文賈。」「臾」為「貴」之初文，象兩爪中一短豎，為兩手持物贈與之意，亦為「遺」之初文，與須臾的「臾」非一字。須臾的「臾」，《說文》：「从申，从乙。」或謂从「乙」得聲。不確，甲金文象雙手持捉人形，與「曳」為同一字，後借為須臾之「臾」。

《小雅·谷風》「頹懷遺」押韻。出土文獻中，「貴」聲字與微部字「追」通假，如〈王孫遺者鐘〉：「隹正月初吉丁亥，王孫遺者擇其吉金……」據孫啓康〈楚器〈王孫遺者鐘〉考辨〉考證，遺者即楚王子追舒。也與祭部字「沫〔註46〕」

〔註46〕「沫」，王力先生認為是微部字，而李方桂、董同龢、周法高等學者歸入祭部字。

「薈」通假，如〈尊德義〉：「戠（勇）不足以沬（潰）眾。」〈容成〉：「中不薈（潰）腐，故身無苛（疴）央（殃）。」王力曾詳細分析過「𢍰」聲，從它的詩韻現象來看，除《呂氏春秋‧勸勛》與祭部字外押韻外，基本與微部字押韻[註47]。《詩經》中經常有質祭、術祭合韻的現象，王念孫、江有誥在討論質術分合時就注意到微部與祭部的接觸。他們對於質術分合的看法不一，其中很大程度是因為對術、月的關係理解不一致。

段氏《諧聲表》脂部收「𢍰」、「貴」，江氏《諧聲表》脂部收「𢍰」，王氏《詩經韻讀》（1980 年）的《諧聲表》微部收「遺」、「蕢[註48]」、物部收「貴」，《漢語音韻》（1962 年）的《諧聲表》微部收「貴」，周氏《諧聲表》微部收「貴」，董氏《諧聲表》微部收「𢍰」、「貴」。依照前文分析，「貴」、「遺」為「𢍰」聲字無疑問，那麼「貴」、「遺」是否如王力所說一為入聲，一為平聲？《詩經》無「貴」，《邶風‧北門》「遺摧」押韻，《小雅‧谷風》「蕢懷遺」押韻，皆與平聲字押韻。出土文獻中，「貴」與「饋」通假，「遺」與「追」、「續」通假。「饋」、「續」中古為去聲字，「追」為平聲字。從「𢍰」得聲的字只有「貴」，中古屬未韻合口字，王力以其中古為去聲字而歸入上古的入聲物部。我們認為，從「遺」的中古讀音、詩韻和通假二方面看來，上古為平聲是大概可以的。同樣，「貴」在上古大概是去聲字。我們認為，並不是中古的去聲一律由上古入聲轉化而來，且儘管去入關係密切，平去、上去在詩經諧聲中同樣關係密切，因此暫且將貴收入微部。

綜上所述，「遺」、「蕢」、「貴」從𢍰得聲，入微部。

（4）眔　聲

「遝屬」等字從「眔」得聲，中古屬合、皆韻。「眔」聲，《說文》：「從目，從隶省。」不確，甲骨文象目流淚之形，為象形字。段氏脂部有「眔」聲、「褱」聲，江氏脂部有「褱」聲，緝部有「眔」聲，王氏微部「褱」聲、周氏董氏皆是微部有「褱」聲、緝部有「眔」聲。褱，《說文》：「從衣，眔聲。一曰橐。」亦為「懷」的初文。

〔註47〕詳見王力《王力全集‧第十七卷‧古韻脂微質物月五部的分野》，濟南：山東教育出版社，1989 年，頁 262，具體例子不再舉出。

〔註48〕「遺」、「蕢」為《詩經》韻字，「貴」非《詩經》韻字。

出土文獻中，「壞」與「歸」通假，「瓌」與「還」通假，如，〈緇衣〉：「厶（私）惠不〈壞（懷）〉惪（德），君子不自留女〈安（焉）〉。」今本《禮記·緇衣》〈壞（懷）〉作「歸」。傳世文獻中，「冞」、「遯」等字與「揗」、「逮」、「襲」、「榙[註49]」通假，如《說文》：「揗讀若冞。」《史記·司馬相如列傳》：「雜遯累輯。」《漢書·司馬相如列傳》「遯」作「襲」。另外，「褱」聲字有「懷瀤壞」，中古屬皆怪韻合口字，是微部字的聚居地。

據通假和諧聲的現象看來，「冞」、「遯」歸入緝部，「褱」聲歸入微部是沒有問題的。「褱」從「冞」得聲，但是不同韻部亦不奇怪，據李方桂先生的上古音擬音，微部與緝部主元音皆爲[ə]，一爲舌尖尾，一爲雙唇音尾，他認爲部分唇塞音韻尾的字在《詩經》時代變成了舌尖音韻尾。然而，我們看到，除「褱」以外的「冞」聲字在漢代仍與緝部字通假。

我們認爲，當從周氏董氏，「褱」聲入微部，「冞」聲入緝部。

（5）視聲、祁聲、祋聲

《說文》無字從「視」得聲，視，中古屬至韻，常利切。「視」，《說文》：「從見、示。」小徐本作從見，「示」聲。金文另一形從見，「氏」聲。《小雅·大東》「匕砥矢屢視涕」押韻。出土文獻中，「視（眡）」與「示」通假，如上博楚竹書〈緇衣〉簡一一二：「子曰：『又（有）國者章昈（好）章惡，以眡民厚。』」《禮記·緇衣》「眡」作「示」。段氏江氏脂部收「示」聲，段氏另收「視」聲、「祁」聲，王氏周氏董氏僅脂部收「示」聲。

《說文》無字從「祁」得聲，渠脂切，中古屬脂韻。祁，《說文》：「從邑，示聲。」〈大田〉「淒祁私」押韻。「祁」與「旨」、「耆」、「示」通假，如《史記·晉世家》：「餓人，示眯明也。」索隱：「鄒誕云：『示眯爲祁彌，即《左傳》之提彌明也。』《史記》作示，鄒爲祁者，蓋由示、祁、提音相近，字遂變而爲祁也。」

《說文》無字從「祋」得聲，中古兩讀，丁外切、丁括切，屬泰末韻。「祋」，《說文》：「從殳，示聲。」《曹風·候人》「祋芾」押韻。「芾」字屬微部抑或月部眾說不一[註50]。江氏《詩經韻讀》、陸志韋《詩韻譜》以「祋」、

〔註49〕「揗逮襲榙」除「逮」字，都是緝部。「逮」字諸家看法不一，歸入月部微部之部皆有。

〔註50〕周氏、高氏認爲是微部入聲。

「帀」皆爲祭部，但是江氏《諧聲表》祭部僅收「市」聲，「役」聲失收。段氏《詩經韻分十七部表》「役」、「帀」入脂部去聲，《諧聲表》無。段氏以「役」聲從「示」得聲入脂部，江氏董氏的脂部祭部未收，王氏「役」聲入月部，周氏「役」聲入祭部。

王氏在《古韻脂微質物月五部的分野》中討論了「役」聲的歸屬。他引用夏炘《詩古韻表》的說法，認爲「役」從「示」得聲不確，且根據「役」的中古反切，依照古音系統也應該歸入月部。我們認同王力先生的看法，即「役」從「示」得聲。「役」的中古反切也表明當歸入祭部。王氏以「役」爲入聲，因爲他的標準是「凡同聲符的字有在平上聲的，就算陰聲韻（如果不屬陽聲韻的話）。」〔註51〕否則爲入聲，因此月部皆爲入聲。「役」中古去入兩讀，上古當歸祭部，「示」（「視」、「祁」）當歸脂部。

（6）微聲、豈聲

「薇徵溦」等字從「微」得聲，中古屬微韻。微，《說文》：「从彳，散聲。」《邶風・柏舟》「微衣飛」押韻。出土文獻中，「微」與「美」、「散」、「妻」、「非」、「幾」、「物」通假，如銀雀山竹簡《六韜・五》：「全勝不鬬（鬬），大兵無創，與鬼神通。美才！」傳世本「美才」作「微哉」。段氏脂部收「散」聲、「微」聲、「豈」聲，江氏脂部僅收「散」聲，王氏《漢語音韻・諧聲表》脂部收「豈」聲、微部收「微」聲，《詩經韻讀・諧聲表》微部收「散」聲、「微」聲、「豈」聲，周氏微部收「散」聲（微）、「豈」聲，董氏〔註52〕微部收「散」聲。

「愷凱豈塏齴殪譏剴撝覬齜騷澄磑」等字從「豈」得聲，中古屬尾、開、代、灰、咍、至、微、紙、隊韻。「豈」，《說文》：「从豆，微省聲。」不確，甲金文爲象形字，構形不明，或以爲象鼓形，或以爲「凱」〔註53〕之初文。《小雅・蓼蕭》「泥弟弟豈」押韻，《小雅・魚藻》「尾豈」押韻。出土文獻中，「豈」與「幾」通假，如銀雀山竹簡《晏子・一二》：「夫人君者幾以泠（陵）民，

〔註51〕王力《王力全集・第十七卷・古韻脂微質物月五部的分野》，濟南：山東教育出版社，1989年，頁207。

〔註52〕何九盈《古韻通曉》單獨討論了「豈」聲，認爲董氏歸微部，查董氏《諧聲表》未收「豈」聲，未知何氏所據。

〔註53〕「凱」爲微部字。

社稷（稷）是主也。」傳世本《內篇雜上》第二章，明本作：「君民者豈以陵民，社稷是主。」「凱」與「幾」通假，如〈民之〉：「《詩》曰：幾（凱）俤（悌）君子，民之父母。」。「豈」在《詩經》中皆與脂部字押韻，出土文獻中，卻與微部字通假。何九盈、陳復華《古韻通曉》單獨討論了「豈」聲：

> 王力改歸脂部可能有兩個方面的原因。從語音系統看，豈在《廣韻》屬微部系開口三等字，當歸脂部〔註54〕。詩韻有《小雅・蓼蕭》「泥弟弟豈」相協，都是脂部字。

段氏《說文解字注》認爲豈從「散」省聲。「散」聲在微部，且「豈」和「豈」聲字在中古除少數歸脂韻外，基本是咍、灰、微韻字。另外，王力《同源詞典》中「覬」與「冀」、「希」、「欷」、「幾」爲同源詞，如《文選・登樓賦》：「冀王道之一平兮。」注：「賈逵國語注曰：『覬，望也。』冀與覬同。」

由上文可知，「散」聲與微部字押韻、通假或互爲同源詞，因此「散」聲（「微」、「豈」）入微部。

（7）尼聲、旨聲、稽聲、耆聲、匘聲

「柅怩蚭跜呢狔旎抳昵疕泥苨坭迡秜餟貎饉」等字從「尼」得聲，中古屬脂、紙、旨、質、黠、齊、霽、薺、至、青韻。尼，《說文》：「從尸，匕聲。」不確。甲金文從尸從人，象兩人背靠嬉戲之形。出土文獻中，「梯」與「柅」通假，「泥」與「惕〔註55〕」替通假，如《周易・井》：「初六：井替（泥）不飲（食），舊井亡（無）禽。」段氏脂部有「匕」聲、「尼」聲、「旨」聲、「稽」聲、「耆」聲，江氏脂部有「匕」聲、「比」聲，王氏脂部有「旨」聲、「匕」聲、「耆」聲、「比」聲，周氏脂部有「旨（耆）」、「比（毗坒）」、「稽」聲，董氏脂部有「匕」聲、「比」聲。

「指恉脂」等字從「旨」得聲，中古屬脂、旨韻。「旨」，《說文》：「從甘，匕聲。」一說從人從口或甘，一說從匕從口，「匕」亦聲。《鄘風・蝃蝀》「指弟」押韻。出土文獻中，「旨」與「示」、「嗜」、「祁」通假，如〈緇衣〉：「《寺（詩）》員（云）：『人之好我，旨（示）我周行。』」今本《禮記・緇衣》「旨」作「示」。

〔註54〕此處何氏根據的可能是王氏《漢語音韻・諧聲表》裏的看法。
〔註55〕「惕」爲支部字。

「惄楷稽鰭蓍饎鐯醋暗髻」等字从「耆」得聲，中古屬脂、支、至韻。耆，《說文》：「从老省，旨聲。」《曹風‧下泉》「蓍師」押韻。

《說文》無字从「稽」得聲，稽，中古兩讀，古奚切、康禮切，分屬齊、薺韻。「稽」，《說文》：「从禾，从尤，旨聲。」古文字从禾，从又，从旨，「旨」亦聲。　「槌膍蓖蠅鸘碗鶘幌」等字从「毘」得聲，中古屬脂、齊、霽、屑韻。「毘」，隸變爲「毗」。毗，《說文》：「从囟……从比聲。」「比」，《說文》：「密也。二人爲从，反从爲比。」甲骨文象側臥的人形。《大雅‧板》「憍毗迷尸屎葵資師」押韻。段氏脂部收「比」聲、「毘」聲，江氏王氏周氏董氏脂部僅收「比」聲。

由上文可知，「厶」與脂部字如「師」、「尸」、「資」押韻或通假，因此「匕」（「旨」、「耆」、「稽」）、「尼」、「比」（「毘」）當歸入脂部。

（8）犀聲、屖聲

「墀遲掆犀」等字从「犀」得聲，中古屬齊、脂、皆韻。「犀」，《說文》：「从牛，尾聲。」出土文獻中，「遲」與「屎」、「犀」、「夷」、「厂」通假，如上博楚竹書〈孔子詩論〉簡二：「亓（其）樂安而屖。」「屖」讀爲「遲」，舒遲之意。段氏脂部有「犀」聲，江氏脂部無「犀」聲，另收「尾」聲，王氏脂部有「犀」聲、「遲」聲，周氏董氏脂部有「犀」聲。「夷」、「厂」等皆爲脂部字。

根據江有誥的古韻分部，齊、脂、皆韻上古入脂部，由上文可知，「尾」與脂部字通假，因此「尾」（「犀」）當入脂部。

（9）麋　聲

《說文》無字从「麋」得聲，「麋」，靡爲切，中古屬支韻。「麋」，《說文》：「从鹿，米聲。」甲骨文从鹿，「眉」聲，金文从鹿，「米」聲。《小雅‧巧言》「麋階伊幾〔註56〕」押韻。出土文獻中，「麋」與「迷」、「眉」、「彌」通假，如馬王堆帛書《老子》乙本卷前古佚書〈道原〉：「無好無亞（惡），上用□□而民不麋（迷）惑。」段氏脂部另立「麋」聲，其他人僅收「米」聲。「彌」、「階」爲脂部字。

根據江有誥的古韻分部，支韻上古入脂部或支部，由上文可知，除個別例外，「米」一般與脂部字押韻或通假，因此「米」（「麋」）當入脂部。

（10）回 聲

即「回」，「洄迴佪茴詗駉佪」等字從「回」得聲，中古屬灰、隊韻。「回」，《說文》：「從口，中象回轉形。」甲金文象水迴旋之形。《大雅·旱麓》「枚回」押韻，《大雅·常武》「回歸」押韻。段氏脂部除「回」聲，另收「回」聲，標註「古文回」，不知何意，其他諸家皆無「回」聲。

「回」為「回」之古文，與「回」同，不應保留。

（11）次 聲

「茨咨趑資佽姿紉羨恣餈髭坒齑欪瓷」等字從「次」得聲，中古屬至、脂、齊、職韻。「次」，《說文》：「從欠，二聲。」金文從欠從二，為人講話之意，是「咨」的初文。《小雅·瞻彼洛矣》「茨師」押韻。出土文獻中，「資」與「齋」、「齎」、「晉」通假，「次」與「齊」通假，如睡虎地秦簡〈為吏之道〉：「處如資，言如盟，出則敬，毋施當，昭如有光。」「資」為「齋」，齋戒之意。段氏脂部收「次」聲，江氏董氏未收，王氏周氏脂部收「次」聲，諸家脂部皆收有「二」聲。

根據江有誥的古韻分部，至、脂、齊、職韻上古入脂部，由上文可知，「厶」一般與脂部字「齊」、「師」押韻或通假，因此「二」（「次」）當入脂部。

（12）尒聲、爾聲、镾聲

「薾邇閟籋檷灑壐镾鬗麗」等字從「爾」得聲，中古屬紙、薺、蟹、支、怗韻。爾，《說文》：「從冂，從爻，其孔爻；尒聲。」不確，象豎直纏絲繞絲的架子，或象尾部有裝飾的利器，非形聲字。《齊風·載驅》「濟瀰弟」押韻。出土文獻中，「爾」與「尓」、「彌」通假，如〈緇衣〉：「《寺（詩）》員（云）：『情（靖）共尔（爾）立（位），好氏（是）貞（正）植（直）。』」。段氏脂部除「尒」聲外，亦收「爾」聲、「镾」聲，江氏脂部僅有「尒」聲，王氏脂部未收「尒」聲，收「爾」聲、「彌」聲，周氏脂部收「爾」聲（彌），董氏脂部僅收「尒」聲。

《說文》無字從「镾」得聲，中古屬薺韻。「镾」，《說文》：「從長，爾聲。」與「彌」互為異體字。「爾」聲、「镾」聲字中古多屬薺韻，當為脂部字。

根據江有誥的古韻分部，紙、薺、蟹、支韻上古一般入脂部，由上文可知，「尒」、「爾」一般與脂部字「濟」、「弟」等押韻或通假，因此「尒」、「爾」（「邇」）當入脂部。

（13）丿聲、弟聲、曳聲、系聲

《說文》以「弟」、「曳」、「系」從「丿」得聲。「丿」，餘製切，中古屬祭韻，《說文》：「右戾也。象左引之形。」「弟」為象形字，詳見下文。「系」古文字從糸從爪，亦非從「丿」聲。「曳」，《說文》：「臾曳也。從申，丿聲。」中古亦屬祭韻。段氏《說文解字注》認為「臾」、「曳」雙聲，曳形聲包會意，當歸於脂部。黃德寬《古文字譜系疏證》、季旭昇《說文新證》皆認為，「曳」與須臾之「臾」為一字之分化，非形聲字，然而「曳」為祭部字，須臾之「臾」為侯部字，韻部兩者相距較遠，我們看到「曳」與「貴」所從之「臾」皆為祭部字。「曳」聲段氏歸脂部，江氏未收，王氏周氏歸月部，「丿」聲江氏董氏入脂部。

「珮洩䣸鶂庹痩筻秹」等字從「曳」得聲，中古屬祭、至、霽韻。《周易‧下經‧暌六三》「曳掣劓」押韻。出土文獻中，「曳」與「抴」、「忿」通假，如馬王堆帛書《六十四卦‧既濟》初六〈九〉：「抴其綸（輪），濡其尾，無咎。」通行本《易》作「曳」。

「娣軷悌第鬄睇眱綈稊餓鵜錦鯷梯涕刜」等字從「弟」得聲，中古屬齊、霽、薺韻。《說文》：「弟，韋束之次弟也。從古字之象。丯，古文弟，從古文韋省，丿聲。」不確。甲金文象繩索纏繞戈矛之形，為象形字。《邶風‧谷風》「遲違畿薺弟」押韻，《邶風‧泉水》「沛襧弟姊」押韻。出土文獻中，「稊」與「荑」通假，如馬王堆帛書《六十四卦‧泰（大）過》九二：「楛（枯）楊生荑，老夫得其女妻，无不利。」「荑」通行本《易》作「稊」。段氏脂部收「弟」聲，江氏董氏未收，王氏周氏脂部收「弟」聲。

王力在〈古韻脂微質物月五部的分野〉中提到「曳」聲屬月部：

> 曳又作抴，泄又作洩，絏又作緤。世聲既屬月部，曳聲也應屬月部。〔註57〕

〔註57〕王力《王力全集‧第十七卷‧古韻脂微質物月五部的分野》，濟南：山東教育出版社，1989年，頁283。

這個推斷是極有道理的，不同的是我們以去聲歸陰聲韻部，而非入聲。

先秦古書中既少有「丿」字出現，又無其他證據，「丿聲」不當收。「弟」歸脂部，「曳」歸祭部。

（14）此 聲

「跐此玼泚雌觜呰蚩欪疵訾媡辈」等字從「此」得聲，中古屬紙、支、薺、寘、齊、怪、佳、卦、夬韻。甲金文從人，從止，會意字。《小雅‧小弁》「伎雌枝知」押韻。出土文獻中，「此」聲字與「是」、「斯」通假，馬王堆帛書《六十四卦‧旅》初六：「旅瑣瑣，此其所取火。」今本此作「斯」，「火」作「災」。段氏王氏「此」聲歸脂部，江氏周氏董氏歸支部。「枝」、「知」、「斯」皆為支部字。

根據江有誥的古韻分部，紙、支、薺、寘、齊韻上古一般入脂部或支部，由上文可知，「此」一般與支部字押韻或通假，因此「此」當歸支部。

（15）旡聲、悉聲、既聲、㤅聲

「㤅」等字從「悉」得聲，「㤅」，隸變為「愛」，中古屬代韻。「悉」，《說文》：「從心，旡聲。」段氏除「旡」聲外脂部另外收「既」聲、「悉」聲、「㤅」聲，江氏脂部僅收「旡」聲，王氏《漢語音韻‧諧聲表》微部收「悉」聲，《詩經韻譜‧諧聲表》改為物部收「既」聲、「㤅」聲，周氏微部收「旡聲（既㤅）」，董氏微部收「旡」聲。他根據詩韻將「㤅」聲、「既」聲都歸入入聲：

> 《詩‧召南‧摽有梅》叶「塈」「謂」，《邶風‧谷風》叶「潰」「肆」「塈」，《大雅‧假樂》叶「位」「塈」，《洞酌》叶「溉」「塈」，《楚辭‧懷沙》叶「溉」「謂」，《哀郢》叶「溉」「邁」。……《詩‧小雅‧隰桑》叶「㤅」「謂」，《楚辭‧懷沙》叶「喟」「謂」「㤅」「類」，《大雅‧桑柔》叶「優」「逮」〔註58〕。

「既」、「㤅」既為去聲，當入陰聲。

「藃嘅溉概慨溉摡墍暨」等字從「既」得聲，中古屬未韻。「既」，《說文》：「從皀，旡聲。」甲骨文從皀，從旡，「旡」亦聲，為食畢之意。出土文獻中，

〔註58〕王力《王力全集‧第十七卷‧古韻脂微質物月五部的分野》，濟南：山東教育出版社，1989年，頁266。

「既」與「幾」，「慨」與「葵〔註59〕」通假，如〈陰陽脈甲〉：「久（灸）幾（既）
息則病已矣。」

「旡」即「愛」，「曖僾靉薆瑷曖」从「愛」得聲，中古屬代、尾、泰韻。
「愛」，《說文》：「从夂，悉聲。」出土文獻中，「既」與「愛」通假，如《繫
辭》：「安地厚乎仁，故能既（愛）。」

綜上所述，「旡」（「既」「愛」）當歸入微部。

（16）季　聲

「悸瘁」等字从「季」得聲，中古屬至韻。「季」，《說文》：「从子，从稚
省，稚亦聲。」不確，甲金文从子从禾，會幼禾之意。出土文獻中，「悸」與
「快〔註60〕」通假，如《周易·艮》：「六二：艮其足，不拯其陸（隨），其心
不悸（快）。」段氏脂部有「季」聲，江氏無，亦未收「稚」聲。王氏質部收
「季」聲，周氏董氏脂部收「季」聲。王力以《魏風·陟岵》、《衛風·芃蘭》、
《大雅·皇矣》「季叶寐棄對遂」為依據，將其歸入入聲。〔註61〕龍宇純將其
歸入微部：

> 當即以禾為聲，本在歌部，轉音入微，當與委字从禾聲由歌入
> 微行徑相同。中古入至韻，亦與妥聲之綏入脂韻同。〈皇矣〉叶季、
> 對，〈陟岵〉叶季、寐、棄，對字屬微部，寐从未聲亦微部，《廣韻》
> 季、寐同隸至韻四等，是季字原在微部之證。季聲之悸〈芃蘭〉叶
> 遂字，遂亦在微部。〔註62〕

從古文字字形看不出「季委」以「禾」為聲，「綏」亦非「妥」聲，平行
演變之說難以驗證。我們看到，詩韻和通假字中，「季」與脂微祭部字皆有接
觸，微部字數量最多。「季」中古屬脂合口四等字，照董同龢先生的看法，脂
皆合口是脂微的混居之地。另外，《文選·魯靈光殿賦》：「心而發悸。」李善
注：「悸或為欬。」因此「季」當入微部。

〔註59〕「葵」為脂部字。

〔註60〕「快」是祭部字。

〔註61〕王力《王力全集·第十七卷·古韻脂微質物月五部的分野》，濟南：山東教育出版
　　　　社，1989年，頁265。

〔註62〕龍宇純〈古韻脂真為微文變音說〉，《中研院史語所集刊》77（2），2006年，頁174。

（17）釆聲、褒聲

「褒」等字從「釆」得聲，中古屬至、宥韻。「釆」，《說文》：「從禾、爪。穗，釆或從禾，惠聲。」甲金文從爪從禾，以手采禾之意。「惠」聲、「釆」聲段氏入脂部，江氏僅收「惠」聲。王氏「惠」聲入質部，未收「釆」聲，周氏董氏「惠」聲入脂部，未收「釆」聲。「褒」聲王氏周氏入幽部，其餘諸家未收。龍宇純以「惠」聲入微部：

> 〈節南山〉叶惠、戾、屆、闋、夷、違，〈瞻卬〉叶惠、屬、瘵、屆。前者確、違字屬微部，屆從凷聲，凷與塊同字亦屬微部。後者屬、瘵字屬祭部，祭與微近而遠與脂。宜以惠字入微部。惠聲之穗爲釆字漢時俗書，〈黍離〉叶穗、醉，〈大田〉叶稚、穧、穗、利，醉字屬微，餘並屬脂，無以定其韻部所在。但釆爲褒字聲符，褒與袖同，古韻本在幽部，轉音入微，說見拙文〈上古音芻議〉。幽部字無轉入脂部者，以知惠聲當在微部。〔註63〕

詩韻中，祭與脂微皆有合韻的現象。祭與微近而與脂遠確實不錯，但是據此判定「釆」聲爲微部證據尚不充分。龍宇純先生據「袖」、「褒」通而論定「釆」聲爲微部字，「褒」，《說文》：「袂也。從衣，釆聲。袖，俗褒從由。」在李方桂先生的系統中，幽部、微部主元音皆爲[-ə]，一爲舌根尾，一爲舌尖尾，兩者亦有接觸的可能。因此「釆」、「褒」入微部。

（18）慧聲、叀聲、雪聲

「攜樏嘒幯」等字從「慧」得聲，中古屬霽、齊、祭韻。「慧」，《說文》：「從心，彗聲。」《孟子·公孫丑》「慧勢〔註64〕」押韻。出土文獻中，「慧」與「惠」、「快」通假，如馬王堆帛書《老子》乙本卷前古佚書《經法·論》：「[強生威，威]生惠，惠生正，[正]生靜。」影本注「惠爲慧」。另外，馬王堆帛書《老子》甲本《道經》：「知（智）快出，案有大僞。」乙本通行本「快作慧」。段氏脂部除收「彗」聲外，亦收「慧」聲，江氏祭部收「彗」聲、「轊」聲，未收「慧」聲，王氏「彗」聲入質部，周氏董氏「轊」聲、「彗」聲入祭部。

〔註63〕龍宇純〈古韻脂眞爲微文變音說〉，《中研院史語所集刊》77（2），2006年，頁174。
〔註64〕「勢」快爲祭部，「惠」爲脂部。

「雪」，《說文》:「從雨，彗聲。」相絕切，中古屬薛韻，江氏等人以「雪」歸祭部，則「彗」聲亦歸祭部。王氏「彗」聲入質部的證據是《小雅·小弁》「嘒淠屆寐〔註65〕」押韻，且「彗」、「嘒」《廣韻》皆屬齊韻。〔註66〕何九盈《古韻通曉》有詳細的論述分析「惠」聲、「彗」聲:

> 這種分歧的原因，主要是歸字的時候，有的家過分強調了中古語音系統。彗聲在中古屬祭韻，祭韻字在上古應歸入月部，質部中一般沒有祭韻的字，這是江、黃、周彗聲歸祭（月）部的原因。王力把一部分霽韻字劃歸上古入聲，惠聲也就相應成爲脂之入（質）了。我們很讚同把彗聲、惠聲歸到質部。這兩個聲首的關係是在太密切了。異文有:嘒，字亦作嘒；蕙亦作藫；繐亦作總；慧，字亦作惠（論語·衛靈公:好行小慧。亦作惠。《釋文》:魯讀慧爲惠）。韻文有:《詩·小雅·小弁》四章叶「嘒淠屆寐」。《詩·小雅·節南山》五章「惠戾屆闋」爲韻。《詩·小雅·大田》三章「穗利」爲韻。《詩·大雅·瞻卬》一章「惠厲瘵屆」質月合韻（屬瘵屬月部）。〔註67〕

王氏和何氏的證據都十分合理，以詩韻和異文的材料看彗當爲脂部去聲字。「雪」中古入薛韻，就語音的系統性而言上古當入祭部。「彗」聲、「慧」聲中古屬齊、霽、祭韻，上古入脂部。脂部本來包含中古脂、皆、齊、支等韻字，增加祭韻亦無不可。

「轊」，即「轊」，于歲切，又祥歲切，中古屬祭韻，《說文》:「車軸耑也。從車，象形。杜林說。轊，轊或從彗。」「彗」（「慧」）當入脂部，「轊」、「雪」當入祭部。

（19）類　聲

「纇襫塏」等字從「類」得聲，中古屬隊、至韻。「類」，《說文》:「從犬，頪聲。」《大雅·皇矣》〔註68〕「類比」押韻，《大雅·既醉》「匱類」押韻，《大

〔註65〕「屆」爲脂部字，「淠」「寐」爲微部字。

〔註66〕王力《王力全集·第十七卷·古韻脂微質物月五部的分野》，濟南:山東教育出版社，1989年，頁279。

〔註67〕陳復華、何九盈《古韻通曉》，北京:社會科學出版社，1987年，頁355。

〔註68〕江有誥以爲非韻。

雅・蕩》「類懟對內」押韻。段氏脂部收「頪」聲、「類」聲，江氏僅收「頪」聲，王氏物部僅收「類」聲，周氏微部僅收「類」聲，董氏微部僅收「頪」聲。

「類」從「頪」得聲，王氏以《大雅・既醉》、《大雅・蕩》、《大雅・桑柔》、《易・頤卦》、《楚辭・懷沙》、《呂氏春秋・有始》叶韻為證據認為當從段氏歸入聲。〔註69〕隊、至韻上古入微部，且除「比」之外，皆與微部字押韻。因此，「頪」（「類」）中古為去聲字，上古當入微部去聲。

（20）殹 聲

「翳瑿醫繄瘱鷖瑿嫛鷖瑿瑿瑿」等字從「殹」得聲，中古屬霽、之、齊、卦、寘、佳韻。「殹」，《說文》：「从殳，医聲。」出土文獻中，「殹」與「也」、「抑〔註70〕」通假，如〈語書〉：「若弗智（知），是即不勝任、不智殹（也）。」〈子羔〉：「厽（叄）王者之乍（作）也，皆人子也，而其父戔（賤）而不足再（偁）也與（歟）？殹〔註71〕（抑）亦成天子也與（歟）？」段氏脂部收「医」聲、「殹」聲，江氏脂部僅有「医」聲，王氏「医」聲入質部〔註72〕，周氏董氏亦歸脂部。

王力以《大雅・皇矣》「翳栵」押韻，將「医」聲歸入入聲，他認為「栵」歸月部，而月部皆入聲，因此「医」聲應從段氏亦為入聲。〔註73〕江氏《詩經韻讀》注：「翳，叶謁，去聲……栵，列去聲，脂祭通韻。」以祭部為去聲。另外，王氏指出，「翳」與「殪」通，如《釋名》：「殪，翳也。」《大雅・皇矣》「翳」，《韓詩》作「殪」。何九盈在討論「医」聲的歸部是認為「翳」、「殪」是脂質對轉，「翳」不一定非要歸入質部，他認為：

〔註69〕 王力《王力全集・第十九卷・古韻脂微質物月五部的分野》，濟南：山東教育出版社，1989年，頁263。

〔註70〕 「也」為魚部字，「抑」為脂部字。

〔註71〕 「殹」讀為「抑」的說法從陳劍《上博簡〈子羔〉、〈從政〉篇的竹簡拼合與編連問題小議》（簡帛研究網，2003年1月8日）讀。轉引自白於藍《戰國秦漢簡帛古書通假字彙纂》。

〔註72〕 王氏《諧聲表》未收，《古韻脂微質物月五部的分野》認為是入聲。

〔註73〕 王力《王力全集・第十九卷・古韻脂微質物月五部的分野》，濟南：山東教育出版社，1989年，頁262。

我們讚同段、江、周等人將医聲歸入脂部，因爲：「矢亦聲」之說，在沒有新的材料來證明其不確時，還不能輕易否定。另外，医聲字主要出現在《廣韻》齊韻系開口，從語音系統看，歸脂部是沒有問題的。至於從医聲的翳，我們一定要看到上古有方音的分歧，它與入聲字（如《皇矣》篇與栵字）相叶，或借爲入聲字（如瘞）都可從方言的關係來理解。〔註74〕

　　根據江有誥的古韻分部，之、齊、卦、寘韻上古入脂部，由上文可知，「医」一般與脂部字押韻或通假，因此「医」（「殹」）爲脂部去聲。

（21）㒸　聲

　　「遂愫㪱隊磙類」等字從「㒸」得聲，中古屬至、隊、怪韻。「㒸」，《說文》：「從八，㒸聲。」不確，金文「㒸」在「豕」上橫劃，後譌變爲「八」，當爲會意字，非從「豕」得聲。《大雅・桑柔》「隧類對醉悖」押韻。出土文獻中，「遂」與「隊」、「述」通假，如〈鬼神〉：「此以貴爲天子，富又（有）天下，長年又（有）譽，後殜（世）遂（述）之。」「㪱」與「遺〔註75〕」通假，如〈答問〉：「㪱（遺）火延燔里門，當貲一盾。」段氏脂部收「㒸」聲，江氏脂部收「豕」聲，後注「㒸從此」，王氏《漢語音韻・諧聲表》物部收「㒸」聲，後《詩經韻讀・諧聲表》改爲脂部收「豕」聲，周氏微部收「㒸聲（隊遂）」，董氏脂收「豕」聲。

　　王氏《古韻脂微質物月五部的分野》〔註76〕詳細分析「㒸」聲，舉《衛風・芄蘭》、《小雅・雨無正》、《易・大壯卦》、《易・家人》、《秦風・晨風》、《大雅・生民》等叶韻例子，以其爲入聲，不一一列舉。

　　根據江有誥的古韻分部，至、隊、怪韻上古入脂部，由上文可知，「㒸」一般與微部字押韻或通假，因此「㒸」爲微部去聲。「豕」爲支部字，與「㒸」無關。

〔註74〕陳復華、何九盈《古韻通曉》，北京：社會科學出版社，1987 年，頁 350。

〔註75〕「術」爲微部入聲，「遺」爲微部字。

〔註76〕王力《王力全集・第十七卷・古韻脂微質物月五部的分野》，濟南：山東教育出版社，1989 年，頁 270。

（22）一聲、聿聲、律聲

「筆律」等字從「聿」得聲，中古屬術韻。「聿」，《說文》：「從聿，一聲。」段氏脂部收「聿」聲、「律」聲，十二部（質）收「一」聲，江氏脂部未收「聿」聲、「律」聲，收「一」聲，王氏周氏質部收「一」聲，物部收「聿」聲，董氏脂部亦收「一」聲。「一」聲爲脂部入聲。

「葎」從「律」得聲，中古屬術韻。「律」，《說文》：「從彳，聿聲。」《小雅・蓼莪》「律弗卒」押韻。

董氏與王氏周氏的差別在於脂微（質物）部的不同。董氏以其從「一」聲，歸入脂部，王氏周氏據其詩韻和中古屬術韻，歸入微（物）部。術韻字上古脂微部皆有，不能據此斷定是歸部。「聿」中古與遹讀音相同，餘律切。王力《同源字典》以「遹」、「聿」、「述」爲同源詞〔註77〕：

> 爾雅・釋言：「遹，述也。」釋詁：「遹，循也。」字亦作「聿」。
>
> 詩大雅文王：「聿修厥德。」傳：「聿，述也。」後漢書傅毅傳：「密勿朝夕，聿同始卒。」注：「聿，循也。」

綜上可知，「一」（「聿」、「律」）入微部入聲。

（23）乞聲、气聲

「乞」即「气」，「芞趉吃氣訖刉麧杚氣仡饮秔忔汔紇圪鈬頜」等字從「乞」得聲，中古屬沒、微、未、迄、質、脂、屑韻。「气」，《說文》：「雲气也。象形。」《大雅・皇矣》「茀仡肆〔註78〕忽拂」押韻。出土文獻中，「汔」與「幾」通假，如〈二三字〉：「卦曰：『未濟，亨。小狐涉川，幾（汔）濟，濡其尾，无卣（攸）利。』」段氏脂部收「气」聲、「乞」聲，江氏脂部收「气」聲，王氏物部收「气」聲，未收「乞」聲，周氏物部收「乞」聲，微部收「气」聲，董氏微部收「气」聲（乞）。「气」，去既切，又去訖切，分屬去入兩韻。「乞」，去訖切，中古屬入聲。我們認爲「去」聲當歸入陰聲部，與王氏不同。因此「气」入微部，「乞」入微部入聲。

（24）𦥑聲、畁聲、鼻聲、甶聲

「渊算」等字從「畁」得聲，中古屬至、支、霽、末韻。「畁」，《說文》：

〔註77〕王力《同源字典》，北京：商務印書館，1982年，頁460。

〔註78〕「肆」爲脂部字。

「从丌，由聲。」不確，甲骨文象矢簇之形，非形聲字。《鄘風・干旄》「紕四畀」押韻，《小雅・采菽》「淠嘒駟屆」押韻。段氏脂部有「自」聲、「白」聲（即江氏「𦣞」聲，注亦自，字與五部白別）、「鼻」聲，江氏脂部有「自」聲、「𦣞」聲，王氏質部有「自」聲、「鼻」聲、「畀」聲，周氏脂部收「自」聲、「畀」聲（鼻），董氏脂部收「自」聲、「𦣞」聲。王氏以「畀」爲去聲字歸入入聲。何九盈《古韻通曉》：

> 畀也是至韻開口字，董同龢作合口，而且歸到陰聲韻，不當。

〔註79〕

「襟臏劓濞嚊」等字从「鼻」得聲，中古屬至、霽韻。鼻，《說文》：「从自、畀。」甲骨文「自」爲「鼻」的初文，象鼻形，後疊加聲符畀。

「替」，《說文》：「廢，一偏下也。从竝，白聲。暜，或从日。替，或从牪，从日。」「替」非从「白」聲，江氏段氏所謂「𦣞」聲即指「替」，王氏周氏質部收「替」聲，董氏未收。

綜上所述，「𦣞聲」應該刪去，「替聲」當入脂部入聲，「畀」（「白」、「鼻」）當入脂部。

（25）累聲、厽聲、雷聲

「累縲壘」等字从「厽」得聲，中古屬紙、賔、至韻。《說文》：「絫坺土爲牆壁。象形。」不確。《說文》分別「厽」、「畾」兩個部首，實際上「厽」、「畾」的初文都爲「雷」，爲一字之變體，甲骨文从申，加點象雷聲。《大雅・雲漢》「推雷遺遺摧」押韻，〈卷耳〉「嵬虺隤懷」押韻，〈樛木〉「纍綏」押韻。「畾」聲字常與「耒」、「靁」、「羸」等字通假，如《韓非子・五蠹》：「禹之王天下也，身執耒臿，以爲民先。」《淮南子・要略》引「耒」作「藟」。馬王堆帛書《六十四卦・困》上六：「困于褐（葛）藟（蘲），于貳（臲）掾（卼），曰悔夷有悔，貞（征）吉。」馬王堆帛書《六十四卦・井》：「往來井井，汔至亦未汲井，藟（羸）其刑垪（瓶），凶。」「耒」、「靁」是微部字，「羸」是歌部字。段氏江氏脂部皆收「畾」聲，段氏支部另外收「厽」聲、「絫」聲。段氏江氏皆誤，「厽」聲同「畾」聲，當爲微部字。王氏微部未收「畾」聲，收「纍」聲、「累」聲，周氏董氏「畾」聲入微部。「羸」、「摧」、「耒」等通

〔註79〕陳復華、何九盈《古韻通曉》，北京：社會科學出版社，1987年，頁356。

假或押韻的例證皆爲微部字。

「螺纍縲摞螺癗螺穋礌」等字從「絫」得聲，中古屬紙、皆、戈旨、賄、果、過、戈韻。「絫」與「累」爲一字。「絫」，《說文》：「从厽，从糸。」段注補充「厽亦聲」。

根據江有誥的古韻分部，紙、眞、至韻上古部分入脂部，部分入微部。由上文可知，「厽」一般與微部字押韻或通假，因此「厽」（「畾」、「累」、「雷」）入微部。

（26）夔 聲

「躨」從「夔」得聲，中古屬脂韻。「夔」，《說文》：「从夂，象有角、手、人面之形。」不確，象獼猴之屬，是象形字。出土文獻中，「夔」與「愄」通假，如〈唐虞〉：「愄（夔）守樂，孫（遜）民效（教）也。」江氏脂部收「夔」聲，段氏未收，董氏脂部收「夔」聲，王氏周氏微部收「夔」聲。董氏歸脂部當根據其中古讀音。龍宇純〈古韻脂眞爲微文變音說〉以之爲微部字：

> 《廣韻》夔與逵同切，韻圖列逵於三等，其四等重紐葵字先師既列於脂部，此明與其脂微分部的重紐觀點相左。只是重紐的存在，本與脂微分部不生關聯，不能因爲葵字已在脂部，便爲夔字當入微部之證。實際夔葵二字都不應歸入脂部，後者說見下。夔字不見於《詩》韻，《書·舜典》「讓與夔龍」，《水經注·江水二》夔字作歸。《左傳》僖公二十六年「楚人滅夔」，《公羊》夔作隗。《山海經·中山經·中次九經》「岷山…多夔牛」，夔牛即《爾雅·釋畜》的犪牛。犪從魏聲。歸、鬼聲並在微部；魏字《說文》作巍，以委爲聲，委從禾聲，本爲歌部，後亦入微部。然則夔字當以入微爲是。〔註80〕

「愄」亦爲微部字。且綜合上述論證，「夔」入微部。

（27）丫聲、祙聲

「乖菲」等字從「丫」得聲，中古「古懷切」，屬皆韻。「丫」，《廣韻》兩讀，乖買切、古瓦切，中古分屬蟹、馬韻，《說文》：「羊角也。象形。讀若乖。」象羊角左右分張之形，「乖」字初文。出土文獻中，「乖」與「睽」通

〔註80〕龍宇純〈古韻脂眞爲微文變音說〉，《中研院史語所集刊》77（2），2006 年，頁172。

假，如《帛易‧睽》：「乖（睽），小事吉。」「睽」入脂部無疑，但是「芈」、「乖」屬皆韻合口，按照王力的標準皆韻合口上古當歸微部。段氏「丫」入支部，未收「乖」，江氏「丫」入支部，脂部收「乖」。王氏未收，周氏「丫」入支部，董氏「乖」聲入微部。段氏收入支部，未說明原因，《說文解字注》：「羊角也。玉篇曰丫丫，兩角皃。廣韵曰：丫丫，羊角開皃。象形。知爲羊角者，於芈字知之也。凡丫之屬皆从丫。讀若乖。工瓦切。篇、韵又乖買切。古音在十六、十七部。」董氏依據其中古讀音歸入微部。

在沒有其他證據的前提下，暫且將「丫」（「乖」）歸入微部。

（28）豸　聲

《說文》「豸」僅作形符，不作聲符，「豸」，宅買切、池爾切，中古屬紙、支韻。甲金文象張口的猛獸之形。傳世文獻中，「豸」與「廌」、「雉」等字通假，如《史記‧司馬相如列傳》：「弄解豸。」《漢書‧司馬相如列傳》「豸」作「廌」。《周禮‧地官‧封人》：「置其豸。」鄭注：「鄭司農云：豸今謂之雉，與古者名同。」「豸」聲段氏王氏歸支部，江氏周氏董氏歸脂部。

段氏《說文解字注》以「豸」與「廌」、「解」通假，歸「豸」聲入支部：「古多叚豸爲解廌之廌，以二字古同音也。廌與解古音同部，是以廌訓解。方言曰：廌，解也。左傳：庶有豸乎。釋文作廌引方言：廌，解也。正義作豸。引方言：豸，解也。今本釋文廌譌爲鳩。今本方言廌譌爲瘱。音胡計切。蓋古書之難讀如此。池爾切。十六部。」支韻在上古脂支兩部皆有。而通假字中，我們看到「豸」與支部（廌、解）脂部（雉）字都有通假關係。

段氏的證據更充分，在沒有其他證據的前提下，暫且將「豸」歸入支部。

（29）閉　聲

「棚」等字從「閉」得聲，中古屬霽韻，「閉」，中古兩讀，博計切、方結切，分屬霽、屑韻。古文字從門，從七，「七」訛作「才」。「閉」聲段氏未收，江氏董氏入脂部去聲，王氏周氏入質部。王力〈古韻脂微質物月五部的分野〉：

> 「閉」字本有去入兩讀。朱駿聲《說文通訓定聲》引《素問‧調經論》「叶」「閉」，《靈樞‧脹論》叶「穴」「閉」「越」，《九鍼十二原》叶「疾」「刺」「結」「閉」「畢」「術」，《三略上》叶「疾」「閉」

「結」。這些書的時代不會太晚，仍有參考價值。「閉」字應屬入聲。
〔註81〕

王力先生所舉的例字在中古都是入聲字，證據充分，「閉」當歸脂部入聲。

（30）冀 聲

「驥懷穓」等字從「冀」得聲，中古屬至韻。「冀」，《說文》：「從北，異聲。」不確，甲骨文象 ·人戴物而舞，有所祈求之形。出土文獻中，「冀」與「幾」通假，如《春秋一二》：「朝夕自孱，日以有幾（冀）也。」「冀」聲段氏未收，江氏王氏周氏入脂部，董氏入微部。王力在〈古韻脂微質物月五部的分野〉中分析「冀」聲的歸部：

《廣韻》：「冀，几利切。」屬至韻。《楚辭·九辨》叶「冀」「欷」。

《史記·孝武紀》：「冀至殊庭焉」，《漢書》作「幾」。「冀」應該是脂部字〔註82〕。

「欷」、「幾」都是微部字，何九盈、陳復華《古韻通曉》認爲王氏仍將「冀」歸入脂部，大概是只考慮了「冀」是脂韻開口字，而未考慮到這兩條材料是與「冀」聲歸脂部相抵觸的。〔註83〕脂韻開口既然爲上古脂微混居之地，單據中古音讀不能推斷「冀」爲脂部。

由上述分析可知，「冀」與脂部字押韻或通假，因此「冀」爲微部字。

（31）𡙸 聲

「癲」等字從「𡙸」得聲，中古屬至韻。「𡙸」，《說文》：「從三大、三目。二目爲㗊，三目爲𡙸，益大也。」「𡙸」聲段氏未收，江氏周氏董氏入脂部，王氏入質部。

據中古音讀「𡙸」爲脂部入聲，但是既然該字在先秦並不常見，亦沒有其他證據確鑿證明「𡙸」歸脂部入聲，應當刪去。

〔註81〕王力《王力全集·第十九卷·古韻脂微質物月五部的分野》，濟南：山東教育出版社，1989年，頁267。

〔註82〕王力《王力全集·第十九卷·古韻脂微質物月五部的分野》，濟南：山東教育出版社，1989年，頁268。

〔註83〕陳復華、何九盈《古韻通曉》，北京：社會科學出版社，1987年，頁349。

（32）彖　聲

明祕切，中古屬至韻。江氏注：「籒文魅。」《說文》：「彖，老精物也。从鬼、彡。彡，鬼毛。魅，或从未聲。彖，古文。裒，籒文，从彖首，从尾省聲。」江氏入脂部，董氏入微部。段氏王氏周氏未收。「尾」聲、「未」聲均入微部。

此字先秦典籍並不常見，暫且刪去。

（33）悉　聲

「蟋榸傺窸㮰榸蒸」等字从「悉」得聲，中古屬屑、薛、櫛、質韻。「悉」，《說文》：「从心，从釆。」出土文獻中，「悉」與「屑」通假，如《帛五行·說》：「許（吁）（嗟）而予之，中心弗悉〈悉（屑）〉也。」段氏未收「悉」聲，江氏董氏入脂部入聲，王氏周氏入質部。

根據江有誥的古韻分部，屑、薛、櫛韻上古入脂部入聲，由上文可知，「悉」一般與脂部字「屑」通假，因此「悉」為脂部入聲字。

（34）八　聲

「朳扒玐釟匹汃穴」等字从「八」得聲，中古屬黠韻。甲金文表分別之意。「八」聲段氏入十二部（質），江氏董氏入脂部，王氏入物部，周氏入月部。周氏對歸部有詳細的說明：

> 八字江有誥歸入脂部入聲，與王念孫同。案別字古文作公從八，
> 別字即入本部，則八字亦當列此。說文肎穴二字皆作八聲，不可從。
> 王江兩家肎穴二字均歸質部，故八與肎穴同部。

何九盈《古韻通曉》認為王氏「八」聲歸物部是因為「八」屬合口呼，同時引用林義光《文源》說法，認為「八」、「分」物文對轉。〔註84〕「汃」，《說文》：「西極之水也。从水，八聲。《爾雅》曰：『西至汃國，謂四極。』」「汃」又作「邠」，「邠」為文部字。因此「八」歸微部入聲。

我們看到，「八」與「別」關係確實密切。「公」為別之古文，《說文》：「分也，从重八，八，別也，亦聲。」「八」，《說文》：「別也。象分別相背之形。」最初即為「扒」，分別之意。再看「肎」、「穴」兩字。「肎」，《說文》：「振肎也。从肉，八聲。」「穴」，《說文》：「土室也。从宀，八聲。」我們找不到什麼古文字證據證明「肎穴」非从「八」聲。段玉裁、江有誥皆以「肎穴」从

〔註84〕陳復華、何九盈《古韻通曉》，北京：社會科學出版社，1987年，頁355。

「八」聲，不同的是，江氏董氏將「孒穴」歸入「八」聲，確如周氏所言。從上文分析看來，王氏、何氏、周氏和江氏的證據皆沒有什麼可疑之處。

　　黠韻上古脂部微部祭部皆有收入，亦不能據此判斷其上古歸部。因此，「八」聲的歸部尚不能確定。

　　「佖馝鉍柲泌祕閟覕颮佖昢䬛瑟」等字從「必」得聲，中古屬質、至、震、職、屑、黠、屋、櫛韻。「必」，《說文》：「從八、弋，弋亦聲。」不確，甲骨文象戈柲之形，是「柲」的初文，金文加「八」作為飾筆，或以為疊加聲符「八」。《鄘風·載馳》「濟閟」押韻，《小雅·瞻彼洛矣》「矣止祕室」押韻。出土文獻中，「閟」與「閉」通假，「馺」與「匹」通假，「必」與「密」通假，如郭店楚簡〈緇衣〉簡四二：「唯君子能好其馺。」影本讀「馺」為「匹」。《史記·天官書》：「而澤摶宓。」《漢書·天文志》「宓」作「密」。「必」聲段氏入眞部，江氏董氏入脂部入聲，王氏周氏入質部。綜上所述，「必」為脂部入聲字。

（35）乀　聲

乀，《說文》：「左戾也。從反丿，讀與弗同。」分勿切，中古屬物韻。段氏《說文解字注》：「自左而曲於右。故其字象自右方引之。乀音義略同拂〔註85〕。書家八法謂之磔。分勿切。十五部。」段氏入脂部，《諧聲表》卻未收。《說文》以尐從「乀」得聲，少也，姊列切，一曰子結切，中古屬薛韻，而據黃德寬《古文字譜系疏證》，晚周文字中，「尐」、「少」為一字。〔註86〕「乀」聲江氏入脂部，董氏入微部，王氏周氏未收。與「乀」形近的是「乁」，弋支切，《說文》：「流也。從反厂，讀若移。」「乁」聲段氏江氏都收入支部。

　　根據江有誥的古韻分部，物韻上古入微部，由上文可知，「乀」聲讀若微部字「拂」，因此「乀」聲歸微部。

（36）未聲、寐聲

「昧眛昩寐妹沬秣」等字從「未」得聲，中古屬未、至、泰、隊韻。「未」，甲骨文象樹木枝葉重疊之形。「寐」，《說文》：「從寱省，未聲。」段氏江氏脂部收「未」聲，王氏「未」聲入物部，另收「寐」聲，周氏董氏入微部。

〔註85〕「弗拂」為微部入聲。

〔註86〕黃德寬《古文字譜系疏證》，北京：商務印書館，2007 年，頁 895。

根據江有誥的古韻分部，未、至、泰等韻上古入微部，據此「未」、「寐」歸入微部。

（37）對　聲

「霸轛懟懟」等字從「對」得聲，中古屬隊、至韻。「對」，《說文》：「從丵，從口，從寸。對，或從土。」甲金文從丵，從土，從寸。段氏江氏入脂部，王氏入物部，周氏董氏入微部。

根據江有誥的古韻分部，隊、至韻上古大多入微部，據此「對」歸入微部。

（38）沒聲、叟聲

「沒」等字從「叟」得聲，中古屬沒韻。「沒」，《說文》：「從水，從叟。」〈漸漸之石〉「卒沒出」押韻，王氏「沒」入物部，周氏「叟」入物部，其餘諸家未收。「卒」、「出」皆為微部入聲字。

根據江有誥的古韻分部，沒韻上古入微部，由上文可知，「叟」與微部字押韻，因此「沒」、「叟」聲歸入微部入聲。

九、祭　部

（1）埶　聲

隸變後為「執」，「藝蓺櫞勢褻襫鑗」等字從「埶」得聲，中古屬祭、屑、怪、即、薛、至、絹韻。「埶」，《說文》：「從坴、丮，持亟種之。」甲骨文為以手種植之形。《越語·范蠡引所聞》「蔽察蓺」押韻。出土文獻中，「埶」、「設」與「艾」通假，如郭店楚簡本《老子》丙簡四：「埶大象，天下往。」裘錫圭按語「埶」讀為「設」。另外，「熱」與「涅」、「然〔註87〕」通假，「褻」與「疊」通假。段氏脂部收「埶」聲，江氏歸入祭部，王氏月部收「埶」聲、「勢」聲、「熱」聲，周氏董氏歸入祭部。

「蔽」、「察」、「蓺」、「設」、「艾」皆為祭部字。

根據江有誥的古韻分部，祭、屑、怪即等韻上古入祭部，且由上文可知，「埶」聲多與祭部押韻或通假，因此「埶」聲入祭部。

（2）厲聲、邁聲

「嶹躑糲瀨儷驪勵礪欐蠣贖穪懥」等字從「厲」得聲，中古屬祭、泰、

〔註87〕「涅」為脂部入聲，「然」為元部字，「疊」為緝部字。

曷韻。「厲」，《說文》：「从厂，蠆省聲。厲，或不省。」古文字字形从厂，「萬」聲。《邶風·匏有苦葉》「厲揭」押韻，《衛風·有狐》「厲帶」押韻。「厲」與「剌」、「萬」、「威」通假，如《史記·秦始皇本紀》的「厲共公」，附《秦記》作「剌龔公」。段氏脂部收「厲」聲，江氏祭部收「蠆」聲，王氏月部收「厲」聲、「蠆」聲、「邁」聲，周氏祭部收「蠆聲（厲）」，董氏祭部收「蠆」聲。「邁」，《說文》：「遠行也。从辵，蠆省聲。」「揭」、「帶」皆爲祭部字。

根據江有誥的古韻分部，祭、泰、曷等韻上古入祭部，且由上文可知，「厲」、「邁」聲多與祭部押韻或通假，因此「厲」、「邁」當入祭部。

（3）曷聲、愒聲、謁聲

「褐齃鶡蝎餲頢輵遏羯揭鍻葛蕑輵褐揭愒揭楬猲喝」等字从「曷」得聲，中古屬曷、月、薛、祭、泰、鎋、夬韻。「曷」，《說文》：「从日，匃聲。」《王風·君子於役》「月佸桀括渴」押韻，《小雅·菀柳》「愒瘵邁」押韻。出土文獻中，「謁」與「遏」通假，「葛」與「褐」通假，如《詩·大雅·旱麓》：「莫莫葛藟，施于條枚。」《穀梁傳·昭公八年》：「以葛覆質以爲槷。」范甯注：「葛或作褐。」「愒」，《說文》：「从心，曷聲。」「謁」，《說文》：「从言，曷聲。」段氏「曷」聲入脂部，江氏未收「曷」聲，祭部收「匃」聲，王氏月部收「曷」、「愒」、「謁」，周氏月部收「曷聲（曷葛渴）」，董氏祭部僅收「匃」聲。段氏江氏董氏都認爲是去聲，非入聲。不知周氏將其歸入入聲月部的證據爲何。

根據江有誥的古韻分部，曷、月、薛、祭、泰等韻上古入祭部，且由上文可知，「曷」聲多與祭部押韻或通假，因此「曷」當入祭部。

（4）羍聲

「蠢璀」等字从「羍」得聲，中古屬鎋韻。「羍」，《說文》：「从舛，蚩省聲。」不確，甲骨文从止从蟲，爲人踩到蛇，爲其所傷之意，是會意字，是「害」的初文。《邶風·泉水》「羍邁衛害」押韻，《小雅·車羍》「羍逝渴括」押韻。段氏「羍」聲入脂部，江氏董氏祭部收「蚩」聲，王氏周氏月部收「羍」聲，未收「蚩」聲。

根據江有誥的古韻分部，鎋韻上古入祭部，且由上文可知，「羍」聲多與祭部字「括」、「邁」、「害」等押韻，因此「羍」當入祭部。

（5）㓞聲、契聲、害聲

「挈契絜闝㓞㓞㓞㓞㓞」等字從「㓞」得聲，中古屬霽、迄、屑韻。「㓞」，《說文》：「从刀，丰聲。」甲骨文从刀，从丰，為契刻之意，或以為從「丰」得聲，「㓞」為「契」的初文。出土文獻中，「契」與「潔」、「介」通假，如睡虎地秦簡《日書》甲〈詰咎〉：「人毋（無）故而鬼取為膠（摎），是是哀鬼，毋（無）家，與人為徒，令人色柏（白）然毋氣，喜契（潔）清，不飲食。」段氏脂部除「丰」聲外，有「㓞」聲、「契」聲、「害」聲，江氏祭部僅收「丰」聲，王氏月部收「害」聲、「割」聲、「轄」聲、「契」聲、「絜」聲、「㓞」聲，周氏祭部收「丰聲（㓞、契、害、㓞）」，董氏祭部收「丰」聲。

「猰頡鍥諿楔鵾㦸喫鵾鮚趌踕」等字從「契」得聲，中古屬霽、屑、黠、錫陌、禡韻。「契」，《說文》：「从大，从㓞。」段氏從《繫傳》認為从「㓞」聲。

「犗割豁搳轄」等字從「害」得聲，中古屬夬、曷、末、鎋韻。「害」，《說文》：「从宀，从口…丯聲。」「害」的金文形體很多，一說是象矛頭之形，一說是「舍」的異文，總之，非从「丯」得聲。《邶風・二子乘舟》「逝害」押韻，《小雅・蓼莪》「烈發害」押韻，《小雅・四月》「烈發害」押韻。出土文獻中，「害」與「介」、「曷」、「蓋」通假，如《尚書・湯誓》：「予曷敢有越厥志。」敦煌本「曷作害」。

綜上所述，「丰」（「㓞」、「契」、「割」、「轄」、「絜」、「㓞」）歸入祭部。

（6）戉　聲

「越絨跋泧眪鉞娍」等字從「戉」得聲，中古屬月、術、末、薛韻。「戉」，《說文》：「从戈，乚聲。」不確，非形聲字，甲金文象斧鉞之形，是「鉞」的初文。出土文獻中，「戉」與「越」通假，傳世的越王州句矛、劍，越王之子勾踐劍，越皆作「戉」。段氏脂部除「乚」聲，另收「戉」聲，江氏祭部收「乚」聲，未收「戉」聲，王氏月部收「戉」聲、「越」聲，周氏月部董氏祭部僅收「戉」聲。

根據古文字研究，不當收「乚聲」，根據江有誥的古韻分部，從「戉」的中古讀音考慮，入祭部入聲。

（7）歲聲、薉聲

「劌薉噦翽饖�濊識」等字從「歲」得聲，中古屬祭、泰、月、薛、末

韻。「歲」，《說文》：「从步，戌聲。」甲骨文字形爲戉加兩點，或戉加二止，非从「戌」得聲，金文亦有加「月」作聲符的字形。《衛風・碩人》「活瀎發揭孽」押韻，《王風・采葛》「艾歲」押韻。出土文獻中，「歲」與「穢」通假，如銀雀山竹簡〈三十時〉：「田疇歲，國多衝風，折樹⋯⋯」「歲」讀爲「穢」。段氏脂部除「戌」聲外收「歲」聲、「薉」聲，江氏祭部僅收「戌」聲，王氏月部有「戌」聲、「威」聲、「歲」聲、「嚖」聲，周氏祭部有「歲聲（薉）」，董氏祭部僅有「戌」聲。

《說文》無字从「薉」得聲，「薉」，於廢切，中古屬蟹韻。「薉」，《說文》：「从艸，歲聲。」

根據江有誥的古韻分部，祭、泰、月、薛等韻上古入祭部，且由上文可知，「歲」聲多與祭部「活」、「艾」等押韻或通假，因此「歲」（「威」、「嚖」、「薉」）當入祭部。

（8）剡　聲

「剡」即「列」，良薛切，中古屬薛韻，「烈」等字从「剡」得聲。「列」，《說文》：「从刀，剡聲。」據古文字字形，「歺」爲「列」的初文，「剡」譌變爲「歺」，「列」當从「歺」聲。《小雅・采薇》「烈渴」押韻。「列」聲字與「剌」、「役」、「戾〔註88〕」通假，如《楚辭・九辯》：「心繚悷而有哀。」洪興祖考異：「悷一作例。」段氏脂部有「歺」聲、「列」聲，江氏祭部僅有「歺」聲，王氏月部周氏月部僅有「列」聲，董氏祭部僅有「歺」聲。江氏王氏周氏皆認爲「列」爲入聲。綜上「列」爲祭部入聲。

（9）癹聲、發聲

「嘬潑醗」等字从「癹」得聲，中古屬末、月韻。「癹」，《說文》：「从癶、从殳。」不確，甲骨文从攴，址聲，後秦系文字以「殳」代「攴」。段氏《說文解字注》亦以爲段氏「址亦聲」。脂部有「癹」聲、「發」聲，江氏未收，王氏《漢語音韻・諧聲表》月部有「癶」聲，《詩經韻讀・諧聲表》未收，周氏月部收「癹」聲，江氏董氏祭部收「癶」聲。

「發鏺鱍廢橃撥癈」等字从「發」得聲，中古屬廢、末、月韻。「發」，《說文》：「从弓，癹聲。」甲骨文象弓弦被撥動之形，後加「癹」作聲符。《豳風・

〔註88〕「役」爲支部字，「戾」爲脂部字。

七月》「發烈褐歲」押韻。「發」與「廢」、「伐」通假，「撥」與「拔」通假，「發」與「沺〔註89〕」通假，如《逸周書·官人》：「有知而言弗發。」《大戴禮記·文王官人》「發」作「伐」。馬王堆帛書《六十四卦·豐》六二：「豐其剖（蔀），日中見斗，往得疑[疾]，有復（孚），沺若。」通行本「沺」作「發」。祭部與脂部接觸的例子不少，但是「發」聲字與祭部押韻通假較多。

綜合考量，把「癶聲」（「癹」、「發」）歸入祭部。

（10）昏聲、聒聲

「昏」與「舌」互為異體字。「括苦趏話鴰骺刮桰秳佸頢髻活聒括姡銛闊」等字從「舌」得聲，中古屬黠、鎋、夬、末韻。「舌」，《說文》：「从千，从口，千亦聲。」不確，甲骨文舌象口中吐舌之形，為象形字。「昏」，《說文》：「从口，氒省聲。」《小雅·大東》「舌揭」押韻，《大雅·抑》「舌逝」押韻。出土文獻中，「桰」與「活」通假，「适」與「藝」通假，如〈苦成〉：「今宔（主）君不适（藝）與吾，古（故）而反，亞（惡）之。」段氏脂部收「舌」聲、「聒」聲，江氏祭部王氏月部收「舌」聲，周氏月部董氏祭部收「昏」聲。

「湉」等字從「聒」得聲，中古屬末韻。「聒」，《說文》：「从耳，昏聲。」

根據江有誥的古韻分部，末韻上古入祭部，且由上文可知，「舌」聲多與祭部「揭」、「逝」押韻或通假，因此「舌」（「聒」）當入祭部。

（11）㞷聲、辥聲、薛聲、蠥聲、櫱聲、轈聲

「嶭」等字從「㞷」得聲，中古屬薛韻，「㞷」中古兩讀，五結切、魚列切，屬屑、薛韻。「㞷」，《說文》：「从屮，屮聲。讀若枿。」段氏脂部有「㞷」聲、「辥」聲、「薛」聲、「蠥」聲，江氏董氏祭部有「屮」聲205，王氏月部收「薛」聲、「櫱」聲、「蠥」聲，周氏月部收「㞷」聲。

「薛蠥孹孼蠥蠥」字從「辥」得聲，中古屬薛、質、曷韻。「辥」，《說文》：「从辛，㞷聲。」甲骨文从辛从屮，屮為止的譌變之形，或以為从「屮」得聲。〈天問〉「蠥達」押韻。出土文獻中，「辥」與「艾」通假，「孼」與「艾」通假，如〈為吏之道〉：「尊賢養孼（艾），原壄（野）如廷。」

《說文》無字從「薛」得聲，私列切，中古屬薛韻。「薛」，《說文》：「从艸，辥聲。」《說文》無字從「蠥」得聲，中古屬曷韻。《說文》認為从木，「辥」

聲。《商頌‧長發》「旆鉞烈曷糵達截伐桀」押韻。

「櫱」即「糵」之異體字,《說文》無字從「櫱」得聲,中古屬曷韻。「櫱」,《說文》:「從木,獻聲。」古文字字形從木,且截斷上半部。段氏脂部收「櫱」聲、「轐」聲,江氏王氏未收,周氏月部收「櫱」聲,何九盈《古韻通曉》:

> 《長發》六章:「苞有三糵」,陳奐《詩毛氏傳疏》:「劉德注漢
> 書敘傳引詩作」包有三枿」。《爾雅》:枿,余也。枿與糵同」。〔註90〕

《說文》無字字從「轐」得聲,中古屬曷韻。「轐」,《說文》:「從車,櫱省聲。」段氏《說文注》以為是從車「獻」聲,從此字的中古音讀來看不確。

綜上所述,「屮」(「豈」、「辥」、「薛」、「糵」、「櫱」、「轐」)當為祭部入聲,諸家歸部沒有實質區別。

(12)亣聲、太聲、羍聲、達聲、戾聲

「亣〔註91〕」即「大」,「羍夳忕汏泰戾軑軼」等字從「大」得聲,中古屬曷、霽、泰韻。「大」,《說文》:「天大、地大、人亦大,故大象人形。」甲骨文象人正面之形。《大雅‧民勞》「愒泄厲敗大」押韻,《魯頌‧泮水》「茷噦大邁」押韻。出土文獻中,「大」與「太」通假,如〈太一〉:「天陞(地)者,大(太)一之所生也。」段氏脂部收「大」聲、「泰」聲、「羍」聲、「達」聲,江氏董氏祭部收「大」聲、「太聲(古文泰)」,未收「羍」聲等,王氏月部收「大」聲、「泰」聲、「達」聲,周氏祭部收「大」聲、「泰」聲。江氏祭部另收「㳠」,江氏注:「隸作泰。」

「太」即「泰」,中古屬霽韻。古文字字形從大,下加斜筆以示分化,「大」亦聲。出土文獻中,「大」與「泰」通假,「汏」與「達」通假,如〈四度〉:「怀(倍)約則窘(窘),達(汏)刑則傷。」

「達」等字從「羍」得聲,中古屬曷韻。「羍」,《說文》:「從羊,大聲。讀若達。夲,羍或省。」金文為象形字,非從「大」得聲,所象之形待考。《鄭風‧子衿》「達闕月」押韻,《齊風‧東方之日》「月闥闥發」押韻。

金文「達」從辵,「羍」聲。出土文獻中,「達」與「轍」通假,如馬王堆帛書《老子》乙本《道經》:「善行者無達跡。」通行本「達」作「轍」。

〔註90〕陳復華、何九盈《古韻通曉》,北京:社會科學出版社,1987年,頁354。
〔註91〕籀文「大」。

「戾」,《說文》:「从戶,犬聲。讀與鈦同。」

綜上所述,「大」(「太」、「泰」、「戾」)入祭部,「羍」(「達」)入祭部。

(13)肉聲、矞聲、裔聲

「繘憰驕劀鐍譎觼譎橘遹窩潏蟜」等字从「矞」得聲,中古屬術、黠、鑄、屑韻。「矞」,《說文》:「从矛,从肉。」段氏認爲「肉」亦聲。段氏脂部收「肉」聲、「矞」聲,江氏脂部董氏微部收「肉」聲,王氏周氏物部收「矞」聲。諸家皆爲入聲,沒有實質區別。龍宇純〈古韻脂眞爲微文變音說〉在論述穴聲時指出:

> 遹字《詩經》用作語詞,與聿通,於《說文》爲曰聲之欥,而騽亦作駬;又《爾雅·釋訓》:「不遹,不蹟也」,不遹即〈日月〉「報我不述」的不述。

他亦主張「矞」聲入物部。

「滴蕎」等字从「裔」得聲,中古屬祭韻。「裔」,《說文》:「从衣,肉聲。」徐鉉以爲「肉」非聲,疑象衣裾之形。段氏以《左傳·哀公十七年·爻辭》「尾裔[註92]」押韻,江氏以爲非韻。《楚辭·九歌·湘夫人》「裔[註93]滋逝澨」押韻。「裔」聲段氏未收,王氏《詩經韻讀·諧聲表》未收,《古韻脂微質物月五部的分野》(1963)入祭部。江氏周氏董氏入祭部。

綜上可知,「矞」當歸微部入聲,「裔」當歸祭部。

(14)敝　聲

「蔽鷩瞥驚鷩幣獘潎擎嫳撆憋鱉」等字从「敝」得聲,中古屬屑、薛、祭韻。敝,《說文》:「从攴,从㡀。㡀亦聲。」不確。甲骨文从攴从巾,爲以手持杖擊打佩巾拍去灰塵之意,擎的初文。《離騷》「蔽折」押韻。出土文獻中,「敝」與「蔽」、「幣」通假,如馬王堆帛書《老子》乙本卷前古佚書《經法·六分》:「臣肅敬,不敢敝(蔽)其主。」「敝」聲字與脂部「比」聲通假,如《方言》二:「蚍蜉。」郭璞注:「亦呼蟞浮。」段氏脂部收「㡀」聲、「敝」聲,江氏周氏董氏祭部僅收「㡀」聲,王氏《漢語音韻·諧聲表》、《詩經韻讀·諧聲表》無,依〈古韻脂微質物月五部的分野〉收月部。

〔註92〕「尾」是微部字。

〔註93〕韻字皆爲祭部字。

根據江有誥的古韻分部，屑、薛、祭等韻上古入祭部，且由上文可知，「肖」聲多與祭部「折」等押韻，因此「肖」（「敝」）當入祭部。

（15）盍聲、蓋聲

「盍」，即「盇」。「闔嗑盍顝爔蓋蠚磕濫圍饁」等字從「盍」得聲，中古屬盍、泰、狎、曷、合、洽、葉、艷韻。「盍」，《說文》：「从血、大。」不確，是「盇」的初文。段氏脂部收「盍」聲、「蓋」聲，江氏祭部有「盍」聲，王氏「盇」聲入葉部，周氏「盍」聲入盍部，董氏「盇」聲祭部葉部兩收。江氏等以「蓋」從「盍」聲，將其歸入祭部。王力認爲：

> 但是，「蓋」字可能有兩讀，覆蓋的「蓋」仍應歸月部。至於盍聲，自然應屬葉部。〔註94〕

「蓋」，即「蓋」。《說文》無字從「蓋」得聲，蓋，中古三讀，古太切、古盍切、胡臘切，屬泰、盍韻。「蓋」，《說文》：「从艸，盍聲。」出土文獻中，「蓋」與「歇」、「盇」通假，如郭店楚簡〈緇衣〉簡四○：「句（苟）又（有）車，必見其𫝩（歇）。」裘錫圭按語疑讀爲「蓋」。

盍部與祭部主元音相同，一爲脣音尾，一爲舌尖音尾。李方桂先生認爲，一部分盍部字在詩經時代變入祭部。從「盍」、「蓋」的中古音判斷，「盍」入盍部，「蓋」入祭部。

因此「盍」當入盍部，「蓋」當入祭部。

（16）殺聲

「鎩薩濴鏘橵槃」等字從「殺」得聲，中古屬怪、黠、祭、薛、曷韻。「殺」，《說文》：「从殳，杀聲。」甲骨文从戈从屮，爲擊殺之意，後譌作「殺」。段氏脂部收「杀」聲、「殺」聲，江氏董氏祭部收「杀」聲，王氏周氏月部收「殺」聲。

根據江有誥的古韻分部，怪、黠、祭、薛等韻上古入祭部，據此「殺」入祭部入聲，「杀」不當收入。

（17）蔑聲、莧聲

「莧」，中古屬屋韻。从艸从目，或从羊从目，待考。段氏脂部收「莧」

〔註94〕王力《王力全集·第十九卷·古韻脂微質物月五部的分野》，濟南：山東教育出版社，1989年，頁285。

聲，江氏董氏入祭部，王氏未收，月部收「蔑」，周氏入月部（蔑）。「蔑」，《說文》：「勞，目無精也。从苜，人勞則蔑然，从戍。」「蔑」與「眜」通，但是不从「苜」聲。

根據江有誥的古韻分部，屋韻上古入祭部，且由上文可知，「蔑」聲多與祭部「眜」通假，因此「苜聲」不當收，「蔑」聲入祭部。

（18）乙聲、軋聲、曰聲、曶聲

「乞失軋」等字从「乙」得聲，中古屬質韻。「乙」本意不明，很早就被借用爲表示天干名。「乞」，《說文》：「玄鳥也。齊魯謂之乙，取其鳴自呼，象形。鳦，乙或从鳥。」段氏《說文解字注》認爲「乙」、「乞」非一字。實際上，「乞」爲「乙」的分化字。

段氏脂部收「乙」聲、「軋」聲，十二部（質部）收「乞」聲，《說文解字注》則以「軋」入十二部（質部）。江氏脂部收「乙」聲、祭部收「乞」聲，王氏質部收「乙」聲，周氏質部收「乙」聲、月部收「軋」聲，董氏微部收「乙」聲、祭部收「乞」聲。江氏董氏將「乞」聲歸祭部大概是因爲「曰」屬月部，从「乞」聲。他的證據是「一」、「乙」重紐，既然「一」爲脂部，則「乙」爲微部。龍宇純〈古韻脂眞爲微文變音說〉提出幾條證據爲「乙」聲歸微部的說法提出質疑：

> 乙、一二字《廣韻》同在質韻，而有不同反切，韻圖分見影母三、四等。一字古韻屬脂，有〈素冠〉叶韡、結、一可證，故以乙字隸於微部。上文已兩次論此觀點不可取。《詩》韻無乙字，〈高唐賦〉叶室、乙、畢，其韻在脂部應可參考。《說文》失字說以乙聲，其字兩先生並收在脂（質）部。失聲的秩字，〈賓之初筵〉、〈嘉樂〉分叶抑、怭或抑、匹，是其韻屬脂部之驗。失與乙聲母不相及，許說諧聲雖可疑，因其說必建立在韻母之上，不影響其對乙字歸部的參考價值。〔註95〕

我們認爲龍宇純先生的說法是有道理的，在沒有其他的證據的前提下，暫且依中古音將「乙」歸入脂部。

《說文》無字从「軋」得聲，烏黠切，中古屬黠韻。《說文》：「軋，輾也。

〔註95〕龍宇純〈古韻脂眞爲微文變音說〉，《中研院史語所集刊》77（2），2006年，頁177。

從車，乙聲。」段氏《說文解字注》：「此從甲乙爲聲，非從燕乙也。惟今韵則入十四黠耳。烏轄切。古音當在十二部。」

「汩欥炅」等字從「日」得聲，中古屬質、沒、術韻。「日」，《說文》：「從口，乙聲，亦象口气出也。」不確，甲骨文從口從一，表示言自口出之意，非形聲字。〈懷沙〉「汩忽」押韻。出土文獻中，「日」與「粵〔註96〕」、「炅」通假，如〈凡物甲〉：「聒（聞）之炅（日）。」段氏脂部收「日」聲，江氏王氏董氏未收，周氏物部收「日」聲。若江氏王氏董氏以「日」從「乙」聲，則他們的「日」聲歸屬則各遂「乙」聲了。何氏在《古韻通曉》中將其歸入月部：

> 日在《廣韻》爲月韻合口三等字。查遍月韻，沒有歸上古物韻
> 的聲首或散字。應依黃侃等歸月部。〔註97〕

「匰榾」等字從「舀」得聲，中古屬沒韻。「舀」，《說文》：「從日，象气出形。」金文從爪從日，構形之意不明。段氏以爲「舀」即「忽」。《說文》：「忽，忘也。從心，勿聲。」段氏脂部收「舀」聲，其餘諸家未收，王氏周氏物部收「勿（忽）」。

綜上所述，「乙」（「軋」）當入脂部入聲，「日」當歸祭部入聲，「忽」當入微部入聲。

（19）罽聲、說聲、閱聲、脫聲

「繼瀾蕭」等字從「罽」得聲，中古屬祭韻。《說文》：「罽，魚网也。從网，劂聲。劂，籀文銳。」段氏脂部收「劂」聲、「罽」聲，江氏董氏祭部收「劂」聲，周氏祭部收「劂」聲，另收「兌」聲，王氏月部收「罽」聲，另收「兌」聲、「銳」聲、「說」聲、「閱」聲、「脫」聲。

根據江有誥的古韻分部，祭韻上古入祭部，據此「兌」（「劂」、「罽」、「銳」）歸入祭部。

（20）舝　聲

「捧」字從「舝」聲，中古屬未韻，許貴切。舝，《說文》：「從屮，卉聲。拜從此。」不確，甲骨文象草木之形。「捧」，即「拜」，中古屬怪韻，《說文》：

〔註96〕「忽」屬物部，「粵」屬祭部。

〔註97〕陳復華、何九盈《古韻通曉》，北京：中國社會科學出版社，1987年。

「从手、桒。」西周金文从手、从桒，或以为从「桒」得聲。《召南・甘棠》「伐
茇敗憩拜說」押韻。「捧」與「悖〔註98〕」通假，如〈正亂〉：「天刑不捧（悖），
逆順有類。」段氏脂部收「桒」聲、「捧」聲，江氏董氏祭部收「捧」聲，王氏
月部周氏祭部收「拜」聲。

　　根據江有誥的古韻分部，未、怪等韻上古入祭部，且由上文可知，「拜」聲
多與祭部「伐」、「說」押韻或通假，因此「桒聲」（「拜」）當爲祭部字。

（21）設　聲

　　「蔎」从「設」得聲，中古屬薛韻。「設」，《說文》：「从言，从殳。」出
土文獻中，「設」與「摯」、「熱〔註99〕」通假，如睡虎地秦簡《日書》乙〈除〉：
「成外陽之日，利以祭，之四旁（方）野外，熱（設）罔，邋（獵）獲。」「設」
聲段氏未收，江氏董氏入祭部，王氏《漢語音韻・諧聲表》收入月部，《詩經
韻韻讀・諧聲表》未收，周氏入月部。王氏以朱駿聲所引〈三略上〉「設奪」
押韻，且「設」中古屬薛韻，將之歸入月部。〔註100〕

　　根據江有誥的古韻分部，薛韻上古入祭部，且由上文可知，「設」聲多與
祭部「摯」、「奪」押韻，因此「設」當歸祭部入聲。

（22）剮　聲

　　「剮」，即「別」，「箹莂棚捌唰」等字从「別」得聲，中古屬薛、屑、黠、
鎋韻。「剮」，《說文》：「从冎，从刀。」「別」聲段氏入十二部（質），江氏董氏
入祭部，王氏〔註101〕周氏入月部。

　　根據江有誥的古韻分部，薛、屑、黠、鎋等韻上古入祭部，據此「別」當
入祭部入聲。

（23）砅　聲

　　《說文》無字从「砅」得聲，中古屬蒸韻。「砅」，《說文》：「从水，从石……
灑，砅或从厲。」段氏入脂部，江氏董氏周氏入祭部，王氏未收。

〔註98〕「悖」是微部字。

〔註99〕「摯」爲脂部，「熱」爲祭部。

〔註100〕王力《王力全集・第十九卷・古韻脂微質物月五部的分野》，濟南：山東教育出版
　　　　社，1989 年，頁 274。

〔註101〕王氏〈諧聲表〉未收，〈古韻脂微質物月五部的分野〉收月部。

根據其異體字「厲」爲祭部字，暫且將「砅」歸入祭部。

（24）竄 聲

《說文》無字從「竄」得聲，中古屬換韻。「竄」，《說文》：「從鼠在穴中。」段氏入脂部，江氏董氏周氏入祭部，王氏未收。

根據江有誥的古韻分部，換韻上古入元部，據此暫將「竄」歸入元部。

（25）寽 聲

「鋝捋埒桚垺特捋酹將」等字從「寽」得聲，中古屬術、獮、泰、隊、末、陌韻。「寽」，《說文》：「從受，一聲。」不確，金文象一手盛物，一手抓取之形。段氏入脂部，江氏董氏入祭部，王氏周氏未收。

根據江有誥的古韻分部，術、獮、泰、隊韻入祭部，據此將「寽」歸入祭部。

（26）亅 聲

《說文》無字從「亅」得聲，亅，中古屬月韻，《說文》：「象形。讀若橜。」段氏入脂部，江氏董氏入祭部，王氏周氏未收。

根據江有誥的古韻分部，月韻上古入祭部，讀若的「橜」爲祭部字，因此「亅」歸入祭部。

（27）睿 聲

「璿」字從「睿」得聲，中古屬仙、祭韻。「睿」，即「叡」，《說文》：「從奴，從目，從谷省。睿，古文叡。𡃘，籀文叡從土。」段氏未收，江氏董氏入元部，王氏入月部，周氏「睿」入文部，以「睿」從「睿」聲。

根據江有誥的古韻分部，祭韻上古入祭部，仙韻上古入元部或文部。我們暫且以「睿」的中古讀音爲準，將其歸入祭部。

（28）怛 聲

《說文》無字從「怛」得聲，「怛」，中古屬曷韻，《說文》：「從心，旦聲。」〈匪風〉「發偈怛」押韻。王氏入月部，其餘諸家未收。

根據江有誥的古韻分部，曷韻上古入祭部，且由上文可知，「怛」聲多與祭部「發」、「偈」押韻，因此「怛」歸入祭部。

十、元　部

（1）專聲、袁聲、睘聲

「塼膊篿團傳漙鱄摶嫥縛轉袁」等字從「專」得聲，中古屬仙、獮、桓、線、諄韻。「專」，《說文》：「从寸，叀聲。」甲骨文从叀从又，非从寸。《邶風・柏舟》「轉卷選」押韻，〈野有蔓草〉「漙婉願」押韻。「圈」與「專」通假，段氏元部收「叀」、「專」、「袁」、「睘」，王氏元部收「專」、「袁」、「團」、「還」，江氏董氏周氏元部收「叀」。

「園樣轅湲猿遠睘」等字從「袁」得聲，中古屬元、阮、願、清韻。「袁」，《說文》：「从衣，叀省聲。」不確，古文字从衣从又，為以手穿衣之意，○（圓）為後加聲符。〈將仲子〉「園檀言」押韻，《秦風・駟驖》「園閑」押韻，〈伐柯〉「遠踐」押韻。出土文獻中，「袁」與「遠」、「圓」通假，「遠」與「桓」、「傳」通假，「園」與「員」通假，「環」與「榮」通假。

「環還繯蠉嬛闤儇檈翾曤」等字從「睘」得聲，中古屬清、霰、諄、仙、刪韻。「睘」，《說文》：「从目，袁聲。」《齊風・還》「還閒肩儇」押韻，〈盧令〉「環鬈」押韻。出土文獻中，「睘」與「鋄」通假，「還」與「縣」、「旋」通假，如馬王堆帛書《六十四卦・禮（履）》：「其睘（旋）元吉。」

根據江有誥的古韻分部，仙、獮、桓等韻上古入元部或文部，且由上文可知，「叀」聲字多與元部字押韻或通假，因此「叀」、「專」（「團」）、「袁」（「睘」、「還」）入元部。

（2）屵聲、彥聲、雁聲、鴈聲、顏聲、炭聲、產聲

《說文》無字從「屵」得聲，「屵」，五割切，中古屬曷韻。《說文》：「从山、厂，厂亦聲。」段氏元部收「厂」、「屵」、「彥」、「雁」、「鴈」，江氏董氏周氏元部收「厂」，王氏元部收「雁」、「彥」。

「諺顏」等字從「彥」得聲，中古屬線、刪韻。「彥」，《說文》：「从彣，厂聲。」或以為从文，「厂」聲。出土文獻中，「諺」與「顏」通假。

「鴈」等字從「雁」得聲，中古屬翰韻。「雁」，五晏切，中古屬諫韻，《說文》：「从隹，从人，厂聲。讀若鴈。」〈匏有苦葉〉「雁旦泮」押韻，〈女曰雞鳴〉「旦爛雁」押韻。出土文獻中，「雁」與「案」通假，如銀雀山竹簡〈占書〉：「蒼案（雁）夕鳴。」

「鷹」等字从「鴈」得聲，中古屬諫韻。鴈，《說文》：「从鳥、人，厂聲。」
段氏從之，大徐本以為从「雁」省聲。「雁」、「鴈」兩字經典或常通用，實則
一為鴻雁，一為家鵝。出土文獻中，「鴈」與「雁」通假，如〈威王問〉：「雁
（鴈）行者何也？」「炭」，《說文》：「从火，岸省聲。」或以為从「屵」聲。
「產」，《說文》：「从生，彥省聲。」「旦」、「泮」、「安」、「言」為上古元部字。

根據江有誥的古韻分部，仙、獮、桓、線、刪等韻上古入元部或文部，
曷韻上古入祭部，與元部僅韻尾不同。且由上文可知，「厂」聲字多與元部字
押韻或通假，因此「厂」（「屵」、「彥」、「雁」、「鴈」、「炭」、「產」）入元部。

（3）言　聲

「琂唁」等字从「言」得聲，中古屬線、元韻。「言」，《說文》：「从口，辛
聲。」不確，甲骨文从舌从一，表示言語出於舌之意。〈泉水〉「干言」押韻，〈考
槃〉「澗寬言」押韻。出土文獻中，「言」與「然」通假，「訇」與「暗」通假。
段氏元部收「辛」、「言」，江氏董氏周氏元部收「辛」，王氏元部收「言」。「干」、
「然」、「暗」等為上古元部字。

根據江有誥的古韻分部，線、元等韻上古入元部，且由上文可知，「言」聲
字多與元部字押韻或通假，因此「言」當入元部。

（4）邍　聲

《說文》無字从「邍」得聲，中古屬元韻。「邍」，《說文》：「从辵、備、
彔。」不確，甲骨文从夂、从象，為在原野上追捕野豬之意，金文加辵，或
以「田」為後加聲符，或以「彔」為聲符。出土文獻中，「邍」與「原」通假，
如《周易·比》：「邍（原）筮。」段氏元部收「邍」，其餘諸家未收。「象」、
「原」皆為元部字。

根據江有誥的古韻分部，元韻上古入元部，且由上文可知，「邍」聲字多
與元部字通假，因此「邍」入元部。

（5）䜌聲、聯聲

「關」字从「䜌」聲，中古刪韻。《說文》：「从絲省，卝聲。」〈氓〉「垣
關關漣關言言遷」押韻，〈甫田〉「變卝見弁」押韻。出土文獻中，「關」與「管」、
「擐」、「貫」通假，如〈封診式〉：「即疏書甲等名事關（貫）諜（牒）北（背）。」
段氏元部收「卝」、「䜌」，江氏董氏王氏元部收「聯」，周氏元部收「卝」。

「戀」等字從「聯」得聲，中古屬仙韻。「遷」、「關」、「變」、「管」爲元部字。

根據江有誥的古韻分部，刪、仙等韻上古入元部或文部，且由上文可知，「龻」聲字多與元部字押韻或通假，因此「龻」（「䜌」、「聯」）當入元部。

（6）宛　聲

「琬菀婉畹輓」等字從「宛」得聲，中古屬元、阮、文、換韻。「宛」，《說文》：「從宀，夗聲。」出土文獻中，「宛」與「爰」通假。段氏王氏元部收「夗」、「宛」，江氏董氏周氏元部收「夗」。「爰」爲元部字。

根據江有誥的古韻分部，元、阮、文、換等韻上古入元部或文部，且由上文可知，「夗」聲字多與元部字通假，因此「夗」（「宛」）入元部。

（7）岸聲、旱聲、罕聲

「犴」等字從「岸」得聲，中古屬翰韻。「岸」，《說文》：「從屵，干聲。」或以爲從厂，「干」聲，「山」是後加意符。〈氓〉「怨岸泮宴晏旦反」押韻，《大雅・皇矣》「援羨岸」押韻。段氏元部收「干」、「岸」、「旱」、「罕」，江氏董氏周氏元部收「干」，王氏元部收「干」、「旱」、「罕」。

「戰晘稈悍駻」等字從「旱」得聲，中古屬旱、翰、寒韻。「旱」，《說文》：「從日，干聲。」「稈」與「芉」通假，「焊」與「殺〔註102〕」通假。

《說文》無字從「罕」得聲，中古屬旱韻。「罕」，《說文》：「從网，干聲。」出土文獻中，「罕」與「碳」通假，如《帛五行・經》：「簡之爲言也獻（猶）賀，大而罕（碳）者。」「碳」、「怨」、「岸」、「泮」上古爲元部字。

根據江有誥的古韻分部，翰、旱、翰、寒等韻上古入元部或文部，且由上文可知，除個別例外如祭部字「殺」之外，「干」聲字多與元部字押韻或通假，因此「干」（「岸」、「旱」、「罕」）當入元部。

（8）宴聲、匽聲、晏聲

「暥」等字從「宴」得聲，中古屬霰韻。「宴」，《說文》：「從宀，晏聲。」金文從宀，「晏」聲，或從广。段玉裁注：「經典多假燕爲之。」「宴」與「燕」、「匽」通假。段氏元部收「晏」、「宴」、「匽」、「安」、「晏」，王氏元部收「安」、

〔註102〕「殺」爲祭部字。

「匽」、「宴」、「匽」，江氏董氏元部收「安」、「匽」，周氏元部收「安」，以「匽」從「安」聲。

「鷗鄢偃揠褪蝘」等字從「匽」得聲，中古屬阮、銑、願、黠韻。「匽」，《說文》：「從匸，妟聲。」出土文獻中，「匽」與「鄢」、「燕」通假。

「騴暥」等字從「妟」得聲，中古屬諫韻。「妟」，《說文》：「從日，安聲。」〈羔裘〉「晏粲彥」押韻。出土文獻中，「妟」與「罕」通假，如郭店楚簡〈五行〉簡三九－四○：「大而晏（罕）者也。」

根據江有誥的古韻分部，霰、諫等韻的字上古入元部，且由上文可知，「妟」聲字多與元部字押韻或通假，如「罕」、「彥」、「燕」等。因此「妟」（「宴」、「匽」）「安」（「妟」）入元部。

（9）倝聲、乾聲、翰聲、韓聲、幹聲

「翰鶾韓」等字從「倝」得聲，中古屬寒、翰韻。「倝」，《說文》：「從旦，认聲。」據《說文》，「乾翰韓幹旋」皆從「倝」聲。出土文獻中，「倝」與「韓」、「寒」通假。段氏元部收「认」、「倝」，王氏元部收「乾」、「翰」、「韓」、「幹」、「旋」，江氏董氏周氏元部收「认」。「韓」、「寒」等為元部字。

根據江有誥的古韻分部，寒、翰韻上古入元部，且由上文可知，「认」聲字多與元部字通假，因此「认」（「倝」、「乾」、「翰」、「韓」、「幹」、「旋」）入元部。

（10）藋聲、單聲、患聲、權聲、勸聲

「鸛瓘讙趯讙勸灌蘿」等字從「藋」得聲，中古屬換、願、仙、元、桓韻。「藋」，《說文》：「從萑，吅聲。」〈溱洧〉「渙蕑觀」押韻。出土文獻中，「藋」與「觀」通假，「藋」與「讙」通假。段氏元部收「吅」、「藋」、「單」、「患」，江氏董氏元部收「吅」，王氏元部收「藋」、「權」、「勸」、「單」，周氏元部收「吅」、「單」、「患」。

「襌蕫嘽彈觶簞樿癉幝僤禪磾驒燀鼉憚鱓闡撣戰彈繟蟬墠」等字從「單」得聲，中古屬寒、銑、箇、仙、獮、線、寒、翰、山韻。「單」，《說文》：「從吅、甲，吅亦聲。」不確，古文字是象形字，象一種武器之形。〈公劉〉「泉單原」押韻，〈板〉「板癉然遠管亶遠諫」押韻。出土文獻中，「單」與「癉」通假，「鄲」、「僤」與「戰」通假，「彈」與「旦」通假，如《日甲・歲》：「東旦（彈）亡。」

「羉橞溾賤」等字從「患」得聲,中古屬諫、刪、換韻。「患」,《說文》:「從心,上貫吅,吅亦聲。」不確,段氏《說文注》以爲當改爲從心「毌」聲,《說文解字考正》、《古文字譜系疏證》據楚文字形分析爲從心,串聲。出土文獻中,「患」與「梡」通假。

《說文》:「權,黃華木。從木,雚聲。一日反常。」《說文》:「勸,勉也。從力,雚聲。」「渙」、「萠」、「泉」、「單」、「原」、「梡」等皆爲元部字。

根據江有誥的古韻分部,換、願、仙、元、桓等韻上古入元部,且由上文可知,「吅」聲字多與元部字押韻或通假,因此「吅」(「雚」)「單」「患」入元部。

(11) 貫 聲

「摜鑵遺環讀慣撌」等字從「貫」得聲,中古屬換、魂、慁、諫韻。「貫」,《說文》:「從毌、貝。」段氏元部收「毌」、「貫」,江氏董氏周氏元部收「毌」,王氏元部收「貫」。

根據江有誥的古韻分部,換、魂、慁等韻上古入元部,據此「貫」入元部。

(12) 肰聲、然聲

「然燃」等字從「肰」得聲,中古屬仙韻。「肰」,《說文》:「從犬、肉。讀若然。」或以「犬」爲聲符。段氏元部收「肰」、「然」,江氏董氏未收,王氏周氏收「然」。段氏江氏董氏周氏另收「犬〔註103〕」。

「嘫橪燃撚嬈綟」等字從「然」得聲,中古屬仙、銑、霰、山、獮、先韻。「然」,《說文》:「從火,肰聲。」〈采苓〉「旃然言焉」押韻,〈武王踐阼篇楹銘〉「殘然」押韻,〈遠遊〉「傳垠然存先門〔註104〕」押韻。出土文獻中,「然」與「肰」、「熱」、「炅」、「埏」、「叛」通假,如《帛乙老子‧道經》:「燃(埏)而爲器。」「旃」、「言」、「焉」、「殘」、「垠」等爲元部字。

根據江有誥的古韻分部,仙、銑、霰、山、獮等韻上古入元部或文部,且由上文可知,除個別例外,「肰」、「然」聲字大部分與元部字押韻或通假,因此「肰」、「然」當入元部。

〔註103〕段氏周氏未以「犬」爲「肰」聲符,江氏董氏或以「犬」爲其聲符。

〔註104〕「垠存先門」皆爲元部字。「炅」爲耕部字。

（13）散聲、潸聲

「饊霰」等字從「散」得聲，中古屬旱、霰韻。「散」，《說文》：「從肉，㪔聲。」出土文獻中，「散」與「踐」通假。段氏元部收「㪔」、「散」、「潸」，江氏董氏元部收「㪔」，王氏元部收「散」、「潸」。

《說文》無字從「潸」得聲，「潸」，所姦切、數板切，中古屬山、潸韻。《說文》：「從水，㪔省聲。」出土文獻中，「潸」與「霖」〔註105〕通。「踐」爲元部字。

根據江有誥的古韻分部，旱、霰等韻上古入元部或文部，且由上文可知，「㪔」聲字與元部字「踐」和侵部字「霖」通假，綜合考量「㪔」（「散」、「潸」）入元部。

（14）樊　聲

「頖礬斒蘩」等字從「樊」得聲，中古屬山韻。「樊」，《說文》：「從𠬜，從棥，棥亦聲。」或以爲「𠬜」是疊加聲符。〈青蠅〉「樊言」押韻。出土文獻中，「樊」與「判」、「返」通假。段氏元部收「棥」、「樊」，江氏董氏周氏收「棥」，王氏收「樊」、「攀」。「言」、「判」、「返」爲上古元部字。

根據江有誥的古韻分部，山韻等上古入元部，且由上文可知，「棥」聲字多與元部字押韻或通假，因此「棥」（「樊」、「攀」）當入元部。

（15）羨聲、次聲

「遴緣」等字從「羨」得聲，中古屬線、獮、仙韻。「羨」，似面切、以脂切、于線切，屬線、脂韻，《說文》：「從次，從羑省。」「次」與「羨」通假。段氏元部收「次」、「羨」，江氏董氏周氏元部收「次」，王氏元部收「羨」。

「羨」等字從「次」得聲，中古屬線、脂韻。「次」，夕連切，仙韻，《說文》：「從欠，從水。」是「涎」的初文。出土文獻中，「次」與「延」、「羨」、「盜」〔註106〕通假。「涎」、「延」均爲元部字。「盜」爲宵部字，與元部字主元音相同或相近。

根據江有誥的古韻分部，線、獮、仙等韻上古入元部，且由上文可知，「次」聲字多與元部字通假，因此「次」（「羨」）入元部。

〔註105〕「霖」爲侵部字。

〔註106〕「盜」爲宵部字。

（16）段　聲

「椴緞鍛腶碫瑖碬」等字从「段」得聲，中古屬換、緩韻。「段」，《說文》：「从殳，耑省聲。」金文从殳从厂，是「鍛」的初文，意爲在石上鍛造之意。出土文獻中，「段」與「鍛」、「碫」、「湍」、「專」、「斷」通假，如《日甲·詰》：「取西南隅，去地五尺，以鐵椎湍（段）之。」段氏元部收「耑」、「段」，江氏董氏周氏元部收「耑」，王氏元部收「耑」、「喘」、「喘」、「段」。「湍」、「專」、「斷」等爲上古元部字。

根據江有誥的古韻分部，換、緩等韻上古入元部，且由上文可知，「耑」聲字多與元部字通假，因此「耑」（「喘」、「喘」、「段」）當入元部。

（17）袞　聲

「袞」字从「袞」得聲，中古屬混韻。金文从衣，「公」聲。段氏王氏入元部，其他諸家未收。

根據江有誥的古韻分部，混韻上古入元部或文部，據此「袞」入元部。

（18）尃　聲

「摶團顓」等字从「尃」得聲，中古屬仙韻。段氏周氏元部收「尃」，江氏董氏王氏未收。

「尃」檢索先秦典籍並不常見，我們認爲暫且刪去。

（19）闌聲、蘭聲、練聲

「蘭讕襴瀾」等字从「闌」得聲，中古屬寒韻。「闌」，《說文》：「从門，柬聲。」「練」，《說文》：「从糸，柬聲。」出土文獻中，「闌」與「管」、「簡」、「練」、「班」通假。段氏元部收「柬」、「闌」、「蘭」，王氏收「柬」、「闌」、「練」，江氏董氏周氏元部收「柬」。「管」、「簡」、「班」等上古爲元部字。

「爛瀾」等字从「蘭」得聲，中古屬翰韻。蘭，《說文》：「从艸，闌聲。」出土文獻中，「蘭」與「闌」通假。

根據江有誥的古韻分部，寒、翰等韻上古入元部或文部，且由上文可知，「柬」聲字多與元部字通假，因此「柬」（「闌」、「蘭」、「練」）當入元部。

（20）宀　聲

《說文》無字从「宀」得聲，「宀」，中古屬仙韻。《說文》：「交覆深屋也。象形。」甲骨文象房屋之形。段氏王氏未收，江氏董氏周氏入元部。

「宀」是構字部件，我們認爲應當刪去。

（21）歬 聲

即「前」，「葥竊鬋箭煎湔揃媊」等字從「前」得聲，中古屬先、支、仙、獮、線韻。歬，《說文》：「從止在舟上。」出土文獻中，「前」與「元」通假，「湔」與「泉」、「原」通假，「煎」與「前」通假，「湔」與「蓁〔註107〕」通假。段氏未收，江氏周氏收「歬」，董氏王氏元部收「前」。「元」、「泉」、「原」等爲元部字。

根據江有誥的古韻分部，先、支、仙、獮韻上古入元部，且由上文可知，「前」與元部字通假，因此「前」歸入元部。

（22）羴聲、邊聲

「羶羴　□□邊邊」等字從「羴」得聲，中古屬仙、先韻。「邊」，《說文》：「從辵，羴聲。」段氏未收，江氏董氏周氏收「羴」，王氏收「邊」。

根據江有誥的古韻分部，仙先韻上古入元部或文部，暫從前人說文「羴」、「邊」歸入元部。

（23）虤 聲

「虤」，中古屬山韻。「虤」，《說文》：「從二虎。」江氏董氏入元部，其餘諸家未收。

「虤」檢索先秦典籍少見，亦無其他諧聲字，暫且刪去。

（24）繭 聲

「襺」等字從「繭」得聲，中古屬銑韻。「繭」，《說文》：「從系，從虫，芇省。」不確，或以爲金文從絲從幎會意，非形聲字。出土文獻中，「繭」與「見」通假，如〈雜療方〉：「服見（繭）。」段氏未收，其餘諸家入元部。「見」爲元部字。

根據江有誥的古韻分部，銑韻上古入元部或文部，且由上文可知，「繭」聲字多與元部字通假，因此「繭」當入元部。

（25）侃 聲

「儑遚」等字從「侃」得聲，中古屬仙、元韻。「侃」，空旱切、苦旰切，

〔註107〕「蓁」爲眞部字。

屬旱、翰韻，《說文》:「从㐁，从川。」出土文獻中，「侃」與「愆」通假，如郭店楚簡〈緇衣〉簡三二:「不（愆）于義（儀）。」段氏未收，其餘諸家入元部。「愆」爲元部字。

根據江有誥的古韻分部，仙、元等韻上古入元部，且由上文可知，「侃」聲字多與元部字通假，因此「侃」應當入元部。

（26）𦥑聲、遣聲

「遣」等字从「𦥑」得聲，中古屬獮、線韻。「𦥑」，《說文》:「从𠂤，从臾。」不確，當从臼、从𠂤。段氏未收，江氏董氏周氏收「𦥑」，王氏收「遣」。

根據江有誥的古韻分部，獮、線等韻上古入元部，據此「𦥑」（「遣」）當入元部。

（27）㬎　聲

「㒚謡嚗墧礘韅顯曌隰」等字从「㬎」得聲，中古屬合、覃、勘、盍、銑、緝、葉韻。「㬎」，《說文》:「从日中視絲，古文以爲顯字。」从日，从頂部相連的絲。段氏《諧聲表》入侵部入聲（即緝部），以其中古屬緝韻，王氏未收，「顯」中古屬銑韻，因此江氏董氏周氏入元部。

段氏《說文解字注》認爲「㬎」有三種音義：①日中視絲，衆明察及微妙之意。即「㬎」字本義，典籍中假借爲「顯」，呼典切。②衆口皃，讀若「唫」，巨錦切，屬侵部，「濕」从此得聲。③指絮中小繭，通「繭」，蠶衣之意，古典切，亦屬侵部（按「古典切、非指侵部）。而大徐注「五合切」（指緝部）有誤。

我們認爲，段氏的說法有理，「㬎」聲字中古屬合、覃、勘、盍、銑、緝、葉韻，上古亦應同時歸幾個韻部。从「㬎」得聲中古屬合、覃、勘、盍韻的，如「隰」，上古歸緝部，从「㬎」得聲中古屬銑韻的，如「顯」，上古歸元部。

十一、文　部

（1）晨聲、脣聲

「脣娠賑」等字从「晨」得聲，中古屬眞、諄、震韻。「晨」，《說文》:「从臼，从辰。辰，時也，辰亦聲。」《小雅．庭燎》「晨煇旂〔註108〕」押韻，《春

〔註108〕「煇」、「旂」爲微部字。

秋左傳‧僖公五年童謠》「晨辰振旂賁煇軍奔」押韻。出土文獻中,「晨」與「振」、「辰」通假。段氏文部收「辰」、「晨」、「唇」,其他諸家文部收「辰」。

《說文》無字从「唇」得聲,中古屬眞韻。「唇」,《說文》:「从口,辰聲。」《周南‧螽斯》「詵孫振」押韻,《王風‧葛藟》「漘昆昆聞」押韻,《魏風‧伐檀》「輪漘淪囷飧」押韻。「軍」、「奔」、「聞」、「輪」爲文部字。

根據江有誥的古韻分部,眞、諄、震等韻上古入眞部或文部,且由上文可知,「辰」聲字多與文部字通假,因此「辰」(「晨」、「唇」)入文部。

（2）麇 聲

「攈」字从「麇」得聲,中古屬合韻。「麇」,居筠切,屬眞韻,《說文》:「从鹿,囷省聲。」不確,甲骨文从鹿从禾,非「囷」省聲。《召南‧野有死麕》「麕春」押韻。段氏文部收「囷」、「麇」,其他諸家文部收「囷」。

根據江有誥的古韻分部,眞韻上古入眞部,少部分入文部,據此「囷」(「麇」)入文部。

（3）殷聲、冃聲

「慇」字从「殷」得聲,中古屬欣韻。「殷」,於斤切、烏閑切,分屬欣、山韻,《說文》:「从冃,从殳。」甲骨文从冃从攴,象人腹有疾,手持針治療之形。《邶風‧北門》「門殷貧艱」押韻,〈桑柔〉「慇辰東瘵」押韻。出土文獻中,「殷」與「衣」通假,段氏周氏王氏文部收「殷」,江氏董氏文部收「冃」。「門」、「貧」、「艱」、「瘵」上古爲文部字。

根據江有誥的古韻分部,欣、山韻上古入眞部或文部,且由上文可知,除個別例外,「殷」聲字多與文部字押韻或通假,因此「殷」入文部,「冃」僅作構字偏旁,當刪去。

（4）西聲、垔聲

「茜迺洒垔曘」等字从「西」得聲,中古屬薺、海、霰、卦、眞韻。甲骨文象鳥巢形,或以爲「囪」的初文。〈新臺〉「洒浼殄」押韻,《禮記‧祭義‧日出於東》「西巡」押韻。出土文獻中,「西」與「先」、「洒」通假,「誸」與「迅」通假,如〈苦成〉:「行正(政)誸(迅)強。」「西」、「垔」段氏王氏入文部,江氏董氏「西」入元部,周氏「西」入文部。

「甄煙湮闉堙甄禋鄄」等字从「垔」得聲,中古屬眞、山、先、震、仙、

線韻。塞，《說文》：「从土，西聲。」甲骨文土或譌爲壬，或以爲「西」非聲。《周頌・維清》「典禋」押韻。出土文獻中，「塞」與「鄭」通假。從韻文、通假異文和諧聲字的情況看來，「西」、「塞」當入文部。江氏《詩經韻讀・新臺》注「洒音蘇」，因此入元部。

（5）免　聲

「睕鞔冕晚浼嬔輓」等字從「免」得聲，中古屬獮、賄、產、願、阮韻。甲骨文象跪坐人形戴冠，「冕」字初文，後假借爲「免」。出土文獻中，「免」與「晚」、「面」、「謾〔註109〕」通假，如〈養生方〉：「有（又）令人免（面）澤。」「挽」與「冥」通假。段氏王氏「免」入文部，江氏董氏周氏入元部。通假的情況顯示「免」與元耕等部均有接觸。陳復華、何九盈《占韻三十部歸字總論》〔註110〕：

> 免在《廣韻》屬仙韻字，歸元部是有道理的。但爲什麼要歸文部呢？王力說這是「不規則的變化」。嚴可均說：「今《說文》無此字（免字），偏旁有之。《廣韻》誤入獮。均謂古讀並如檀弓免，馬之免，音問。」從免聲的冕、輓也音問。又說：「《廣韻》《集韻》以潤爲重文，眞脂對轉，故韓詩浼作混。」嚴可均所謂的「眞脂對轉」，實際上就是微文對轉……以上這些材料都是免聲在上古應歸文部的確證。王念孫還指出：「浼與洒軫韻（指新臺），則免聲似亦在諄部。《論語》「出則事公卿」四句，亦似以卿兄爲韻，勉困爲韻」。

綜合押韻和通假的情況，「免」當入文部。根據江有誥的古韻分部，仙韻上古眞、文、元三部均有收入，不能據此判斷歸部，暫從前人說法入文部。

（6）奔聲、賁聲

「饙」字從「奔」得聲，中古屬文韻。「奔」，博昆切、甫悶切，屬魂、慁韻，《說文》：「从夭，賁省聲。」不確，金文从走字初文，从三止，後三止譌變爲三屮。「蕡噴膹鼖幩僨歕奔憤潰墳鐼」等字從「賁」得聲，中古屬魂、文、吻、慁、問韻。「賁」，《說文》：「从貝，卉聲。」《鄘風・鶉之奔奔》「奔君」押韻，〈大車〉「璊奔」押韻。出土文獻中，「奔」與「賁」通假，如馬

〔註109〕 「面」、「謾」爲元部字，「冥」爲耕部字。

〔註110〕 陳復華、何九盈《古韻通曉》，北京：中國社會科學出版社，1987年，頁245。

王堆帛書《六十四卦・渙》九二：「渙賁（奔）其階，悔亡。」段氏王氏「奔」、「賁」入文部，江氏董氏「賁」入文部，周氏「奔」入文部。「賁」、「君」為文部字。

根據江有誥的古韻分部，魂、文、吻、慁等韻上古入元部或文部，且由上文可知，「奔」、「賁」聲字多與文部字通假，因此「奔」、「賁」當入文部。

（7）㒼聲、璊聲

「瞞樠𤣥㦖滿」等字從「㒼」得聲，中古屬桓、魂、緩、元韻。《說文》無字從「璊」得聲，「璊」，中古屬魂韻。《說文》：「从玉，㒼聲。」段氏文部收「璊」，元部收「㒼」，《說文解字注》元部收「璊」，又指出「璊」、「玧」通假，而「玧」在文部。江氏〈古韻總論〉從段氏歸元部，《諧聲表》以〈大車〉「啍璊奔」押韻歸文部〔註111〕，董氏周氏文部收「㒼」，王氏元部收「㒼」。陳復華、何九盈《古韻三十部歸字總論》認為：

> 㒼聲應歸元部，璊樠二字應歸文部。本來從㒼得聲的字文元兩
> 部都有。《廣韻》璊樠歸魂韻，莫奔切，與門同一小韻。㒼字本聲在
> 桓韻，母官切，與曼同一小韻。陸志韋指出，元部「諧聲表上魂通
> 桓多至六次」，其中就有㒼——璊；滿——㦖。這都是同聲未必同部
> 的例子。另外，統觀文部，沒有桓韻字的字，只有一個「綣」字還
> 是重文。

「㒼」，母官切，中古屬桓韻，桓韻上古歸元部，《說文》：「讀若蠻。」當屬元部字無疑。「璊」，莫奔切，中古屬魂韻，上古歸文部，「樠」，武元切、莫昆切、母官切，中古屬元、魂、桓韻，元韻上古歸元部。「蠻」為元部字。

「璊」據其中古音及詩韻材料當歸文部，根據上文分析，「㒼」及除「璊」之外的「㒼」聲字入元部。

（8）彣聲、𠫓聲、閔聲、紊聲、虔聲

《說文》無字從「彣」得聲，中古屬文韻。「彣」，《說文》：「从彡，从文。」段氏《說文注》以為「文亦聲」。「紊」，《說文》：「从糸，文聲。」「虔」，中

〔註111〕陳復華、何九盈《古韻通曉》，北京：中國社會科學出版社 1987 年，245 頁持此觀點，並認為另一個理由是江氏取《經典釋文》中《左傳・莊公四年》注音，因此歸為文部字。

古屬仙韻，《說文》：「从虍，文聲。讀若矜。」段氏文部收「文」、「彣」、「吝」、「閔」，江氏董氏周氏文部收「文」，王氏文部收「文」、「閔」、「紊」。王氏眞部收「虔」，其餘諸家入元部。

「惛麐」等字从「吝」得聲，中古屬震、眞韻。「吝」，《說文》：「从口，文聲。」出土文獻中，「吝」與「文」、「鄰」、「閵〔註112〕」通假。

「憫潤簡燗」等字从「閔」得聲，中古屬軫、賄韻。「閔」，《說文》：「从門，文聲。」《豳風・鴟鴞》「勤閔」押韻。出土文獻中，「閔」與「門」、「吝」通假，如上博楚竹書〈容成氏〉簡五二-五三：「以告吝（閔）於天。」「門」、「勤」爲文部字，「鄰」、「閵」爲眞部字。

根據江有誥的古韻分部，文、震、眞、仙等韻上古入文部或元部，且由上文可知，「文」聲字多與文部字或眞部字通假或押韻，綜合考量把「文」（「彣」、「吝」、「閔」）當歸入文部。

（9）典聲

「錪腆痶涊悿琠蜔腆瘨」等字从「典」得聲，中古屬銑韻。金文从冊从丌。《周頌・維清》「典禋」押韻。出土文獻中，「殿」與「純〔註113〕」通假，如〈封診式〉：「繆緣及殿（純）。」段氏王氏周氏文部收「典」，江氏董氏元部收「典」。銑韻上古眞、文、元三部皆有收入，上文所引「典」聲字與文部字通假，且陳復華、何九盈《古韻三十部歸字總論》補充孔廣森認爲「腆」與「殄」通假。「殄」亦爲文部字。

根據江有誥的古韻分部，銑韻上古入文部或元部，且由上文可知，「典」聲字多與文部字通假，因此「典」當歸文部。

（10）焚聲、彬聲

「煩彬斌」字从「焚」得聲，中古屬元、眞韻。「焚」，《說文》：「从火、棥，棥亦聲。」甲骨文从火从林或木，爲以火燒林木之意。〈雲漢〉「川焚熏聞遯」押韻，《象下傳・旅》「焚聞」押韻。出土文獻中，「焚」與「紛」、「煩」通假，如〈亙先〉：「焚焚（紛紛）而多采（彩）勿（物）。」段氏周氏文部「焚」、「彬」，江氏董氏未收，王氏收「焚」。

〔註112〕「鄰」、「閵」皆爲眞部字。

〔註113〕「純」爲文部字。

「霖黌黂」等字从「彬」得聲，中古屬眞、山、諄韻。《說文》：「份，文質僭也。从人，分聲。《論語》曰：『文質份份。』彬，古文份从彡、林。林者，从焚省聲。」〈說卦〉「散烜〔註114〕」押韻。「川」、「熏」、「聞」、「邇」、「煩」等爲文部字。

根據江有誥的古韻分部，元、眞、山、諄等韻上古入元部或文部，且由上文可知，「焚」、「彬」聲字多與文部字押韻或通假，因此「焚」、「彬」當入文部。

（11）舛聲、舜聲

「舜」等字从「舛」得聲，中古屬稕韻。「舛」，昌兗切，獮韻，《說文》：「从夊牛相背。」不確，古文字爲足趾相背之形。「舛」聲段氏王氏周氏入文部，江氏董氏入元部。「舜」聲段氏王氏周氏入文部，江氏董氏未收。

「舜」，「蕣瞬僢」等字从「舜」得聲，中古屬準、稕韻。「舜」，《說文》：「象形。从舛，舛亦聲。」「舛」中古屬獮韻，江氏以獮韻上古歸元部而將「舛」歸入元部。「舜」聲字中古屬準、稕韻，準、稕韻上古當歸眞部或文部，且「舛」通「蹲」，段氏以此爲據歸文部。另，陳復華、何九盈〈古韻三十部歸字總論〉認爲「舛」中古屬獮韻，《說文》無，推測「舛」屬獮韻完全是中古音的情況，上古歸文部，後由文部歸元部。我們認爲獮韻上古元部文部皆有，以「舛」歸獮韻推測其上古對元部不妥，「舛」聲字大部分屬準稕，加上通假的情況，我們認爲「舛」（「舜」）當歸文部。

（12）橐聲

《說文》無字从「橐」得聲，中古屬混韻。「橐」，《說文》：「从束，圂聲。」段氏文部收「圂」、「橐」，其他諸家文部收「圂」。

根據江有誥的古韻分部，混韻上古入文部，據此「圂」（「橐」）當入文部。

（13）屍聲、殿聲

即「臀」，「殿」等字从「屍」得聲，中古屬霰韻。「屍」，《說文》：「从尸下丌居几。」金文非从几，當从丌。「殿」，《說文》：「从殳，屍聲。」江氏董氏文部收「屍」，段氏未收，王氏收「殿」、「臀」，周氏收「殿」。

〔註114〕「烜」爲元部字。

根據江有誥的古韻分部，霰韻上古入文部，據此「屍」（「殿」、「臀」）當入文部。

（14）瞀　聲

即「昏」，「惛婚棍閽殙顝緍瘖揝暋」等字從「昏」得聲，中古屬魂、混、慁、眞、文韻。甲骨文象跽坐人形突出其耳，戰國文字或改爲從耳，「昏」聲。出土文獻中，「婚」與「閭」、「悶」、「岷」、「昧」、「問〔註115〕」通假。江氏董氏王氏文部收「昏」，段氏周氏未收。

根據江有誥的古韻分部，魂、混、慁等韻上古入文部，且由上文可知，除個別例外，「昏」聲字多與「悶」、「岷」等文部字通假。同時與微部字「昧」通假，文微僅韻尾不同。因此「昏」入文部。

（15）奠　聲

即「尊」，「墫蓴噂遵蹲僔鱒繜鐏劗」等字從「奠」得聲，中古屬魂、諄、混、慁韻。甲骨文從酉從廾，爲以手奉酒之意。出土文獻中，「尊」與「寸」通假，如商鞅方升：「大良造鞅爰積十六尊（寸）五分尊壹爲升。」段氏未收，其他諸家入文部。

根據江有誥的古韻分部，魂、諄、混等韻上古入文部，且由上文可知，「尊」聲字的通假字「寸」亦爲文部字，因此「尊」入文部。

（16）屍聲、夋聲、酸聲

即「允」，「吮夋沇鈗」等字從「屍」得聲，中古屬獼、準、稕韻。「允」，《說文》：「從儿，㠯聲。」甲骨文象人鞠躬垂手之形，後西周金文上部謁變爲「㠯」，當視爲象形字。出土文獻中，「允」聲字與「犹」、「群」通假，如《老子甲》：「湍（揣）而群（允）之，不可長保也。」「允」、「夋」段氏歸元部，江氏董氏「允」歸文部。王氏周氏「允」、「夋」歸文部。「群」、「孫」爲文部字。

「逡巍皴悛朘屡俊鋑捘酸葰焌唆駿」等字從「夋」得聲，中古屬諄、仙、灰、隊、稕、慁、脂、桓、戈、襇韻。「夋」，《說文》：「從夊，允聲。」「酸」，《說文》：「從酉，夋聲。」「浚」與「摧〔註116〕」、「孫」通假，如《鄘風》：「在

〔註115〕「昧」爲微部字。

〔註116〕「摧」爲微部字。

孫（浚）之郊。」

根據江有誥的古韻分部，獮、準、稕等韻上古入文部或元部，且由上文可知，「允」聲字多與文部字通假，或與韻尾不同的微部字通假，因此「允」（「夋」、「酸」）歸文部。

（17）睿聲、睿聲

「璿」等字從「睿」得聲，中古屬仙韻。「睿」，《說文》：「从谷，从卜。」「叡」與「浚」、「振」、「夐〔註117〕」通假，如《周易·恆》：「上六：叡（振）亙（恆），貞吉。」段氏未收，江氏董氏周氏入文部，王氏「濬」入文部。

「璿濬璿覴趨」等字從「睿」得聲，中古屬眞、稕、仙、線、諄韻。「叡」，《說文》：「从奴，从目，从谷省。睿，古文叡。壑，籀文叡从土。」段氏認爲當從「叡」省。江氏董氏入元部，王氏入月部，周氏未收，以其從「睿」聲，入文部。

根據江有誥的古韻分部，稕、仙、線等韻上古入文部或元部，且由上文可知，除個別例外之外，「睿」聲字多與文部字通假，因此「睿」（「睿」）當入文部。

（18）春 聲

即「春」，「偆鬠惷蠢」等字從「春」得聲，中古屬準、稕韻。「萅」，《說文》：「从艸，从日，艸，春時生也，屯聲」。《召南·野有死麕》「麕春」押韻。周氏文部僅收「屯」，其餘諸家皆收「屯」、「春」。「麕」爲文部字。

根據江有誥的古韻分部，準、稕韻上古入眞部或文部，且由上文可知，「春」聲字多與文部字押韻，因此「春」歸入文部。

十二、眞 部

（1）飛 聲

「螽迅訊汛扒」等字從「飛」得聲，中古屬震、稕、霰、山、櫛韻。「飛」，《說文》：「从飛而羽不見。」古文字構形不明。「迅」與「佞〔註118〕」通假。段氏入眞部，江氏董氏王氏入文部，周氏未收。從通假情況看來，「飛」當

〔註117〕「夐」爲元部字。

〔註118〕「佞」爲耕部字。

歸入眞部，段氏的意見是正確的。龍宇純先生在〈古韻脂眞爲微文變音說〉
〔註119〕裏亦持此意見：

> 《表稿》於眞部收卂及卂聲諸字，與《漢語音韻學》先後不同。
> 王先生《漢語音韻》與《詩經韻讀》兩表亦入眞入文不一。《說文》
> 蚔從蚰卂聲，段《注》云：「古假借瑟爲蟣蚔」，《國策‧韓策》有公
> 子幾瑟，瑟字古韻屬脂部，是卂聲在眞部之證。《廣韻》卂訊迅汛與
> 信同音，後世諸字始變讀爲合口。

根據江有誥的古韻分部，震、稕、霰、山等韻上古入眞部，且由上文可
知，「卂」聲字多與眞部字通假，因此「卂」入眞部。

（2）儿　聲

「儿」，如鄰切，中古屬眞韻。《說文》：「儿，仁人也。古文奇字人也。象
形。孔子曰：在人下，故詰屈。」據《說文解字考正》，「儿」是構形中居於其
他偏旁之下的人旁。段氏注「古文奇字人」。段氏眞部收「人」，另收「儿」，其
他諸家眞部收「人」。

「儿」僅作構字偏旁，我們暫且刪去。

（3）宀聲、賓聲

「賓」字從「宀」得聲，中古屬眞韻。「宀」，《說文》：「從宀，丏聲。」
段氏眞部收「宀」、「賓」，其他諸家僅收「宀」。

「賓殯蠙儐矉髕覿觀顮鬢闐」等字從「賓」得聲，中古屬眞、震、先、軫
韻。「賓」，《說文》：「從貝，宀聲。」《召南‧采蘋》「蘋濱」押韻，〈北山〉「濱
臣均賢」押韻。出土文獻中，「賓」與「儐」通假，「擯」與「毖」通假。「蘋」、
「臣」、「均」、「賢」均爲眞部字。

根據江有誥的古韻分部，眞、震、先等韻上古入眞部，且由上文可知，
除例外「毖」爲脂部字以外，「宀」聲字多與眞部字押韻或通假，因此「宀」
（「賓」）入眞部。

（4）亲聲、新聲

即「榛」，《說文》無字從「榛」得聲，中古屬臻韻。「亲」，《說文》：「從

〔註119〕龍宇純〈古韻脂眞爲微文變音說〉，《中研院史語所集刊》77（2），2006年，頁180。

木，辛聲。」古文字从辛从木，「辛」亦聲，爲伐木之意。《曹風·鳲鳩》「榛人人年」押韻，〈簡兮〉「榛苓人人人」押韻。出土文獻中，「秦」與「溱」通假。段氏眞部收「辛」、「㲄」、「新」，其餘諸家眞部收「辛」。

「薪」字从「新」得聲，中古屬眞韻。「新」，《說文》：「从斤，辛聲。」《凱風》「薪人」押韻。出土文獻中，「新」與「親」、「辛」通假，「親」與「眞」通假。「榛」、「人」、「年」、「苓」上古入眞部。

根據江有誥的古韻分部，臻韻上古入眞部，少部分入文部。且由上文可知，除支部字「眞」之外，「辛」聲字多與眞部字通假，因此「辛」（「榛」、「新」）當入眞部。

（5）年　聲

「邚」等字从「年」得聲，中古屬先韻。「年」，《說文》：「从禾，千聲。」甲骨文从禾从人，象人負禾之形，後人譌變爲千或壬。〈無芊〉「年溱」押韻，〈江漢〉「人田命命年」押韻。出土文獻中，「年」與「人」、「寧」、「佞〔註120〕」通假，段氏王氏眞部收「千」、「年」，江氏董氏周氏眞部僅收「千」。「溱」、「人」等爲眞部字。

根據江有誥的古韻分部，先韻上古入眞部或文部，且由上文可知，除個別例外，「年」聲字多與眞部字通假或押韻，因此「年」當入眞部。

（6）陳　聲

「敶」字从「陳」得聲，中古屬震韻。「陳」，直珍切、直刃切，分屬、震韻，《說文》：「从𨸏，从木，申聲。」不確，金文从𨸏，从東。〈甫田〉「田千陳人年」押韻。出土文獻中，「陳」與「伸」、「申」通假。段氏王氏周氏眞部收「申」、「陳」，江氏董氏眞部收「申」。「伸」、「田」、「千」、「人」、「年」上古爲眞部字。

根據江有誥的古韻分部，眞、震韻上古入眞部，且由上文可知，「申」、「陳」聲字多與眞部字通假或押韻，因此「申」、「陳」入眞部。

（7）進　聲

「璡」字从「進」得聲，中古屬眞韻。「進」，《說文》：「从辵，閵省聲。」甲金文从辵从隹，爲鳥向前飛之意。段氏王氏周氏眞部收「閵」、「進」，江氏董

〔註120〕「寧」、「佞」爲耕部字。

氏真部收「闉」。

　　根據江有誥的古韻分部，真韻上古入真部，據此「闉」、「進」入真部。

（8）臤聲、賢聲、堅聲

　　「敼趣掔瞖腎緊堅賢掔嫛礐」等字從「臤」得聲，中古屬山、震、先、獮、霰、先、產、屑、軫、諄韻。「臤」，苦寒切、苦閑切、去刃切、胡田切，分屬寒、山、震、先韻，《說文》：「从又，臣聲。讀若『鏗鏘』之『鏗』。」古文字从又，「臣」聲，是「掔」的初文。出土文獻中，「臤」與「堅」、「賢」、「牽」通假，段氏真部收「臣」、「臤」、「賢」、「堅」，江氏董氏真部收「臣」，王氏周氏真部收「臣」、「臤」。

　　「礥嚫賮臏」等字從「賢」得聲，中古屬先、真、山、銑、襉韻。「賢」，《說文》：「从貝，臤聲。」「鏗掔鏗硻鏗窒」等字從「堅」得聲，中古屬山、庚、耕、銑、先韻。「堅」，《說文》：「从臤，从土。」〈行葦〉「堅鈞均賢」押韻。出土文獻中，「堅」與「牽」通假。「鈞」、「均」、「牽」等皆為真部字。

　　根據江有誥的古韻分部，山、震、先、獮、霰等韻上古入真部，且由上文可知，「臣」聲字多與真部字通假，因此「臣」（「臤」、「賢」、「堅」）當入真部。

（9）麤聲

　　即「塵」，《說文》無字從「塵」得聲，中古屬真韻。「麤」，《說文》：「从麤，从土。」〈無將人車〉「塵痻」押韻。出土文獻中，「塵」與「螯」通假，如馬王堆帛書《老子》甲本〈德經〉：「[和]其光，同其螯（塵）。」段氏王氏「塵」聲歸真部，江氏董氏周氏歸文部。

　　陳復華、何九盈〈古韻三十部歸字總論〉及龍宇純〈古韻脂真為微文變音說〉均補充材料論證「塵」聲歸屬，歸納前人之說主要涉及三個方面：①詩韻：除〈無將大車〉外，皆為真部字，而《老子》「紛塵存先」押韻、《九歌・大司命》「門云塵」押韻，皆為文部字。從押韻材料很難判斷「塵」歸真還是文。②「塵」中古屬《廣韻》開口三等，真文兩部皆有收錄。龍氏以《廣韻》「塵」、「陳」同直珍切，當入真部，我們認為這樣不妥，「勞」、「牢」《廣韻》同魯刀切，但是一為宵部一為幽部，《廣韻》同切上古不一定同部。③〈無將大車〉「塵」、「痻」押韻，諸家無異議，焦點在於「痻」字通假。持文部說者（戴震、江有誥、何九盈）認為，「痻」當作「痻」，同「瘠」，「瘠」入文

部，則「塵」入文部，且若作「痕」，上古屬支部，「痕」、「塵」不相協。我們認爲，「痕」不當作「痕」，段氏以唐石經爲據。馬瑞辰據張衡〈思玄賦〉「思百憂以自疹」，謂「痕」當讀如「疹」，實際應爲「塵」讀如「疹」。且據上文所舉通假材料，「塵」與「蟄」通假。則「塵（疹）」、「痕」押韻，「痕」屬支部字，「塵」當爲眞部字，支眞部主元音相同，旁轉亦無不可。

通過以上分析，「塵」當歸眞部。

（10）妻聲、聿聲、津聲、盡聲

即「烬」，《說文》無字從「妻」得聲，中古屬震韻，徐刃切。「妻」，《說文》：「從火，聿聲。」徐鉉注：「聿非聲，疑從妻省。」段氏眞部收「妻」，江氏董氏眞部收「聿」，王氏眞部收「盡」、「津」，周氏眞部收「妻」、「津」。

「津盡」等字從「聿」得聲，中古屬眞韻，《說文》：「從聿，從彡。」出土文獻中，「瀘」與「津」通假，「聿」與「進」、「盡」通假。「津」，《說文》：「從水，聿聲。」「盡」，《說文》：「從皿，妻聲。」「進」、「盡」等爲眞部字。

根據江有誥的古韻分部，震、眞等韻上古入眞部，且由上文可知，「聿」聲字多與眞部字通假，因此「聿」（「妻」、「盡」、「津」）入眞部。

（11）牽　聲

「縴梼」等字從「牽」得聲，中古屬先、霰韻。「牽」，苦堅切、苦甸切，分屬先、霰韻，《說文》：「從牛，象引牛之縻也，玄聲。」〈象・下傳姤〉「牽賓牽民正[註121]命吝」押韻。段氏王氏眞部收「玄」、「牽」，江氏董氏周氏未收。「賓」、「民」、「吝」等爲眞部字。

根據江有誥的古韻分部，先、霰等韻上古入眞部，且由上文可知，「玄」聲字多與眞部字通假，因此「玄」（「牽」）當入眞部。

（12）矜　聲

巨巾切，中古屬眞韻。「矜」，《說文》：「從矛，今聲。」段氏《說文注》認爲「矜」從「令」得聲，「令」在眞部，非從「今」，《說文新證》亦持此觀點。〈何草不黃〉「玄矜民」押韻，〈桑柔〉「旬民瘨天矜」押韻。段氏周氏眞部收「矜」，江氏董氏王氏《詩經韻讀・諧聲譜》未收，《漢語音韻》入眞部。

〔註121〕「正」爲耕部字。

「玄」、「民」、「旬」、「塡」、「天」爲眞部字。

根據江有誥的古韻分部，眞韻上古入眞部，且由上文可知，「矜」聲字多與眞部字通假，因此「矜」入眞部。

（13）尹　聲

「尹」，余準切，中古屬準韻。《說文》：「从又、丿。」甲骨文从又，从丨，表示持筆的官吏。出土文獻中，「尹」與「伊〔註122〕」通假，如〈天子乙〉：「洛（格）伊（尹）行。」段氏未收，江氏董氏王氏《詩經韻讀·諧聲表》入眞部，《漢語音韻·諧聲表》和周氏入文部。準韻上古眞文部皆收。

王氏《漢語音韻·諧聲表》文部收「尹」聲是根據「君」从「尹」聲，「群」从「君」聲。「君」入文部各家無分歧，問題在於「君」是否从「尹」聲。從古文字字形看來，段氏《說文解字注》所謂「尹」亦聲無誤，龍宇純〈古韻脂眞爲微文變音說〉另補充《荀子·大略》、《韓詩外傳》等「尹」、「君」通假的例證。但是不能否認的是，若「尹」歸眞部，與脂部字「伊」通假較文部更爲接近。

綜上所述，「尹」當入文部。

（14）奠　聲

「巽鄭甄」等字从「奠」得聲，中古屬迥、勁韻。「奠」，丁定切、堂練切，中古屬徑、霰韻。甲骨文从酉从一，爲置酒祭奠之意。出土文獻中，「奠」與「顚」通假，如《阜易·頤》：「奠（顚）頤。」段氏王氏未收，江氏董氏周氏入眞部。

由上文可知，「奠」聲字多與眞部字「顚」通假，因此「奠」當入眞部。

十三、耕　部

（1）成　聲

「誠盛郕宬城」等字从「成」得聲，中古屬清、勁韻。「成」，《說文》：「从戊，丁聲。」甲骨文从戊从丁，「丁」亦聲。《周南·樛木》「縈成」押韻，〈兔罝〉「丁城」押韻，《鄘風·干旄》「旌城」押韻。出土文獻中，「成」與「盛」、「盈」、「定」通假，如《繫辭》：「幾（機）事不閉（密）則害盈（成）。」

〔註122〕「伊」爲脂部字。

「城」與「誠」通假。段氏耕部收「丁」、「成」，江氏董氏周氏耕部收「丁」，王氏收「丁」、「成」。「盈」、「定」、「縈」等字皆爲耕部字。

根據江有誥的古韻分部，清韻上古入耕部，且由上文可知，「丁」聲字多與耕部字通假，因此「丁」（「成」）當入陽部。

（2）廷聲、庭聲、呈聲、戔聲、𢧑聲、巠聲、壬聲、聽聲

「珽莛筳梃侹頲庭霆挺姃綎蜓鋌」等字從「廷」得聲，中古屬青、迥、徑、銑韻。「廷」，特丁切、徒徑切，屬青、徑韻，《說文》：「從廴，壬聲。」〈常武〉「霆驚」押韻。出土文獻中，「廷」與「呈」、「程」、「停」通假，如包山楚簡：「王廷（停）於藍郢之遊宮。」段氏耕部收「庭」、「壬」、「廷」、「呈」、「戔」、「𢧑」，周氏江氏董氏耕部收「壬」，王氏耕部收「呈」、「廷」。

《說文》無字從「庭」得聲，特丁切，中古屬青韻。「庭」，《說文》：「從广，廷聲。」〈著〉「庭青」押韻，〈常武〉「平庭」押韻。出土文獻中，「庭」與「廷」通假。

「經經涇陘痙莖羥徑輕剄脛桱頸婞輕」等字從「巠」得聲，中古屬青、靜、迥、徑、山、耕、清韻。「巠」，《說文》：「從川在一下，一，地也。壬省聲。」不確，金文象紡織機上的縱線形。「聽」從「壬」聲。〈小旻〉「程經聽爭成」押韻，〈鳧鷖〉「涇寧清馨成」押韻。出土文獻中，「巠」與「經」、「勁」通假。段氏王氏耕部收「巠」，其餘諸家僅收「壬」。

「郢程徎桯聖戭醒逞」等字從「呈」得聲，中古屬清、靜、青、屑、勁韻。「呈」，《說文》：「從口，壬聲。」不確，甲骨文從口從士，本意不明，後譌變爲從口從壬。出土文獻中，「呈」與「盈」通假，「涅」與「傾」通假，「程」與「田」、「嬴」通假，如〈武王甲〉：「桯（楹）名（銘）隹（唯）曰」「戭」，徒結切，中古屬屑韻，《說文》：「從戈，呈聲。」「鐵驖」等字從「𢧑」得聲，中古屬屑韻。「𢧑」，直一切，中古屬質韻，《說文》：「從大，戔聲。讀若《詩》：『𢧑𢧑大猷』。」

上文所列的押韻或通假的例證中，「停」、「驚」、「盈」、「傾」、「程」、「經」、「聽」、「爭」、「成」、「平」等字皆爲耕部字。

根據江有誥的古韻分部，清、靜、青、迥、徑等韻的字上古入耕部，且由上文可知，「壬」、「呈」聲字多與耕部字押韻或通假，因此「壬」「庭」、「廷」、「聽」）、「呈」「戭」、「𢧑」）、「巠」入耕部。

（3）寧聲、甯聲

「濘薴甯」等字從「寧」得聲，中古屬青、迥韻。「寧」，《說文》：「从丂，寍聲。」不確，「宀」、「心」均為追加的意符。〈常棣〉「平寧生」押韻，〈斯干〉「庭楹正冥寧」押韻。出土文獻中，「寧」與「甯」、「惕」通假，如《帛易·訟》：「訟，有復（孚），洫（窒）寧（惕）。」段氏耕部收「寍」、「寧」、「甯」，江氏董氏耕部收「寍」，王氏周氏耕部收「寧」。

「甯」字從「甯」得聲，中古屬迥韻。「甯」，《說文》：「从用，寧省聲。」「甯」為「寧」的譌變形體。「平」、「生」、「庭」、「楹」、「正」等字為耕部字。「惕」為支部入聲字，與耕部字僅韻尾不同。

根據江有誥的古韻分部，青、迥等韻的字上古入耕部，且由上文可知，「寧」聲字大多與耕部字押韻或通假，因此「寧」（「甯」）當入耕部。

（4）賏聲、嬰聲

「嬰瞿」等字從「賏」得聲，中古屬清韻。「賏」，《說文》：「从二貝。」段氏王氏耕部收「嬰」，江氏董氏周氏耕部收「賏」。

「嚶鸚癭孆纓鄖」等字從「嬰」得聲，中古屬清、耕、靜韻。「嬰」，《說文》：「从女、从賏。」或以為「賏」亦聲。〈伐木〉「丁嚶」押韻，〈漁父〉「清纓」押韻。出土文獻中，「纓」與「驚」、「燕〔註123〕」通假，如郭店楚簡《老子》乙簡五-六：「人憨（寵）辱若纓（驚），貴大患若身。」「丁」、「清」、「驚」皆為耕部字。

根據江有誥的古韻分部，清、耕、靜等韻的字上古入耕部，且由上文可知，除個別例外之外，「賏」聲字大多與耕部字押韻或通假，因此「賏」（「嬰」）當入耕部。

（5）宀聲、冥聲、冋聲、冪聲

「冥冪」等字從「宀」得聲，中古屬青、錫韻。「宀」，《說文》：「从一下垂也。段氏耕部收「宀」、「冥」、「冪」，江氏董氏周氏耕部收「冂」，王氏耕部收「冋」、「迥」、「冥」。

「幎鄍溟榠螟顥顮瞑嫇嫇」等字從「冥」得聲，中古屬青、耕、迥、徑、錫韻。「冥」，《說文》：「从日，从六，宀聲。」不確，唐蘭謂甲骨文「冥」字

形象兩手以巾覆物，非形聲字。〈無將大車〉「冥潁」押韻，〈山鬼〉「冥鳴」押韻。出土文獻中，「冥」與「螟」、「鳴」通假，如馬王堆帛書《老子》甲本〈道經〉：「幽（幼）呵鳴（冥）呵。」

「鼺」字從「鼏」得聲，中古屬質韻。「鼏」，段氏《說完注》：「鼎覆也。從鼎、冖，冖亦聲。」「鼏」，《說文》：「吕木橫貫鼎耳而舉之。從鼎冂聲。」段氏《說文注》認爲「鼏」爲「扃」的正字，從「冂」得聲，古熒切，當屬耕部。「鼏」與「密」同，兩者非一字。段氏耕部列「冖」、「冥」、「鼏」、「冂」、「鼏」，江氏耕部僅列「冂」。

「潁」、「鳴」上古屬耕部。諧聲字部分在錫、質韻，根據江有誥的古韻分部，上古入脂部或支部，支部與耕部僅韻尾不同，部分在青、耕、迥、徑等韻，這些韻的字上古入耕部。且由上文可知，除個別例外之外，「冖」聲字大多與耕部字押韻或通假，因此「冖」（「鼏」）、「冥」、「冂」（「鼏」）、「同」、「迥」入耕部。

（6）笄聲、耕聲、形聲

「蛢」等字從「笄」得聲，中古屬齊韻。「笄」，《說文》：「從竹，幵聲。」「耕」，《說文》：「從耒，井聲。」「形」，《說文》：「從彡，幵聲。」屬青韻。〈板〉「屏寧城」押韻，〈蕩〉「邢聽傾」押韻。段氏耕部收「幵」、「笄」，江氏董氏周氏耕部收「幵」，王氏未收「幵」聲，「笄」聲入脂部，耕部收「并」、「邢」；周氏「幵」聲入耕部。「寧」、「城」、「聽」、「傾」皆爲耕部字。

根據江有誥的古韻分部，耕、青等韻的字上古入耕部，齊韻字上古入支部，與耕部僅韻尾不同。且由上文可知，「幵」聲字大多與耕部字押韻，因此「幵」（「笄」、「并」、「邢」、「耕」、「形」）入耕部。

（7）貞　聲

「鼎禎楨湞隕」等字從「貞」得聲，中古屬清、映、耕、迥韻。「貞」，《說文》：「從卜，貝以爲贅。一曰鼎省聲。」甲骨文借鼎表「貞」，「卜」爲後加意符。《大雅·文王》「楨寧」押韻，《周頌·維清》「成禎」押韻，《象·上傳乾》「元天形成天命貞寧」押韻，《象·上傳屯》「生貞盈寧」押韻。出土文獻中，「貞」與「楨」、「證〔註124〕」、「正」、「政」、「征」、「斡」通假，如馬王堆

〔註124〕「證」爲蒸部字，「斡」爲眞部字。

帛書《六十四卦‧困》：「貞（征）吉。」段氏王氏周氏耕部收「貞」，江氏董氏未收。「生」、「盈」、「寧」為耕部字。

　　根據江有誥的古韻分部，清、映、耕、迥韻的字上古入耕部，且由上文可知，「貞」聲字大多與耕部字押韻或通假，因此「貞」入耕部。

（8）觲聲

　　即「觲」，息營切，中古屬清韻。「觲」，《說文》：「從牛羊角。」江氏董氏入耕部，其餘諸家未收。

　　「觲」檢索先秦典籍並不常見，亦無其他諧聲字，暫且刪去。

（9）令聲、命聲

　　「玲苓名簝柃囹伶領泠冷零鮣聆瓴蛉鈴矜軨」等字從「令」得聲，中古屬清、青、梗、靜、迥韻。「令」，力延切、呂貞切、郎丁切、力政切、郎定切，分屬仙、清、青、勁、徑韻，《說文》：「從亼、卩。」本意為向跪坐之人發號施令。〈小宛〉「令鳴征生」押韻，〈士冠禮〉「三加爵祝辭止令」押韻，《春秋左傳‧襄公五年引逸詩》「正令」押韻。出土文獻中，「苓」與「靈」通假，如〈養生方〉：「伏（茯）靈（苓）」「軨」與「鄰〔註125〕」通假，「泠」與「陵」通假。段氏王氏真部收「令」，江氏董氏周氏真耕兩收「令」。段氏王氏周氏真部收「命」，江氏董氏真耕兩收「命」。

　　《說文》無字從「命」得聲，眉病切，中古屬映韻。「命」，《說文》：「從口，從令。」「命」與「令」本為一字，加口分化。《象‧下傳革》「成命人」押韻，《象‧下傳晉》「正命正」押韻。出土文獻中，「命」與「名」、「令」通假，如郭店楚簡〈窮達以時〉簡八：「出而為命（令）尹。」與「晉」通假，如郭店楚簡〈緇衣〉簡二六：「非甬（用）臸（命）。」除「晉」為真部字，「陵」為蒸部字之外，其餘通假或押韻的字皆為耕部字。

　　根據詩韻，「命」、「令」多與耕部字叶韻，在詩經時代，「命」、「令」當為耕部字。

（10）殸聲、磬聲、聲聲

　　「聲罄馨漀聲謦」等字從「殸」得聲，中古屬徑、迥、清、青韻。「磬」，《說文》：「從石，殸象縣虡之形。殳，擊之也……殸，籀文省。」，《說文》：

〔註125〕「鄰」為真部字。

「从耳，殸聲。殸，籀文磬。」王氏收「磬」、「聲」，其餘諸家收「殸」。

根據江有誥的古韻分部，徑、迥、清、青等韻的字上古入耕部，據此「殸」、「磬」、「聲」歸入耕部。

十四、陽　部

（1）衡　聲

「蘅」等字从「衡」得聲，中古屬庚韻。「衡」，《說文》：「从角，从大，行聲。」〈采芑〉「鄉央衡瑲皇珩」押韻，〈閟宮〉「嘗衡剛將羹房洋慶昌臧方常」押韻。出土文獻中，「衡」與「行」、「橫」、「黃」通假，如馬王堆帛書《戰國縱橫家書・蘇秦獻書趙王章》：「且五國之主嘗合衡（橫）謀伐趙。」段氏周氏陽部收「行」、「衡」，江氏董氏陽部收「行」，王氏未收。「行」、「橫」、「黃」、「嘗」、「剛」、「將」、「方」等字皆爲陽部字。

根據江有誥的古韻分部，庚韻字上古入陽部或耕部，由上文可知，「行」聲字與陽部字通假或押韻，因此「行」（「衡」）入陽部。

（2）匩聲、往聲、狂聲、㞷聲

「郢恇洭軭」等字从「匩」得聲，中古屬陽韻。「匩」，《說文》：「从匚，㞷聲。」《周南・卷耳》「筐行」押韻，《豳風・七月》「陽庚筐行桑」押韻。出土文獻中，「匩」與「眶」通假。段氏陽部收「㞷」、「匩」、「往」、「狂」、「㞷」，江氏董氏周氏陽部收「㞷」，王氏陽部收「往」、「狂」，以其從「王」聲。

「𣈆」字从「往」得聲，中古屬養漾、、宕韻。「往」，《說文》：「从彳，㞷聲。」甲金文皆从彳，「王」聲。

「誆㹨悸」等字从「狂」得聲，中古屬養、漾韻。「狂」，《說文》：「从犬，㞷聲。」〈載馳〉「蝱行狂」押韻。「尢」，《說文》：「从大，象偏曲之形。尫，古文从㞷。」「行」、「陽」、「庚」、「桑」上古皆爲陽部字。

根據江有誥的古韻分部，陽、養、漾等韻字入陽部，且「㞷」聲字與陽部字通假或押韻，因此「㞷」（「匩」、「往」、「狂」、「㞷」）入陽部。

（3）岡　聲

「牨剛綱」等字从「岡」得聲，中古屬唐韻。「岡」，《說文》：「从山，网聲。」《周南・卷耳》「岡黃觥傷」押韻，〈陟岵〉「岡兄」押韻，〈假樂〉「疆

綱」押韻。出土文獻中,「剛」與「強」通假,如郭店楚簡〈五行〉簡四一:「不強(剛)不梂,不強(剛)不矛(柔)。」段氏陽部收「网」、「岡」,其餘諸家陽部收「网」。「兄」、「黃」、「舭」、「傷」、「強」皆爲陽部字。

根據江有誥的古韻分部,唐韻字上古入陽部,由上文可知,「网」聲字與陽部字通假或押韻,因此「网」(「岡」)當入陽部。

(4)光聲、黃聲、廣聲

「桄晃俒駫洸黃」等字從「光」得聲,中古屬唐、宕、青、蕩韻。「光」,《說文》:「从火在人卜,光明意也。」《齊風・雞鳴》「明昌明光」押韻,〈南山有臺〉「桑楊光疆」押韻。出土文獻中,「光」與「廣」、「貺」、「景」通假,「鉆」與「匡」通假,如〈稱〉:「自光(廣)者絕之。」段氏陽部收「黃」、「廣」,江氏董氏陽部收「光」,王氏周氏陽部收「光」、「黃」。

「廣璜黌簧橫磺潢彉蟥」等字從「黃」得聲,中古屬唐、庚、宕、映、鐸韻。「黃」,《說文》:「从田,从茨,茨亦聲。」不確,金文从大,象人仰面腹部腫大之形,一般認爲,「黃」是「尫」的本字,字形非從《說文》所析。〈著〉「堂黃英」押韻,《秦風・車鄰》「桑楊簧亡」押韻。出土文獻中,「黃」與「廣」通假。

「櫎曠穬獷廘纊壙」等字從「廣」得聲,中古屬養、梗、蕩、宕韻。「廣」,《說文》:「从广,黃聲。」〈漢廣〉「廣泳永方廣泳永方廣泳永方」押韻。出土文獻中,「曠」與「兄」通假,如馬王堆帛書《老子》乙本卷前古佚書《十六經・立命》:「吾愛民而民不亡,吾愛地而地不兄(曠)。」「匡」、「方」、「堂」、「英」、「桑」、「楊」、「亡」皆爲陽部字。

根據江有誥的古韻分部,養、梗、蕩、宕等韻上古入陽部,且由上文可知,「光」、「黃」聲字與陽部字通假或押韻,因此「光」、「黃」(「廣」)入陽部。

(5)鍚聲、陽聲、湯聲

「傷殤觴」等字從「鍚」得聲,中古屬陽、養、漾韻。「鍚」,《說文》:「从矢,易聲。」出土文獻中,「場」與「唐」通假。段氏陽部收「易」、「鍚」、「陽」、「湯」,其餘諸家陽部收「易」。

「鍚」字從「陽」得聲。「陽」,《說文》:「从昌,易聲。」《王風・君子陽陽》「陽簧房」押韻,〈還〉「昌陽狼臧」押韻。

「蕩盪簜盪」等字从「湯」得聲，中古屬唐、宕、蕩韻。「湯」，吐郎切、他浪切、式羊切，中古屬唐、宕、陽韻。「湯」，《說文》：「从水，易聲。」《衛風‧氓》「湯裳爽行」押韻，〈南山〉「兩蕩」押韻。「唐」、「房」、「昌」、「狼」、「臧」等爲陽部字。

根據江有誥的古韻分部，陽、養、漾等韻上古入陽部，且由上文可知，「光」「黃」聲字與陽部字通假或押韻，因此「易」（「錫」、「陽」、「湯」）當入陽部。

（6）醬聲、將聲、臧聲

「醬」，于亮切，中古屬漾韻。「牆」，《說文》：「从肉，从酉。酒以和牆也。爿聲。」「爿」即「牀」的初文，象盛肉的几。段氏陽部收「爿」、「醬」、「臧」、「將」，其餘諸家陽部收「爿」。

「漿獎漿蔣篸」等字从「將」得聲，中古屬陽、漾韻。「將」，《說文》：「从寸，牆省聲。」古文字从寸从肉从爿，「爿」亦聲。〈樛木〉「荒將」押韻，《召南‧鵲巢》「方將」押韻，〈有女同車〉「行英翔將姜忘」押韻。出土文獻中，「將」與「醬」、「漿」相通假。

「臧藏」等字从「臧」得聲，中古屬唐、宕韻。「臧」，《說文》：「从臣，戕聲。」甲骨文从戈从臣，金文改爲从臣，「戕」聲。「戕」，《說文》：「槍也。他國臣來弒君曰戕。从戈，爿聲。」〈雄雉〉「行臧」押韻，〈野有蔓草〉「瀼揚臧」押韻。在出土文獻中，「臧」與「將」、「戕」、「鏹」通假，如小盂鼎：「卜有戕（臧）」「藏」與「牀」、「莊」通假。段氏陽部收「臧」。「荒」、「行」、「戕」皆爲陽部字。

根據江有誥的古韻分部，陽、唐、宕、漾等韻上古入陽部，且由上文可知，「光」、「黃」聲字與陽部字通假或押韻，因此「爿」（「醬」、「將」）臧當入陽部。

（7）良聲、鄉聲、卿聲、亢聲、喪聲

「斦茛眼筤桹郎朗㫰硠狼浪閬鎯粻碌」等字从「良」得聲，中古屬唐、哿、蕩、漾、宕韻。「良」，《說文》：「从畐省，亡聲。」甲金文爲象形字，或以爲象穴居的走廊之形，非《說文》所謂形聲字。〈日月〉「方良忘」押韻，〈鶉之奔奔〉「彊良兄」押韻，出土文獻中，「哴」與「讓」、「梁」、「荒」通假，如〈爲吏之道〉：「強良（梁）不得。」段氏陽部收「皀」、「鄉」、「卿」、「亢」、「喪」，江氏董氏陽部收「亡」，王氏陽部收「亡」、「卿」、「鄉」，周氏收「良」、

「亡」。

「薌膷響饗蠁嚮嚻鄉」等字從「鄉」得聲，中古屬陽、養、漾韻。「鄉」，《說文》：「從𨛜，皀聲。」金文「鄉」、「卿」同字。《豳風・七月》「霜場饗芋堂觥疆」押韻，〈楚茨〉「蹌芊嘗將祊明皇饗慶疆」押韻。出土文獻中，「鄉」與「向」、「香」、「襄」通假。

「卿」，去京切，中古屬庚韻。「卿」，《說文》：「從卯，皀聲。」出土文獻中，「卿」與「向」、「嚮」、「亨」、「享」通假，如上博楚簡〈緇衣〉簡一二：「毋以辟（嬖）士盡夫＝（大夫）向（卿）使（士）。」

「荒謊肓帒」等字從「㐬」得聲，中古屬唐、養、蕩、宕韻。「㐬」，《說文》：「從川，亡聲。」《唐風・蟋蟀》「堂康荒」押韻，〈公劉〉「糧陽荒」押韻。出土文獻中，「荒」與「妄」、「忘」、「芒」通假，如馬王堆帛書《老子》乙本卷前古佚書《經法・國次》：「是胃（謂）逆以芒（荒），國危破亡。」

「繢纞」等字從「喪」得聲，中古屬唐韻。「喪」，《說文》：「從哭，從亡，會意。亡亦聲。」甲骨文從口，「桑」聲，至金文，桑形譌變，因此加「亡」作聲符。〈皇矣〉「兄慶光喪方」押韻。出土文獻中，「喪」與「襄」、「葬」、「桑」通假，如〈民之〉：「亡（無）備（服）之桑（喪）。」「襄」、「葬」、「桑」、「糧」、「堂」、「康」皆為陽部字。

根據江有誥的古韻分部，唐、蕩、漾、養等韻上古入陽部，且由上文可知，「良」、「皀」、「亡」聲字與陽部字通假或押韻，因此「良」、「皀」（「鄉」、「卿」）、「亡」（「㐬」、「喪」）當入陽部。

（8）畺聲、彊聲、畕聲

「橿犅僵彊鱷」等字從「畺」得聲，中古屬陽、漾、庚、養韻。「畺」，《說文》：「從畕、三，其界畫也。」甲骨文從二田，與「疆」、「畕」為一字之分化。段氏陽部收「畺」、「彊」，江氏董氏周氏部收「畕」，王氏收「畺」。

「彊」字從「彊」得聲，中古屬陽韻。「彊」，居亮切、巨良切、其兩切，中古屬漾、陽、養韻。「彊」，《說文》：「從弓，畺聲。」「彊」亦為「疆」之初文。出土文獻中，「彊」與「𩰀」、「強」、「剛」通假，如〈語叢三〉：「彊（強）之尌（柱）也，彊（強）取之也。」「𩰀」、「強」、「剛」等皆為陽部字。

根據江有誥的古韻分部，陽、漾、庚、養等韻上古入陽部，且由上文可知，「畺」聲字與陽部字通假，因此「畺」（「彊」、「畕」）當入陽部。

（9）梁聲

《說文》無字從「梁」得聲，中古屬陽韻。「梁」，《說文》：「從木，從水，刅聲。」〈有狐〉「梁裳」押韻，〈白華〉「梁良」押韻，〈大明〉「梁光」押韻。出土文獻中，「梁」與「梁」通假。段氏陽部收「刅」、「梁」，江氏董氏周氏陽部收「刅」，王氏陽部收「梁」。「裳」、「良」、「光」皆爲陽部字。

根據江有誥的古韻分部，陽韻上古入陽部，且由上文可知，「刅」聲字與陽部字通假或押韻，因此「刅」（「梁」）當入陽部。

（10）网聲、兩聲、从聲

「兩」字從「网」得聲，中古屬漾韻。「网」聲，良獎切，中古屬養韻。「兩」，《說文》：「网，平分，从聲。」「网」是截取車的一部分，爲車衡上雙軛之形，金文加裝飾性筆畫，即爲「兩」，「网」、「兩」本爲一字。「兩胹緉蜽」等字從「兩」得聲，中古屬養、漾韻。段氏陽部收「网」、「兩」，江氏陽部收「从」，董氏陽部收「网」，王氏周氏陽部收「兩」。

根據江有誥的古韻分部，養、漾韻上古入陽部，據此「网」（「兩」）當入陽部。

（11）尚聲、堂聲

「敞鄌」等字從「尚」得聲，中古屬養韻。「尚」，市羊切、時亮切，中古屬陽、漾韻。「尚」，《說文》：「從八，向聲。」甲金文從八從冂，「口」爲附加的裝飾部件。「冂」爲「堂」的初文。〈抑〉「尚亡」押韻，《周易・上經》「亨尚」押韻。出土文獻中，「尚」與「當」、「黨」、「上」通假，如〈容成〉：「尚（上）下皆精，塞（寒）溫安生。」段氏陽部收「向」、「尚」、「堂」，江氏董氏周氏陽部收「向」，王氏陽部收「向」、「尚」。

「鄭鼙樘闛鏜」等字從「堂」得聲，中古屬唐、庚韻。「堂」，《說文》：「從土，尚聲。」金文從冂，從土，從八，後變爲形聲字。〈擊鼓〉「鏜兵行」押韻，〈定之方中〉「堂京桑臧」押韻。出土文獻中，「堂」與「當」、「黨」通假。「亡」、「上」、「行」等皆爲陽部字。

根據江有誥的古韻分部，陽、漾、唐韻上古入陽部，庚韻上古部分入陽部，且由上文可知，「尚」聲字與陽部字通假或押韻，因此「尚」（「堂」）當入陽部。

（12）孟　聲

「猛」字從「孟」得聲，中古屬梗韻。「孟」，《說文》：「從子，皿聲。」古文字形爲器皿中盛子，或以爲承自古代食長子的陋習，非從「皿」聲。出土文獻中，「孟」與「盟」通假，「猛」與「恤」、「妄」通假。段氏陽部收「皿」、「孟」，其餘諸家收「皿」。「恤」、「妄」等皆爲陽部字。

根據江有誥的古韻分部，梗韻上古部分入陽部，且由上文可知，「皿」聲字與陽部字通假，因此「孟」當入陽部。

（13）競聲、詰聲

「競」，《說文》：「從詰，從二人。」「詰」，《說文》：「從二言，讀若競。」〈桑柔〉「將往競梗」押韻，《左傳·僖公七年引諺》「競病」押韻。出土文獻中，「競」與「境」、「遽〔註 126〕」、「景」通假，如〈周曆譜〉：「丁亥，治競（竟）陵。」段氏王氏周氏陽部收「競」，江氏董氏未收，段氏江氏董氏收「詰」。「將」、「往」、「梗」、「病」、「境」等皆爲陽部字。

根據江有誥的古韻分部，映韻字上古部分入陽部，且由上文可知，「競」聲字與陽部字通假或押韻，因此「競」入陽部。

（14）黽聲、鼀聲

「黽」即「黽」，「鄳睴䵾鼃僶澠鼆」等字從「黽」得聲，中古屬軫、耕、庚、耿、梗韻。「黽」，武盡切、獼兖切、武幸切，分屬禎、獼、耿韻，《說文》：「從它，象形。」甲金文象黽形。出土文獻中，「黽」與「汈」通假。段氏陽部收「黽」，江氏董氏「黽」入耕部，王氏未收，周氏「黽」入耕部。「汈」爲脂部入聲字。

根據江有誥的古韻分部，耿韻上古耕部，庚韻部分入陽部，部分入耕部。「黽」有禎韻的異讀，禎韻上古入耕部，且與脂部字通假，脂部字主元音更近耕部而非開口度更大的陽部，因此「黽」歸入耕部。

十五、東　部

（1）重聲、童聲

「偅㣐㯺踵腫種渲緟動鍾」等字從「重」得聲。「重」，《說文》：「從壬，

〔註126〕「遽」爲魚部字。

東聲。」不確,非形聲字,金文象人背負橐形。〈無將大車〉「離重」押韻。出土文獻中,「重」與「動」通假,「董」與「童」通假。段氏周氏東部收「重」、「童」,其餘諸家未收。「童」、「離」爲東部字。

「瘴衛董橦穜罿僮憧潼撞疃鐘韩」等字從「童」得聲,中古屬東、董、鍾、江、絳、腫、緩韻。「童」,《說文》:「從辛,重省聲。」甲骨文從辛從目從壬,爲以刑具刺人目使之爲奴之意,「東」爲疊加聲符。《召南·采蘩》「僮公」押韻,〈靈臺〉「樅鏞鐘廱」押韻。出土文獻中,「童」與「動」、「重」、「恫」通假,「橦」與「棟」通假,如《阜易·大過》:「大過,橦(棟)橈(撓)。」皆與東部字通假或押韻。

根據江有誥的古韻分部,東、董、鍾、江等韻上古大多入東部,且由上文可知,「重」、「東」等諧聲字皆與東部字通假,因此「重」、「東」(「童」)入東部。

(2)龍聲、龐聲

「瓏龒嚨龓襲籠龗櫳礱寵襱龐礱瀧籠聾龔壠隴」等字從「龍」得聲,中古屬鍾、東、江、董、腫、送、用、覺韻。甲金文象龍形。「龐」,《說文》:「從广,龍聲。」〈山有扶蘇〉「松龍充童」押韻,《商頌·長發》「共厖龍勇動竦總」押韻。出土文獻中,「龍」與「恭」通假,「龔」與「恭」、「鴻」通假,如上博楚竹書〈緇衣〉簡一三:「龍(恭)以立(涖)之。」段氏王氏東部收「龍」聲,其餘諸家未收。「恭」、「鴻」、「童」等皆爲東部字。

根據江有誥的古韻分部,鍾、東、江、董等韻的字上古入東部,且由上文可知,「龍」聲字多與東部字通假,因此「龍」(「龐」)入東部。

(3)奉聲、夆聲、逢聲

「捧琫菶唪」等字從「奉」得聲,中古屬腫、董、腫韻。「奉」,《說文》:「從手,從廾,丰聲。」出土文獻中,「奉」與「封」、「夆」、「逢」通假,如〈晏子一五〉:「於是重其禮而留其奉(封)。」段氏東部收「丰」、「奉」、「夆」、「逢」,江氏董氏周氏東部收「丰」,王氏東部收「丰」、「奉」、「夆」。

「逢浲夆」等字從「夆」得聲,中古屬鍾韻。「夆」,《說文》:「從夂,半聲。」甲金文「丰」爲聲符。出土文獻中,「夆」與「封」、「豐」通假。

「蓬夆縫鏠鏠」等字從「逢」得聲,中古屬腫、用、東、鍾韻。「逢」,《說

文》：「从辵，夆省聲。」甲金文从辵，「夆」聲。〈羔羊〉「縫總公」押韻，《衛風‧伯兮》「東蓬容」押韻。出土文獻中，「逢」與「蜂」、「奉」、「豐」通假。「封」、「豐」、「公」等為東部字。

根據江有誥的古韻分部，腫、董韻字上古入東部，且由上文可知，「夆」聲字一般與東部字押韻或通假，因此「夆」（「奉」、「夆」、「逢」）入東部。

（4）用聲、甬聲、庸聲

「甬」字从「用」得聲，中古屬腫韻。「用」，余頌切，中古屬用韻。「用」，《說文》：「从卜，从中。」不確，甲骨文象有柄的水桶。出土文獻中，「用」與「甬」、「庸」、「迵」通假。段氏東部收「用」、「甬」、「庸」，江氏董氏王氏未收，周氏收「用」。

「踊通通誦箭桶痛俑涌蛹勇」等字从「甬」得聲，中古屬腫、東、董、送、用韻。「甬」，《說文》：「从㠯，用聲。」金文象鐘形，上有擊鈕，與「用」為一字之分化，當从「用」聲。出土文獻中，「甬」與「蕫〔註127〕」通假，「通」與「迵」通假，「甬」與「龍」通假，如郭店楚簡〈六德〉簡四五-四六：「參（三）者迵（通）。」

「鱅鄘傭獬鰫墉鏞」等字从「庸」得聲，中古屬鍾韻。「庸」，《說文》：「从用，从庚。」「庸」是「鏞」的初文，本意為大鐘，「用」為聲符。〈行露〉「墉訟訟從」押韻，《鄘風‧桑中》「葑東庸中宮」押韻。出土文獻中，「庸」與「頌」、「誦」通假。「迵」、「葑」、「頌」等皆為東部字。

根據江有誥的古韻分部，鍾、腫韻的字上古入東部，由上文可知，「用」聲字皆與東部字通假或押韻，因此「用」（「甬」、「庸」）當入東部。

（5）从　聲

「樅瘲猣慫縱蟣鏦聳轌」等字从「从」得聲，中古屬鍾、東、用、腫韻。「從」，《說文》：「从辵，从从，从亦聲。」〈騶虞〉「蓬豵」押韻，《齊風‧南山》「雙庸庸從」押韻。出土文獻中，「從」與「縱」通假，「豵」與「冢」通假，「樅」與「松」通假，「葼」、「蔖」通假，如〈稱〉：「草葼（蔖）可淺（殘）林，禁也。」段氏東部收「从」、「从」，其餘諸家東部收「从」。「松」、「冢」、「蓬」皆為東部字。

〔註127〕「蕫」為侯部字。

根據江有誥的古韻分部，鍾、東韻上古入東部，且由上文可知，「从」聲字一般與東部字通假或押韻，因此「从」（「巡」）入東部。

（6）悤　聲

「廔璁蔥憁窗驄熜聰總鏦」等字從「悤」得聲，中古屬東韻。「悤」，《說文》：「从心、囱，囱亦聲。」甲金文从心，从十，為「聰」之初文，「囱」為「十」之譌變，非从「囱」聲。《王風・兔爰》「罿庸凶聰」押韻，〈祈父〉「聰饗」押韻。出土文獻中，「蔥」與「總」通假，「聰」與「璁」通假。段氏東部收「囱」、「悤」，其餘諸家僅收「囱」。「罿」、「凶」、「饗」等皆為東部字。

根據江有誥的古韻分部，東韻字上古入東部，由上文可知，「悤」聲字一般與東部字通假或押韻，因此「悤」入東部。

（7）工聲、巩聲、空聲

「唺玒訌巩攻杠貢邛粔空仜項江扛瓨缸紅虹功釭」等字從「工」得聲，中古屬東、冬、江、腫、送、絳、鍾、董、講韻。甲金文為象形字，或以為象某種工具之形。〈車攻〉「攻同龐東」押韻，〈小旻〉「從用邛」押韻。出土文獻中，「工」與「功」通假，「攻」與「功」通假。段氏東部收「工」、「巩」、「空」，周氏東部收「工」，其餘諸家未收。

「鞏碧恐蛩釜」等字從「巩」得聲，中古屬腫、鍾、用、鍾韻。「巩」，《說文》：「从丮，工聲。」出土文獻中，「巩」與「鞏」通假，「鞏」與「共」通假，如馬王堆帛書《六十四卦・勒（革）》初九：「共（鞏）用黃牛之勒（革）。」

「椌涳控」等字從「空」得聲，中古屬東、送韻。「空」，《說文》：「从穴，工聲。」《鄭風・大叔于田》「控送」押韻，〈大東〉「東空」押韻。「空」與「孔」通假，如〈成法〉：「萬物之多，皆閱一空（孔）。」「東」、「送」、「共」、「同」、「龐」等字皆為東部字。

根據江有誥的古韻分部，東、冬、江等韻上古入東部，且「工」聲字多與東部字通假或押韻，因此「工」（「巩」、「空」）入東部。

（8）匈聲、兇聲、夐聲

「詾洶」等字從「匈」得聲，中古屬腫、鍾韻。「匈」，《說文》：「从勹，凶聲。」「匈」是「胸」的初文。段氏東部是收「凶」、「匈」、「兇」、「夐」，其餘諸家東部收「凶」。

「毚」字从「兇」得聲，中古屬東、送韻。「兇」，許容切、許拱切，中古屬鍾、腫韻。戰國文字从儿从凶，「凶」亦聲。〈節南山〉「傭誦」押韻，〈節南山〉「誦誦邦」押韻。出土文獻中，「兇」與「凶」通假。「傭」、「誦」、「邦」皆爲東部字。

「墫觺薐梭稯艐毚」等字从「毚」得聲，中古屬東、董、怪、箇韻。「毚」，子紅切、作弄切，中古屬東、送韻。「毚」，《說文》：「从夂，兇聲。」

根據江有誥的古韻分部，腫、鍾、東、董韻字上古入東部，且由上文可知，「凶」聲字多與東部字通假或押韻，因此「凶」（「匈」、「兇」、「毚」）當入東部。

（9）孔　聲

「吼」字从「孔」得聲，中古屬東、厚、侯韻。「孔」，中古屬董韻，康董切。「孔」，《說文》：「从乙，从子。」不確，金文从儿加斜筆，爲小兒頭上有孔之意。段氏未收，其餘諸家東部收「孔」。

根據江有誥的古韻分部，東韻字上古入東部，侯韻字上古入侯部，與東部對轉。據此則將「孔」歸入東部。

（10）宂　聲

「毻」字从「宂」得聲，中古屬腫韻。「宂」，《說文》：「从宀，人在屋下，無田事。」段氏入幽部，其餘諸家收東部。

根據江有誥的古韻分部，腫韻字上古入東部，據此「宂」入東部。

（11）巷　聲

「𨊠」，《說文》：「里中道。巷，篆文。」中古屬絳韻。周氏入東部，其餘諸家未收。

根據江有誥的古韻分部，絳韻字上古大部分入東部，暫依此「巷」歸入東部。

十六、冬　部

（1）躬聲、宮聲

「窮宮」等字从「躬」得聲，中古屬東韻。「躬」，《說文》：「从身，从呂。躬，躬或从弓。」戰國文字中躬从「呂」聲，後改爲从「弓」聲。〈式微〉「躬

中」押韻，〈雲漢〉「蟲宮宗臨〔註128〕躬」押韻，除「臨」之外皆爲多部字。「躬」聲段氏歸東部，其餘諸家歸多部。「宮」聲段氏歸東部，周氏歸多部，其餘諸家未收。

「碽营廲敼愹部」等字从「宮」得聲，中古屬東、冬、宋韻。「宮」，《說文》：「从宀，躬省聲。」甲金文宮从宀，从呂，或以爲「呂」亦聲，或以爲从「雍」得聲。《召南・采蘩》「中宮」押韻。

根據江有誥的古韻分部，東韻入東部或多部，冬韻字入多部。「躬」聲字多與多部押韻，因此「躬」（「宮」）歸多部。

（2）降聲、隆聲

「隆」字从「降」得聲，中古屬東韻。「降」，古巷切、下江切，中古屬絳、江韻。「降」，《說文》：「从阜，夅聲。」出土文獻中，「絳」與「降」通假，「降」與「窮」、「癃」通假，皆爲多部字。段氏東部收「夅」、「降」、「隆」，江氏董氏周氏多部收「夅」，王氏多部收「夅」、「降」。

「癃䨥」等字从「隆」得聲，中古屬東韻。「隆」，《說文》：「从生，降聲。」「癃」與「降」通假。

根據江有誥的古韻分部，絳、江、東韻字入多部或東部，「夅」字與多部字通假，因此「夅」（「降」、「隆」）入多部。

（3）彤　聲

「浵」字从「彤」得聲，中古屬冬韻。「彤」，《說文》：「从丹，从彡。」或以「彡」爲聲符。段氏周氏未收，其餘諸家入多部。

根據江有誥的古韻分部，冬韻字入多部，據此「彤」入多部。

（4）夂　聲

即「終」，「浵螽苳颿」等字从「夂」得聲，中古屬東韻。「終」，《說文》：「从糸，冬聲。」甲骨文象絲終打結之形。〈草蟲〉「蟲螽忡降」押韻，〈既醉〉「融終」押韻。出土文獻中，「終」與「充」、「衷」、「眾」通假，如《帛五行・說》：「終（充）其不莊（臧）尤割（害）人之心，而仁腹（覆）四海。」江氏董氏入多部，其餘諸家未收。「充」、「衷」、「眾」、「蟲」等皆爲多部字。

〔註128〕「臨」爲侵部字。

根據江有誥的古韻分部，東韻字上古入東部或多部，由上文可知，「夂」聲字多與多部字押韻或通假，因此「夂」（「終」）入多部。

（5）牎　聲

「牎」，扶鳳切，中古屬送韻。「牎」，《說文》：「从貝，从冒。」江氏董氏入多部，其餘諸家未收。

「牎」檢索先秦典籍並不常見，亦無其他諧聲字，僅根據其中古讀入送韻而判斷歸部比較不妥，因此暫且刪去。

十七、蒸　部

（1）夢　聲

「薨憐夢瘺鄝」等字从「夢」得聲，中古屬東、耕、嶝韻。「夢」，中古莫中切、莫鳳切，分屬東、送兩韻。「夢」，《說文》：「从夕，瞢省聲。」甲骨文象人在床上昏睡之形，突出目強調入夢後所見，「眉」亦爲聲符。《齊風·雞鳴》「薨夢憎」押韻，〈斯干〉「興夢」押韻。出土文獻中，「夢」與「薨」、「瞢」、「萌〔註129〕」通假，如〈晏子四〉：「占薨（夢）者曰。」段氏王氏蒸部收「瞢」、「夢」，江氏董氏周氏蒸部收「瞢」。「興」、「憎」、「薨」等字皆爲蒸部字。

根據江有誥的古韻分部，耕、嶝韻字入蒸部，東韻字部分入蒸部。由上文可知，除個別例外，「瞢」聲字多與蒸部字通假，因此「瞢」（「夢」）入蒸部。

（2）亙　聲

「恆䰃㨨縆堩」等字从「亙」得聲，中古屬登、嶝韻。甲金文从月从二，爲月在天地間永恆之意，「恆」的初文。《小雅·天保》「恆升崩承」押韻，《象下傳·歸妹》「恆承」押韻。「升」、「崩」、「承」爲蒸部字。出土文獻中，「亙」與「恆」、「極」通假，如〈亙先〉，「亙」作「極」。「極」爲之部入聲字，與蒸部字僅韻尾不同。段氏蒸部收「亙」、「恆」，江氏董氏蒸部收「恆」，王氏周氏蒸部收「亙」。

根據江有誥的古韻分部，登、嶝韻字上古入蒸部，「亙」聲字基本與蒸部字押韻，與之部字通假，據此「亙」（「恆」）入蒸部。

〔註129〕「萌」爲陽部字。

（3）烝聲、巹聲、蕜聲、承聲

「鞏巹蒸蕜」等字從「烝」得聲，中古屬拯、蒸、隱韻。「烝」，《說文》：「从火，丞聲。」〈無芊〉「蒸雄兢崩肱升」押韻，〈正月〉「蒸夢勝憎」押韻。段氏蒸部收「丞」、「烝」、「巹」、「蕜」，其餘諸家僅蒸部收「丞」。

《說文》無字從「巹」得聲，「巹」，居隱切，中古屬隱韻。「巹」，《說文》：「从己，丞。讀若《詩》云：『赤烏己己。』」

《說文》無字從「蕜」得聲，居隱切，中古屬隱韻。「蕜」，《說文》：「从豆，蒸省聲。」出土文獻中，「蒸」與「登」通假，如〈競公瘧〉：「今新（薪）登（蒸）思（使）吳（虞）守之。」

《說文》無字從「承」得聲，署陵切，中古屬蒸韻。「承」，《說文》：「从手，从卪，从収。」甲骨文从卪，从収，小篆加意符手。〈抑〉「繩承」押韻。出土文獻中，「承」與「丞」通假，如《漢書·淮南衡山列傳》：「以承輔天子。」《漢書》「承」作「丞」。周氏以「承」從「丞」聲，蒸部收「丞」，其餘諸家皆收「承」。「雄」、「憎」、「崩」、「肱」、「升」、「登」、「繩」等字皆爲蒸部字。

根據江有誥的古韻分部，蒸韻字上古入蒸部，由上文可知，「丞」聲字多與蒸部字通假或押韻，因此「丞」（「烝」、「巹」、「蕜」）、「承」入蒸部。

（4）厶聲、弘聲、肱聲

段氏《諧聲表》列「厶（古文厷）」，「厷（肱同）」。《說文》：「厶，古文厷。」不確。篆文所從的「厶」是譌變，「厶」非爲「古文厷」。「弘」，《說文》：「从弓，厶聲。厶，古文肱字。」「厷」，《說文》：「从又，从古文。厶，古文厷，象形。肱，厷或从肉。」中古皆爲登韻字。「弘」與「泓」通假，「肱」與「弓」、「弘」通假，如《左傳·昭公三十一年》：「黑肱以濫來奔。」《公羊傳》「肱」作「弓」。段氏蒸部收「厶（古文厷）」、「厷（肱同）」，江氏董氏周氏蒸部收「厷」，王氏蒸部收「弘」、「肱」。「弓」爲蒸部字。

根據江有誥的古韻分部，登韻字上古入蒸部。由上文可知，「厷」聲字與蒸部字通假，因此「厷」（「弘」、「肱」）入蒸部。

（5）凭聲、馮聲、憑聲

《說文》無字從「凭」得聲，皮證切、皮陵切，中古屬證、蒸韻。「凭」，即「憑」，《說文》：「从几，从任。」「馮」，《說文》：「从馬，冫聲。」出土文獻

中，「凭」與「朋」通假，如〈天德〉：「朋（凭）可（何）新（親）才（哉）。」「朋」爲蒸部字。江氏董氏「凭」入蒸部，其他諸家未收。

根據江有誥的古韻分部，證、蒸韻上古入蒸部，「凭」與蒸部字通假，因此「凭」（「馮」、「憑」）入蒸部。

（6）肎　聲

即「肯」，《說文》無字從「肯」得聲，苦等切，中古屬等韻。「肎」，《說文》：「從肉，從冎省。」或以爲「冖」後譌作止，從「咼」省聲。江氏董氏周氏「肯」入蒸部，段氏王氏未收。

根據江有誥的古韻分部，等韻字上古入蒸部，據此「肯」入蒸部。

（7）陾　聲

《說文》無字從「陾」得聲，中古屬蒸韻。「陾」，《說文》：「從阝，耎聲。」江氏董氏收「陾」，其餘諸家未收。

根據江有誥的古韻分部，蒸韻字上古入蒸部，據此「陾」聲歸入蒸部。

（8）蠅

「繩」從「蠅」省聲，中古皆屬蒸韻。《說文》：「從黽，從虫。」《周南·螽斯》「薨繩」押韻。周氏未收，其餘諸家入蒸部。

根據江有誥的古韻分部，蒸韻字上古入蒸部，且「繩」與蒸部字「薨」押韻，據此「蠅」歸入蒸部。

十八、談　部

（1）函聲、氾聲

「菡頷涵萏」等字從「圅」得聲，中古屬覃、感韻。「圅」，即「函」，《說文》：「象形，舌體弓弓。從弓，弓亦聲。」甲金文象內盛箭矢的皮囊，非形聲字。《說文》：「氾，濫也。從水，巳聲。」〈巧言〉「涵讒」押韻。出土文獻中，「圅」與「陷」通假，如毛公鼎：「俗（欲）女弗以乃圅于囏。」段氏王氏周氏入談部，江氏董氏收「弓」聲，除江氏董氏外，其餘諸家收「氾」聲。

根據江有誥的古韻分部，覃、感韻字上古入談部或侵部，「圅」聲字與談部字「讒」押韻，與談部字「陷」通假通假，因此「函」入談部。

（2）**舀聲、監聲、鹽聲**

「監」字從「舀」得聲，中古屬銜、鑑韻。「舀」，《說文》：「從血，臽聲。」《周易·上經坎初》「舀坎」押韻。出土文獻中，「舀」與「監」通假。皆與談部字通假或押韻。段氏談部收「舀」、「舀」、「監」、「鹽」，江氏董氏談部收「舀」，王氏收「舀」、「監」、「覽」、「鹽」，周氏收「舀」、「監」。

「藍籃檻檻覽鑑濫鹽艦鑑」等字從「監」得聲，中古屬銜、鑑、鹽、豔、檻、談、敢、闞韻。「監」，古銜切、格懺切，中古屬銜、鑑韻。「監」，《說文》：「從臥，舀省聲。」不確，甲金文爲象形字，象人從水中照影之形。《王風·大車》「檻茭敢」押韻，〈采綠〉「藍襜詹」押韻。出土文獻中，「嚂」與「銜」通假，「監」與「銜」、「鑒」通假，如《帛乙老子·道經》：「脩（滌）除玄監（鑒），能毋有疵乎？」「鑑」與「泔」通假。皆與談部字通假或押韻。

「檻濫」等字從「鹽」得聲，中古屬鹽、豔韻。「鹽」，《說文》：「從鹵，監聲。」「鹽」與「監」通假，如〈有司〉：「監（鹽）左〈在〉右。」

「覽」，《說文》：「觀也。從見、監，監亦聲。」

根據江有誥的古韻分部，銜、鑑韻字上古入談部或侵部，豔、談等韻字上古入談部，「舀」聲、「監」聲字與談部字「檻」、「茭」、「敢」、「坎」、「詹」押韻，與談部字「泔」等通假，因此「舀」（「舀」）、「監」（「鹽」、「覽」）入談部。

（3）**剡聲**

「綫莉箹」等字從「剡」得聲，中古屬談、敢韻。「剡」，時染切、以冉切，中古屬琰韻。「剡」，《說文》：「從刀，炎聲。」〈巧言〉「甘餤」押韻。出土文獻中，「炎」與「郯」通假，「談」與「恬」、「掩」通假，如馬王堆帛書《老子》乙本卷前古佚書《十六經·五正》：「黃帝於是辭其國大夫，上於博望之山，談（恬）臥三年以自求也。」段氏談部收「剡」，江氏董氏王氏未收，周氏收「炎」。「恬」、「甘」等字皆爲談部字。

根據江有誥的古韻分部，談、敢韻字大部分入談部，由上文可知，「炎」聲字與「恬」、「甘」、「掩」等談部字通假或押韻，因此「炎」（「剡」）入談部。

（4）**厰聲、嚴聲**

「厰」，口敢切、魚金切、吐敢切，中古屬敢、侵韻。「厰」，《說文》：「從厂，敢聲。」「嚴」字從「厰」得聲，屬嚴韻。《九章·抽思》「敢憺」押韻。出

土文獻中，「敢」與「儼」通假。段氏談部收「嚴」，江氏董氏周氏談部收「敢」，王氏談部收「敢」、「嚴」。

「礒囕籤儼巖」等字從「嚴」得聲，中古屬嚴、銜、儼、陌韻。「嚴」，《說文》：「從吅，厰聲。」金文從咢從敢。《陳風・澤陂》「莟儼枕」押韻，《小雅・節南山》「巖瞻惔談斬監」押韻。出土文獻中，「嚴」与「奄」、「獫」通假。「莟」、「談」、「斬」、「憺」等字皆爲談部字。

根據江有誥的古韻分部，敢、嚴、銜等韻字在上古入談部，個別入侵部，另外由上文可知「敢」聲字與「莟」、「談」、「斬」、「憺」、「奄」等談部字通假或押韻，因此「敢」（「嚴」）入談部。

（5）籋　聲

「籋」，奴協切，中古屬帖韻。「籋」，《說文》：「從竹，爾聲。」徐鉉注「爾非聲」，段注「爾」古音十五、十六部。「籋」聲段氏入談部，江氏董氏入葉部，其餘諸家未收。

根據江有誥的古韻分部，帖韻字上古屬葉部，因此「籋」入葉部。

（6）芟　聲

《說文》無字從「芟」得聲，「芟」，所銜切，中古屬銜韻，《說文》：「從艸，從殳。」徐鍇以爲從「殳」聲，段注以爲非形聲字，是會意。段氏《諧聲表》未收，《說文解字注》入談部，其餘諸家皆入談部。

根據江有誥的古韻分部，銜韻字上古大部分入談部，暫且從前人說法把「芟」歸入談部。

（7）染聲

「媣樼」等字從「染」得聲，中古屬談韻。「染」，而豔切，中古屬豔韻。「染」，《說文》：「從水，杂聲。」段注以爲從水木，非從「杂」聲。段氏《諧聲表》未收，《說文解字注》入談部，其餘諸家皆入談部。

根據江有誥的古韻分部，銜、豔韻字上古入談部，因此「染」入談部。

十九、葉　部

（1）劫　聲

「劫」，居怯切，中古屬業韻，《說文》：「人欲去以力脅止曰劫。」段氏未

收，其餘諸家入葉部。

根據江有誥的古韻分部，業韻字上古入葉部，因此「劫」入葉部。

（2）聶　聲

「雪」字從「聶」得聲，中古屬葉、狎韻。「聶」，徒合切、直立切，中古屬合、緝韻。「聶」，《說文》：「从三言。讀若沓。」「聶」江氏董氏入葉部，其餘諸家未收。

檢索先秦典籍「聶」及其諧聲字並不常用，因此我們暫且刪去。

二十、侵　部

（1）念聲、金聲、欽聲、酓聲、歙聲、錦聲、会聲、含聲、貪聲、禽聲、飲聲

「唸諗敠稔淰陰」等字從「念」得聲，中古屬乔、怗、栝、鎌、寑韻。「念」，《說文》：「从心，今聲。」據《說文》，「含貪禽」亦從「今」聲。〈四牡〉「駸諗」押韻，〈瞻卬〉「深今」押韻。出土文獻中，「念」與「飪」通假，如〈特牲〉：「請期，曰：」羹念（飪）」。」「駸」、「深」、「飪」皆為侵部字。段氏侵部收「今」、「念」、「金」、「酓」、「欽」、「歙」、「錦」、「雪」，江氏董氏周氏侵部收「今」、「会」，王氏侵部收「今」、「含」、「貪」、「金」、「禽」、「飲」、「念」、「錦」、「銜」。

「釡唫趛鈠錦裣欽鎮釡崟淦捡銜黔」等字從「金」得聲，中古屬侵、覃、寑、勘、沁、感韻。金文從王從呂，《說文》以為從「今」得聲。出土文獻中，「金」與「陰」、「衿」通假，「唫」與「禁」、「暗」通假，〈戰國二一〉：「齊乃西師以唫（禁）強秦。」「金」聲字與侵部字通假。

「嶔廞」字從「欽」得聲，中古屬侵、寑韻。「欽」，《說文》：「从欠，金聲。」《秦風·晨風》「風林欽」押韻。出土文獻中，「欽」與「咸」、「禁」、「感」、「歆」、「含」通假，如《周易·咸》：「初六：欽（咸）其母。」

「歙」字從「酓」得聲，中古屬寑韻。「酓」，於琰切、於念切，中古屬琰、栝韻。「酓」，《說文》：「从酉，今聲。」出土文獻中，「酓」與「歙」、「含」通假。《說文》：「含，嗛也。从口，今聲。」《說文》：「禽，走獸總名。从厹，象形，今聲。禽、离、兒，頭相似。」《說文·歙部》：「歙，歠也。从欠，酓

聲。」《說文》:「貪,欲物也。从貝,今聲。」

　　《說文》無字从「歓」得聲,於錦切,中古屬寢韻。「歓」,《說文》:「从欠,酓聲。」

　　「錦」,居歓切,中古屬寢韻。錦,《說文》:「从帛,金聲。」〈巷伯〉「錦甚」押韻。

　　「霒」,《說文》:「从雲,今聲。侌,古文或省。」

　　根據江有誥的古韻分部,侵、寢等韻上古入侵部,忝、怗、橋等韻上古少部分亦入侵部。由上文可知「今」聲字一般與侵部字通假及押韻,因此「今」(「念」、「金」、「酓」、「欽」、「歓」、「含」、「貪」、「禽」、「飲」、「錦」、「銜」、「霒」)入侵部。

（2）南　聲

　　「湳」等字从「南」得聲,中古屬感韻。「南」,《說文》:「从宋,羊聲。」甲金文象樂器之形,非形聲字。出土文獻中,「南」與「男」通假,如馬王堆帛書〈胎產書〉:「其一日南(男),其一日女㚢(也)。」段氏侵部收「羊」、「南」,江氏董氏收「羊」,王氏周氏侵部收「南」。

　　根據江有誥的古韻分部,感韻字上古大部分入侵部,「南」聲字與「男」等侵部字通假,據此「南」入侵部。

（3）𡬑聲、彡聲

　　即「尋」,「潯橒鄩襑撏燖蟳」等字从「尋」得聲,中古屬侵、鹽、感、覃韻。「尋」,《說文》:「从工,从口,从又,从寸。工、口,亂也;又、寸,分理之。彡聲。」甲金文象人張開兩臂丈量之形,非从「彡」聲,後加「囗」,即「簟」之初文作為聲符。「彡」,《說文》:「毛飾畫文也。象形。」出土文獻中,「尋」與「繩〔註130〕」、「探」通假,如《日甲・叢辰》:「尋(探)衣常(裳)。」段氏侵部收「彡」、「尋」,江氏董氏周氏侵部收「彡」,王氏收「尋」。「探」為侵部,「繩」為主元音相同、韻尾不同的蒸部字,舌根韻尾的字與雙唇韻尾的字接觸並不鮮見,例如冬侵通押即是。

　　根據江有誥的古韻分部,侵、鹽、感、覃韻上古屬侵部,從「尋」聲字與蒸侵部字通假的情況看來,「尋」入侵部,「彡」當刪去。

〔註130〕「繩」為蒸部字。

（4）兟聲、朁聲、蠶聲

「兟」，所臻切，中古屬臻韻。「兟」，《說文》：「从二先。贊从此。闕。」《檜風·匪風》「鶯音」押韻。段氏侵部收「先」、「兟」、「朁」，江氏董氏侵部收「先」，王氏收「兟」、「潛」、「蠶」，周氏收「朁」。

「鐕醋譖璿憯潛僭嚄蠶鱕」等字从「朁」得聲，中古屬感、寢、忝、鹽、覃、豔、桥、合、侵、沁韻。「朁」，《說文》：「从曰，兟聲。」〈鼓鐘〉「欽琴音南僭」押韻，〈桑柔〉「林譖」押韻。出土文獻中，「朁」與「僭」、「琰」、「箭」〔註131〕通假，「憯」與「金」通假，如郭店楚簡本《老子》甲簡五：「咎莫金（憯）乎，谷（欲）得。」「潛」與「侵」通假。《說文》：「蠶，任絲也。从䖵，朁聲。」除「琰」、「箭」為談元部字以外，其餘通假、押韻的字皆為侵部字。

根據江有誥的古韻分部，感、寢、鹽、覃等韻的字上古大部分入侵部。由上文可知，除個別例外，「先」、「兟」聲字基本與侵部字通假，因此「先」、「兟」（「朁」、「潛」、「蠶」）入侵部。

（5）任聲、𡉈聲、淫聲

「荏秹賃恁凭譖」等字从「任」得聲，中古屬侵、琰、寢、沁韻。「任」，《說文》：「从人，壬聲。」出土文獻中，「任」與「賃」通假。段氏侵部收「壬」、「任」、「𡉈」、「淫」，江氏董氏侵部收「壬」，王氏侵部收「壬」、「淫」，周氏侵部收「壬」、「𡉈」。

「淫婬」等字从「𡉈」得聲，中古屬侵韻。「𡉈」，《說文》：「从爪、壬。」

「淫」，餘針切，中古屬侵韻。「淫」，《說文》：「从水，𡉈聲。一曰久雨為淫。」《離騷》「心淫」押韻。出土文獻中，「廩」與「淫」通假，如馬王堆帛書《老子》乙本卷前古佚書《十六經·五正》：「怒若不發浸廩（淫）。」「心」、「廩」等字為侵部字。

根據江有誥的古韻分部，侵、寢、沁等韻的字上古入侵部，由上文可知，「壬」聲字與侵部字通假、押韻，因此「壬」（「任」）、「𡉈」（「淫」）入侵部。

（6）參 聲

「驂趗傪媵誃睒慘黲㛎傪顲鬖氇蔘慘穇椮嫠墋醶磣掺㛎縿穆瘆滲篸逢」等

〔註131〕「琰」為談部字，「箭」為元部字。

字從「參」得聲，中古屬覃、勘、感、敢、合、談、侵、寢、尤、幽、、咸、銜、鹽、檻、沁韻。「曑」，《說文》：「商星也。從晶，參聲。參，曑或省。」不確，金文象人頭上有星，「彡」爲後加聲符。出土文獻中，「參」與「三」通假。段氏王氏周氏侵部收「參」，江氏董氏未收。「三」爲侵部字。

　　根據江有誥的古韻分部，覃、勘、感、敢、談、侵、寢等韻的字上古大部分入侵部，少部分入談部，由上文可知「參」與侵部字通假，因此「參」入侵部。

（7）稟　聲

　　「壈凜懍燣轢」等字從「稟」得聲，中古屬侵、覃、寢、感韻。「稟」，《說文》：「從㐭，從禾。」金文從㐭，從禾，「㐭」亦聲，爲糧倉中儲蓄穀物之意。出土文獻中，「㐭」與「廩」通假。段氏侵部收「㐭」、「稟」，江氏董氏周氏侵部收「㐭」，王氏侵部收「稟」、「廩」。「禀」爲「稟」之異體。

　　根據江有誥的古韻分部，侵、覃、寢、感韻的字上古入侵部，據此「㐭」（「稟」、「禀」、「廩」）入侵部。

（8）冘聲、沈聲、枕聲、耽聲

　　「銣酖沈枕鴆枕眈肬訧芜忱耽紞」等字從「冘」得聲，中古屬侵、覃、感、敢、勘、寢、沁韻。「冘」，《說文》：「從人出冂。」或以爲甲骨文象人擔擔子之形，「冂」或爲「肩」之初文。《衛風·氓》「甚耽」押韻。「沈」與「眈」通假。「冘」聲段氏收談部，江氏董氏周氏收侵部，王氏侵部收「冘」、「沈」、「枕」、「耽」。《說文》：「沈，陵上滈水也。從水，冘聲。一曰濁黕也。」《說文》：「枕，臥所薦首者。從木，冘聲。」《說文》：「耽，耳大垂也。從耳，冘聲。《詩》曰：『士之耽兮』。」

　　根據江有誥的古韻分部，侵、覃、感、敢韻字上古大部分入侵部，「冘」聲字與侵部字「甚」押韻，因此「冘」（「沈」、「枕」、「耽」）當入侵部。

（9）突　聲

　　《說文》以「深」字從「突」得聲，中古屬侵韻。「突」，《說文》：「從穴，從火，從求省。」據董蓮池考證，「突」聲非從求省，初文爲坑中有火之意，與「罙」形近而誤。段氏江氏董氏收「突」聲，王氏收「深」、「探」。

　　根據江有誥的古韻分部，侵韻字上古入侵部，因此「突」（「深」、「探」）歸

入侵部。

（10）闖　聲

「闖」，丑禁切，中古屬沁韻。「闖」，《說文》：「从馬在門中。讀若郴。」江氏董氏周氏「闖」入侵部，段氏王氏未收。「郴」爲侵部字。

根據江有誥的古韻分部，沁韻字上古入侵部，另外讀若「郴」亦爲侵部字，據此「闖」入侵部。

二十一、緝　部

（1）亼　聲

「亼」，《說文》：「三合也。从入、一，象三合之形。讀若集。」「亼」甲金文非从入、一，象三面合圍之形，常做造字部件，與「集」一樣中古入緝韻。段氏入侵部，其他家未收。

檢索先秦典籍「亼」並不常見，也無其他諧聲字，因此我們暫且刪去。

（2）叶　聲

「叶」，中古屬帖韻。《說文》：「協，眾之同和也。从劦，从十。叶，古文協，从曰、十。叶，或从口。」段氏侵部收「叶」，其他諸家未收。

根據江有誥的古韻分部，帖韻字上古入緝部，因此「叶」歸入緝部。

（3）廿　聲

《說文》無字从「廿」得聲，「廿」，中古屬緝韻，《說文》：「二十并也。」甲金文象兩十相連。諸家皆收「廿」聲，唯有王氏未收。

根據江有誥的古韻分部，緝韻字上古入緝部，因此「廿」歸入緝部。

（4）䌛　聲

「澀」字从「䌛」得聲，中古屬合、緝韻。「䌛」，《說文》：「从四止。」「䌛」段氏未收，其餘諸家入緝部。

根據江有誥的古韻分部，緝韻字上古入緝部，因此「䌛」入緝部。

（5）皀　聲

「鵖」字从「皀」得聲，中古屬葉韻。「皀」，居立切、彼側切、彼及切，中古屬緝、職韻，《說文》：「象嘉穀在裏中之形，匕所以扱之。或說，皀，一

粒也。又讀若香。」甲骨文爲「簋」的初文，象簋中所盛食物突出之形。據甲骨文字形，讀若香不確，段玉裁《說文解字注》以爲讀若香之上本應另有「讀若」，因此「皀」有侵部一音。然段氏《諧聲表》未收，江氏董氏收緝部，王氏周氏未收。

檢索先秦典籍「皀」並不常用，因此我們暫且刪去。

（6）軜聲、納聲

「軜」，中古屬合韻。「軜」，《說文》：「从車，內聲。」「納」，《說文》：「从糸，內聲。」「軜」江氏董氏王氏入緝部，王氏另收「納」，段氏周氏未收。

根據江有誥的古韻分部，合韻字上古入緝部，因此「軜」（「納」）入緝部。

（7）㕫

「㕫」，《說文》：「舌皃……讀若三年導服之導。一曰竹上皮。讀若沾。一曰讀若誓，弼字从此。」江氏董氏收談部，其餘諸家未收。

檢索先秦典籍「㕫」並不常見，也無其他諧聲字，因此我們暫且刪去。

（8）卅　聲

「卅」，蘇合切、私盍切，中古歸合、盍韻，《說文》：「三十并也。古文省。」江氏董氏收葉部，其餘諸家未收。

根據江有誥的古韻分部，合、盍韻字上古入緝部，因此「卅」入葉部。

（9）丙　聲

「丙」，《說文》：「象皮包覆璃下，有兩臂而夂在下。讀若范。」江氏董氏收談部，其餘諸家未收。

檢索先秦典籍「丙」並不常見，也無其他諧聲字，因此我們暫且刪去。

（10）龖聲、襲聲、讋聲

「讋襲」等字从「龖」得聲，中古屬合、葉、緝韻。「龖」，《說文》：「从二龍。讀若沓。」「襲」，《說文》：「从衣，龖省聲。」「讋」，《說文》：「从言，龖省聲。」段氏侵部江氏董氏緝部收「龖」，王氏緝部「襲」、「讋」，周氏緝部收「襲」。

根據江有誥的古韻分部，合、葉、緝韻字上古入緝部，讀若「沓」也爲合韻字，因此「龖」、「襲」、「讋」入緝部。

第六章 結 論

前面我們已經深入檢討了江有誥的諧聲研究成果以及《諧聲表》所見的諧聲現象，並探討了「諧聲表」的製作與演進情況以及諸家「諧聲表」與江氏《諧聲表》的異同。在此基礎上，本章我們從江有誥《諧聲表》的特點、價值、地位與影響等方面總結論述。

第一節 江有誥《諧聲表》的特點

我們認爲，考察江有誥《諧聲表》及與其他諸家「諧聲表」比較，江氏《諧聲表》存在如下特點：

1、古韻分部精審。除脂微未分外，其他韻部皆已析分，入聲分配合理。共收聲符 1139 個，陰入一部，共二十一部（之幽宵侯魚歌支脂祭元文眞耕陽東冬蒸侵談葉緝）。

2、概以《說文》爲據判斷字形及聲符，僅收最初聲符，未收其後輾轉孳生的聲符。如江氏之部僅收「才」聲，「才」的次級聲符「𢦏」、「在」未收。

3、收字全面。諧聲聲符來源以《說文》爲主，不拘於先秦韻文，韻文所無之聲符或字以中古讀音判斷歸部。這一點與段玉裁不同，也是江有誥作爲審音派的表現之一。王力所說江有誥的收字超出《說文》的論斷有待商榷。同時，韻文所涉及之聲符收錄較他人更全，如「就」《晉語‧引商銘》、《九章‧惜誦》

入韻，段玉裁未收，江氏收錄。

4、部分收錄《說文》中古文籀文等異體字，個別象形或會意字的形聲字或體也一併收錄。如「曹」，《說文》：「从車，象形。杜林說。轉，曹或从兽。」江氏祭部收「兽」、「曹」。《說文》：「繼，古文絕。」江氏收「絕」、「繼」聲。又如「茲」、「兹」異體，但江氏僅收「茲」。

5、處理詩韻與諧聲材料並無明顯偏向。當詩韻與諧聲材料矛盾時，以韻部遠近爲據綜合考量，將押韻或諧聲的例外控制在音理可以解釋的範圍內，對於有爭議的字盡量定爲相鄰韻部通韻，進而擺脫單一材料的局限性。例如「危」中古屬支韻，其諧聲字中古屬支、灰、紙、賄、寘、至、旨韻，入支部、歌部、脂（微）部不定，《周易・下經困・上六》、《尚書・大禹謨》、《文子・符言》入韻，與微部字押韻，江氏以爲支脂較遠，入脂部。

6、小字註解說明古音、辨明字形及聲符。注音以《說文》徐鉉反切爲主，採取「直接注音」、「某某切，古某某切」、「某某切，改某某切」、「讀若」、「古音某」、等形式改革前人反切。「某某切，古某某切」與段玉裁古本音理論關係密切，較段氏理論也有部分改進。部分自失體例的反切與歙縣方音有關。

深入探討江有誥《諧聲表》，我們可得出以上若干較顯著的特點。

第二節　江有誥《諧聲表》之價值與缺陷

本節分別討論江有誥《諧聲表》的價值和缺陷。

一、江有誥《諧聲表》之價值

探索江有誥《諧聲表》的諸多特色，結合江氏古韻學的理論與實踐，我們認爲，江有誥《諧聲表》存在下面兩方面的價值。

1、分部精準，聲符歸部準確。

分部準確是利用「諧聲表」研究古音的基礎。江有誥以古韻廿一部著稱，集清儒古韻研究之大成。因而後世諸多「諧聲表」以之爲參考，推崇其精確。我們認爲，江氏音學的創新之處在於其方法論。江有誥吸收前人研究，一概以材料爲準，同時以等韻爲據調整入聲在各部的分配，重視韻部之間的遠近關係。因此能做到分部精確。

同時，江有誥還以韻部之間的遠近關係爲標準判斷個別字的歸部。在詩韻與諧聲材料矛盾，無法判斷歸部時，江氏以之爲依據綜合考量決定歸部。我們在第四章分析了有爭議的 17 個聲符，發現在判斷歸部中，《詩經韻讀》等韻文材料與《諧聲表》的重要性並無二致，兩者互爲補充，詩韻在使用中更受重視一些，但並無捨詩韻或捨諧聲的傾向。

另外，江有誥分析聲符概以《說文》爲據，但是若據諧聲字的中古讀音歸部，與據《說文》字形判斷歸部完全不符，或次級聲符的中古讀音與最初聲符歸部甚遠時，江氏另外獨立聲系。據諧聲而捨《說文》，參考韻文和韻部遠近等等證據歸部，如「思」、「冀」、「存」、「農」、「彭」、「爾」、「昱」、「罌」。這些聲符的歸部通常正確，綜合多種材料考量的做法彌補了他對於字形認識的不足。

因此，江有誥被稱許不惟考古，亦具備審音的能力。

2、江有誥《諧聲表》顯示了豐富的諧聲現象，可利用其探索上古韻部及聲調

陰聲韻陰入·去入的關係與元音高低並無直接聯繫。陰陽對轉相對普遍，陽入對轉僅存在於兩個唇音尾韻部及其對應入聲之間。這表明，陰聲韻與陽聲韻韻尾性質相近，陽入韻尾性質相差較大。陽聲普遍認爲是鼻音韻尾，那麼陰聲爲濁塞音韻尾、入聲爲清塞音韻尾的構擬顯然合適。[-ɑ-]元音陰陽對轉數量和比例最多，若認爲韻部通轉是方言差異的體現，那麼我們可以說，各方言韻尾在[-ɑ-]元音韻部中差別最大。宵部無陰陽對轉，歌部存在歌元對轉。從陰陽對轉的情況看來，歌部（平上）與祭部（去入）互補沒有疑問，宵部沒有對應的陽聲韻諧聲時代即已如此。

舌尖尾韻不同元音諧聲次數多於舌根尾，舌尖韻尾相對活躍。唇音尾多與舌尖尾諧聲，舌尖尾多與舌根尾諧聲，顯示漢語歷史上存在輔音韻尾部位後移的趨勢。如以各聲調自諧爲常例，聲調間互諧爲變例觀察諧聲情況，除入聲外，平上去之間並沒有特別接近。入聲與去聲關係略近，其次爲上聲，最遠爲平聲。平上去一類，入聲一類。[-d]尾陰聲韻去入關係比[-g]尾陰聲韻更密切。根據平上去入之間的互諧（266）與各聲調自諧（322）的數量，如果用韻尾對立的音段特徵來區別聲調顯然不合適。我們讚同李方桂等一派學者的觀點，認爲陰聲韻平上去皆有塞音韻尾，各聲調調值不同，去聲與平上同爲濁塞尾，去入調值相同。

一言以蔽之，江有誥《諧聲表》聲符歸部失誤較少，可利用之討論諧聲現象，是其價值所在。

二、江有誥《諧聲表》之缺陷

必須指出，江有誥《諧聲表》亦存在部分失誤之處。

1、聲符歸部之誤。江氏《諧聲表》僅收最初聲符，而最初聲符和展轉孳生的聲符有一些並非同部，但是按照江氏全部歸入最初聲符的作法，這些不同部的現象就被完全忽略了。例如江氏幽部入聲收「肉」，而「肉」的次級聲符「䍃」入宵部則未收。另外，部分聲符歸部有誤。例如江氏「典」入元部，當改入文部，江氏「塵」入文部，當改入眞部。

2、分析聲符、字形之誤。江有誥非常重視《說文》，《諧聲表》除了把部分會意字改爲形聲兼會意之外，諧聲聲符的判定一律以《說文》爲準。如「戈」，《說文》：「从戈，乚聲。」不確，非形聲字，甲金文象斧鉞之形，是「鉞」的初文。江氏收「乚聲」，未收「戈聲」。分析聲符錯誤的原因有誤以獨體漢字爲形聲字、部分《說文》會意字江氏改爲形聲兼會意等等原因（具體例證見第四章第二節）。

當然，此類失誤並不是實質上歸部的錯誤。江氏《諧聲表》收聲符共 1139 個，錯誤的聲符共 98 個，佔比 8.6%，不影響江氏《諧聲表》的價值。

3、收字求全之誤。江氏收錄許多不常見字，如「贅」、「叡」、「及」、「皀」等。這些字典籍少見，亦無先秦韻文參考，除利用中古讀音結合《廣韻》在上古歸部的一般規律外，鮮少其他根據。這些字的歸部證據不足，典籍中又不常見，沒必要收入《諧聲表》之中。

江有誥《諧聲表》的失誤多因其體例所致，或由於江氏對字形的認識不足而導致的。但是瑕不掩瑜，江氏《諧聲表》對於我們探索漢語上古音仍有一定的積極意義。

第三節　江有誥《諧聲表》的地位與影響

江有誥《諧聲表》的產生有其特殊的學術史背景。

「諧聲表」，也稱「諧聲譜」，大量產生於清代，也有部分現代學者總結清儒成就製作「諧聲表」。清代「諧聲表」中影響最大者當推段玉裁《古十七部諧

聲表》。段氏在「諧聲表」製作的理論和實踐上均影響甚遠，其古韻分部及其「諧聲表」製作體例皆成爲一時之準則。

我們表列了清代二十一個「諧聲表」的作者、時間和大致內容，我們認爲，在這一時期的「諧聲表」存在一些共同的特點和演變趨勢：古韻分部漸細、漸成共識，「諧聲表」的價值也隨之提高；「諧聲表」體例差別不大等等。

第四節 結 語

我們認爲，從學術史的角度來講，清代「諧聲表」可分爲兩類，兩類在收字來源、體例、聲符認識、收錄異體字等等方面均存在諸多不同。江有誥《諧聲表》上承段玉裁《古十七部諧聲表》，卻並非一類。以《詩經》韻腳爲主的一系列「諧聲表」之中，以段玉裁《古十七部諧聲表》爲源頭，孔廣森、王力、周祖謨的「諧聲表」均承襲其製；以《說文》聲符爲主的「諧聲表」之中，以江有誥《諧聲表》爲成就最大、最典型者，嚴可均、朱駿聲、王念孫、董同龢的「諧聲表」皆爲此類。

從製作時間來講，後一類中，江有誥《諧聲表》並非最早產生的。但是江氏《諧聲表》體例嚴謹、審音準確，非如段氏占開創之地位，實爲此類「諧聲表」的殿軍之作。在同時期諸「諧聲表」中影響不大，但是爲王力等現代學者重視，視之爲製作「諧聲表」的重要參考。

主要參考書目

一、傳統文獻（按朝代排列）

1. 漢・毛亨傳，漢・鄭玄注，唐・孔穎達疏，《毛詩正義》，台北：台灣古籍出版社，2001。

2. 漢・許慎著，宋・徐鉉校，《說文解字》，北京：中華書局，2012。

3. 南唐・徐鍇，《說文解字繫傳》，北京：中華書局，1998。

4. 宋・陳彭年等，《宋本廣韻・永祿本韻鏡》，南京：鳳凰出版傳媒集團，江蘇教育出版社，2005。

5. 宋・丁度，《集韻》，北京：中國書店，1983。

6. 明・陳第，《毛詩古音考・屈宋古音義》，北京：中華書局，2011。

7. 清・顧炎武，《韻補正》，《音韻學叢書》10 冊，台北：廣文書局，1987。

8. 清・江永，《古韻標準》，台北：藝文印書館，1967。

9. 清・江永，《音學辨微》，台北：藝文印書館，1967。

10. 清・戴震，《聲韻考・聲類表》，《音韻學叢書》12 冊，台北：廣文書局，1987。

11. 清・孔廣森，《詩聲類・詩聲分例》，《音韻學叢書》13 冊，台北：廣文書局，1987。

12. 清・段玉裁，《說文解字注》，杭州：浙江古籍出版社，2010。

13. 清・段玉裁，《六書音韻表》，《音韻學叢書》12 冊，台北：廣文書局，1987。

14. 清・段玉裁，《段玉裁遺書》，台北：大化書局，1986。

15. 清・江有誥，《音學十書》，《音韻學叢書》14～16 冊，台北：廣文書局，1987。

16. 清・江有誥，《音學十書》，北京：中華書局，1993。

17. 清‧王念孫，《古韻譜》，《音韻學叢書》13 冊，台北：廣文書局，1987。

18. 清‧王引之，《經義述聞》，台北：台灣商務印書館，1979。

19. 清‧江藩、方東樹，《漢學師承記（外二種）》，上海：上海文藝出版集團中西書局，2012。

二、近人論著（按作者姓氏筆畫排列，同一作者按發表時間排列）

1. 丁邦新，1975，《魏晉音韻研究》，臺北：中研院史語所專刊之六十五。

2. 丁邦新，1998，《丁邦新語言學論文集》，北京：商務印書館。

3. 丁邦新，2008，《中國語言學論文集》，北京：中華書局。

4. 丁治民，2011，〈說虎——兼論漢字的訓讀諧聲現象〉，《民族語文》（2）。

5. 王力，1982，《同源字典》，北京：商務印書館。

6. 王力，1986，《王力全集‧第五卷》，濟南：山東教育出版社。

7. 王力，1989，《王力全集‧第十七卷》，濟南：山東教育出版社。

8. 王力，2000，《王力語言學論文集》，北京：商務印書館。

9. 王力，2004，《漢語史稿》，北京：中華書局。

10. 王力，2010，《漢語語音史》，北京：商務印書館。

11. 王力，2012，《詩經韻讀‧楚辭韻讀》，北京：中國人民大學出版社。

12. 王力，2013，《漢語音韻》，北京：中華書局。

13. 王力，2013，《清代古音學》，北京：中華書局。

14. 王力，2014，《中國語言學史》，上海：復旦大學出版社。

15. 王國維，1992，《觀堂集林》，上海：上海書店。

16. 王輝，2008，《古字通假字典》，北京：中華書局。

17. 王懷中，2003，〈江有浩古韻二十一部得失談〉，《陝西師範大學繼續教育學報》（1）。

18. 申小龍，1995，〈清代古音學系統論〉，《學術月刊》（10）。

19. 平田昌司，1998，《徽州方言研究》，日本：好文出版社。

20. 史存直，2008，《漢語史綱要》，北京：中華書局。

21. 白於藍，2012，《戰國秦漢簡帛古書通假字彙纂》，福州：海峽出版發行集團、福建人民出版社。

22. 白俊騫，2010，〈江有誥古音學述評〉，《銅仁學院學報》（2）。

23. 田恒金，2001，〈論顧炎武的古音學說〉，《語言學論叢》（23）。

24. 向光忠，2000，〈古聲韻與古文字之參究芻說〉，《聲韻論叢》（9）。

25. 吉常宏、王佩增，1992，《中國古代語言學家評傳》，濟南：山東教育出版社。

26. 江舉謙，1969，〈江有誥〈唐韻四聲正〉上聲字調訂補〉，《圖書館學報》（10）。

27. 江舉謙，1971，〈江有誥〈唐韻四聲正〉去聲字訂補〉，《圖書館學報》（11）。

28. 江舉謙，1974，〈江有誥〈唐韻四聲正〉入聲字訂補〉，《文史學報》（4）。

29. 朱聲琦，1996，〈段氏注《說文》重韻不重聲〉，《山東師大學報（社科版）》（1）。

30. 何九盈，1984，〈乾嘉時代的語言學〉，《北京大學學報（哲社版）》。

31. 何九盈，1995，《中國古代語言學史》，廣州：廣東教育出版社。

32. 何大安，1981，《南北朝韻部演變研究》，台北：國立台灣大學博士論文。

33. 何大安，1989，《聲韻學中的觀念和方法》，台北：大安出版社。

34. 何大安，2004，《規律與方向：變遷中的音韻結構》，北京：北京大學出版社。

35. 何金松，1993，〈釋自〉，《中南民族學院學報（哲社版）》（3）。

36. 李方桂，1980，《上古音研究》，北京：商務印書館。

37. 李方桂，2012，《李方桂全集·漢藏語論文集》，北京：清華大學出版社。

38. 李玉平，2011，〈鄭眾、鄭玄的「諧聲」觀及其對后世的影響〉，《語言科學》（2）。

39. 李行健、陳章太，1996，《普通話基礎方言基本詞彙集》，北京：語文出版社。

40. 李如龍，2001，《漢語方言學》，北京：高等教育出版社。

41. 李恩江，2001，〈從《說文解字》談漢語形聲字的發展〉，《語言學論叢》（32）。

42. 李無未、曹祝兵，2010，〈日本學者漢語上古音研究〉，《古漢語研究》（2）。

43. 李開，2007，〈圍繞脂、微分部的古音學史演進〉，《東南大學學報（哲社版）》（5）。

44. 李開，2008，《漢語古音學研究》，上海：世紀出版集團，上海人民出版社。

45. 李新魁，1983，《漢語等韻學》，北京：中華書局。

46. 李新魁，1991，〈上古音「之」部及其發展〉，《廣東社會科學》（3）。

47. 李葆嘉，2012，《清代古聲紐學》，上海世紀出版股份有限公司，上海古籍出版社。

48. 吳世畯，1999，〈部份《說文》「錯析」省聲的音韻現象〉，《聲韻論叢》（8）。

49. 沈昌明，2005，〈論江有浩在音韻學上的成就〉，《黃山學院學報》（5）。

50. 沈兼士，1985，《廣韻聲系》，北京：中華書局。

51. 杜其容，2008，《杜其容聲韻論集》，北京：中華書局。

52. 杜恒聯，2010，〈關於段玉裁閉口韻陽入合部的押韻和諧聲理據的探討〉，《江南大學學報（人社版）》（5）。

53. 余迺永，1985，《上古音系研究》，香港：香港中文大學出版社。

54. 汪啓明，1987，〈《六書音均表·四》合韻字研究〉，《楚雄師專學報》（2）。

55. 宋鐵全，2012，〈王念孫王引之諟正段氏〈說文注〉失誤例說〉，《福州大學學報（哲社版）》（5）。

56. 竺家寧師，1981，《古漢語複聲母研究》，臺北：中國文化大學博士論文。

57. 竺家寧師，1989，《古音之旅》，台北：國文天地雜誌社。

58. 竺家寧師、林慶勳，1990，《古音學入門》，台北：學生書局。

59. 竺家寧師，1991，《聲韻學》，台北：五南圖書公司。

60. 竺家寧師，1995，《音韻探索》，台北：學生書局。

61. 竺家寧師，1995，〈《說文》省聲的語音問題〉，陸宗達先生九十周年誕辰紀念會暨《說文解字》學術研討會論文，北京師範大學。

62. 竺家寧師，2012，〈論上古音與《詩經》的無韻詩〉，《語言研究》（3）。

63. 周法高，1970，《中國語文論叢》，台北：正中書局。

64. 周法高，1980，《論中國語言學》，香港：香港中文大學出版社。

65. 周法高，1984，《中國音韻學論文集》，香港：香港中文大學出版社。

66. 周祖謨，1966，《問學集》，北京：中華書局。

67. 周祖謨，1993，《周祖謨學術論著自選集》，北京：北京師範學院出版社。

68. 周祖謨，1996，《魏晉南北朝韻部之演變》，台北：東大圖書股份有限公司。

69. 周祖謨，2004，《周祖謨語言文史論集》，北京：學苑出版社。

70. 邵榮芬，1997，《邵榮芬音韻學論集》，北京：首都師範大學出版社。

71. 邵榮芬，2009，《邵榮芬語言學論文集》，北京：商務印書館。

72. 林語堂，1981，《語言學論叢》，台北：民文出版社。

73. 孟蓬生，2012，〈「法」字古文音釋──談魚通轉例說之五〉，《中國文字研究》（16）。

74. 孟慶惠，2005，《徽州方言》，合肥：安徽人民出版社。

75. 林燾、王理嘉，1992，《語音學教程》，北京：北京大學出版社。

76. 林燾、耿振生，1997，《聲韻學》，台北：三民書局。

77. 金鐘讚1992，〈論〈說文〉一些疊韻形聲字及其歸類問題〉，《聲韻論叢》（4）。

78. 金鐘讚，1998，〈段玉裁的歸部與其「古十七部諧聲表」〉，《聲韻論叢》（7）。

79. 施向東，1999，〈試論上古音幽宵兩部與侵緝談盍四部的通轉〉，《天津大學學報》，（1）。

80. 洪波，1999，〈關於說文諧聲字的幾個問題〉，《古漢語研究》（2）。

81. 俞敏，1999，《俞敏語言學論文集》，北京：商務印書館。

82. 柯淑玲，2005，〈〈說文〉形聲商榷〉，《先秦兩漢學術》（3）。

83. 殷方，1990，〈清段玉裁的《古十七部諧聲表》初探〉，《漢字文化》（2）。

84. （瑞典）高本漢著、聶鴻音譯，1987，《中上古漢語音韻綱要》，濟南：齊魯書社。

85. （瑞典）高本漢著、趙元任等譯，1994，《中國音韻學研究》，北京：商務印書館。

86. （瑞典）高本漢著、潘悟云等譯，1997，《漢文典》，上海：上海辭書出版社。

87. （瑞典）高本漢著、董同龢譯，2012，《詩經注釋》，上海：中西書局。

88. 荊兵沙、曹強，2010，〈江有誥的音韻學與歷史語言學〉，《榆林學院學報》（3）。

89. 荊兵沙、曹強，2010，〈論江有誥〈詩經韻讀〉之成就與不足〉，《巢湖學院學報》（2）。

90. 唐作藩，2001，《漢語史學習與研究》，北京：商務印書館。

91. 唐作藩，2011，《漢語語音史教程》，北京：北京大學出版社。

92. 唐作藩，2013，《上古音手冊》，北京：中華書局。

93. 唐作藩，2003，〈王力先生的「諧聲說」〉，《語言學論叢》（28）。

94. 高永安，2007，《明清皖南方音研究》，北京：商務印書館。

95. 高亨，1989，《古字通假會典》，濟南：齊魯書社。

96. 時建國，2001，〈字音考釋四則〉，《西北師大學報（社科版）》（2）：126～128。

97. 耿振生、趙慶國，1996，〈王力古音學淺探——紀念王力先生逝世10周年〉，《語文研究》（2）。

98. 耿振生，2003，〈論諧聲原則——兼評潘悟云教授的「形態相關」說〉，《語言科學》（5）。

99. 耿振生，2004，《20世紀漢語音韻學方法論》，北京：北京大學出版社。

100. 梁啓超，2001，《中國近三百年學術史》，太原：山西古籍出版社。

101. 梁啓超，2005，《清代學術概論》，上海：世紀出版集團，上海古籍出版社。

102. 袁家驊，1989，《漢語方言概要》，北京：文字改革出版社。

103. 徐通鏘，1991，《歷史語言學》，北京：商務印書館。

104. 徐通鏘，1997，《語言論》，長春：東北師範大學出版社。

105. 徐朝東，2010，〈孫愐及《唐韻》相關資料考察〉，《中國典籍與文化》（3）。

106. 許世瑛，1974，《許世瑛先生論文集》，臺北：弘道文化事業有限公司。

107. 許琰輝，1965，〈說文解字重文諧聲考〉，《台灣師範大學國文研究所集刊》（9）：1～140。

108. 章太炎、劉師培等，2008，《中國近三百年學術史論》，上海：上海古籍出版社。

109. 章太炎，2003，《國故論衡》，上海：上海古籍出版社。

110. 張世祿，1965，《中國音韻學史》，台北：商務印書館。

111. 張民權，2002，《清代前期古音學研究》，北京：北京廣播學院出版社。

112. 張民權，2004，《音韻訓詁與文獻研究》，北京：北京廣播學院出版社。

113. 張民權，2011，〈論傳統古音學的歷史推進及其相關問題〉，《古漢語研究》（1）。

114. 張竹梅，2005，〈孔廣森「眞文不分」芻議〉，《江蘇大學學報（社科版）》（1）。

115. 張亞蓉，2008，《《說文解字》的諧聲關係與上古音研究》，蘇州：蘇州大學博士學位論文。

116. 張亞蓉，2008，〈諧聲字在上古音中的研究價值〉，《西北民族大學學報（哲社版）》（1）。

117. 張富海，2007，〈試論「豕」字的上古韻部歸屬〉，《漢字文化》（2）。

118. 張道俊，2012，〈說文段注合韻總論〉，《語言學論叢》（46）。

119. 張新艷，2009，《《說文》諧聲源流研究》，武漢：華中科技大學博士學位論文。

120. 張新艷，2009，〈《說文》中的非字聲符〉，《漢字文化》（1）。

121. 張新艷，2009，〈古文字形體訛變與《說文》諧聲〉，《語言研究》（1）。

122. 張新艷，2010，〈《說文》中誤判的諧聲字聲符〉，《南陽師範學院學報（社科版）》

（4）。

123. 張新艷，2011，〈《說文解字》中的形近訛混聲符〉，《信陽師範學院學報（哲社版）》（1）。

124. 張燕芬，2011，〈說「丬」〉，《辭書研究》（4）。

125. 崔在秀，2002，《江有誥《唐韻四聲正》研究》，南京：南京大學博士論文。

126. 崔彥，2011，〈江有誥的古韻研究及其影響〉，《魯東大學學報（哲社版）》（4）。

127. 陸志韋，1985，《陸志韋語言學著作集（一）》，北京：，中華書局。

128. 陸志韋，1985，《陸志韋語言學著作集（二）》，北京：，中華書局。

129. 梅祖麟，2000，《梅祖麟語言學論文集》，北京：商務印書館。

130. 梅祖麟，2006，〈從楚簡「美」字來看脂微兩部的分野〉，《語言學論叢》（32）。

131. 曹強，2009，〈江有誥《詩經韻讀》與王力《詩經韻讀》用韻之比較〉，《寧夏大學學報（社科版）》（2）。

132. 曹強，2009，〈江有誥《詩經韻讀》叶音本意考〉，《語言科學》（5）。

133. 曹強，2010，〈論江有誥對《詩經》「合韻」處理之得失〉，《漢語史學報》（9）。

134. 曹強，2010，〈江有誥《詩經韻讀》與王力〈詩經韻讀〉再比較〉，《延安大學學報（社科版）》（3）。

135. 曹強，2011，〈江有誥《詩經韻讀》校勘舉誤〉，《延安大學學報（社科版）》2011（1）。

136. 曹強，2011，〈江有誥《詩經韻讀》韻腳字標註聲調性質初探〉，《渭南師範學院學報》（1）。

137. 曹強，2011，〈江有誥《詩經韻讀》與王念孫《古韻譜》用韻比較〉，《安康學院學報》（6）。

138. 曹強，2012，〈江有誥對《詩經》韻例的研究〉，《聲韻論叢》（17）。

139. 曹強，2013，〈江有浩《詩經韻讀》研究〉，北京：中國社會科學出版社。

140. 陳芳，2012，〈漢語上古音的模糊描述與精確構擬——漢語古音學發展路徑之觀察〉，《福建師範大學學報（哲社版）》（5）。

141. 陳重瑜，2001，〈《廣韻》「末、未」諧聲系統及其間九對「雙胞胎」〉，《語言研究》（3）。

142. 陳燕、張云艷、王曉楠，2010，〈審定《說文解字》聲系、音讀之著述〉，《說文學研究》（5）。

143. 陳新雄，1975，《古音學發微》，台北：文史哲出版社。

144. 陳新雄，1994，《文字聲韻論叢》，台北：東大圖書公司。

145. 陳新雄，1999，《古音研究》，台北：五南圖書出版公司。

146. 陳新雄、曾榮汾，2010，《文字學》，台北：五南圖書出版公司。

147. 陳新雄，2010，《陳新雄語言學論學集》，北京：中華書局。

148. 陳新雄，1991，〈毛詩韻三十部諧聲表〉，《聲韻論叢》（3）。

149. 陳瑤玲，1999，《江有誥音學研究》，台北：中國文化大學博士論文。

150. 陳瑤玲，2000，〈論江有誥《詩經》韻腳的研究〉，《靜宜人文學報》（13）。

151. 陳瑤玲，2001，〈江有誥等韻學說述評〉，《聲韻論叢》（10）。

152. 陳復華、何九盈，1987，《古韻通曉》，北京：中國社會科學出版社。

153. 陳燕，1992，〈試論段玉裁的合韻說〉，《天津師大學報》（3）。

154. 郭錫良，1984，〈也談上古韻尾的構擬問題〉，《語言學論叢》（14）。

155. 郭錫良，2005，《漢語史論集》，北京：商務印書館。

156. 郭錫良，2007，〈「美」字能歸入微部嗎？──與梅祖麟商榷〉，《語言學論叢》（35）。

157. 郭錫良，2010，《漢字古音手冊》（增訂本），北京：北京大學出版社。

158. 程少峰，2010，〈大徐本《說文》聲符辨正十則〉，《漢字文化》（6）。

159. 黃侃，1969，《黃侃論學雜著》，台北：台灣中華書局。

160. 黃易青，2005，〈論「諧聲」的鑒別及聲符的歷史音變〉，《古漢語研究》（3）。

161. 黃易青，2012，〈古音研究中的「以義正音」〉，《北京師範大學學報（社科版）》（4）。

162. 黃德寬，2007，《古文字譜系疏證》，北京：商務印書館。

163. 喬秋穎，2005，〈論江有誥〈入聲表〉凡例研究入聲及平入關係的方法〉，《徐州師範學院學報（哲社版）》（1）。

164. 喬秋穎，2006，〈江有浩、王念孫關於至部的討論及對脂微分部的作用〉，《徐州師大學報》（3）。

165. 喬秋穎，2006，〈試論江有誥「緝」「葉」兩部的獨立及其意義〉，《漢語史研究集刊》（9）。

166. 喬秋穎，2007，〈略論江有誥〈入聲表〉在古音學史上的地位〉，《河池學院學報》（6）。

167. 喬秋穎，2009，《江有誥古音學研究》，合肥：黃山書社。

168. 賀福凌，2006，〈上古音歸字問題小議〉，《古漢語研究》（4）。

169. 馮蒸，2006，《馮蒸音韻論集》，北京：學苑出版社。

170. 彭靜，2007，〈江有浩〈諧聲表〉中的「古某某切」和「改某某切」〉，《現代語文》（3）。

171. 彭霞，2012，〈論形聲字的來源及其產生的層次性〉，《華僑大學學報（社科版）》（2）。

172. 傅錫壬，1967，〈江有誥《楚辭韻讀》補正〉，《淡江學報》（6）。

173. 董同龢，1954，《中國語音史》，臺北：中國文化出版事業社。

174. 董同龢著、中研院史語所編，1975，《上古音韻表稿》，台北：台聯國風出版社。

175. 董同龢，2001，《漢語音韻學》，北京：中華書局。

176. 董忠司，1988，《江永聲韻學評述》，台北：文史哲出版社。

177. 董忠司，1988，〈江永聲韻學抉微〉，《聲韻論叢》（2）。

178. 董國華，2014，《漢字諧聲與古音研究史論》，福州：福建師範大學博士論文。

179. 董蓮池，2005，《說文解字考正》，北京：作家出版社。

180. 貫海生，2002，〈「獻」字古讀試證〉，《古漢語研究》（2）。

181. 楊徵祥，1995，〈江有誥「借韻譜」研究〉，《雲漢學刊》（2）。

182. 楊劍橋，1988，〈段玉裁古音學的評價問題〉，《溫州師院學報（哲社版）》（2）。

183. 楊蓉蓉，1992，〈高誘注所存古方音疏證〉，《古漢語研究》（1）。

184. 裘錫圭，1992，《古文字論集》，北京：中華書局。

185. 趙元任，1972，《語言問題》，台北：商務印書館。

186. （加拿大）蒲立本著，潘悟云、徐文堪譯，1999，《上古漢語的輔音系統》，北京：中華書局。

187. 趙誠，1996，〈上古諧聲和音系〉，《古漢語研究》（1）。

188. 趙誠，1991，《古代文字音韻論文集》，北京：中華書局。

189. 裴銀漢，1996，《江有誥古音學探微》，台北：國立政治大學碩士論文。

190. 裴銀漢，2001，〈江有浩的生年〉，《中國語文》（3）。

191. 劉青松，2009，〈陳第古音學視野中的諧聲材料〉，《中南大學學報（社科版）》（5）。

192. 劉忠華，2011，〈論段玉裁「古合韻」對失諧現象的統攝〉，《陝西理工學院學報（社科版）》（1）。

193. 劉忠華，2012，〈論顧炎武「改字就韻」與段玉裁「合韻」的分歧〉，《古籍整理研究學刊》（6）。

194. 劉寶俊，1990，〈冬部歸向的時代和地域特點與上古楚方音〉，《中南民族學院學報（哲學社會科學版）》（5）。

195. 劉冠才，2004，〈論祭部〉，《古漢語研究》（2）。

196. 劉冠才，2007，《兩漢韻部及聲調研究》，成都：巴蜀書社。

197. 劉冠才，2011，〈論段玉裁對「叶音說」的批判〉，《古籍整理研究學刊》（2）。

198. 劉艷梅，2008，〈章炳麟古韻學「隊」部獨立考論〉，《東南大學學報（哲社版）》（4）。

199. 蔡郁焄，2007，〈朱駿聲《說文通訓定聲》十八部諧聲表析評〉，《世新中文研究集刊》第 3 期。

200. 蔡信發，1982，〈《說文》形聲字之多聲考〉，《中國學術年刊》（4）。

201. 蔡夢麒，2011，〈徐鉉反切與《唐韻》反切的差異〉，《湖南師範大學社會科學學報》（1）。

202. 鄭紅，1991，〈釋「禺」〉，《古漢語研究》（4）。

203. 鄭張尚芳，2008，〈「美」字的歸部問題〉，《語言學論叢》（38）。

204. 鄭張尚芳，2013，《上古音系》，上海：上海教育出版社。

205. 魯國堯，2008，《語言學文集——考證、義理、辭章》，上海：上海人民出版社。

206. 魯國堯，2013，《魯國堯語言學文集——衰年變法叢稿》，上海：上海古籍出版社。

207. 龍宇純，2002，《中上古漢語音韻論文集》，台北：五四書店有限公司。

208. 龍宇純，2006，〈古韻脂真為微文變音說〉，《中研院史語所集刊》77（2）。

209. 錢穆，2013，《中國近三百年學術史》，臺北：商務印書館。

210. 謝美齡，1999，〈「合韻」、「旁轉」說及例外諧聲探討〉，《聲韻論叢》（8）。

211. 謝美齡，2003，〈上古漢語之真、耕合韻再探討〉，《台中師院學報》（2）。

212. 謝美齡，2007，〈從（古）文字學觀點論證《說文》上古音研究略例〉，《台中師院學報》（15）。

213. 謝艷紅，2009，〈顧炎武對諧聲的利用及其意義〉，《湖北經濟學報學報（人社版）》（7）。

214. 濮之珍，1990，《中國語言學史》，台北：書林出版有限公司。

215. 羅江文，1996，〈從金文看上古鄰近韻的分立〉，《古漢語研究》（3）。

216. 羅常培、王均，2002，《普通語音學綱要（修訂本）》，北京：商務印書館。

217. 羅常培，2004，《羅常培語言學論文集》，北京：商務印書館。

218. 羅常培、周祖謨，2007，《漢魏晉南北朝韻部演變研究》，北京：中華書局。

219. 羅常培，2008，《羅常培文集（第六卷)》，濟南：山東教育出版社。

220. 羅常培，2008，《羅常培文集（第七卷)》，濟南：山東教育出版社。

221. 魏建功，2001，《魏建功文集》，南京：江蘇教育出版社。

222. 魏宜輝，2012，〈說「皈」〉，《語文研究》（4）。

223. 嚴學宭，1959，〈漢語聲調的產生和發展〉，《人文雜誌》（1）。

224. 嚴學宭，1963，〈上古漢語韻母結構體系初探〉，《武漢大學學報（人文版）》（2）。

225. 嚴學宭，1994，〈論《說文》諧聲陰入互諧現象〉，《音韻學研究》（3）。

226. 龔煌城，2004，《漢藏語研究論文集》，北京：北京大學出版社。